U0068209

黑人文學研究先驅

楊昌溪文存 上

研究先驅

韓晗 楊筱堃 編

主編說明

　　楊昌溪先生係中國「新文化運動」時期的翻譯家、作家與學者，也是抗戰時期著名報人與報告文學作家，其著述、譯著與部分理論觀點如黑人文學與小國文學的研究在當時產生了一定的影響並具備開創性意義，《黑人文學研究先驅楊昌溪文存》是我們根據目前有案可查的楊昌溪先生已經發表、出版或未刊但確信為其所著的文稿所編撰的文集。但由於歷史久遠、加之戰亂頻繁，以及楊昌溪先生曾長期蒙受不公正政治待遇，致使其仍有許多作品暫時未被發現，部分文章目前只能找到殘章或部分字句有脫漏之處，敬請讀者諸君諒解。

　　此外，《楊昌溪文存》只收錄了楊昌溪先生原創的作品，其在上世紀二三十年代翻譯的大量文學作品如《無錢的猶太人》、《西線歸來》等等，囿於篇幅所限及考慮到獨創性，因此本文存未予收錄。同時沒有收錄在文存中的還有由其主編但不能確定為其原創的報告文學作品，在此一併聲明。

　　這也是本書命名為「文存」之緣故。若今後學界諸先進能有新的發現，盼望以「佚文」的形式將其在媒體上公開，我們會在修訂版中予以增添並聲明致謝。

韓晗、楊筱堃

二〇一三年十月三十日

編者序　重讀《刀「式」辯》及其它

韓晗

在中國新文學史上，楊昌溪算是一個不為人所知的名字，甚至可以這樣說，在魯迅罵過的文人中，他是最不知名的一個。舉凡被魯迅罵過的如郭沫若、顧頡剛、邵洵美、施蟄存與梁實秋等人，皆為中國新文學史上響噹噹的人物，哪怕被一筆帶過的黃萍蓀、葉靈鳳與向培良等人，其後也都跟隨著為數不少的批研究者與研究論文，但楊昌溪卻成為了一個幾乎「被遺忘」的個案。據筆者統計，迄今為止，學界尚無一篇論文對楊昌溪及其創作有任何性質的專題研究，甚至提到楊昌溪名字的學術論文，都僅有二三十餘篇。當然這由於現存資料太少、而又因為戰亂與政治鬥爭使得相關歷史檔案、文獻一時難以找尋的緣故所決定，但實無疑是新文學研究的一大憾事。

因此，對於楊昌溪的研究，有著必要的學術價值。首先，可以從具體作家的角度審理當時知識分子的政治選擇；其次，可以有助於審理晚年魯迅的心態；再次，有助於對新文學史進行有效的補充與完善，使得一些重要且具體的文學事件、歷史問題不再處於「空白」或是「失蹤者」的狀況。可以這樣說，對楊昌溪及其創作實踐的史料鉤沉，既可以從深度上瞭解魯迅批判之動機，亦對中國新文學史若干問題有著管窺的意義。

藉此，本論擬從魯迅批判楊昌溪的雜文《刀「式」辯》（下文簡稱《刀》文）入手，結合若干新發現的一手史料，以楊昌溪早期文學活動[1]為中心，審理如下三個具體的問題。一，魯迅批判楊昌溪的原因何在？二，楊昌溪在中國新文學史上究竟居於何種地位或應有何種評價？三，對於楊昌溪的進一步研究，可以為中國新文學史豐富何樣的內涵？

一

　　《刀》文全文不足千字，是魯迅晚年有代表性的雜文之一，最初發表於一九三四年五月十日《中華日報・動向》上，一九三六年六月，魯迅將其收入文集《花邊文學》，由上海聯華書局出版，後收入人民文學出版社出版的《魯迅文集》（第五卷）。

　　這篇雜文從作家葉紫（署名「阿芷」）發表於《中華日報・動向》一九三四年五月六日的雜談《洋形式的竊取與洋內容的借用——楊昌溪先生的小說是洋人做的》入手，認為葉紫所揭露楊昌溪的小說《鴨綠江畔》（發表於《汗血》月刊第1卷第5期）屬於抄襲法捷耶夫的《毀滅》是有證據的，並非「英雄所見略同」，且進一步諷刺楊昌溪「文學家看小說，並且豫備抄襲的，可謂關係密切的了，而尚且如此粗心，豈不可歎也夫」。[2]

　　但結合若干史料考辯發現，楊昌溪的《鴨綠江畔》抄襲《毀滅》確實「證據不足」，且不說兩部小說從內容、形式上都有很大差異，在敘事技巧、思想深度上也無甚雷同之處。葉紫抨擊楊昌溪的小說乃是對「洋形式與洋內容」的竊取與借用，魯迅在文中也附和葉紫，認為《鴨綠江畔》中一句「他那損傷了的日本式的指揮刀在階石上劈啪地響著」與《毀滅》中「在階石上鏘鏘地響著有了損傷的日本指揮刀」屬於「生吞活剝」的關係（而這也是該文命名為《刀「式」辯》的緣故）。但筆者認為，魯迅抨擊楊昌溪決非只因政見不同，而是基於其它深層次原因，種種結合共同構成了《刀》文的寫作動機。

　　首先，法捷耶夫的《毀滅》首先為魯迅所譯，而魯迅一貫又對自己名譽權、著述權等問題尤其敏感，而又是葉紫揭發，使得魯迅對此事不得不「另眼看待」。

　　通讀兩篇小說，楊昌溪的《鴨綠江上》在一定程度上受到了《毀滅》的影響，這是不爭的事實。但說抄襲，卻證據不足。葉紫在《洋》文中，

只舉了三個例子，其一前文所述的「日式指揮刀」一句，其二、其三是如下兩組對比：

> 「將這送到夏勒圖巴的部隊去吧」！萊奮生遞過一束信去……（《毀滅》）
>
> 「來！拿這個到蘇橋隊部去」！金蘊聲……遞出一卷公文來……。（《鴨綠江畔》）
>
> 「但是，究竟是怎麼一回事呢，隊長同志，一要羈什麼地方去，立刻是木羅式加，木羅式加的。好像部隊裡簡直沒有別人一樣。……」（毀——同頁）
>
> 「哦！司令官同志，你叫一叫別人也可以，時常都是李宣廷。好像這隊伍裡只有我一個傳令兵樣。」（鴨——同頁尾）[3]

　　兩部不同的小說中有幾句相似的對白，如何就能認為整部小說為抄襲？在中國新文學的建設時期，類似這類「對白相似」的作品比比皆是，與其說是抄襲，倒不如說是模仿（imitate）或是戲仿（parody），如劉吶鷗的《都市風景線》與橫光利一的《上海》、茅盾的《子夜》與左拉的《金錢》等等。不少作家如茅盾、郭沫若與魯迅本人都在外國文學的影響下進行創作，這類對於舶來文本的借鑒、模仿等寫作形式決非僅《鴨綠江畔》獨有，如若魯迅對於當時每一篇類似作品都要寫篇文章揭露或是回應，這一工作量將他在有生之年都難以完成。因此，對於浩如煙海的類似作品魯迅不會只看到《鴨綠江畔》一篇。

　　之所以魯迅會寫下《刀》文，其中一個很重要的原因是因為葉紫在《洋》文中提到了《鴨綠江畔》乃是抄襲的「隋譯的法捷耶夫《毀滅》（大江書店版）」——這恰是魯迅以筆名「隋洛文」翻譯的譯本。或許魯迅的不滿正是因看到葉紫的這個說法所激起。

　　當然，魯迅也非容易被人當作槍使之人，他之所以會回應葉紫的揭發，除卻《鴨綠江畔》與其自身的譯著有著密切關係之外，很大程度還因

葉紫與魯迅非同尋常的關係。

作為魯迅親手培養的三個「奴隸叢書作家」，葉紫與蕭軍、蕭紅一道，深得魯迅信任。葉紫的長篇小說《豐收》便是由魯迅寫序並尋求出版經費的。當時文壇就有人攻擊「除了稿本是魯迅的小嘍囉窮思極想寫出來的以外，印刷費是魯迅自己掏腰包的。」[4]除此之外，魯迅還時常用自己省吃儉用節省下來的版稅在生活上接濟葉紫。[5]魯迅的關心讓讓身陷不幸婚姻與貧困生活[6]的葉紫覺得感激涕零，在這種複雜的心態下，葉紫自然在日常寫作中會不經意地帶上對魯迅的感恩。

而葉紫對楊昌溪「抄襲」的揭發，實際上也暗含了對魯迅的捍衛。或者更直接點說，葉紫用這種「揭發抄襲」的方式來表示出自己對魯迅的感激，或者以此為證明，表明自己對魯迅的支持態度。他應深知魯迅對於自己譯筆與其他作品的愛惜，這或許是《洋》文出爐並引起《刀》文支持的另一個深層次原因。

但是，此處還存在一處說不通的邏輯，楊昌溪既非國內數一數二的文化名流，也不是國民政府官方的文化要員，為何他如此迅速地成為了魯迅、葉紫共同攻擊的目標？

二

通過對一系列新近一手史料的考辯，筆者認為，魯迅、葉紫對楊昌溪的批判，除卻出於上述兩個頗為宏觀的原因之外，還存在著其他微觀、微妙的動因。

據筆者發現，在1936年出版的《花邊文學》中，《刀》文選入時一字未增。但在1949年之後《魯迅文集》的注釋中，該文卻多了一條注釋：「楊昌溪『民族主義文學』的追隨者」。[7]在這條注釋之後，實際上隱藏著魯迅批判楊昌溪的邏輯脈絡：因為楊昌溪是民族主義文學的追隨者，與張道藩、潘公展一樣，屬於聽從國民政府的「文化特務」。長期以來，國內學界也都附和這類說法，認為魯迅對楊昌溪的攻擊，是「文學階級鬥

爭」的必然。時至今日，仍有學者為魯迅這一「打擊反動逆流」的行為歡呼叫好。「而對那些反動的東西和抄襲的現象，魯迅是絕不留情的。上世紀30年代初泛起一股所謂『民族主義文學』的逆流，魯迅一反多寫短文的常規，寫了長篇論文《「民族主義文學」的任務和運命》予以犀利的批判。並在《刀「式」辯》一文中，尖銳揭露他們的「大作」《鴨綠江畔》抄襲法捷耶夫《毀滅》的行為。」[8]

這類說法之所以風行成定論，皆拜刊《刀》文的雜誌《汗血月刊》所賜。《汗血月刊》是國民黨上海黨部管理的一份文學刊物，曾在全國率先提出「文化剿匪」的口號，並在創刊號上發佈「文化剿匪專號」，大肆咒罵普羅文學「共匪行動暴亂有國際性、普羅思想流毒亦有國際性」。[9]該刊無疑會招致左翼作家們的痛恨，這也應算是葉紫揭露楊昌溪的另一層心理動機。而且，正因楊昌溪與這類刊物發生複雜的聯繫，並在其後擔任過地方上的報紙主編、電訊社記者等職務，才導致他不但埋沒於中國新文學史，更在1955年之後身陷囹圄近十年之久。

小說家的精神是複雜的，魯迅之所以厭棄楊昌溪，除卻上文所述的三個原因之外，當然還有一個更重要的原因，就是楊昌溪寫文章嘲諷魯迅在先。

1932年2月，楊昌溪編輯了一本名為《文人趣事》的書，由上海良友圖書公司出版，孰料此書銷路奇佳，到了同年九月，該書旋又再版，在文壇產生了一定的影響。該書收錄了楊昌溪自己的一篇名為《魯迅諷刺徐志摩》的文章，在這篇數百字的文章中，楊昌溪列舉魯迅的三件小事，來刻畫魯迅為人冷漠、傲慢的一面，譬如文中有這樣一段：

> 據說有一個窮青年因為生活沒有辦法，寫信給魯迅，請替他找一條出路，魯迅回信說：「在現社會的環境中，你最好先去做強盜吧！」[10]

可以這樣說，在中國新文學史裡，被魯迅罵過的作家多，但敢罵魯迅的作家卻算是鳳毛麟角，更何況楊昌溪這樣初出茅廬的後生？雖寫明是「趣

事」，但卻是嘲諷。這樣一篇文章若被魯迅看到，其對楊昌溪的憎恨厭惡可想而知，但從年齡上講，魯迅必然是楊昌溪大十幾歲的的長輩，又是當時文壇舉足輕重的作家，他無法因為這樣一件事情寫篇文章把楊昌溪罵一頓，但一向「睚眥必報」的魯迅又實在無法咽下這口氣。終於等到兩年後葉紫將楊昌溪送上門，這對於魯迅來說，也是一次很好的還擊機會。

綜上所述，楊昌溪諷刺魯迅在先，又在法捷耶夫的《毀滅》的影響下寫下了《鴨綠江畔》這篇小說，並發表在國民黨上海黨部主管的刊物上，而且又被魯迅最信任的作家葉紫所「揭發」，這一系列原因共同促使《鴨綠江畔》觸怒魯迅並直接使得楊昌溪湮沒於中國新文學史。

但是文學史研究歸根結底是歷史研究，歷史研究第一要務就是從歷史本身出發尊重史實、還原真相。因此我們不得不問一個最核心，也最基本的問題：楊昌溪究竟是一個什麼樣的人？

三

楊昌溪一九三七年參加國民黨復興社週邊組織「三民主義改進社」，從一九三二年起，先後在《青年戰線》、《九江日報》、「新生活運動總會編審組」……（為省篇幅，省略號為筆者所加，下同）從事反動文化活動。一九四九年重慶解放後，楊昌溪被我人民政府留用。楊先後將上述歷史問題向組織做過交代。以後分到貴陽工作。在貴陽工作期間講過「吃的是青草，擠出的是牛奶」，不屬反動言論。至於原判認定：楊昌溪一九四六年任國民黨區分部書記的問題，經查，證據不足，不予認定……據此，原判處楊昌溪有期徒刑十年，屬錯判，應予糾正。[11]

這是1987年貴陽市中級人民法院關於楊昌溪的《改判書》，此時楊昌溪已經辭世十年。這份「改判書」雖然充滿了政治口吻，但也確證了一點：楊昌溪只從事過教員、報人等職業，並未擔任過國民政府任何職務，

甚至連「區分部書記」（相當於支部書記）這樣的芝麻官也未曾做過。作為一個小有名氣的文化人，這在上個世紀四十年代來說是很難想像的，且不說胡適、傅斯年等人名列中常委、中執委等要職，就連常書鴻、顧頡剛等學界、藝界名流也在國民政府教育部、文化部都擔任一定的職位，可見楊昌溪確實與主流體制有一定距離。

　　「楊昌溪」這個名字，在當下有案可查的任何一部正規出版的辭書、字典中都不見被收錄，[12]批判他的葉紫，早已成為國內新文學界廣受關注的左翼作家，而回應批判的魯迅，更是中國新文學史上最重要的作家之一。兩相對比，楊昌溪確實存在著「名實不符」這一問題。

　　那麼今天再回過頭看，越對楊昌溪缺乏瞭解，魯迅與葉紫批判楊昌溪這一公案則顯得愈疑點重重。畢竟魯迅對邵洵美、顧頡剛、黃萍蓀等人的批判，在當下學界基本上都有了一定的研究成果與若干結論，唯獨對楊昌溪的研究卻依然空白。

　　其實，根據楊昌溪的一些言論與文化活動，可以看出他在上個世紀三十年代初的政治主張：

> 哥爾德是一個美國左翼文學家和藝術家之群的一個實行家，他於今正努力奮進的從事於工人文學方面的建設，在猶太工人劇場中更可以看出他為普羅塔利亞解放的熱忱，和普羅文化宣傳的強烈……哥爾德和他的群隊是如何活躍，他們的工作是如何深切的投入民眾的隊伍中啊！[13]

　　這是楊昌溪對美國作家哥爾德（Michael Gold，1894-1967）的評述，除了盛讚其為「美國的高爾基」並身體力行翻譯了他的兩部作品《無錢的猶太人》（現代書局，1931年）與《職業的夢》（《讀書月刊》，1931年第3、4期）之外，對於羅馬尼亞左翼作家伊斯托拉底（Oanait Istroti，1884-1935）的讚譽，楊昌溪也不遺餘力：

他（伊斯托拉底）在某一方面卻是真正出身於無產階級，而在作品行動上是向著革命行進的……他對於革命後的俄國是夢想著有他的新生命在那兒開展……[14]

　　這樣對於普羅文藝、左翼文學充滿熱情的筆觸，很難讓人想到這出自一個被魯迅罵過、並在日後被斥之為「民族主義文藝反動作家」之手，而且他除了身體力行地謳歌國外左翼作家之外，更與一些知名左翼作家保持著密切的聯繫，就在一九三一年，他與左翼作家胡風（署名張光人）共同完成了述評類文章《太戈爾的近況》並發表於《青年界》第1卷第1期。

　　楊昌溪這種政治選擇，實際上與他青年時的成長有很大關係。出生於四川省仁壽縣一戶普通農家的他「自幼聰穎好學，體健善言。因家道貧寒，至當地外國教會學校以工養學」，[15]「新文化運動」時曾畢業於共產黨領導人惲代英擔任校長的瀘縣川南聯合縣立師範學校，上個世紀二十年代初東渡日本求學，期間接受了日本社會主義者如河上肇、山川均等人的影響，開始關注婦女、勞工等問題，並有相關譯作在《婦女雜誌》上發表（這在後文再予以介紹）。

　　縱觀上個世紀三十年代初的楊昌溪，實在可以算的是一個堅持普羅文學信念的左翼青年作家，但為何他沒有與胡風、周揚一道活躍於左翼文壇之上？要回答這個問題，有一篇文章不能忽視，那就是楊昌溪發表於《絜茜》雜誌上的《煙苗捐》。

　　《絜茜》雜誌由張資平、丁嘉樹等人主辦，楊昌溪為主力撰稿人，也是該刊的特邀編輯，雖然該刊主張「平民文藝」並對普羅文學有著一定程度的熱愛，但他們卻是信仰「社會民主主義」的「第三黨」，其主要組成者為一批早期社會主義者如鄧演達、張資平等人，但該黨主要的組成者為一些小知識分子、城市商人等存在較重階級局限性的社會新貴階層，事實上當時的楊昌溪，已經成為了「第三黨」的擁躉之一。[16]

　　楊昌溪用極富現代主義風格的筆觸，在《煙苗捐》展現出了一個單線條、單場景的敘事文本，這實際上反映了當時楊昌溪的政治主張。小說情

節跌宕但修辭淺白，講述了新軍閥師長張煥廷與參議吳白林兩人關於「煙苗捐」的對話。在小說中，吳白林曾是受「五四」精神影響的熱血青年，但後來由於受到腐敗政治的誤導，墮落為新軍閥之幫兇，甚至土匪出身的張煥廷還按照吳白林的建議，增設掠奪民財的「煙苗捐」。但是，在討論的過程中，吳白林開始反省自己的所作所為，而良知未泯的張煥廷在潛意識中步入夢境，看到自己最終的結果是被暴動的農民群起攻之而殺掉，從夢中張煥廷遂驚醒，最終決定廢置「煙苗捐」。[17]在《煙苗捐》中，楊昌溪認識到了當時受壓榨農民的革命性，但卻將農民問題的解決出路放置到了一個相對溫和、妥協的策略上，即寄託於軍閥們自身人性的萌發，進而仁慈到對農民「高抬貴手」，這其實就是社會民主主義者們的「社會改良」政治主張。

由是可知，此時的楊昌溪已經從左翼的普羅文學，逡巡進入到了「社會民主主義」的「平民文學」領域當中，但是好景不長，隨著鄧演達的遇難以及「一・二八」事變的爆發，《絜茜》雜誌停刊、張資平逃往蘇州，楊昌溪也不得不離開上海，遷徙至南昌擔任「江西電訊社」的編輯與《南昌新聞報》的主筆，並在此時完成了《鴨綠江畔》。因為這兩家新聞機構有著一定的官方背景，這或許也是魯迅批判他的另一個重要原因。

四

雖然楊昌溪一生中政治選擇飄忽不定，從信仰社會主義到社會民主主義，再到三民主義，其人生也漂泊輾轉多地生活，從四川、日本、上海、南昌再到貴陽，堪稱顛沛流離。但他卻不是困頓書齋之迂夫，也非尾隨政治、深陷黨爭之應聲筒，更非碌碌無為之文壇跟班，而是有著文學理想、文化情懷並為中國新文學與早期外國文學研究做出一些開創性成績的學者型作家。通觀楊昌溪早期的文學活動實踐，根據筆者對相關一手史料的探索與整理，認為楊昌溪對於中國新文學有如下兩個方面的貢獻。

首先，楊昌溪為外國文學的譯介、評述做出了較重要的工作，其學術

專著《黑人文學》開創中國黑人文學研究之先河。

楊昌溪早年曾留學日本，後在上海聖約翰大學就讀，因此他有較好的外文功底。在其18歲時，便與金梅筠合作編譯過《樊迪文夫人論婦女解放及兒童保護》並發表於《婦女雜誌》第2期，在這一期刊物上，還有楊昌溪自己的處女作《美國與新俄的女工生活的比較》。

這兩篇文章都不算是文學作品，只能算是關於社會問題的文獻編譯，他真正的文學翻譯起步於1930年，這一年，他與鐘心見合譯阿爾塞斯基的長篇小說《兩個真誠的求愛者》由支那書店出版，在此之前，他已經由上海金馬堂書店出版了中篇小說集《三條血痕》，收錄了《寒冬的春意》、《鐵皮刀》等6篇小說——這些作品無一在當時的刊物上發表過。

但從1930年開始，楊昌溪可謂是打開了外國文學研究譯介之門，他在《紅葉週刊》上發表了論稿《電影明星希佛萊之婦人論》、並在於《現代文學》上發表了《哥爾德——美國的高爾基》、《雷馬克的續著及其生活》、《伊斯脫拉底——巴爾幹的高爾基》、《俄國工人與文學》、《現代土耳其文學》與《瑪耶闊夫司基論》等一系列有分量的稿子，短短一兩年時間裡，楊昌溪就成為了「在上海出版界比較熟悉，並有一定名氣」並時常接濟同行[18]的青年外國文學研究者。

其後，楊昌溪在外國文學研究領域內取得了令人矚目的成就，他陸續翻譯了美國無產階級作家哥爾德的系列作品——長篇小說《無錢的猶太人》（由現代書局出版）、隨筆《卓別林的賽會》（發表刊物不詳）、短篇小說《油茶匠底淚》（發表於傅無悶主編的《星洲日報二周年紀念刊》）與散文《職業的夢》（發表於《讀書月刊》第3、4期），還與聖約翰大學的校友、林語堂的侄子林疑今[19]合譯了德國作家雷馬克的長篇小說《西線歸來》由神州國光社出版。

除此之外，他廣泛關注土耳其、印度與匈牙利等國的文學，陸續有述評類作品問世，並在1933年發表了《皮蘭德婁之短篇小說》、《皮蘭德婁的新劇本與電影》、《皮蘭德婁的傳記》等系列論文於《文藝月刊》，成為了最早介紹皮蘭德婁的中國學者之一，同年出版的學術專著《黑人文

學》收入趙家璧編的《一角叢書》，由上海良友圖書印刷公司出版，該著從詩歌、小說和戲劇等不同文體來分門別類地介紹美國黑人文學，如此分門別類地介紹黑人文學在當時的中國尚屬首次。

這樣豐碩的外國文學研究、翻譯成果，體現了楊昌溪不凡的視野，其中許多研究在當時的學術界起到了開創性的貢獻，但可惜的是，由於抗戰爆發，楊昌溪放棄了自己已獲得一定成就的外國文學研究與翻譯事業——他選擇成為了一名報告文學作家。

1937年，全面抗戰爆發。次年二月，他撰寫的報告文學《中國軍人偉大》一書由上海金湯書店出版。除此之外，他還編寫了抗戰報告文學集《在火線上的四川健兒：川軍抗戰實錄》也由金湯書店出版，該著收錄了《站在國防前線的川軍》、《血戰東戰場上的楊森將軍》、《孫軍滕縣血戰實錄》、《滕縣血戰殉國的王銘章師長》、《陳離師長病榻訪問記》、《兩下店川軍建奇功》、《在西火線上血戰的川軍》等文章若干，係關於川軍抗戰最早的報告文學專著，並與「枕戈」（真名不詳）合作了《川軍滕縣血戰前後：鄧孫部抗戰實錄》一書。1941年，由國民圖書出版社還出版了楊昌溪另外兩部報告文學作品《大家齊來打日本》與《王銘章血戰滕縣城》——這兩本書屬於「國民常識通俗小叢書」。

1945年之後，楊昌溪逐漸告別文壇，開始全身投入到新聞界與學術界的工作中，曾一度擔任過《貴州日報》的總編輯與「國立貴陽師範學院」（今貴州師範大學）倫理學的教授，作為外國文學研究者、翻譯家與報告文學作家的楊昌溪，遠超越了他作為小說家的成就。但我們看到，他這兩重身分恰由特定的時代所決定，無論是外國文學學者還是報告文學作家，楊昌溪都未曾負於這時代的特殊使命。

五

傅葆石認為，抗戰時的中國知識分子只有三種選擇，反抗，投降，沉默，除此之外，沒有它路可走。[20]在這樣的語境下，楊昌溪放棄了自己熱

愛的外國文學事業，成為一名報告文學作家，恰是一個知識分子反抗外寇的愛國體現。

我們再回到對《刀「式」辯》的解讀中，就會發現，魯迅的批駁雖看似符合各種理由，但他給楊昌溪扣下的「抄襲」大帽子，讓楊昌溪終生都無法翻身，並在晚年多了十年的牢獄之災，而且文學研究界至今都未對楊昌溪有更加深入的研究，這不但抹殺了楊昌溪在外國文學研究中的貢獻，更忽視了他在抗戰期間的卓越表現，這實在不甚公允。

對於楊昌溪的進一步研究，可以豐富中國新文學史研究的內涵。

首先，楊昌溪早期文學活動的相關史料及其研究著述，對豐富1949年之前中國外國文學研究史料庫有著一定的意義。

在上個世紀三十年代初，中國的外國文學研究尚屬於初創期，楊昌溪的工作無疑在某些方面有著開創性的意義，雖然他的不少研究存在著誤譯、錯讀等諸多問題，但在大體上反映了一代學人的探索，其中一些研究成果至今仍有借鑒意義與價值。

尤其是楊昌溪對於土耳其、印度、匈牙利與義大利等「小國文學」以及美國黑人文學創作的研究，反映了當時「弱勢民族與小國文學」研究的熱潮，在對這些作家的研究中，楊昌溪積極為同為弱族小國的中國文學尋找發展出路，並將民族獨立、國家強大的希望寄予於文學的發展當中，現在看來這種想法非常不切實際，但是這一系列文章客觀地為後世留下了珍貴的外國文學研究資料，尤其對部分作家如哥爾德、伊斯托拉底與雷馬克等人的研究材料更是非常難得，因為上述外國作家許多具體的細節並不為當下學界所知，而作為同時代的楊昌溪，卻記錄了這些作家的文學活動以及他們的生平細節，無疑這是值得後世珍視並研究的。

其次，對於抗全面戰時期楊昌溪報告文學創作的研究，可以為中國的軍事報告文學提供重要的史料。

抗戰軍興，包括但不限於范長江、吳伯簫、司馬文森、駱賓基、蕭乾與鄭振鐸等許多知名作家都投身關於抗戰的報告文學寫作，在烽火中謳歌中國軍民的抗戰熱情，一批優秀報告文學作品如《西線的血戰》（范長

江等著，上海雜誌公司，1937年）、《隨軍漫記》（史沫特萊著，上海
出版公司，1946年）等等都相繼付梓發行，鼓舞了全社會、全民族的抗戰
熱情。這一獨特的寫作題材被後世稱之為「大時代的寵兒」，[21]一些當時
的主流刊物如《吶喊》、《筆談》、《改進》、《文藝陣地》與《現代文
藝》等期刊相繼推出「報告文學專欄」或「報告文學專號」，與此同時，
關於報告文學寫法的教程也有出版，如張葉舟的《報告文學的寫作技巧》
（東南出版社，1940年）、周鋼鳴的《怎樣寫報告文學》（生活書店，
1938年）等等。

　　在這樣宏大的歷史語境下，楊昌溪投身報告文學的寫作當然有著其
合理性，正因此，楊昌溪的一系列報告文學作品才顯得更加有時代與歷史
的雙重意義。而壯烈豪邁的川軍抗戰，又是當時一個熱門話題，中共早期
領導人陳獨秀曾經寫下過《抗戰中川軍之責任》（載於陳獨秀的《民族
野心》，亞東圖書館1938年出版）並在當時曾引起熱烈反響。一批優秀的
報告文學作品亦隨著戰局的變化脫穎而出，如長江的《川軍在前線》（戰
時出版社，1938年）、傅雙無的《川軍戰績史料存要》（成都民族學會，
1941年）、鶴琴與海燕合編的《川軍抗戰集》（中央圖書公司，1938年）
與張善編著的《忠勇川軍》（新新新聞文化服務社，1944）等等，都是當
時的代表性著述。但從時間上看，楊昌溪的《在火線上的四川健兒：川軍
抗戰實錄》無疑是關於「川軍抗戰」最早的作品之一，也是目前有案可查
的、最全面的川軍報告文學集。因此，對楊昌溪報告文學作品的審理，不
但有利於對中國報告文學史、新文學史的深入開拓，對於抗日戰爭史的進
一步研究也有著較為重要的學術意義。

　　綜上所述，楊昌溪是中國新文學史上一個有著研究意義的個案，楊昌
溪的早期文學活動及其創作成果存在不可忽視的學術價值，對於他的文學
活動實踐及其文學史地位，學界可以有不同觀點，但任何人都無法刻意回
避、遺忘他的存在。

　　晚年的楊昌溪，因為荒謬的「歷史反革命」判決，導致了近十年的
牢獄之災。出獄後在「貴陽市中西街道服務站修繕隊泥木石組」做「臨時

工」，曾經被魯迅罵過、在抗日戰場上謳歌救國的「洋場才子」竟淪落至
此，這實在是黑白倒轉的時代悲哀，在他七十歲生日時，曾寫了這樣一首
名為《辛亥生日自壽》的古體律詩以自抒心境：

八八浮生又一春，百年過半恨殘萍。

流光似水真悠夢，華髮如霜鬢億莖。

惡夢縈環空恒惻，好景波逝痛黯深。

古稀七十寧詒我，搔首驚嗟鏡鑑清。[22]

其實，無論是「惡夢縈環」，還是「好景波逝」，何嘗不都是無法忘
卻的歷史呢？

（原載於《浙江社會科學》2013年第4期）

作者韓晗，係中國作家協會會員，中國科學院自然科學史研究所博士後研
究員，武漢大學文學院博士。已在海峽兩岸出版各類著述十一種，並主編
《張隆溪文集》（四卷本）與「秀威文哲叢書」。

注

[1] 此處所言「早期」，特指的是1920-1945年，楊昌溪於1920年負笈留洋歸來後，
在《婦女月刊》發表處女譯作談論婦女與工人問題，1945年抗戰勝利後，楊昌
溪基本告別文壇，開始專心從事新聞與學術工作，直至1949年楊昌溪完全中止
新文學創作，1949年之後，楊昌溪僅有三十首古體詩傳世。

[2] 黃棘：刀「式」辯[N].中華日報・動向.1934.5.10

[3] 阿芷：洋形式的竊取與洋內容的借用——楊昌溪先生的小說是洋人做的[N].中
華日報・動向.1934.5.6

[4] 阿芳：魯迅出版的奴隸叢書三種：作者葉紫、田軍、蕭紅[N].小晨報.1935.12.13

[5] 陳若海：葉紫生平瑣記——訪葉紫親屬和友人[J].新文學史料.1979年第5期

[6] 王竹良：一曲淒美的愛情挽歌——葉紫婚姻狀況淺探[J].湖南城市學院學報.第
31卷第4期.2010.7

[7] 魯迅：花邊文學[M].北京：人民文學出版社.2006年

[8] 張夢陽：魯迅文藝理論批評的現實啟悟[N].文藝報.2011.9.16

[9] 編者：為剿匪進一言[J].汗血月刊.第2卷第2期.1933.11.15

[10] 楊昌溪：魯迅諷刺徐志摩[A].楊昌溪：文人趣事[M].上海：良友圖書公司.1932年。

[11] 此為一九八七年四月六日《貴州省貴陽市中級人民法院刑事判決書》（1986年度刑申字第69號），由楊昌溪的孫女楊筱堃向筆者提供。

[12] 目前唯一收錄「楊昌溪」為詞條的辭典只有周夢蝶主編的《中外文學家辭典》（上海樂華圖書公司，1931年）。此外，南通市社科聯研究員欽鴻曾在2012年12月致信筆者，稱其準備由湖南文藝出版社再版的《中國現代文學作者筆名錄》擬收錄「楊昌溪」。

[13] 楊昌溪：哥爾德──美國的高爾基[J].現代文學.1930年第1期

[14] 楊昌溪：伊斯脫拉底──巴爾幹的高爾基.同上

[15] 此語出自於楊昌溪孫女楊筱堃致筆者信。

[16] 關於《絜茜》雜誌的相關研究與介紹，參見筆者的兩篇文章：《鐵屋裡的「吶喊」──以〈絜茜〉雜誌「吶喊詩」為核心的學術考察》（載《長江學術》2012年第1期）與《「遺失的美好」──以〈絜茜〉月刊為核心的史料考辨》（載《長江論壇》2011年第3期）

[17] 楊昌溪：煙苗捐[J].絜茜・第1期.1932.12.21

[18] 屈義林：義林奇遇九十年[M].香港：東方藝術中心.2002

[19] 林疑今（1913.4.9-1992.4.28），曾用名林國光，福建龍溪平和人，生於上海。著名的翻譯家、作家、學者，曾任廈門大學外文系主任。

[20] 傅葆石：灰色上海，1937-1945：中國文人的隱退、反抗與合作.劉輝、張霖譯[M].北京：生活・讀書・新知三聯書店.2012

[21] 趙遐秋：中國現代報告文學史[M].北京：中國人民大學出版社.1987

[22] 該詩由楊昌溪的孫女楊筱堃提供，為《楊昌溪先生「文革」遺稿──七言律詩三十首注評》（未刊稿）中的一首。

序二 啊，那個年代的人和事

楊遠承

　　1976年的「五一」勞動節剛過，學校又上課了。那些天，空氣沉悶得讓人窒息，心情也很不好。父親患結腸癌已是晚期，見他在家裡實在是熬不下去了，便求人在市一醫病房外的過道上加了一張床。他剛一躺下，醫院邊給家屬下病危通知書邊給他掛點滴，表示要盡力搶救。我心知肚明，這只不過是做做樣子，以順應兒女們的心意而已。已受疼痛煎熬多時的父親頭腦十分清醒，以他的知識和閱歷，深知病入膏肓，已到生命盡頭，入院後始終一聲不吭，閉目靜臥。偶爾睜開雙眼，見我呆坐在床邊，立即又閉上。我俯身問：「是不是有話要說？」他微微搖頭，眼角沁出幾滴苦澀的淚。是啊，他想要說的話一定很多，但又能說什麼呢？還能說什麼呢？最好的辦法莫過於沉默。那天夜晚，是死一般的沉寂。

　　此前，我曾向學校「革命委員會」的領導請求：「5月4日的全區觀摩課，能不能改期？因為我——」一位操濃重河南口音的女委員說：「嗨！你可真會開玩笑，那是學校早就報區裡決定下來的事兒，有下了紅頭文件呢！你說，到時候全區各校初中班聽課的老師都來了，你不上，讓誰來卜？」當時，進駐學校「工人宣傳隊」的一位中年師傅正好在場，見我一臉無助卻還想申辯，連忙插話：「楊老師，既然事情是這樣，你還是上吧！課上得好人家才會來聽。放心，你父親他萬一——，事情就包在我老杜身上！」聽他這麼一說，既讓我驚詫，又令我感動。

　　觀摩課如期進行。指定課文是魯迅先生的《一件小事》，兩個課時。沒想到那天聽課的人還真不少，不但教室裡擠滿了人，窗戶外的過道上也添了椅子。事後得知，聽課的老師們反映很不錯，校革委會的領導們也還滿意，所以課剛上完，便通知我可以提前回家了。

　　匆匆趕回，未進家門就見樓下靠太平路小學大門右邊圍牆外的拐角處，搭起了一個大油布雨棚，下面設有簡陋的靈堂，瘦骨嶙峋的父親頭裹黑紗巾，躺在用冰磚砌成的靈床上，寒氣襲人；在他腳下，一盞油燈忽閃著豆大的光。這時，天空烏雲密佈，悶熱得讓人喘不過起來。不一會兒便電閃雷鳴，大雨傾盆。家人告訴我，父親是我上課時在醫院落氣的，沒進太平間就直接回了太平路；眼前的這一切全是杜師傅一手操辦的，茶沒喝飯沒吃，帶著一幫工人師傅剛走！我聽了，再一次地驚詫和感動了。

　　大雨下個不停，敲得油布頂棚「劈劈啵啵」直響。除了至親，靈堂裡幾乎無人前來。事後得知，校革委會有領導曾給同事們敲過警鐘：「他父親是歷史反革命，反動文人，街道上的批鬥對象。你們要劃清界限啊！」雨夜中，我獨自一人坐在冰床旁守靈。眼望著父親戴著黑邊近視眼鏡的遺像，他也神態嚴峻若有所思地凝視著我。

　　我們一家五口是父親1950年在重慶「西南革大」學習結束，被分派到貴州省直屬機關幹部業餘文化學校任高中部語文教員後的第二年，才由重慶南溫泉輾轉來到貴陽與他團聚的。所幸很快母親也得以在這所學校的中學部教數學，全家人還被安排住在學校後面的宿舍樓裡，日子過得溫馨而平靜，最小的妹妹便是在這時出生的，取名遠福，父親還專門為她請了保姆。共和國初創，百廢待舉，「清匪反霸」、「三反」、「五反」、「肅反」、「審幹」，運動接踵而至。多年後得知，本以為早已交代清楚個人歷史問題的父親，在「審幹」中因任教班級有學員揭發他公然在課堂上「放毒」說：「我們吃的是草，擠出來的是奶」，「對新社會心懷不滿」，而被定為「歷史加現行」的「雙料反革命」，被判刑10年，到金華農場接受勞動改造。於是，母親在眾多壓力下，一人挑起了養育五個子女的重擔！待父親困難時期提前兩年出來時，兒女們均長大成人。可是，不久便成了一窩「黑狗崽子」，須「努力改造」方能爭取成為「可教育好的子女」。我之所以還能得到上全區觀摩課的機會，即可算是在黨和群眾的教育幫助下由「白專道路」上朝著「又紅又專」方向努力奮鬥的具體表現之一。

父親的骨灰要「入土為安」，葬在他身前在城南近郊親自相中的一座山崖下。杜師傅私下告訴我：「墳前還是要立塊碑，有個門牌號數以後才好認」。見我顯出為難的樣子，便說：「石碑打不起，我幫整塊水泥的，我用竹子搭骨架，不能沾鐵器，就用麻線捆。到時候你寫字我來刻！」我聽了，再一次地驚詫和感動了。

　　隨後，「林彪出逃」、「四人幫」倒臺、「三星」相繼隕落、「落實知識分子政策」、「平反冤假錯案」、「改革開放」，等等。這一切，父親都看不到了！在他去世十年後，我申請入黨的考察期間，支部書記到市法院去查閱檔案，回來後她慎重其事地告訴我：「你父親是被冤枉的，快寫個申訴書到法院去為他平反！」果然，不久市法院的平反通知書下來了！可是，這又有什麼意義呢？一切的一切都晚了啊！父親任教的學校早已不復存在了！但我依然清楚地記得他在如今萬東高架橋下富水南路202號那片校區裡度過的那段歲月！

　　30多年過去了，我已是古稀之人，杜師傅為父親所做的水泥碑早已換成了大石碑，那山崖的周邊也變得一年更比一年熱鬧繁盛。我想，父親定然不會感到寂寥吧！

楊遠承，楊昌溪之子。曲藝家、地方文史學者，中國曲藝家協會會員。曾任貴州省中等師範函授廣播學校高級講師、「貴州省志（教育卷）」修志辦成員暨專家組負責人。

序三　尋找楊昌溪

楊筱堃

　　這個初夏，因為角色是一個陪讀的母親，所以有一段日子過得特別的純粹。在孩子上學的時光裡，左不過就是找幾本原來沒有細讀的書看看，看累了就歇一會，看煩了就打開那廢棄不用了幾年無法上網的破電腦，在上面隨意敲擊幾句，沒有功利沒有目的。在這種隨性的敲擊中，忽然發現自己其實對文字還有一點兒天賦，至少，還能從文字的敲擊中獲得快樂，而不是過去一直以為自己發奮努力其實全是為稻糧謀。有時也會自作多情地問自己，難道真有天性一說，那麼這種天性來自哪裡呢？莫非這就是所謂的遺傳基因？難道這就是我父親的父親，那個名叫楊昌溪的老人所給予的傳承？

　　其實在我的生命中，與楊昌溪的交會只有不到5年的光景，這個名字在我5歲之前的記憶裡，只有驚鴻一瞥般的幾個片段，就像是兒時在電影院看電影一般，不知是因放映員還是機器的故障，突然閃現出的幾個畫面。但就是那麼以秒數計算的片段，卻莫名的定格在大腦中無法刪除。驀然回望，依然清晰。

回憶

　　片段一：灰暗的冬天。南方小城貴陽的冬天大多潮濕而陰冷，取暖的鐵爐子自然成了溫暖的象徵。記憶中的畫面是溫馨的，我們家小小的房間裡鐵爐子上鐵皮水壺冒著淺淺的熱氣，爺爺坐在爐子旁的木椅上，手裡總是捧著書本或報紙，他看得認真而仔細，神態安詳而入迷，以至於忘了在他腳邊蹣跚學步的我是否跌倒或是在地上抓爬。屋外請人搭建出的小廚房

裡，時斷時續傳來媽媽做飯菜磕碰出的聲音，成為祖孫倆此時沉浸在各自世界裡最好的伴奏曲，我可以在地上亂爬亂抓而不用聽媽媽的嘮叨，而爺爺可以在安享這難得天倫之樂中，享受他晚年難得的閱讀時光，不用操心下一餐的著落，在那個特殊的年代裡，顯得多麼難能可貴。

片段二：陰冷的初夏。「我的爺爺死了」！當我被大人們帶到他的面前時，我的腦中就只有這樣一個簡單的信息。生命中第一次與逝去的人那麼近距離，而且還是我的親人，腦中是一片空白。

他躺在那兒，白布下是消瘦的身軀，腳下燃起一盞昏黃的油燈。按照當地的風俗，這盞燈是照亮他走在黃泉路上的長明燈，是不能熄滅的。很快他身軀下被墊上了厚厚的冰磚。長夜漫漫，我傻傻地坐在那兒，抬眼看著遺像中的爺爺，表情依然嚴肅而冷峻，眼鏡片後面的眼睛默默地看著我，似有無限期許，讓我感到陣陣寒意，冰磚在一點點地融化，冰水從他的身下慢慢流下來，在貴陽細雨中的初夏夜顯得更加寒氣沁人。

片段三：細雨中的圖雲關。這個春天的寒冷終於在一場淅淅瀝瀝的春雨中達到極致，那天正好是爺爺骨灰入土的日子。淫雨紛飛中的圖雲關側的山坡上泥濘無比，這給前來幫忙的父親的同事們帶來了不少的困難，一行人喊著號子，腳步蹣跚地抬著水泥墓碑緩慢上行。幾乎只有幾個簡化得不能再簡化的儀式和告白，很快爺爺就變成了一個小土堆，記憶中就只剩下雜亂和匆匆。

此後的每年春天，這裡是我們全家必到的祭祀之處，只是春秋幾度，山坡一年比一年繁茂，除了松林更有許多知名或不知名的野花競相開放，似乎是為這裡的長眠者預示著什麼。

尋找

30多年之後的一天，我的父親給遠在太原的我打來電話，說看到徐悲鴻的高足屈義林先生的回憶錄《義林奇遇九十年》一書的《鬻文賣畫耽詩客》章節中，有一段關於爺爺的回憶，這讓父親異常欣喜。鑒於那個特殊年代所經受的遭遇，已是古稀之年的父親特別想瞭解更多自己的父親往日的情況，以了卻當年的許多遺憾。

在屈義林先生的回憶裡，是這樣回憶爺爺在上世紀二、三十年代在上海的情況的：「楊昌溪，在瀘縣川南師範畢業後，來上海從事英文譯述工作已近10年。其譯述的小說有多種在上海出版。他在上海出版界比較熟悉，並有一定名氣。他知道我的家庭匯款時常中斷，生活出現困難，鼓勵我寫點小文，得點稿費，以解燃眉之急。我於是開始寫一些雜文，內容多半是諷刺社會現象。通過楊昌溪的介紹，果然受到編輯先生們的錄取。這些雜文，大部分發表在上海《申報》的副刊上。

「在昌溪那裡，我還認識一些上海灘的作家，他們都熱情地為我轉介寫作。章衣萍特別讚賞我的詩詞，並向人傳誦我寫的《浪淘沙》詞後兩句：『拖著影兒來復去，影也悽惶！』但是我並不希望長久在上海灘作一個文人。……

「楊昌溪，後來回到四川，際遇很不好，輾轉去貴州，不知下落。陳靜生，曾到南京中大宿舍和我相會，並要去了幾張彩印畫片，回上海後，在游泳池跳水，不幸頭破身亡。這兩位朋友，留給我的印象很深，他倆的聲音笑貌，至今清晰地浮現在我眼前！」

我父親是1942年在四川出生的，隨父母入黔後在還不是很懂事時，爺爺就身陷囹圄，爺爺十年牢獄未滿，父親已成青年，18歲高中畢業，儘管

在貴陽一中讀書的他成績優異，高考時卻被一紙「准許考試，不予錄取」的政審結果，判定了他人生中諸多的不如意。由於家境困難，他去到當地一所較為知名的學校當了「孩子王」。爺爺出獄後不久就趕上「十年動亂」，父子在一起交流的時間本來就少，此時更是噤若寒蟬，對往昔所從事的工作甚少提及，所以關於爺爺在父親心底實在存有很多的「迷」，特別是與魯迅先生的那段「公案」，父親特別的不解，希望我幫他通過史料的查詢，解開他心底埋藏了幾十年的疑惑。

就這樣，在爺爺逝去30多年後的今天，我開始尋找楊昌溪，找尋他當年創作留下的隻言片語，抑或是關於他的點滴回憶，試圖在揭開那頂「反動文人」、「歷史反革命」帽子之外，看清楚他究竟是怎樣一個人？他有著怎樣的經歷？

我不知道，在我們家族的後代中是否還有人關注他，我只知道這種尋找對於我而言，不僅是圓父親晚年的一個夢，也是搞清楚「我是誰？」「我從哪裡來？」這樣簡單的問題。

借助大學圖書館的查詢系統，很快我就找到了爺爺當年在《矛盾月刊》、《現代文學》、《絜茜》等雜誌發表的數十篇文章，以及由他翻譯或著述的十多本書籍的目錄。儘管很多只有目錄而沒有原著文本，但就能找尋到這些豐富資料已足夠我們驚喜了。這與幾年前，我在南京大學讀研究生的表哥告訴我，他一位專門研究抗戰時期文學的同學對爺爺所下「愛國小文人」的定義還是有著很大的出入。

找尋中有過在網上被騙的經歷，但最大的幸運還是與韓晗先生的相識。這，與其說是偶然似乎更是緣分。緣起是在網上看到他所發表的博客文章《「怎樣遺忘，怎樣回憶？」——以〈現代文學評論〉為支點的史料考察》一文（載《東方論壇》2010年第6期），在這篇史料詳實的論文關於楊昌溪的論述不少，文中還附有《現代文學評論》五期的全部目錄。從目錄中可以看出，爺爺當是《現代文學評論》這本文學刊物的主力作家卻也是最默默無名的作家，當然，這本雜誌本身就是一本被兩岸三地文學史界「共同忘記」的刊物。我抱著試試看的心情給韓先生發去一封郵件，很

快有了回覆，韓先生也將他手頭收集的楊昌溪在《現代文學評論》上的文章發給了我。這是與韓先生的初識。

春節回貴陽與父母團聚，父親將他撰寫的《楊昌溪先生文革遺稿評注》給我閱讀，同時也給我幾本爺爺去世後，他在爺爺「文革」期間使用的工具包裡找到的幾個筆記本。翻看著這些發黃的紙頁，我真的百感交集。這就是那個當年在滬上文壇還頗有名氣的文人暮年留下的所有文字：除了30首古體詩外，其他的幾乎沒有成文的東西。但這些是他出獄後晚年生活的全部寫照——

他依然不忘隨時學習。記下了諸如「Chairman Mao Long Live long live long long live」「CLASS STRUGGLE」之類的英文新句子新詞彙。

他生活困頓。雖已古稀之年，卻還以做零工為生。有幾頁記錄了貴陽好幾所學校任教者的姓名，這些人有的我認識，知道都是父親的朋友。父親告訴我，這是他當年給爺爺介紹活路的記錄。畢竟年老力衰，大活幹不了，父親就和這些在各個學校任教的朋友說好，讓爺爺主動上門去給這些學校給學生們修理桌椅板凳掙點兒錢。

他珍惜生命，熱心助人。筆記本上還記錄了一些常見病的治療和用藥要領。據父親回憶，即使爺爺在監獄裡也還時常利用自己業餘時間學到的一點醫學知識幫獄友看病，但後來不知何故，這一行為被監獄嚴厲禁止。

他無數次叩問自己的命運並竭力地尋找答案。本中記錄的最多的是他研究易經、命理的筆記，密密麻麻的記錄讓我無法仔細讀下去，人生、命運……在歷史變換的潮流中，又能有幾人能看清楚呢？

由於時代的特殊原因他晚年留下的文字不多，但已足夠讓我揣測到他在那些常人無法想像的歲月中是如何渡過：「莫須有」的罪名招致的牢獄生活中，對親人的思戀支撐著他活下去的勇氣——遺物中有這樣一張發黃的照片，是年少時的父親和四姑的合影。

在照片的背面，爺爺除寫上了他們的名字以外還特地注明了時間「1957年3月送來」。這已是他入獄的第二年，想來也是最難熬的日子。我父親小學畢業剛要升入初中，兜裡插著鋼筆，還是光榮的少先隊員，這

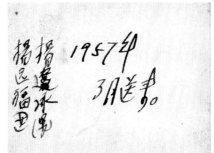

肯定讓爺爺無比欣慰。要不然這張照片不會一直珍藏在他隨身攜帶的工具包裡而躲過了「文革」中的數次抄家。

　　由川入黔後的爺爺是寂寞而孤獨的，在他的遺詩中有「結侶名山正卅秋，滄桑冷暖幾沉浮。故交零落成灰燼，骨肉翻飛堪燕鳩」的感慨；辛苦奔波之餘，他也會回想起年青時在上海的「書生意氣」，最懷念的當是那時一起志趣相投的朋友們，爺爺在《雷馬克評傳》的後記裡有這樣幾句話：「評傳本是不容易，而且又是乾燥無味的工作，以我這不學無術的人來妄為置論，遺笑更是不小了，過去的四五年中雖然在社會科學，詩歌，小說上努過力，但結果呢，在近兩年來只流產《給愛的》（聯合書店），《三條血痕》（金馬書堂）等四部中篇創作，而十分之七八的精神都傾注在西洋文學的批評介紹和翻譯上去了。更兼以諸至好如衣萍、疑今、巴金、一波、良知、麟生、少頓、善生、心全、永觀昆仲諸兄及笑天、冠英、汝儀三妹均以從事論文勉勖，為酬報他們的盛意計，這本書便是小小的微忱的表示。」可見，衣萍、疑今、巴金、一波、良知、麟生、少頓、善生、心全等應是他最好的朋友了。常聽我最小的姑姑說，爺爺曾告訴她，當年他在上海，與巴金租住的是同一座小樓，樓上樓下再加上都是四川同鄉，關係非同一般，而巴金當時的經濟情況較他更為糟糕，所以巴金出國留學前他還將《西線歸來》的一部分稿酬資助巴金。由於巴金老人當時是中國作協的領導、又是文壇泰斗，而爺爺卻是那麼的潦倒，姑姑們都把他說的這話當做「吹牛皮」而毫不在意。

　　倒是父親還顧及著爺爺這份思念朋友的心情，大概在我三四歲的時候吧，父親的一位上海籍朋友要回上海探親，於是父親託他給巴金帶去爺爺的一封親筆信，隨信還附上了他70歲時在貴陽黔靈湖畔的一張小照，以示留念。

　　讓父親萬分遺憾的是，他那位朋友回來後說，到上海後不知何故把爺爺的信弄丟了，只留下了這張父親一直珍藏著的小照。氣得我父親與那位朋友「割袍絕交」。

　　……

　　捧著這些東西，那幾夜我輾轉反側，閉上眼睛就似乎感覺到爺爺那黑框眼鏡後面的眼睛在看著我，想說些什麼卻終究什麼也沒說。我真恨自己學識淺薄，自從尋找楊昌溪以來，找到的文字資料雖多，卻依然理不出頭緒，比如他在上海的翻譯、著述工作為何停頓？為什麼又去了南昌？因何輾轉到貴州？……諸多疑問都無法一一解開。再加上魯迅先生那篇專門批他的《刀「式」辯》更讓我產生「忽聞海上有仙山，山在虛無縹緲間」的虛無感。迷惘之間，我想到了韓晗先生的博客中的「那些人‧那些事」的「定向散文寫作計畫」，旨在對1978年之前中國新文學史中崛起但現在已經離世的三十位學者、作家進行散文式速寫，其中不乏當下研究界的「失

蹤者」。我想，爺爺當屬於典型的被政治風波掩埋了的「失蹤者」吧！儘管還是大年初二，我已經忍不住了，跳起來給韓晗先生發了一封郵件，將我手頭的一些資料發了過去，並自作多情地告訴他：「關於我的爺爺，是很值得一寫的。」

意外

甚幸的是韓先生並未介意我的冒昧打擾，而是很快的在我提供的史料的基礎上，結合他個人的歷史研究，寫出了足以解開我心中萬千「難解之謎」的學術文章《重讀〈刀「式」辯〉及其它——以楊昌溪早期文學活動為中心的史料考察》（載於《浙江社會科學》2013年第4期，即本書「編者序」），他在給我的回覆中對爺爺的評價令我以及父親大為欣慰：

> 大函拜悉，令人感慨唏噓，今日我已經完成了一篇關於楊昌溪先生的論稿，已呈給《新文學史料》執行主編郭娟老師與美國哈佛大學王德威教授審閱，他們都是國內與國際關於中國現代文學研究的領軍專家，我這篇這是目前關於楊老的第一篇論稿，鄙人能力有限。寫的不成章法，唯希望拋磚引玉，相信今後關於楊老的研究能夠不斷深入，作為中國外國文學研究的開創者，楊老理應受到國內文學界、學術界與翻譯界的共同尊敬與懷念。

嘮叨的這許多，也算是記錄了這本《文存》得以結集出版並面世的「緣起」吧。不過《文存》得以結集的過程中，於我們這個家庭最大的意外莫過於找到了我失散60多年的大姑，這個故事極像影視劇中的情節，但卻又真真實實發生著。

不過《文存》得以結集的過程中，於我們這個家庭最大的意外莫過於找到了我失散60多年的大姑，這個故事極像影視劇中的情節，但卻又真真實實發生著。

　　也許是上天冥冥中的安排吧，在這個春節我與韓先生在網上交流關於爺爺的一些情況時，說到他的愛國，以及他對日本侵略者的痛恨——在他的《中國軍人偉大》一書的《序》中，有這樣一段話：「著者謹以本書紀念王濚之女士，她對本書的撰著曾給與不少意見。在南京退出之前、在難民擁擠船上、恐慌的武漢，她都親見著者昕夕研討凝思；可惜著者，剛回到別來十年塗山字水時，她竟在漢口的轟炸中因救亡工作而死，直到本書出版，已是她的月忌了。為了補償她一生掙扎奮鬥而未遂的心願，著者克制著內心的隱痛完成這本書，願在抗戰勝利，痛飲黃龍之日，她會在歸魂中，為祖國的自由欣然高歌。昌溪志念二十七年二月六日夜，時正我軍反攻蕪湖。」

　　經過父親和姑姑們的確認，王濚之女士就是爺爺的第一任妻子，他們還育有一女名叫「小華」，父親說只知道她16歲即參軍隨抗美援朝的隊伍去了朝鮮戰場，此後就再沒有音訊。恰在這時，有人在微博上稱：「楊昌溪和王濚之是我母親的生身父母。」……失散了60多年，今年已80高齡的大姑就這樣意外地「送上門來」了！

　　因爺爺的種種特殊際遇，他對大姑虧欠了一份撫養職責，我不敢隨意揣測大姑一家對此是否還有糾結，不過我父親倒是反覆給我說，爺爺對這位女兒的「不管不問」恰恰是他的父愛深沉的表現。因為他清楚地知道大姑的養父母早年加入「左聯」，1949年以後，大姑參加「二野」去了朝鮮，後來又轉業到了北京大學，其前途定是光明的，作為「反動文人」的爺爺不願因為自己的歷史問題影響到女兒的前途，便自動與女兒斷了聯繫。

　　在我父親及姑姑們的回憶中，爺爺直到臨終前還在思念並尋找著這位女兒，可由於她改了名字並換了單位，所以找尋的信件都以「查無此人」被退了回來。在大姑珍藏的照片中，我看到了青年爺爺的風采——這不是我記憶中那個嚴肅冷峻的老人，而是那樣的年輕儒雅，那樣的「民國範兒」。他的臉龐、眼睛、鼻子以及神態和我的父親、我的弟弟竟然是那麼的相像，真的讓我感慨家族遺傳的神奇了。看到大姑保存了那麼多和爺爺

一起的合影，我的父親和姑姑們真是羨慕嫉妒恨啊，因為歷史的原因，他們每個人都沒有，哪怕是一張和爺爺在一起的合影。

作為爺爺唯一的兒子，我知道在父親的心裡對於命運也有著解不開的心結。當年政審不過關大學沒讓上，自認才高八斗的父親很沮喪卻無力抗爭，1978年恢復高考時，父親聽說北京大學在貴州有現代文學研究生的3個招生名額，躊躇滿志狠狠地復習了好一段時間，遺憾的是當時他所在學校的主管局領導以工作離不開為理由不讓報考。再次失去了學習並繼承自己父親文脈的機會，深感愧對取名為「遠承」的厚望。那一屆北大在貴州招收的3名研究生中，走出了錢理群這樣的著名學者，讓父親至今仍感歎命運的捉弄而難以釋懷。

我的名字也是爺爺所賜，母親說我出生時「文革」正如火如荼，取名多是「衛紅」、「衛東」、「風雷」、「立新」等，爺爺偏偏給選了這兩個在當時即僻又獨特字，寄予了他對我的希望。但卻也讓我在學生時代常被老師和同學叫錯名。爺爺是極重視我的，在他的遺著30首古體詩中，有多首是寫給我這個不成器的長孫女的。這讓我深感愧疚。記得一次家族聚會上一位姑姑說，我們家的第二代、第三代中沒有人的外語能與爺爺比肩（不算失散大姑家的孩子）——這話潛臺詞很明確：我們當中沒有人的學識能與爺爺相比！

的確如此，在尋找、整理爺爺文稿的過程中，每每讀到那些譯介、評論，我都深深感佩，他視野開闊，蘇俄、美國、土耳其、匈牙利皆有涉及，儘管有的評論還顯得有一些粗淺，但在七、八十年前的中國，在那樣

一個特殊的時期，他的努力和探索真的是難能可貴。遺憾的是，因為抗戰的全面爆發，他沒有待在已成淪陷區的上海堅持寫下去，如若在譯介、評論、文學創作、報告文學的任何一個領域一直堅持下去，我斗膽揣測他的成就應該不遜於同時期的任何一位大家的。只是，歷史沒有如若沒有假設，芸芸眾生只能聽任命運的安排。孔子講：不知命，無以為君子。命非迷信，是歷史進程中個人無法擺脫的環境和必然性的歷史趨勢。

剛開始受父親的囑咐找尋楊昌溪，沒有想到最後能有《文存》的出版，也沒有想到會在找尋中還能瞭解感知那麼多與他同時代知識分子的命運：時代沉浮中的悲劇周揚；從譯介轉而研究戲曲終成大家的趙景深；才華橫溢又英年早逝的章衣萍；與爺爺合作翻譯《西線歸來》林疑今；著作等身的毛一波；還有與爺爺一樣最後窮困潦倒，默默終此一生的李贊華……我很慶幸自己人到中年時有這樣的緣起來感知他們，從我的爺爺到他的朋友，他們每一個人的人生故事都是那麼有分量，以至於能拉著人的心往下沉。心沉靜下來，對於很多身外之物便可以看得淡然了。

說實話，從貴州到山西，從熱鬧到寂靜，其間我對自己的人生也有過痛苦和迷惘，雖也曾有朋友為我感慨和惋惜，自己內心也有過不甘和掙扎。但是，與我的爺爺和父輩們相比，我倒是極大的幸運，躲進高校一隅，沒有苦孩子翻身心切的苦大仇深和功利心，也沒有對物質細節的瑣碎苛求和計較，只要有自足的精神生活就行！如若能得到上天的眷顧，能從我的爺爺、父輩那裡傳承一些對文字的天賦，那真是莫大的幸運了。

楊筱堃，楊昌溪之孫女。曾供職於《貴州日報》，現供職於山西財經大學。

目　次

給愛的

第一信

　　親愛的人兒！你忍著已往的一切痛苦重新踏上遼遠的長道；你自告奮勇的跨上鞍韉，手中揮著長鞭去狂抽自己的戰馬。是的，我愛，你要如駱駝般的在漠野裡去尋找水和草，你要如獵人般的在荒原裡去滅除害人的虎豹，你要提著正義之劍在人生道上披著荒荊前邁；你這種勇氣使我沉迷了，在萬里的闊別中，我不曾把別離的苦酒來沮喪你的雄心。在世上我雖然是一個微弱無能的女子，但我決不把溫柔來阻止你的行程。僅為我不能擺脫一切限制來痛苦地做自己願作的事，因而我把未遂的心願寄託在你的身上。愛的，我望你因我而完成我倆的心願。

　　愛的，你如戰士般的登上崎嶇的山路，然而探尋真理的戰士啊，在光明的追尋中，你終成了漂泊的浪人。恕我，愛的，我懦弱得無可比擬，我不曾助長你去努力實現理想，我不曾勤勉你在血泊裡尋獲自由，然而只虔誠的祝你完成一切的心願。流浪並算不了什麼，你早把自己的行徑去與聖法朗西司教徒（St..Francis）和那歐洲中世紀行吟的漂泊詩人之群相比；因此，我覺得你又要從錦水的涯湄漂流到峨眉山畔橫過巴山巫峽去延展你的長道，何況在內心並曳著了一件理想，我倆都不致如何的淒其了。

　　「往時我夢夢無知的敬仰著未知的世界，想去尋找精神的養料和娛樂，以滿足安慰我努力著的焦著的心胸。現在我卻從遼遠的世界歸來！哦，我的朋友！帶著好多蹉跎的希望，好多失敗的計畫啊！」心愛的，當我讀到維特由遼遠的長途一無所得的歸來的唔語，我卻深深地茫然了。這不是維特一人的悲歡，好似把無量光明追逐者的命運在這幾句唔語中估定了。因此，矛盾又占著了我的心胸，在你將要離我長征的數日中，內衷激蕩著無數的忙亂。

　　然而人永遠是矛盾的，更是永遠憧憬著未來。未來是一個美妙的幻夢，雖然明知其虛無空幻，但我們卻又不能不努力這美夢的實現。所以，一生的奮鬥和頹廢是因它而成立，更是人生的悲喜劇都是為它而排演。

——幕上行動的角色，都是因它而各有其位的排定。愛的，因今你又別我去追尋夢裡光明，未來是如何地玩弄著我倆，將來的一切是如何的旋轉著我倆，我沒有點勇氣和智慧來批判，一切人生的悲喜劇都在我倆的身上排演罷。

第三信

　　心愛的，在別後踏上飄零途程的你，度著數日淒風苦雨的生活，或許已將雄心化作柔情來憶念你心愛的人了。我鼓起勇氣要寫給你一份壯懷的信，然而，親愛的，恕我罷，我的心為著數日連綿的風雨軟化了。或許你接著我的信時，必定以為我的態度是前後模稜不清，但是這正是你心愛者為了深愛你不能作壯語，不能邁過風雨的魔力，把你的頹廢從萬里長征的途中滌去的緣故。人的心情是多麼容易變化的東西啊，愛的！別後我的心懷你是揣想得到的，然而你在風雨瀟瀟中是如何的景況呢？我被增愁的風雨軟化了，直到此刻我不能作壯語，我不願作壯語我也不忍作壯語了。因此，我的人兒，還是讓我來告訴你我內心的不安和苦悶。這苦悶和不安是女子們所共有的，我想竭力不在你的面前顯現，然而今朝卻把女子的弱點暴露了。

　　昨夜窗外的雨聲照例的引起我無限的哀思，你是知道的，雨聲好似是我悲哀的泉源，在任何境地和時間我對它的感受都不曾變更過；換句話說，它給我哀思的暗示是不分何種空間和時間的。親愛的，這書室窗外的芭蕉，那被一株大麻柳樹遮斷太陽光而不能充分得著營養的芭蕉，有幾株的葉子簡直枯黃了。今晨我一早起來，雨點仍淅瀝的滴過不止；舊恨新仇包蔽我的全身心，我百無聊奈的走進這書屋來。親愛的，我欣慰！在這兒發現了一種清脆幽美的聲響，因而我留心的聽著。雨點一滴一滴地打在芭蕉上，啊，好自然美妙的音樂噢！又清脆，又諧和，而且在諧和中又夾雜著如怨，如慕，如泣，如訴的哀怨音調，啊，的確是一種超世的悲壯之音律咋枯黃的葉上響和著！是它們悲悼自身的不幸？抑或是反抗剝削它們營養的大樹的一種激昂的呼聲？……，哥哥，我又想起人來了，你不覺得許多人的命運都和芭蕉一樣麼？一切都被我們的大樹──強權者──剝削盡了。然而人真是奇怪的東西，沒有和諧的聲響，也沒有哀怨的音調，只默默的捧著苦酒的杯兒像唇邊送，有時由舌頭苦到心頭，忍耐不住時也發

兩聲羊羔般的怪叫；但剎時又消沉了，苦酒仍然一口一口的向肚裡吞。人真是不幸喲，無力抗拒痛苦的酒漿，無勇氣的把苦酒長久的啜飲。愛的，你想，人將什麼與大樹下苟延饞喘的芭蕉相比呢？你知道我素來愛芭蕉，啊，我的生命力好似被苦酒麻醉得不能再突躍了！可是，我的人兒，只要你能鼓起勇氣去啜飲，只要你能在曠野裡吹起預言的喇叭，你的音調可以激發我廢頹的志氣，浸潤我枯竭的心泉，我將和你共鳴；在你的熱愛和奮鬥中，我將成為你所期望的人兒。──一個爭自由的女神！

第五信

　　前面寫了些什麼，現在不能省憶，而且過去的事，憶念著又有什麼用呢？愛的，我實在願意把一切忘記，乃至你，──我所摯愛的哥哥──我有時也想把你忘掉。這並非我的灰頹，實在，我疲勞於一切的奔馳；進過長時間的奮鬥後，仍然是一無所得。本來人生就是無味的追求一切夢裡光明，早早的澈悉了不是免得痛苦嗎？然而我的人兒，你一切失望後我又不禁深湛的傷懷啊！我覺得女子是永遠被註定（？）在這樣的範疇中生活，加以社會環境的惡劣，一生的奮鬥又贏得什麼呢？所以我並不如何灰頹，又不完全期望去超世或者早日完結此生，更是沒有一種力使我痛快地做事。你看，我成了怎般矛盾的人？我連向著親愛的人寫信時，也不得把我全部的情懷向你傾吐。啊，愛的，我始終是徘徊人生道上的女子，沒有一種力與熱使我痛快的生活死呀！

　　在你走後我更覺得求許多話要向你說，可是，我的時間有限得很，每每使我不能寫完一封信時便要上課了。愛的，上課真是麻煩啊！我自己知道什麼？我將什麼來教人？忠實點說，不過為生生活逼迫罷了！許多人都把教育當作一種職業，因此教育便在生活掙扎者的包蔽中受了摧殘。因此，我發現了一切的陰影，這陰影下是包藏著許多摧殘與侮辱的醜類，他們並不問影響如何，只在那黑暗中永遠做著欺騙的勾當。因此，我扮演這種醜類來摧殘教育也經過了幾年的時光，雖然有時在心中感著慚惡，然而為作女子只有把這種事當作變相的職業，始終還是在侮辱教育的生活中轉側。但是，愛的，這種生活我委實的疲倦了，厭憎了，在它的輪轍下碾去了我全部的靈性，以致我想與你寫信來傾訴心懷時也為了它而犧牲了；我很虔誠的企候著一種機會來到，使我能安然的擺脫這在內心上永蒙著創傷的工作。

　　哥哥，於今外我探尋到一切的陰影，窺透了一切的秘密，看清了構成人生的要素；因此，我更遲疑著步伍，愈覺得我過的是非人生活。社會上

並沒有一件嚴肅的事，所謂嚴肅不過是欺騙而已。人固然可以因欺詐而成功，然而成功也是罪惡；人固然可以追求真理，但最終只追求得幻滅的悲哀。因此，我覺得人生是包含在罪惡幻滅之中的，只要你善於使用罪惡的伎倆，只要你不絕的追求幻滅，那你一生總可以得到相當的成功和悲哀。你或許覺得我一提起人生便是憤懣的態度對於我是不好，但它所給予的實在是太使人難堪了。而握我又是在舊社會下培成的新女子，我一切都須得受社會的估定，我怎不能因社會的罪惡而感到真理的幻滅呢？好在這世上我又獲得了你，雖然從世界上失望了，沒有一種力量與熱使我痛快的生或死，但你給我的熱愛是偉大的。因此，你絞著心血來恢復了我已失去的甜蜜和愉快，明白點說，在你的愛裡我體驗的到生的偉大。

　　但是，而今你又別我走上萬里的長道，命運將如何的播弄我們，此刻一點都沒有把握，所以，我一想到你要別我時，宛如我的末日快要臨到，在眼前浮映的是一片黑黢黢的原野，但我心中所慮到的終是夢幻，你始終不能不離開我呀！愛的，你此刻或許已在長途的馳騁中疲憊了，但你的疲倦只是在追尋光明的途次中應有的折磨，你是把它們當成了甜蜜的苦酒痛飲著，只要不至於馬上把你刺死，你也不萌退縮的志願。我還向你期期求什麼呢？你是遠隔著我，把我一個人棄絕在這冷清淒絕的空谷中，使我長長地吞飲別離的苦酒。而且這苦酒是你為我釀造好了，在熱愛後的別離中，你便永遠的向我的心杯斟著。有時我想抱著你將要遠行的身軀不放，但你是在門前備下戰馬，我能打起勇氣使你為我的柔情所軟化麼？不！不！愛的，我終於沒有一點柔情可以纏著將要遠行的身心啊！（？）這為了什麼呢？僅為著我要籍著你的身心來完成我偉大的懷抱！……

第七信

　　為著你的別離我竟無聊地寫下一行行的喟歎，似乎把我的弱點在一個將要長征的戰士面前顯露得無餘。但是，那並非我的弱點，正是我掙扎後一無所得的表示；更要永遠的繼續著奮鬥，使我的所想得著最後的終結。——無論是成功好失敗。雖然在前面曾寫下了：「我是在舊社會下培成的新女子，我一切都須得要社會的估定……」但我仍是努力不竭的奮鬥，「奮鬥即是生活」的名言當作了我的座右銘。因此，我為離情所苦時不免向你發出灰頹的句語，但在感情平復時，我又願我倆是一對爭自由的戰士；永遠的在血泊中去尋討生活；永遠的攜手並肩的前邁。

　　所以，當你快要離去我的當兒，很想緊抱著不讓你離開我；但這終久是一種想望，終於沒有向你表示一種痕跡。愛的，這為了什麼？僅僅是為了我倆的將來，我只得忍著淚，壓抑著熱烈而淒滄的情懷，使你得安心走上征途，沒有一絲兒絲蘿來牽掛你的雄心，這雖然在我是痛苦，然而為了我倆的將來，我甘願長久的痛飲別離為我釀造的苦酒。我望你要努力前邁。沒要因著一切而灰心。即是有什麼失敗，那是引導你到成功的蹊徑。我自己雖然是長長的在生活下轉側，但只要你能把我心中所懷的人類愛完成，你也算在我的愛中變著更偉大了。愛的，你早日有些頹喪，過去的失敗又算得了什麼呢？誰不曾從監獄獲得了新生？誰不從刀鋸下尋獲了光明的坦途？而今你正重新蹈上骸骨鋪砌的長道。在一步步中，我望你把殷紅的血腥來吹拂拭你由失敗而蒙上的灰色。那灰色是象徵著死亡沒有人曾從他獲得新生；只有使一個人永遠在灰色的深淵中沉溺。只要你一入了它的網羅，你便永沒有超脫的希望；一直到死在你的眼中也還是沒有一點星紅紅的光輝。因此，心愛的，在你遠行中我唯一顧念的便是你的頹廢的心理，加以出獄來身體的未恢復，假如你為悲哀咬傷了呢？啊，我的人兒，一切都漸滅了呀！……我的一切都毀滅了呀！

第十信

　　愛的，早日你在錦水的客中時我給你的信曾說：「假如我們能在窗外的百花潭中蕩舟，那是多麼幸福！一對愛人兒在晶瑩的波裡映著雙雙的倩影，那是多麼甜蜜！」但是，那終於是一個未完成的幻夢，清清的潭水中任讓一群俗類在那裡廝鬧。運命（？）使我倆千里隔絕，雖然有相會的可能，然而在別人的園庭中，我們又有什麼自由呢？啊，我的哥哥，而今你又由於千里的隔絕流離到萬里外的海濱去了，一切是更與往昔異樣了。然而自從你在此地別後，啊，那百花潭附近的白蓮池又顯現了使我沉醉的情狀了。平鋪在水面的小荷葉使那池子成了碧綠的茵褥，沒有一點晶瑩的水色來，它的綠油油的光澤，我覺得一片一片的綠葉非常玲瓏，婉約，優美，使得我在孤寂冷清的生活中獲著了無尚的安慰。但從你走後，它們便一片一片的伸出水面了。在光波的掩映中，它們宛似矜持的少女，亭亭的在水面直立，好似我倆理想中的愛情，好似我倆遺世孑立的身心。當我曳著孤淒周到書房時，每次都覺得你的身影從我的一瞥中浮映，待我伸手要挽你時，卻又成了幻影。因此，當我感著空虛的時候，在窗前卻又為我生下了亭亭的荷葉。啊，我是萬分的狂喜，在離別的相思急切中，宛如你凌波而來；在幻影玩弄人時，似乎你在波上向我盈盈地訕笑。愛的，我真快樂，我把荷葉的美妙來填著你給我留下的空虛！假如你歸來時它們仍存在，你定可從它們的心裡認取我對你的熱情。然而，我的哥哥，你要何時才能歸來呢？恐怕你歸來非惟滿池的荷葉荷花已經枯槁，即是我這多愁善感的身軀呀，或許早為相思所端正斷送了！但你是遠在萬里外呀，怎由得我不懸念你？怎由得外婆不日夜為著思念而夢魂顛倒？怎由得我不為相思而憔悴？啊，為我的淒絕，我願你早日歸來。然而為著我們的理想，我有願你努力呀！……

第十二信

　　哥哥，當你讀到上面一段時，你覺得我這女子是如何的矛盾！有時是以奮鬥和努力來相勉，有時又以相思的熱情來戕刺你的雄心。是的，我甘願受你的責備，為著女人們永遠是如此的矛盾，我甘願受你的責備。然而在這譴責中，你卻沒要忽略了我對你的深情。你想我是如何驕據而矜持的女子，僅為了你呀，我把以往的一切尊嚴都為你拆卸了。這為了什麼？啊，我的人兒，僅為了我是深切的愛你呀！

　　早日我曾向你論到女子的矛盾點，而今你還記得罷。女子無論在戀愛上，離別上，會合上……都有矛盾的表示。在情思急劇時，她很想有一個做愛的男子來安慰自己孤寂的靈魂；但一遇到有機會時，她反漠然，而且加以深深的遲疑了。在相思苦絕時，她恨不得馬上倒在情人的懷中，但真的愛人來到時，她又羞澀的無一點熱烈的表示了。這點我也並未曾向你隱瞞過，目的要使你明白女子的心理，那樣，在我有時為感情征服時，你也不覺得女子的矛盾會使男子淒苦了！所以，你對此刻的矛盾，你應當屈意的瞭解。我再明白地告訴你，哥哥，我並非落伍的女子，我是想極力的勝過感情的誘惑力，我是想在你的熱愛中使你成為一個比較偉大（？）的人。不過，愛的，我始終逃不脫矛盾的魔力，這點我至何時才能免除呢？啊，我願你使我脫離它的魔力！

第十三信

　　今夜從野外散步歸來便覺得你安抵鄰水的明片，我已放心了。但你告訴了一個軍界的朋友這次軍閥的私鬥上陣亡時，雖然我不認識他，卻使我由戰慄而心酸，好似在我的眼前浮著一副血淋淋的屍具。愛的，你常以為女子的心好，人類愛也比男子強烈，每每酷愛和平而怕流血。委實的，我愛，我相信凡未失掉女子本性而被社會惡化的女子，莫有一個是願意流血的。近年來的人真不值價殺死一個人宛如比雞狗還容易。然而從他方面想，社會如此的混亂萬惡，許多人均陷在求生不得，求死不能的狀態裡，還不如早早死去的好。不過，我卻又深深地願意人們生死都向極端走去，要生就拼命的去生，從血泊裡去探尋生之途徑；不然，簡直就死掉的好些。因此，你或許以為這番憤慨的話有傷女性的和平，可是，你要知道，我不忍見人在生死之間徘徊，掙扎，喘息；中庸之道常使人陷於因循苟且的圍氛，永沒有痛痛快快的生或死。就是我自己呢，生死我都要向極端走去，你才可相信並非騙你的狂言。我是決定在眼前走上生的長道，假如萬一在生的掙扎中一無所得呢，我將極端的走向墳墓去。——因為人生的歸宿是在初生時為你預備下了，無論你是貧賤、高潔、卑污、英邁、懦弱、……你始終都是墜入它的懷抱。

　　親愛的人，我因論及生死又免不掉追憶到去年。當那落英繽紛的暮春時分，我正寫了一首落花詞在書室門前曼誦低吟的時候，忽然來了一個驚人的消息，說你以行被捕，生命危在旦夕。啊，親愛的，我麻木了！這社會是不斷的摧殘真理的戰士，我在萬分的驚恐中幻成了你血淋的一具屍身，宛如你已被槍殺在南國荒郊，永遠的懷著無限的心願而死亡，把我孤孤單單的遺棄著。社會常把有為的青年送入死地，何止你這具不值一顧的屍骸？一具、二具、……多著呢！只要你不願意做馴服的奴隸，那你不得不變成一具死屍。然而我並不曾想到強權者會把我的愛人葬送！好在你終於從虎狼的口中逃脫，不然，我的人兒，你心愛者的淒絕是永遠的沒有止息呢！

　　因此，你千萬不要忘記我的叮叮嚀。早日你允許永遠承受我的心願，而今你是與我遠隔著；你應該堅守著你自發的誓信。我不願你去往軍校，姑無論是海軍或陸軍，你盡可從別方面去謀發展。當你告訴我朋友的陣亡時，使我更加憎惡軍校了。無論是如何大的官，他們的命運也不得不受私鬥的估定，永遠的在殺人的場合上作無謂的犧牲。縱然成了功呢？勝利也是建築在無數骸骨上面的。我想，即使與草木同腐，也比在同類的屍身上獲得崇偉的榮譽要高出萬倍。哥哥，我有時抬頭看見碧空一群群的飛雁，很和愛而自由的高飛著，我不禁有些滄然了了！許多人失掉自由，許多人又相互的殘殺，你想，親愛的，人將什麼區域碧空的飛雁相比呢？是智慧罷，許多人都如此的承認。可是智慧確又是萬惡的淵藪，自從亞當到現在都是永遠的釀造罪惡；使人類相互的欺詐，相互的殘殺……因而，我咒詛智慧的滅亡，為著免掉性靈的蒙蔽，為著避免該隱在麥田裡手刃自己兄弟的殘酷永遠綿延。親愛的，我願你愚蠢，樸實忠貞的做自己的工作；我不遠你智慧，時常把超絕的睿智去摧殘人類的弟兄。啊，愛的，我願你永遠秉承你心愛者的心願！

第十四信

　　已接到你抵巴山的信，知道你在「無限江山，別時容易見時難」的留戀中更繫念著我，親愛的，「勞燕分飛，天涯地角兩飄零。」繫念徒增傷情，你將我忘了罷！我實在想從追憶中少留的印象，這並不是對你淡漠，僅為追憶太使我難堪。哥哥，你知道我是永不能忘懷你的，你放心地去罷！我不期望你對我日夜地懷念，只願你的腦海裡保存著有我這麼一個形象。因此，在臨別時贈你的照片也僅寫下：「別後兩地淒涼，只默默的望著雲天惆悵！愛啊，萬里外夢魂深處，是否曾有這麼一個形象？」你而今還不曾深徹我的含義罷，我望你細細的思量！

　　啊，我的人兒，在這即日的晚上都是雨聲在窗外伴著漫漫的長夜，我的思潮隨著雨聲而起落。唉，你是遠隔著我呀，將怎樣的寄託這悠悠的遐思？……然而，為著了我倆的未來，啊，我又不得不忍伴著如年的長夜！你在何時始得歸來呢？我的愁懷何時始得開展呢？……我實在不忍多去顧慮，僅為了你是遠隔著我呀！……

　　但是，愛的，雖然我是如此深邃的思念你，而我卻願你對我淡漠點好些。因為你是在萬里外漂泊著，一切都無憑定，一切都待努力的創造，更是為了去實現一種理想，那你的心應該把我淡忘不了，你將來一事無成，或者因相思的急切而發生了異常，我便成了莫大的罪人。你要知道，我並不曾用愛的柔情來把你陷溺，我只是願你因愛的鼓舞而更形偉大，於今你在千山萬水的轉徙中，你更應當回念著我的心願而奮鬥！愛的，你為我爭口氣罷，我是永遠自強不息的人，怎忍用柔情來把你殺掉？怎忍你因繫念著我而一事無成？……一切你你都要善自體貼你心愛者的情懷，願你的成功減輕她從人世上獲得的罪過！

第十七信

　　近幾日的天氣照例是這樣，晨起時細雨仍紛紛的淅瀝著，一直到午時才可以看見太陽。因此，我的心好似從天空中接著了無名的暗示，使我的精神長在憮憮中轉側，沒有一件事是我能興奮起來。說為了相思呢，我是決定在別離中對你淡漠點，免致思念的苦痛蠹傷了我的全心。說為了生活呢，生活雖然枯燥一點，然而環境的清幽嫻靜，有時是我沉醉。說為了不安於現實而憧憬來茲呢，已是如此的做了，也並不曾把我撲倒。哥哥，你能告訴我麼？你的妹妹是為了甚麼而如此憮憮……一個自強不息的女子是如此的麼？……我委實有些懷疑！假如這樣經過了一月半月呢？唉，我的未來怎堪設想呀！……啊，一切都由我自己創造而至於撲滅了！……愛的，恕我，為著我沒法排除附身的魔障，我能寫什麼呢？假如這幽憂的病長此下去，我的一切世界都完結了呀！恕我，哥哥！

第十八信

　　這兒的自然環境委實不壞，當我疲乏時，我時常投在它們的懷中。但早日賞愛的新荷，不久便被人折去了。然而，愛的，而今它們又綠油油的向著水面伸展了。不幸的荷葉我雖曾愛惜過，但過去終是過去，因了新荷的鮮綠，我那裡還記得它們在我思念你時給予的安慰？人本是只執著現實的，女子也終是一樣的啊！你看，被壓迫者一旦躍入壓迫階級時，他或她也不是忘了過去的不幸而同樣，或許更厲害的壓迫不幸者麼？……

　　但是，縱然我在瞥見新荷發出時不免有些傷感，但卻又如小孩般的發現了一種剎時幻滅的珍實，我看見晶瑩的水珠在荷葉的盤中滾著，好似無數的珍珠放在碧綠的巾帕上；我癡狂地看著，啊，我迷戀地看著它們的非滾！唉，哥哥，我是怎般的欣喜！然而現實的榮光終不可再呀，愛的，我又從那水珠聯想到人們眼中的淚珠。這點是你那沒淚的人兒所不曾夢想到的，但你哪知道在人生的行程中有無限的人為作喜怒哀樂而開決下了無竭的淚泉？流淚是一種傷心的表現，「人不傷心不淚垂」，誰能否認他不是真情的流露呢？人只要不矯飾著虛偽的面孔，一切喜樂和哀愁都讓真情的流露，那人便是天之驕子了！然而人終要矯飾者，啊，世界便如此永遠的暴亂呀！

　　或者，愛的，你以為淚是弱者的表現，是唯情者的哲學根據。而唯物的人也有淚的泉源，你又何辭以解？……我知道你的淚泉為著人世的冷酷而壅塞了，直至臨到殺場時你也只有一點兩眼涔涔的表示；但他人與你成了反比，一悲痛或淒絕時便淚水汪汪了。但是，你的淚終於未盡罷，有一日，愛的，你的淚泉終要開絕。──然而埋在萬里的飄零中，我的心又望你要壯懷一點，僅為著我不望你把淚泉開絕；我望你歸來時還是淚泉盈盈，有一日，我用愛的柔情來為你開絕，如何？……

第二十二信

「問君何時輕離別？一年能有幾圓缺？楊柳乍如絲，故園春盡時……。曲欄深處重相見，勻淚偎人頰，淒涼別後兩應同，最是不勝清怨明月中！……」昨夜我在月下徘徊，那時正當新雨之後，雖然光輝仍不減平日的皎潔明媚，但月兒飽藏著幾分淒清。我在淒清的月下不知不覺的曼誦著前面的詞句，啊，愛的，我又有些滄然了！我想從記憶中去追尋悲壯的詩詞來壯壯我的愁懷。啊，浮泛在腦中的又只有「人杳杳，思依依，更無芳樹有鳥啼，憑將掃下窗前月，持向今朝照別離，」「請君試問東流水，別意與之誰短長？」「春風知別苦，不遣柳條青！」此地一為別，孤帆萬里征！……」總是這些傷別的哀調，山月而撞到別離，由別離的回味而傷感。心愛的，我這自強的女子何以又淪到這種悲哀的圍困中？……然而搜索枯腸，實在找不出一句或一字來壯我的悽愴的情懷！我不敢曼誦了，我也不敢再向明月凝望了！假如我在佇望，悲哀又將如何深切的刺我呢！

然而當我一蹀到臥室裡匆匆的睡下，對著這明滅的油燈，我又想起「記得燈前半忍淚，卻問明朝行未？」的兩句；於是別離的一幕，又在我的腦海裡重演著。哥哥，當你將要離別的前夜，為著一別數年的長征，忍不住在你的懷中流了幾行悲淚。但這要你恕我的，在你奮勇地踏上征途前我不曾向你作狀語，反用真情之流中泄出的淚滴來催傷你的心懷；然而在極力的忍後，反而在午夜的床頭私私的痛哭著。啊，心愛的，雖然你不曾哭，然而倆倆的沉默，顯然是為別離的悲哀所侵蝕了。唉，一對快要別離的情人只默默地在熒熒的燈火下相對著。那時我有什麼勇氣開口呢？……啊，心愛的人兒，一開口便要痛苦不絕呀！……在別人的園亭中，在你臨別的前夜……我只有忍痛的沉默。然而，愛的，在你走後我全夜的痛哭有誰知道呀！……我以為便如此別了，要不到你臨行的剎那還要來看我一次，然而，當我起床時，你卻要走了。愛的，那時我承受了你的心願來送你，但我剛走到河畔時，你們卻轉過橋頭向著長道進邁了，只對我飛揚著

手巾以示別意。啊，我永遠繫戀的人兒，那時心的酸疼使我淚眼模糊，假如不是有人在我的身畔冷眼相覷呢，哥哥，我怎禁得著漱漱的珠淚！然而我一個人孤零零的歸去後，在室內長長的哭了。愛的，你從這些辭句認取我為你流下的血淚：

啊，別了，離去了我的愛人……
是在落英繽紛的暮春時分；
是在白霧濛濛的黎明。
憑晨風吹拂著柳絮，
憑浪花急湧著彼心，
你為人子鋪砌行道的預言者喲，
終於的，啊，終於的跨上戰馬的鞍韉！

你快上戰馬的鞍韉，
手中揮舞著長鞭；
憑河畔輕渡著漁舟，
憑山花開遍了天涯……
啊，你已勒馬向遼遠的征道！

你勒馬向遼遠的征道！
我虔誠的默望著冥空祝禱：
願你完成你為人類立下的誓盟！
願你歸來時奏著勝利的凱歌！
啊，自由的血鐘響了，
前進！前進！奮勇的前進！

是在落花滿地的暮春時分，
是在白霧濛濛的黎明，

就這樣的，這樣的離去萬里長征的浪人！

我在此虔誠的期待，期待著你勝利的歸來！

第二十五信

　　我永遠懷念的浪人：在這許久不曾給你寫下一字的時間內，我真的想將你忘了；而且在你引領西囑的失望中，你或許以為我是把你忘了。我不忍心如何的解釋自己淒惻的情緒，恁讓這筆寫下去罷。

　　你的來信說：「在我天涯的流浪中，唯一繫念的只有你了。」是的，我愛我的一切已深刻在你的心湖深底，你能忘記世界和一切美夢，然而你不能沒有我呀！但你宛如舟臨大洋中，卻有我這一個砥石將你鎮壓著，使你不能盡情地飄蕩，盡情地向著善或惡的極端走，愛的，我真是罪過呀！在前面我曾寫下要你把我淡漠的話，而今我還有什麼壯語？哥哥，我願你與心愛的爭口氣，莫使我在你的生命史上成為一個罪人！——把你的一切美夢因我而破滅了！

　　而今我再明白地告訴你，近日來我沒有追懷你一天，為的想把你忘掉。實在的，我愛，我是想忘掉一切，忘掉世界，乃至忘掉我在自己的全身心……可是，不行，無論何種技巧都失敗了。真是矛盾，愈想忘掉你而愈加的回味起來。所以，近兩日來你的身影又晝夜都在我的眼前浮漾；情急時想伸手來擁抱你狂吻，然而盈握的卻只有空虛啊！啊，我的一生便是如此的永遠矛盾麼，哥哥？……

　　人生真是矛盾，我向你寫下的狂言囈語都是矛盾的產物。然而世界上哪些事又能逃得出矛盾呢？比如一個人在不得生時要求生，在困苦時又要求死了。因此，一個人便不能痛快的生或死，不得不過著割裂生殖的生活。我是怎樣的女子，怎能逃脫它的偉力呢？哥哥，世界上所有的一切理論和事實都是永遠的矛盾，使得擾亂永遠的沒有止息。因而許多偉人們把理論與事實的矛盾看作了官樣文章。所以，他們的宣言，通電……以及一切的設施，都蒙上假面具，所謂為民族謀幸福呀，裁兵裁厘呀，減除苛捐雜稅呀，都是異常的好聽。而且在與別人戰爭時，彼此又都說是為民來除害，但在事實上的檢討呢，恰恰與理論成了反比。等到危急時，沒有一

個不辭職出洋的。辭職也成官樣文章，使得他們的下屬好來挽留以抬高身價。始終呢，偉人還是偉人，官還是官，錢還是要拿。這種萬惡的現象，便是人生矛盾的事實了！我為著人類的全幸福來咒詛他們，然而我自己呢，也是同樣的陷於矛盾的地步。不過一個平民的矛盾是一己私事，哪有大人先生們的惡果激烈！愛的，我因著人生的一切而走上矛盾之道，我永遠都是如此的矛盾呀！……

　　但你可放心，哥哥，在我的矛盾生活上想不至發生別的意外，我是願意在你歸來時還是你的愛妹。在別離的淒苦中我要極力的做一點激烈的工作來刺激自己，使我在萬水千山橫阻中與你彈著共鳴的調子。因此，我的人兒，你相信我罷，我的心情無論如何的變化，我是永遠不能忘懷你的呀！

第二十六信

　　昨夜怎的又夢見了你，心愛的！是你的夢魂越度關山飛到我這裡來了麼？是你的想念與我的思念在午夜的夢魂中相文化日麼？……啊，愛的，早知是夢我不該醒來，早知要醒我卻不該在夢中歡欣，然而夢了，醒了，誰又能辨別夢和醒呢？哥哥，在這次的會合中我不曾預知你要轉來，所以兩日的接吻我還以為是夢。但在你走後的兩日後有何嘗不以為是夢呢？「啊，夢！夢！夢！」浮生若夢的一世便離不了夢的魔力；所以，白日是夢，晚上是夢，有時還要做夢中的夢。等到自己覺到是夢時，夢的自身便為你證實了！而今你是與我遠隔著，倆倆都把過往現在和來茲在夢中排演，夢幻將如何的玩弄我倆呢？愛的，不要遲疑，得悠夢時且夢罷！

　　你怕在別離中把「遠離是愛情走上向墳墓」的名言證實，啊，愛的，「人生幾番離合，便成遲暮……」假如遠離要將愛情走上墳墓，哪怕有什麼法子阻止呢？我們不過是人生舞臺上扮演者之一，啊，哥哥，讓來茲渺茫的煙波將我倆的青春和愛情葬送罷！……

　　愛的，在我正讀著你傷懷著怕在別離中把愛情送進墳墓的名言證實時，一個驚人的噩耗傳來了。那個小鴿兒，那個天真爛漫還未滿三歲的孩子，愛這裡曾看見過的，每天他都要到書房來幾次，雖然我不是小孩，他卻偏愛和我玩。他的笑語，他的姿態，都是特別的為我開展，十分的在我冷絕的生活中增益了無限的慰藉。我很愛那天真爛漫的小寶寶，而他除了我初到時有些害羞外，以後便每日嚷著要找我玩了。現在呢，親愛的，我真不忍說，那白胖的小寶寶已經長眠了一星期多。你看，哥哥，這是如何值得傷悼的事啊！在剛聽到他死時我完全不信，早兩日還在這裡嬉笑跳舞得無可描述，何以兩三日的別離便死了呢？然而，死了！

　　確實的死了！一副黑漆的小棺材從後門抬出去是我親眼看見的，我有什麼理由不相信他很輕快的便死了呢？……啊，愛的，我真不知死是怎麼一回事！在我自己未死以前死總是神秘的給人以悲哀的暗示，或許自己死

了反不覺得。不過，當我每回憶起那荒煙蔓草中一坏新的黃土掩埋著的小鴿兒，我不禁惘然！或許不久間我要為別離所掩埋！或許在你未歸來時我便為著傷感死滅！或許愛情的破滅會將倆倆斷送！……啊！一切都似乎為我倆排定了，心愛的，我倆有何法來否定呢？……死的羽翼是在我倆間拍拍的飛翔！

第二十七信

　　心愛的人，昨夜我很想念你，許久許久都不能入夢、但入夢後又不曾看見你，這是如何的弄人啊！思念真是痛苦，尤其是在夜間，正疲倦的想休息時，又為相思所苦，──這是彼此都難免的罷！

　　將愛情詩化，愛情是至上至美的，所以我高興你能將愛的歷程寫成詩，雖然我不能寫下一句，但我可以從你的句語陶醉。新近我記得在某地日報上有這樣一段話：「真實的愛，在一個詩人的表現是：『在靈魂中相互擁抱的狂吻，並且他願意把所有的熱情都表現在狂熱的詩裡。』」所以。愛的。在詩人的愛中能重新尋覓以往愛之痕跡，因為愛在詩裡是不能泯滅的、它更如此的加重說：「這是世界上無上的光明，無上的希望，一個人可以為愛而奔走，為愛而犧牲，為愛而做一切，因為他由這些裡面可以得到無限的生命，無限的快樂。」這有些像戀愛至上（LcVe is heat）主義的論調，雖然性的高潮已經變了方向，然而將來還是遙遠，所以許多高唱戀愛破滅的人反而為愛傾倒。我很贊成雪萊（Sheliy）在愛之哲學一詩中所表現的，宇宙的調和更證實了愛是永恆的存在。所以，心愛的，在而今我倆都成了戀愛至上善的擁護者；願在倆倆的培植中不致淪到破滅。

　　因此，我願你為作妹妹的熱情，把心中灰色的帷幕拆卸。為著愛的鼓舞而奮勇的前進。縱然你是失敗而死，那比平庸者有價值了。愛的，我雖免不掉思念你，但那僅是情勝時的表示。你知道我很願意把理智來戰勝感情，即使你因奮鬥失敗而死了，我還是深深的滿足呢。──因為失敗也是成功，不過收穫不同罷了！

第二十九信

　　心愛的，這兒除了窗外的芭蕉和對面飛來峰上青蔥的草，油綠的幾株柳樹，雪白的七里香的刺花，蒼黃的水竹外，什麼都沒有；能聽見的也只有樹間啁啾的飛鳥，池裡荷下喋喋的游魚。在這樣優雅深邃的境地裡，哥哥，我的心愈覺淒清了。而且在深深的淒清中，卻更思念著你。啊，我只是孤零零的。什麼也沒有。身內外滿是空虛，不思念你又如何呢？因此，使我自立的心願都我一人創造而澌滅，我能忘去一切，然而不能不有你呀！

　　不覺得咋會面上不能從我接受熱烈的貼慰，不錯，我是缺乏表情，在你我過去的兩年間都是如此的使你難堪。哥哥，雖然我想給你一點微溫的情熱，但我終是十分的羞澀，再益以平日的自矜和羈踞，我有什麼勇氣呢？不過，我是失悔的，怎不多叫你幾聲哥哥？實在我太懦弱了，然而愛總是神秘的，將有一天我會熱烈的狂吻你，會緊緊地抱著你，叫你千萬聲哥哥。但這期許何時才能達到呢？你能否歸來了啊！……

　　啊，你看，我又思念你起來了，在某時間我是期望你死在失敗中，此刻我又矛盾了。你是她的生命和靈魂，你是他的世界和美夢，她能遺棄你而單獨的生存麼？……不，千萬個不，她是只要你的全身心呀！愛的，而今你是遠隔著我，你能為我留下一副全身心麼？……在你歸來（？）的時候，我還是願你完整無缺！這點你總可以瞭解，是因為我愛你太深了，不願失掉你的緣故。雖然我不願終身為情所役，但我終於不能沒有你呀！

　　我將要寫字時，小妹妹將新摘的薔薇拿來易換瓶裡殘萎的一束，我眼看著它們被拋到芭蕉叢裡的泥土中時，我頓然生了痛惜。雖然留著殘花也是無聊，不過自己也宛若這人生道上的一朵殘花，青春已在莫名中萎謝了！何況薔薇是象徵愛情的花朵，我安得不有感於中?!

　　我因愛薔薇，所以在案頭的花瓶裡每日都插著，雖然零落的花瓣紛紛的掉在桌子，而我從未換過。我覺得好似不應在萎謝後便做薄情的拋棄，

應以他的憔悴而格外的愛憐。但小妹哪能深徹這些玄妙！無意間她已為我換了多少次呢！親愛的，愛情本是青春中盛開的花朵，青春消失後，愛情也便枯萎了！你曾說人到中年便一切都已毀滅，不錯，愛的，人到中年或老年時，心血的枯竭，實在比一朵殘花更覺可憐。你說可將春花的開謝來象徵我倆的青春，不，愛的人兒，我還以為應將柳絮的隨風飄浪來象徵倆倆的身世。所以，正當青春的時光，倆倆都在零落中轉徙，唉，我倆的一切將在何時始能平靜呢？……親愛的，你如今留下我一個人在這冷清淒絕的空谷中，我去向誰共鳴？一切都似乎全盤破滅了，我只期待著你的歸來呀！

　　所以，在我萬分思念你的時候，沒有一件事不聯想到你。哥哥，當我同小妹或者小學生去遊玩時總是黃昏，在黃昏中又更使人無聊，我怎不想念你呢？啊，胭脂般的夕陽，漸漸的落到地平線下去，天空浮泛著血樣的紅霞，綴點雙雙歸巢的晚鴉，呼嘯還家的牧童，荒墳塚累累的山畔閃著的幾家燈火，遊援幽越濤聲，漠漠平林伴著習習的谷風，都使我在這一幅幽絕的圖畫中陶醉。我想，假如有你在呢，你將要如何地用詩句來描述？你將使我如何的陶醉？愛的，非惟陶醉在自然的懷抱，更要身上你的在你的愛裡沉醉！更是我看見帶笑的桃花，帶淚的梨花，隨風上下的柳絮，隨波逐流的浮萍，點點的漁舟，清冽的溪流……我覺得滿含詩意，便想到了你在此時來到的讚美和描述。啊，心愛的，我哪一科把你忘掉？你說你需要熱情的傾注，我沒有一分的時間把你忘懷呀！不過為著了理想，我想把倆倆都從感情中超脫，但結果怎樣呢？哥哥，我更思念你了！……這為什麼呢？──僅為著我甘願忘去世界，然而不能沒有你呀！

第三十信（最後的一信）

親愛的，如今我把你別後寫在玫瑰殘夢中的類似信的篇頁給你，你在許多頁中我寫下了對你的思念，然而在許多激烈的勸慰勖勉後又重來了相思。恕我吧，末了你我是牢不著內裡寒溫！更是為了你呀，我要秉承你的心願在這兒住下去。直到你歸來為止。然而我的一切偶像並非全由你造成，卻一併的由我敲碎了！

因此，我好多日不曾給你寫下一字，這是為了內心的衝突太甚，僅為著沒有你在，空虛的心更無所適從了。以至全身覺得疲乏不堪，懨懨的不能做事。然而並非生了病，實在是這日常機械的生活使我厭倦了。這長期的徒刑，我怎能忍受呢？哥哥，我實在願意由心的選擇一件工作，使我的身心得在那兒儘量的發展。不過，假如你知道呢，你又要覺得我的未來是很危險，不願我作了泯滅的轉變；但你為了心愛者的幸福，也決計贊栩我呀！

愛的幾年來的生活，簡直成了算術的公式，代數的方程式，使我在刻板的箝制下發生了無限的不安。哥哥，我真羨慕流浪的人，我也想開始流浪呢！你不要驚奇，你不要想社會是十分不容許女子隨處流浪的，它們卻從此中去創造新的生活，社會不容許女子做一個人，不容許女子發展自己的天才和個性，但社會是演進的，不容許可能麼？社會見我們女子關在囚籠裡，怎不應該打破囚籠到草地上來呼吸自由的新鮮空氣？我知道你不反對女子做一個人，所以，我決定你是贊成我的思想和行為。

我要過流浪的生活，實在的，我願成一個流浪的人！我不願在社會替女子建築的棚闌內安居，我願在人上的長道上尋找光明。你看，我的人兒，我想在我的後面一定有人步著後塵，雖然我不能誇大的以為是如何的偉大，但我的決心是為了，我自己要做一個堂皇正大的人喲！即或使社會的人驚慌失措，對我加以侮辱和諷譏，然而真理的光明終在面前閃爍！假如那囚禁在棚闌內的是人，而不是馴服豢養的動物，她們終於要求她們的

光明啊！只要在我的前導中有一個人打出禁錮的藩籬，愛的，我的成功便在失敗中了！

親愛的，你等待著，或許我要走到你那兒。雖然萬里迢遙，但在懷有偉大理想的人看來，那也不過是一條小小的河流。或許我要跑向血泊裡去……啊，或許……愛的，我終於要逃脫社會為女子設下的棚闌，無發揮個性，為著我和一切女子的幸福，不顧生命的去與敵人鬥爭，我是深切的知道社會是不許我如此，你看我將衝上前線，我將登上塔頂敲起自由的警鐘，「女子是人，女子有發揮天才和個性的權利！姊妹們！前進，努力前進！」啊，哥哥，你在萬里外期侯我的好消息來臨罷！

啊，我的人兒，此刻我比在你的熱愛中還要興奮，未來的光明是在我的心裡燃燒著。在剎那的意識間覺得將有不幸在我的身上發出，但我是決定打破社會的棚闌去漂泊，即使我在失敗中死亡了，啊，那正是我勘勉你要痛快生死的實行。不過這次的結果是沒有一些把握，但我是在半月來決心做了，不為我在萬里外吹著前進的喇叭罷！

「別了，我的第二故鄉！在一無所有中，我不能不決心與你別了！」在我含淚望著一切自然的景物中，我不由得心裡將以上的話重說了幾遍。親愛的人你想像我的淒苦罷，我內心的悲痛只有你才能體驗到啊！

但是，縱然有你能在萬里外貼慰我的淒苦，所接受的安慰怎能使我長長的囚禁在桎梏裡？你早日曾要我死守著你為我預劃的事業，然而這事業恰與我的生活成了反比。一面我連年來都把生命和靈魂在教育女子成為奴隸的事業上鬼混，使我的一切完全為著生活而破滅；一面人類愛在我內心燃著，我要由桎梏的生活進到人生的惡流中去探尋我的全人生活；所以，不得你的允許前，便如此的決定離去此地，把我的前途向著天涯延引。而今我是不顧一切的奮勇前進，失敗便是我的成功，愛的，我還顧慮什麼呢？……

別了，愛的，轉眼我便是另一世界的人。無論新生活給我幸福與否，但我是決心踏上漂泊的途徑，看那裡的長道是否為我延引到光明的彼岸。但在飄泊的途徑中你還是要一樣的相信。我是永遠的愛你；即使死的翅翼

臨到，靈魂有知，它也常繫念著你呢。因此，你放心的走上你的長道！假
使機會能使我痛快的飄浪，能容許我實現一切的理想，我倆是能在萬里外
的領域內起著和諧的共鳴，為人世間留下一點光明追求者用屍骸鋪砌的路
徑，更是上帝不是虛幻的呢，他可以使我倆能有再見的機會。雖然那時倆
倆的青春都已過去，但我倆所作的事已足以使自己滿足了、愛的，我此時
是極度的興奮，臨到要打出牢籠時，──不，是一種呆滯無生趣的刻板生
活，不能發展天才和個性的生活。──我還不知要走向何方，但一切是決
定的冒險做下去，我相信是有一點收穫的。固然女子的命運（？）是比男
子惡劣，但我不相信一切的宿命論，我要在自己的權力下創造新生命。你
放心罷，我是決定與惡勢力戰鬥了，但在自己的信念中，她永遠還是你的
呀！……

第一頁

　　親愛的，自從我堅決的離去那牢籠後，又快要一月了。在這月中我不曾與你寫下一個字，而且你離別後我再玫瑰殘夢中零落寫下的三十頁類似書信的一束東西，因為你的生活常在顛沛流離中，現在沒有寄出。自然要歸咎於我倆的生活太不固定，但我總覺得一般人的宿命論也不能被我們戰勝，長長的使我在難堪的泥濘中轉側。但是，我的人兒，我是怎樣自強不息的女子，僅為了要爭一做人的生活，我才打破一切社會為女子建造的柵闌，我是應該堅決的戰勝一切，我不應在中途中灰色呢。而今，我愛，我算是獨自走上了遼遠的長道，未來是如何的渺茫啊?!……

　　是的，我正在遼遠的長道中尋覓我生命的水和草，同時，一切的荒荊需得我去斬披，一切兇惡的殘類需得我去砍殺，我應當把鮮紅的血潮飛濺著一切的醜類，我不應把慘演的灰色掩殺了我的雄心。但我宛如在野地裡失掉了群隊與牧者的羊羔，是孤零零的莫有我的行道！但我並不如何的凄惻，愛的，你放心吧，我會因著未來的奮勇的前進。

　　你可以放心，縱然我在者長道上死亡，我永遠都是為的要爭取女子的自由，而且我永遠要作一個爭自由的女神。因此，只要我是為爭自由而死，你我都不至於如何的傷心呢？這話你或許覺得離奇，但在我這女子的心中一切都是由空虛而走向實在，又由實在而淪到毀滅。雖然我倆是如此深深的想相愛，但世上沒有不散的筵席，不完的棋局，所以我們決不能因為倆倆的死亡而傷心，而宜應為著從死得著的刺激而努力去創造一切光明的實施。——在寶座的四周鑴刊著強權為我們釀造的罪惡，在許多罪惡核心中浮蕩著自由的冤曲。

　　愛的，我實在不能寫什麼，你或許在萬里長征中是深湛的企望我溫熱的慰藉，但你的愛妹卻以強烈的勇氣來投還你的盛意，你是感著刺心罷。恕我罷，愛的，早日我在你離別前後都不曾做壯語，而今卻在萬里流落的轉徙中用壯語來潤澤你的枯懷，這種難堪我望你當作一杯苦酒把它奮勇的

乾了，——它是你的愛妹從萬千山水橫阻中為你釀造的。在苦酒的波動裡，你的妹妹是用血滴把它摻和成了一種為你特別釀造的酒，對於你是有無限裨益的。

　　我的人兒，別了，我在未來的長道中正在尋覓生命的水草，我能寫出慰人的句語麼？千萬個不能！雖然我想從萬里外把自己的雄心來鼓奮你，一切或許都無用罷。

　　別了，愛的，我不忍再寫，你所需要的安慰，不能從我筆尖上透出。即是我如今又勇氣能在你的胸前給你一點溫熱，但是，哥哥，你是在萬里外的天涯血泊中轉徙，一切都是完了，哥哥，恕我，別了！……

第二頁

　　愛的，前幾日為你寫下的，今日讀了還是與那時的心情一樣，固然你在萬里外是需要我極度的溫熱，但我的柔情已化作了雄心，為左我倆要各自的追逐夢裡的光明，你也覺得有原諒我之必要。不過，一個女子在極度的興奮後難免不淪沒到深淵的冷漠，或許因為環境的轉移，你將來從我得著點溫熱的慰藉。

　　隔遠了，愛的，一切要你自己珍攝，我倆都願為著自己心愛的人保重；我寧願死在奮鬥的戰線上，而不願奄奄的躺在病床上等死。所以，只要強權者的刀槍還未刺入你的心胸時，你應為我保重著。我怕你剛出獄的瘦軀再陷入病中，那樣你的理想，你為人類謀幸福（？）的理想，便從此斷送了。或許你以為把理想與自己一共埋葬是再好沒有的，但我是望你要保重自己，把理想在死日中完成。

　　我到此快要上兩個月了，非惟我僅僅為你寫下短短的一頁即在我的心中也似乎將你忘了一樣。愛的，我早日曾訣誓過，我能忘去世界，但為i不能忘去你呀！──你總還記得吧?!──而今我或許（？）還是沒有變更，假如你能有機會讀到這些篇頁時，你一定懷疑我對你有什麼變更。愛的，你相信我罷，我永遠是你的。──我雖然早把身心向人類呈現了，但我全部的靈翼仍是永遠的向你飛翔。──我願在幾日後我能有勇氣或閒心來向你寫下一點柔情（？），有不知那時是怎樣的心情了呢？⋯⋯

第三頁

今日我仍然不能寫上什麼，是什麼佔據了我的心空？是什麼凝著了我的筆頭？是否我快要走上死滅的道路？……我尋不著半個答覆……。但我愈不能寫時，你或許更可從不言中瞭解我的全心。

愛的，我並非真實的把你忘掉，實在為了未來的渺茫，不能不令我心驚膽裂。未來真是一個幻夢啊，在我的熱血鼓舞中也不能掩飾我感著的幻滅。但我已走上了人生的道路，是死亡我也要努力前邁。所以，我為要爭一個做人的生活，才奮勇的來到這兒。——愛的，你或許又要責備我的唐突罷，因為我又由樊籠流到一個不好的環境。——在這兒我是期待著漫漫的長夜，不識那閃爍不定的晨光可能來到否？但一切是決定做了，只要是對我的心中輕鬆一點，我是願意以全生命和靈魂來作殉葬的禮品。

在這兒的光明雖不可期，還在有幾個女朋友對我還好，我也得因她們的勸慰多住一下。他們也是與我同樣的不幸，不過她們是夢著戀愛的未來，而我卻是為現實而煩苦，為社會的萬惡而要努力的奮鬥，想在人生長道上為自己尋找一條道路。更是，把握自己的道路用血滴來濺灑，把自己的身心去作爭自由而死者的一員。所以，我要求的是革命的行徑，——為找自己的自由和人類的幸福而革命的行徑。不過，我的革命意識尚未鮮明的呈現，是使別人容易誤會；但只要我能奮鬥去爭取自由，我也算是革命（？）的實行者了。

或許你會笑我的態度模稜，但現社會女子所極要的是自由，我的態度便是爭取自由。在自由中我可以選擇我適當的工作，循著事實去實現我的理想。但是，愛的，這一切有同樣的陷入模稜，女子終是這樣的迷亂麼。不！愛的，我要吉利的鮮明著前導的旗幟。

第四頁

　　我的人兒，又是好幾日不曾與你寫下一些句語了。雖然你的生活流離不能容我把他們一頁頁的寄你，但為著愛你深切的緣故，應得不絕的寫著。假如時機來到呢，我要把它們全部給你，使你從那堆凌亂的字跡中去認取我全部的生命。因此，只要我能寫時，不管是心情如何，我都坦然的寫下；我並不曾打量著你的責備和譏笑，僅為了我要對你敘說心曲，便不自由的寫下了。

　　早日我曾說要流浪，但剛開始要走上流浪的道途時，一切為女子所臆想不到的困難都臨到了。從前你勸我要從困苦的現生活中去體驗一切的醜惡來鍛煉自己，縱然我曾在工廠中埋沒過幾年，但對你的話終是馬虎過了。而今啊，愛的，我真吮嚐到實生活給我的苦辣了！但自己是如此堅誓而決定了，還是奮勇的前邁罷。我是決定把身心獻給我的理想，讓未來的幻滅把我吞飲！

第五頁

　　這兒的環境是不如何好，他們以為我從社會替女子建造的囚牢中跑出來是一種邪惡，一個女子應安心的承受自己命運（？）的估定，叛道的女性是世界應予摒棄的東西。還在這些搭謗是由許多男子發出，我想，愛的，同性的朋友是決定同情與我的行動。但是，一切都出乎我的理想以外，在異性的四遭包蔽中受了侮辱後反在同性的群隊中遭著更戰心的刺激。唉，社會對於我這女子如何這樣的殘酷？啊，愛的，我真尋不出一個字來答覆呢！但我一切是早決定了，生死是應向極端做去呀！我是尾求生未作人而跳出所謂禮教的柵欄，即使社會的殘酷使我死沒，我還是在失敗中勝利了！因此，愛的，假如你有靈眼，你可以從迢迢的天際深徹到我此時心內的沸騰，它是決定把滿貯著的熱血為爭自由而飛濺呀！

　　愛的，即使你讀到這些罷，但你還是寬心，好生的走你的道路。你的未來是更比我艱險呢。你是曾今從刑場上解下的羊羔，在荒荊叢叢的曠野裡，你的生命是更比我危險啊！我願愛神眷念我們，莫把幾月的別離當作最後一次的歡會。願愛神垂憐我們，愛的，在爭自由的長道中，我倆都勝利的安然歸來、（？）……

　　假如我倆中有一個熱播在前線撲倒了呢，等於把兩個人都從萬里外拉到一個絞刑臺上砍殺了。是的，願愛神眷念我們此生的顛連，在勝利歸來的時分，我倆再有一次的歡聚。（？）

　　但是，你放心吧，環境我是會善於應付的，想來不至於將我埋葬呢。（？）不過，有些男子們太壞，將來不免要極力設法來破壞我的名譽。愛的，只要我問心無愧，在愛神前我不曾做了叛徒，而且你能永遠的原諒我（？），那我又何必畏縮呢？一切是決定了，為爭自由而死的女子應有的生活呀！

第六頁

　　早前我很憎惡男子們，因為他們是造成世界一切罪惡（？）的人。固然我由愛人類的關係，把這種心理變更了一些，但終於我還是不能完全的瞭解男子；常常在心裡存著一顆男女鬥爭的意識，使得我自己長長的痛苦。即使說到你吧，我是深切的愛你，但你還是不能使我永遠的相信。愛的，現在我更憎恨著四遭的男子們，有願有一種力量來使他們完全死滅。在我自己的心裡是把自己的行徑認作了正當的生活，──爭自由──但男人們反認為一個女子應安於現實，不應訖訖的追慕未來。更是他們知道我是深深地愛你，卻不願完成一個人的美夢，處處都在挑撥，離間，很願意我倆破裂。一面他們樂得笑話，一面他們可以把我當作戀愛市場中的商品。這一切我早看透了，所以我是千萬的提防。但是，我的人兒，他們卻是更比我倆智慧呀。不過，我有我的自由，我有堅決的意志。一切你可以放心，我決不至在他們的網羅中乞憐。

　　是的，我的理想是萬分的不好，但我是決定了把現實的牢籠打破，未來雖然是夢，我是早決定把死去贏換的。在這兒的男女同志（？）都是一種假面孔。我早日泯然的相信他們要始終的給我以友誼的提挈，而今一切都證實了他們的虛偽。但但我並不如何的咒詛。他們是舊社會培植的男女，腦中的思想也不過把新酒裝在舊皮囊內。而且在行動上表現的，並不以人類的幸福為前提，許多地方還是在爭名奪利。這樣的革命者，無論他們在何種思想的指揮下都是失敗了的。

　　因此，在他們所組織的婦女團體上，還是脫離不了造成賢妻良母的窩臼；而男子們領導的團體仍然是引導群眾走上資本主義之路。愛的，一切我都失望了，我為何走他們所欺騙我的圈套中。原來決定的是要我擔任婦女運動的指導，但我是不願意把婦女們引上良妻賢母的道路。啊，一切理想如夢一樣的過去了，所謂團體也不過是變相的戀愛場合呀！假如事實上容許我馬上離開時，我是決定的拋棄這數月來夢想的地域呢，但我又須得

再期待一下，看未來是如何的玩弄我。放心罷，愛的，想來我不致在這兒
葬送。

第七頁

　　是的，我愛，在心中又感覺了幻滅的悲哀。這悲哀是我早日預料及的。一個人在追逐光明後，難免不如此的結果呀！好在我自知甚明，而且早已料及，不然，我將如何的支持身心？想來這幻滅不能如何長久的戟刺我脆弱的心靈，或許有一種力能使我邁過它的包蔽。因此，我雖然感著幻滅，但這幻滅或許含有點實在性，不致使我在它的偉力中死滅罷。

　　愛的，雖然我想做一個爭自由的女子，但我的心還是脆弱得很；所以，我還是免不掉一些傷感的氣氛。在一切感著幻滅之餘，我不傷感可能麼？愛的，我覺得是懦弱的甚麼東西還可憐，又似乎再在世界上沒有什麼可以容下我的雄心，……啊，而今我又墜入了矛盾的深淵中，有誰來路掘拔我呢？……上帝是欺人的鬼魅，人是萬惡的東西，你呢，你是遠在萬里的海濱……我是在茫茫的大海中搖盪的枯梗罷！

　　但是，我仍然很想鎮攝自己，免得一切由我創造而又由我毀滅。雖然一切是矛盾，丹藥做個自強不息的女子是決定了的。所以，即使你在我面前看到我寫下這些時，我的心情也並不見得完全淪於絕望了的，我所感著的一切是矛盾，永遠的矛盾，一切都又在矛盾中完成……

第八頁

我漫步走到河邊的沙灘，

四顧茫然！

啊，你西下的夕陽呦！

你為誰周轉？

啊，你東山的月兒喲，

你為誰缺圓？……。

碧空為何也被五彩的輕霞遮掩？

神啊，這是象徵大自然的神秘麼？……

好人兒遠在天邊，

我將全心伴著自然之神秘而陶醉，

啊，我將心向著天涯遙念！

浪花裡現出萬朵銀色的芙蓉，

啊，在浪花飛濺中散成了億萬花瓣！

神啊，美滿的人生，相愛的情侶？

是否也要被惡浪沖散？

是否如萬千銀液高浪席捲？

急湍將飛濤碎成一片，一片？……

　　愛的，昨日黃昏一個人偷偷的蹀到河邊的沙汀上，隨著眼前的景色，莫名的在日記冊上如此的寫下了。因此，你可以明瞭我的心情，在任何境地我都要來想到你。我常常想！假如有你在呢，一切不是更甜蜜麼？……然而這只是我的冥想，你卻永遠的與我隔絕著呀！除了在心旌搖搖中向著雲山悵惘外，一切莫有實現的可能呀！

本來我是決定了在別離中不想念你，過去我曾實行了。但現在我在一切感著幻滅的時候，又莫名其妙的思念到你。我想，假如你在這兒呢，我一切是不致於如此深切的感到空幻和難堪。否則，你是在附近的地域呢，你將如何同情於我的境遇，很真摯地引領我去到光明。但我想望的是終是一個幻夢，沒有點實現的可能。雖然你離去時曾騙著我說不到一年便要轉來，但我不相信那話是真的，你是把我當作小孩子樣的欺騙（？）呀。因此，現在我的矛盾生活又開始了，不知要到何時才能完結呢？我的人兒，於今我一切都絕望了，我還從世界上期求什麼呢？即是我永遠摯愛的你也是把我拋棄了，我還向人祈求什麼？……唉，一切是絕望了罷?!……

　　是的，假如你知道了我堅毅的做一個爭自由的戰士，我現在所表現的沒有一點是以值得你的讚賞。但這並不是我的錯，社會是如此的把我造成了。（？）我何時不願堅持我的一切思想所給予我的熱力，幻滅卻又深邃的剩著我的心呀！或許等幾日後可以好一點，愛的，恕我罷，你讓我過幾日罷！

第九頁

　　我向你寫下的是在自作自受，自怨自解，實在我的生活並不如此。而且我在這環境不好中我仍然努力不竭的幫助所謂一群男女同志去做一點工作，但是勝於無事，又有誰能逃脫呢？在許多地方他們太衝動，恨不得把強權者馬上殺掉，這實在是一個幻夢。我雖曾幾次勸勉他們緩進一點，一切都是無效啊！我怕將來偶有不測時，免不得有流血的慘劇。是的，女子怕流血是一種懦弱得表示，我的心裡還是與早日勸你不要混入軍隊中去做殺人勾當時一樣的認定。不過，在革命的過程中流血是不可避免的事，這理論又佔據了我的心胸。但我總望流血要鄭重一點，沒要把流血視作了兒戲，流血是殘暴的事呀！

　　愛的，你看，我這女子是每在事實好理論上衝突，它們不知要玩弄我至何時呢？……我是沒有把定的呀！我的人兒，你能給我一種指示（？）麼？我是沒有別的人可以期待，我是永遠的期待著你呀！但是，你是遠在萬里外，連想念時也只能在腦中留下你一個陰影，期待不有時空虛麼？……唉，我是宛如失舵的小舟，在汪洋中山下的飄搖，有誰來給我以援手呢？……唉，一切是我永遠的失望了！雖然有一群卑污的人要想來佔據的心，吹殘我的靈魂，但一切我是決定了要堅決下去。要失望中我是更應振作起勇氣，不然，我是會被他們征服的。愛的人，我應為你的緣故堅定自己的心，在飄蕩的生活中，我應把你來作我的永世的唯一的安慰者，只要一想到你，一切是可以戰勝的（？）。哥哥，你能相信我麼？假如你能讀到這些語句時，你是會給我一個圓滿的答覆。然而你也似乎被註定了應永遠的飄零，永遠的在枷鎖鐐銬下逃避，你哪能有機會讀到這些語句呢？我為你寫下的一切僅僅是為舒鬆我一個人的心而寫下，對於你是永沒有得讀的機會呀!?不過，有個時光會來到罷，那時我可以全盤給你閱讀了。

啊，是的，我應安然的過著現實艱辛的生活，在你有機會歸來時，你是能用愛人的柔情將我的創痕洗掉。願愛神眷念我們，讓我們今生還有再見的時光！

第十頁

　　唉，愛的，我是好幾日沒為你寫下一字，並不是將你忘了。因為所寫下的已集成了很大一束，但是我終於無勇氣寄出，是恐怕你接不到時，更把它們湮沒了。我把它們留存時，暇時或可以從它們的字裡行間去撿尋我對你的深情；假如你有機會歸來呢，你是可以全部閱讀的。恕我罷，哥哥，我卻又因此而疲於寫了。我是這樣難說的女子，是沒有一種力與熱來鼓動我來痛快的生或死呀！

　　為著一個人只有將全心的愛人顯示的緣故，我又茫然的提著筆亂塗。實在的，我愛，沒有什麼可以寫出呀！即是說把我的四周的環境寫下，但我的心情是不容許如此呢！人生的一切使我變成了這樣難說的女子，我還向你要求什麼呢？我幾曾想完結了，但沒有誰來如此的忍心做。唉，我是永遠的在悲愁中轉側呀！

第十一信

　　愛的，我實在不能與你寫下什麼，昨夜我思量了一個全夜仍然是沒有誰給我一點力與熱。所以，今日我的心中更無把定了。女子似乎生來應在愁苦生活中轉過一樣，我真正不解。──而我又好似女子群中不幸之幸者！

　　唉，我這不幸者曾經為了要爭得自由而跳出了社會替女子建造的囚籠，但於今我又是等於墮入一種牢獄中麼？我仍然沒有自由，喜樂和希望，我所獲得的是什麼呢？……我不能解答，唉，這世界上又有誰來替我解答呢？……

　　啊，愛的人，即使你能為我解答我是從何處來我要向何處去，但你是不能給我一個圓滿的答覆啊。因為我自己的事沒人比我更知道得多，可惜我為一切愁苦所蒙蔽，不能把自己應解答的問題做個完滿的答覆。不過，我想，我要走到絕境──死──時才可以知道的罷！因此，愛的，我又在求生的掙扎中等等著死！

　　有時我一想到自己的矛盾時，很覺得應極力的尋找機會把自己毀滅。而且在我深深的等待著你時，沒有人想玷污我的靈魂時，我更覺得女子是一種釀造成罪惡的泉源。假如沒有女子，看那些野心者又去角逐什麼？啊，愛的，這話是比什麼都荒謬，社會的罪惡是由男女造成的，不過，我對於男子的懷恨是永無止息，──即使說愛我的你罷，──想在我更想因自己成為了人人的角逐物，早日的把自己毀滅了呢。

　　實在的說，我有什麼值得人們的愛戀？我有什麼可以再愛戀的市場上得著相當的估價？然而萬惡的人們終要把含著野心的眼投射到我這不值一錢的女子身上，這使我永遠的得不著一個正當的解答。因此，愛的，我是願早早的毀滅自己呀！不過，為了你的深愛（？），我又覺得不應如此。雖然我從世界上失敗歸來，但你將來所給予我還是美滿而甜蜜的呀!?──將來永遠是甜蜜美滿的!?

第十二信

啊，我正在現實為著將來受騙了，但我又在失望時來期冀著你在未來會給我以甜蜜和美滿，這是如何的矛盾呢？愛的，我永是這樣難說的女子！

但是我此刻又覺得自己不應如此的矛盾，漫不經心的把一切理想澌滅，未來雖是渺茫，我也應在渺茫中去掙扎，看它給我的結果是怎樣。即是說要渝於死呢，我們也得奮鬥下去啊。所以，對於同志們所計畫的一切我還是銳意的贊成和參加。我只求霍然的鬆解，我的心懷，明白的宣示我的理想，一切成功和失敗是決計不顧了。早日我遇著困難時便只有哭裡哭泣，痛苦後還是一無解決。現在我應自強些，沒要把哭泣作為女子唯一反抗的利器。實在流淚的人是懦弱無比的東西，他的哭泣非惟對實際無補，反而把心志弄灰頹了。因此，對於從前的愛哭視作了一種罪惡，我是深深的懺悔著。愛的，你允許我懺悔麼？……你早日時常那我的愛哭當作了一種深病，願意我自己振拔起來。現在我總算完成了你的心願。你覺得你的愛妹是成了怎樣自強的人了呢？……

是的，我愛，我正懺悔駐澳過往的一切，所謂傷感，悲愁，矛盾，懦弱……都要再懺悔中糞除呀，不過，我的四周沒有一個愛護而鼓奮的人，所有的人都是猙獰的把爪牙向著我！實在，我應自奮起來防固自己的陣線；但為著自己的身世，又每每傷懷起來。唉，愛的，矛盾是永遠依附著我的全身心呀！假如有你在我的身畔呢，自然你在愛護我之餘，還可以鼓奮我從深絕的苦海裡振拔起來。但是，我的人兒，你是遠離我呀！……或許你形勢比我更為險惡，以至我為你寫下的一切也不能寄出啊！唉，罷罷，一切是矛盾啊！

第十三頁

　　是的，我又在自己的囚籠內掙扎，要走到生或死之路都是在我自己的奮鬥！生在我過去的歷史上並未感覺到趣味。然而死也並不曾給我以快樂。我宛如在人生柵欄上徘徊的一隻羊羔，生與死都是一個茫茫而幽邃的洞窟。假如神是可以憑依的東西，我甘願把全身心來作祭盛，只求他們給我一條可自由的坦道。但諸般的鬼靈是失掉了技巧，唉，我是遺世孑立，無可倫比的可憐者了！

　　因為近來的心情不好，一切都懶慵慵地，沒有勇氣去痛快做。即是說到哭泣。而今有沒有勇氣再到伏到床頭去了。一切似乎是我到了絕境，但一切又似乎沒有使我在絕境中痛快死滅的能力。啊，愛的，我是如何的痛快呀！

　　不過，我期望在短期內可以在心中顯示出一條生死之路。那樣，你可以知道我是如何的歡樂啊！愛的，等待著那時光的來到！你在萬里外也為我期待著罷！

　　本來，我想把自己的全心寫給你，但我寫出什麼呢？一提筆便為著一切矛盾滯著了筆頭，不讓一個字來表示我的心懷。假如你把它們拿去與早日的信相比，你定會覺得我是不如以前那樣熱烈的愛你了。其實，我還是與以前一點沒有變更。不過我寫不出表現我的情懷便是了！

第十四頁

　　愛的，或許你以為我是不愛你了罷，從這些篇頁中沒寫下一點熱烈的情懷，是如何的使你難堪啊！但是，我沒有一刻曾經把你忘掉。更是我愈在心情不好時愈覺得思念你，不過在語言文字上我是忠實難於表達出來罷了。

　　實在的，我給與的是足以引起你的疑慮，假如因此你不愛我了呢，我是沒法子來解釋啊，愛情常常在倆倆不提防而驀然來臨的誤會中消逝，我實在畏懼著呀！假如你能馬上明澈我的全心，你定可知道我是如何深切為著倆倆為了的愛情而茲！但你是永遠的與我隔絕著，或許不幸天使的羽翼會要臨到，把我倆的心靈永恆的分絕也未可知。愛的，但願愛神垂憐我們，不致把遠離是愛情走上墳墓的名言證實。使我倆在久別的會合中還是一對敬愛而且甜蜜的情侶。

　　近來一切恐怖佔據了我的心，幸福是永沒有來臨的時機了。未來的一切將如何的玩弄我，我一點把握都沒有。隨意在如此心情中，我是更難於向你暢述情懷了。我是望你超於一切的瞭解，同情於我的一切，使我在失望中而能從你的熱愛感著點溫慰。——這是我唯一的希望，不准你能給我否？

第十五頁

愛的，又是許多日不寫了，在過去的時日中，我也並不曾忘你；不過內心起來劇烈的戰爭，使我沒有一點力量去判決。我要完成你的心願，——做一個爭自由的女神（？）——我要在你的愛中奮鬥，是早已決定的。但我終久是舊時代的女子，不能把新時代——未來的時代——女子應有的活力貫徹我的細胞，使我自己在一條鮮明的陣線上衝鋒，只有把一腔熱血為一切煩愁，矛盾……而消磨。所以，在消極時我願死亡，讓我來的新時代重新把我孕育。但一切都是愚蠢呀，拋棄現實的人是永不能實現未來的夢想，從事實上已經深切的告訴我們。愛的，我看有什麼法子振拔呢？——是沒有誰有這偉力呀！

在這短期中我固然是為自心的矛盾所縈蔽，但總算邁過了那險峻的高崗，現在雖然還是在崎嶇的道上徘徊，光明是在前途閃爍呢。所以，我要努力擎著生命之燈前去，前線的撲倒是光榮的啊！而且我覺得舊時代給我的陪成是深湛的注入了每一粒血液中，雖然從家庭的環境上說我並夠不上小資產階級，但中國舊社會是把我如許多同時代都男女養成了小資產階級。這橫流我沒有法子遏抑，它把向著死的時代狂捲。在我要向新時代掙扎中，所謂我發生的革命意識，以及實際的參加革命，都似乎為了最高的義務一樣。——其實我自身並非屬於那階級，而且要從那階級中掙脫。——愛的，早前我並非向你剖白，你也未曾深澈到我的全心的矛盾，因此，你要我做一個爭自由的女神的願望直到而今還是沒有一點成績。雖然這次由社會替女子建造的牢獄下打出是為了想完成女子人的生活，但現在我又流於幻滅，我還能否認自己沒有小資產階級的氣味麼？……不，千萬個不！愛的！我不能避免他人對我的攻擊（？）和批判，更是而今我內心的譴責和矛盾——理智與感情——是使我深深的傷傭了。不過，我既決定了自己是屬於那一階級，我應得努力的滌除潛熾的舊態，不然，愛的，我是沒有一線光明可以期待喲！

　　愛的，你能讀到這些時，你一定覺得我而今是尋到一條光明的大道，從這道上我或許永不用流淚。——因為子你的目中，流淚是弱者乞憐的表示，而且哭泣容易灰頹一個人的心志。——只要我努力，我把淚眼換上一副耀耀炯炯的目光，我的未來是無限光明的。我所理想的，懷抱的志願都可以逐漸的實現了。我的人兒，你看，我以與以前成了兩樣的人了啊！——但我愛你的心還是沒有變更。——你覺得我的行為怎樣？……

第十六頁

　　是的，我愛，我的心志已由悲苦的海裡振拔起來了，你總覺得為我欣賀罷？我是從舊型內蛻出，我是決不回到那死的舊朝巢內去了。但那裡包蔽我的只有灰色的敗葉。使我一步一步的走到死的王國。固然，在這熱血沸騰的時候我也不能不想到未來的恐懼，但我是決定了拋棄了頭腦的理解，心理的同情，而且要用全身心去體驗革命的實生活。有一日，愛的，憧憬會成為事實，那時，我便全成了倆倆的心願。

　　然而，在我的心中還存著英雄主義和個人主義的氣氛，這是舊社會為我遺留下的惡果。唉，去掉吧，一切的一切死滅吧！我要作一個自強不息的女性，在去到新時代的前線上做一個勇為的戰士！

　　所以，愛的，在短期內我的生活又快要另入一種階段，將來的生活是怎樣咬刺我的身心，我是決定毅然的不顧了。只要有針頭那樣微小的路容我走，我向前走罷！一切是如此的決定了！愛的，你相信我罷，我不致在前線撲倒的?!為著我倆數年來的身世飄零。愛神會眷念我們的，她絕為我倆留下最後甜蜜而歡樂的一日！

　　我所寫的你如終是沒有接到的機會，據你近來的來信所說，你的生活是比以前更困難，而且強權者對你偵視是比從前更嚴厲，唉，我還有勇氣給你寫信麼！不，愛的，我是不願意如此！非惟你的不著閱讀，即使得到了，有許多句語是使人傷情的呀！你的妹妹永遠是淘氣的女子，她永不曾給你以慰安，給與的不是憤懑便是怯惻的情調。更是我一想到你早日因為我的自信而在法堂的申辯中沒有一句可以解釋的話時，我更沒有勇氣把這數月來寫下的給你了，在萬里的飄零中你或許日日期望我的音書給你一種無上的——輕微的安慰也好——安慰，但你的環境那裡容許呢？而且我這女子是不善於文字和語言上表情，假如你接到時，一切是更令人失望罷?!但是愛神知道我的心，我應為你的緣故而不決的寫，把我的全生活付託在字裡行間。有一個時間你是有全部細讀的機會。

第十七頁

　　你看，愛的，我的生活又另入了一種新範疇，在這新型中我又將如何的絞伴全生命的漿液？唉，一切都是無把定啊！我想未來在這新型中是更見有走向光明的可能性（？）我是願意把生命和靈魂拿來贏換的。

　　新型使我的生活又在轉變中留戀著以往的骸骨，我的舊根性──感情的過勝──是深切的咬著新的苗芽。小資產階級的女子常常是墜入各種俄感情中，我也沒有能力全部去超脫。但是，我把感情憎恨到了極點，在生活的轉變中它是要向我復仇。唉，一切的骸骨是決毅的拋棄了啊！

　　我內心裡起了劇烈的爭戰──理智和感情的爭戰──我的未來光明是否有望就看這生活轉變的新型是否可以馬上築成，不然，愛的，你能給我援手麼？我祈求著你！……但你是遠隔著我，一切的期望都是夢啊！在這漠野般的環境中沒有一個可以助力的人，假如說我是舊時代的人呢，那一群自號清白的同志是更接近於已死的殘骸，人終是有缺點的東西，所謂革命也不過要掃除或彌補社會和人類造成的缺點。因而，我還是努力地前進罷！

　　愛的，最近我想把行動由個人的而轉變到集體的，那樣的團體在事業是更見得有力量。我願舊時代的形骸不再來咬我，使我一心一意的做我願做得事。

　　　一切的殘骸掩埋罷，
　　　在堆砌的骸骨中燃上未來的火炬！
　　　光明啊，我是決計的追逐你！
　　　…………。
　　　…………。
　　　…………。
　　　…………。

第十八頁

　　早日寫下的似乎還未完結，但因著血液在心內沸騰得厲害，自己便把筆頭停住了。現在雖想在後面三句下再添上什麼，但過去終算是過去，我能寫上什麼呢？……

　　現在我的心仍興奮得厲害，幾於全為感情所戰勝，沒有點理性的成分。這現象在從前是不曾有過，因為早日的感情是悲戚的，而今的卻是熱烈的，在理智曾把感情戰勝後的回覆，是與往昔成了異樣的開展。愛的，而今我是厭絕感情了，我很想把它在理智下全部掩埋（？），在你也是覺得不可能罷。不過，在一切嘗試都失敗後，把理智去管束感情是可能的。

　　你讓我平靜一下罷，我太興奮了。或許這種異樣的興奮是象徵著未來的成功和失敗，但我總要竭力的平復過來，把我的未來作一度詳密的打量。不然，過勝的衝動是要發生異外的。

　　愛的，你還是安心著，為著要使自己成為理想的人，便不惜一切的檢討自己，不克自制的向自己攻擊起來。雖然倚重理智是有些危險（？）但對於我倆數年來培成的愛情是莫有偌大影響的。更是，你可因我的生活的轉變而益加深切的厭絕了。所以，在事實上我對你是淡漠點，但內心是仍然向你燃著熊熊的愛焰；只要我尚生存時，是用會愛你的。

　　別了，（其實你遠在萬里，這別了兩字是等於虛寫，實際上並不是對你發生當面時的深意，只不過潛誠的遙憶著天涯人作一種深深的唔歎而已。我幾乎不忍寫這兩個字，似乎我倆的過去，現在，和來茲都在這兩字下斷送了一樣。）愛的。我是興奮著來茲的漠野裡，一切是需要我的開拓啊！我再如此的說一遍，我的人兒，別了……

第十九頁

　　我而今是在向自己的身心作猛烈的抨擊，好似海岸的狂濤激蕩著頹敗的泥沙一下，想把自己滌蕩成一件白玉般的什品，因此，不惜把深酷的審判和檢討向自己的心上施用，只要對於我的未來有益，即是說死，我也甘願的。

　　所以，愛的，我不願從你的身上再燃氣熱烈的感情；來摧殘那新的苗芽，——理智——我企望著。我祈求著，在生活的轉變中不致因淡漠而把愛的寶座毀滅。——因為把愛也當作生命的口糧，我並不因著革命而把數年來用心血建造的寶座毀掉。——這點，我望你要相信我！

　　現在，假如你看到這些時，或許你以為是對你有了變更，但我卻極端的否認。聽說漱芬芳的弟弟已向他哥哥敘及了我近來的心情，或許你從旁刺探到我的一切時你定會深切的懷疑我。更是，我有好幾月不曾給你一字一句，（其實，我寫的不少。）你益見得覺得難堪的。我的人兒，憑著愛神的偉力我敢向你起盟，你的愛妹是絲毫沒有變更呀！假如你是相信的話，在風塵僕僕中，在飄零的生活中，在走向未來的長道中，她更見把倆倆的愛情的基石奠定了。唉，你是遠隔著我呀，這一切又有誰知道呢？……或許我向你作善意的解白時，你反以為我是掩飾著自己的秘密。唉，一切只有愛神知道，我永沒有欺騙過你一點！

　　固然，包蔽我的許多男性是想用愛情把我捧倒，但我是有認識的女子，並不如一般小資產女子們的淺薄，為了名利的熏心便把愛人拋棄的。我雖然極力贊栩柯倫泰的偉大之戀中所描寫的一切，但行為卻與他們明明的相反。（這有點矛盾罷，但我卻讓它矛盾下去。）這些我早前曾深澈的告訴了你，想來你不至於健忘罷！

　　一切我還是望你相信我，這於你的心是有益的。一個為某種事業而淪於流浪的人是應把身心珍攝，你安心的生活下去，我只望你安心便是我的幸福？現在，我雖然是在許多表情上被人認作了一個浪漫（？）的女子，

實際上我卻不是那樣。我永沒有寧靜恬適的生活，更是永沒有幸福。（我是把幻滅和悲戚在理智下埋葬了。）你相信我的話罷，我只日夜虔誠的祈求你的平安，你不再陷入虎豹的口齒內，那便是我的幸福，我這一生稀有的幸福了。這幸福是由你操縱著，我沒有半點力量，假如你願給我時，我是無尚的快樂了。

第二十頁

　　近來我時常得著惡夢，除了夢著你被捕，被殺等等難堪的情況外，我自己同樣的遭遇著異外的惡也不少。因此，在惡夢醒來時宛如從血淋淋的刑場上歸來，在茫茫的黑夜中，我只剩有一顆碎裂的心，哭喪了的臉。愛的，不幸又快要臨到們罷！早日我夢著你的一切都在你的身上實現了，在你剛從死之柵欄上邁過時，我是怕死的羽翼又會臨到了呢。所以，我望你小心些（？）沒要在前線偃倒了；為了你的愛妹還在陣線上掙扎奮鬥，你要加意的提防呀，假如要死時，讓我倆一道罷！（實在的說，這又是矛盾以及的事，你是遠在天涯，你並不能瞭解我為你寫下的，要你提防……都是廢話，但為了我愛你深切的緣故，我還是當作你馬上可以讀到。可笑！）愛的，你是願意如此吧?!

　　我所懷夢的一切，恐在短期內要向我實現罷！我和同志們的環境是劇變得更艱險了，幾乎沒有一個時間不在強權的偵察和獰猙中。雖然在這些篇頁上並未如何的寫下一切工作的實況，環境的環境的真相，但為了少給他們以檢討的證據，只得潛默了。不過，你是知道社會上更注意一切女子的行動，只要你在行為上，言語上，文字上的表現是近於激烈，你的地位是更見的危險了。其實我並沒有什麼值得人的嫉妒，預防，戀愛，仇視……但我卻在這個小城市成了眾矢之的。因此，我的行動便莫名其妙的受著限制，在許多預定的工作上都不能盡情盡意的做。我們早日想把鄉間的農婦們和城市的女學生團結在一個組織之下做點要做的工作，但全力便在我的身上，而今事事受著鉗制，我便如囚在鐵欄內的猛虎了。不過，我的血是沸騰著，我是永不灰頹的。雖然我不能親臨的去指揮一切，但同志們是願意接受我的意見去領導各階級的婦女前去爭取她們的幸福。這點也可以聊以自慰的。本來，愛的，我是決定了不用頭腦去理解或同情與革命，而要用實生活去體驗它；因此，我幾曾想不顧一切的去在前線與那些強權者短兵相接，把自己的一腔熱血去為爭自由而潑灑；但為著朋友們的

勸慰，我只得在後面作她們的殿軍，這並不是畏縮的表示，實在我的色彩太重，目標太大，只要我出頭，一切的工作都由我摔滅了。所以，我得忍耐的在內裡孜孜的工作，為著了全部事業，我是甘願受著旁人的訕罵。——然而，愛的，我決不是一個臨陣逃脫的女子，我要在你的企望中作一個爭自由的女神！

近來一切是較前緊張得多了，你看，愛的，剛不曾有半月沒與你抒寫一切，事情便如此的劇變了。就是我個人罷，早數月前是囚困在一種非人教育的半私塾裡，以後把這種女子一生唯一變相職業的牢籠打破後，自己墜入了幻滅的悲哀，在深深的傷惘之餘，自己又突的把生活轉變了方向，摒棄了感情的包蔽而走到理智的生活。唉，我的人兒。我這女子是如此多變的人啊！現在，我的心中只有眼前預劃的工作，一切的一切是在死滅的道上了。（或許時日久了，我對你更淡漠點也未可知。但是，你可以永遠的相信我麼？我還是永遠的不忘懷你。）愛的，一切要到死滅後才有新生的苗芽開展著呀！唉，愛的，我的道路你定是同情的，我也望你把自己的行徑好生的打量。雖然你的生活危艱，環境惡劣，但你不要灰靡，你仍然要本著入獄前的勇氣去創造一切，為人類的自由幸福而奮鬥！那便是你的生活！那便是你的事業和工作！那便是你心愛者萬里外雲山環抱中給你呈現的厚賜！

第三十一頁

又時好幾天不曾為你寫下一字了罷，愛的，你可以原宥我，近來的事是繁冗得多，而且空氣是較前緊張得多了。你想，數千婦女都在我和同志們的領導之下去爭取自由和幸福，責任是如何的纂重啊！只要我疏懈一分，她們便如羊群在荒野裡失掉了牧者一樣的倉皇；因此，為了我們的前途，也只得把我倆的個人幸福犧牲著。即是現在來提筆與你敘說呢，僅為了把眼前飛逝的一切在紙上留下一點痕跡，好讓將來可以作回憶的寶軒。（其實生死都不能說一定，哪能在陣線上顧慮將來呢？也不過是聊以自慰。自欺欺人罷了。）恕我罷，我眼前不能給你以溫熱呢。

是的，你近來從寧泉轉來的信是深切責備我行為的失檢，而且懷疑到我對你有了變更。這些都是我的錯，愛的人，你原諒我罷！因為早前，我並未向你把我的全部生活的一絲一片告訴你，（因為事實上不能告訴你而你又在萬里外，連信都不能寄到。）以致懷疑我有了第二情人。你從旁人剌談的消息擾亂了你的心，那些消息並不是我自己的真正事實，不過由幾個男女同志們兄弟姊妹們寫信傳出的罷了，那一些何曾有一點實在性？何曾是用生命和靈魂造成的！何曾是我將全心從你收回而去交與他人？……唉，一切都是虛偽的，造謠的，有意的破壞我倆的愛情。哥哥，這點你明白麼？誠然我是同幾個男子很要好，但那不過是在事業上的同志和朋友而已，何嘗談得上愛人呢？誠然我對他們已做到了同情和瞭解，但還隔愛情很遠呢！一切我望你相信我，你只要把我倆過去的一切回憶一下便可知道我是如何的絕誓要愛你到永遠。你還是放心的好，人們對我倆是無好意。——即是所謂男女同志中也沒有能同情瞭解我倆的人！——我倆原因著外面的謠言而應小心的提防一切沒要讓人破壞了，樂得他們成功。實在的告訴你，此地的男子們是有很多人向我呈現生命和靈魂，奈何我的己行獻給了你，沒有點禮品作為投報，使得他們都失望了。所以，離間的惡意便是

由他們造成的，我望你要明瞭這一切內幕，不然，我倆數年來用心血培成的愛情便由此毀滅了呀！

　　愛的，為著了人們的離間，我極願把數日來為你寫下的篇頁給你交下，看你還能瞭解我否？否則我也得冒險的將我的態度向你表白，免得你在天涯長長的為我而彷徨。只要你的環境較好時，我把這一束再給你好了。假如你能接到時，你定可以安心一點，愛的，如何？……

第二十二頁

是的，我的人兒，我的心中今日很為靜穆，因為向你表白態度的信已在前數日發出了。為著安全起見，還是由漱芬的哥哥從三四百里的臨近地域轉你，想來你們相隔不過三四百里，你定可有機會接到罷，只要你讀到我的那信，我望你從一字一句中去瞭解你心愛這的全心。早前你是可以明澈她的全心，現在我想你也是可以的。

此刻，我似乎不能再為你寫上什麼，因為事業的重任不能使我偷閒，早前僅僅是數千婦女們的自由和幸福在我和同志們的手中，而今呢，我愛，是快要臨到短兵相接的時光了。在這兒的同志時時在尋覓機會實現理想的一部，（我只是向你說這婦女們的小部，其它的一面是由男子們主持，一面我不能完全寫下。）我原來從牢籠打出來便是為的自由，我不要幸福（？）所以，為著婦女們的自由幸福，我是甘願犧牲的。雖然在將來的一日同志們不要我親到短兵相接的陣線上去，但我是決定要去在血泊中尋取自由。愛的，你還是放心罷，最後的勝利是屬於我們，你的愛妹是可以從戰地安然的勝利歸來。假如幸福是可以享受的話，那時我們再分一部分精力來做。現在我所爭取的自身的自由和人類的幸福，我只要努力的不絕的做，總可以實現一部罷！

關於我的一切生活，我是很願時常告訴你，不過我的時間太少，而且寫下的又不能給你，所以我愈寫愈覺得不願寫了。這點在我自己也覺得傷悲，怎的我不如往昔的能夠長長的抒寫呢？但我總希望有一天我能把過去的一切生活全部赤裸裸的向你寫出，那時或許你不至於再懷疑我罷！然而何時有這種機會呢？或許我倆將要在短期內消失也未可知，那怎能顧慮到這些呢？……愛的，請你千萬原諒我，我的筆頭是為著某種偉力壅塞了，恕我！……因著事業的關係，使我沒有點閒心來與你寫信了。

第二十三頁

　　差不多又是四五日不寫了，一切是如流水般的過去，過去的一切我沒有力量去回憶。那究竟是蜜甜，是辛辣……都讓它們消失了罷！在過去的時光中我一日總有半個鐘頭的餘暇來想與你寫信，但全心為事業的擘畫和疲憊，是沒有精神再寫，所以過去的輕快的過去，在繁忙中並不曾在心上殘留著什麼？愛的，假如你一定要我回答呢，所得的也還是空虛。

　　但是，在我倆間雖然並不留下什麼值得回味的痕跡，在事業上我們是有大大的收穫了。一面男同志們努力的再作工農和學生的運動，而我們也把婦女們組織好了。只要等到五月一日，我們是要做一個盛大的紀念的。在那時，我們的成功是否如現在期約的一樣圓滿，誰也沒有把握。不過，我們是渴慕地期望著未來早日的臨到。或許在那時光還未來到時我們已遭了別的意外也不能料定，因為四面獰猙的偵察是處處防制我們進行呢。然而，我是決定的犧牲了，為著我們的自由和幸福，是決定的把血淚向未來呈獻l愛的，你假如知道了也不必憂心，一切我要做到生或死的盡頭。不自由毋寧死，我是在為爭自由而奮鬥啊！

　　聽說你的身體不好，在生活的流離轉徙中你應當如何的珍攝啊！固然一個人的生死並算不了什麼要緊，但你是懷有理想的人，陣線上熟練的戰士是比什麼都縈貴呢。我望你小心些，沒為著病而死歿了。早日在刀槍下還掙扎的邁過了，何況此事呢？因此我望你接受我的勸告，沒要在預備隊的營房內偃倒了！前途尚遙望呢，一切會須我們努力的奮鬥！

　　我想，只要我能想到的你都早已實現過了，所以我再不能從你的生活上添上什麼，僅為了你有些灰頹的氣氛，我是千萬的不放心。還在你是深深的瞭解而摯愛我的，你當然可以為我爭口氣。不然，我將何以忍受別人給我的訕謗？──認為你在我的愛中死滅了！你為我爭口氣罷，你還是安心的做事；沒為著一切的謠傳而痛心，沒因著我少給你寫信而滋慮（我是怕你接不到，而且怕你因為我的信而遭危險，因為我的信是不倫不類，許

多失檢的地方又會如早日般的成了使你定讞的佐證。）你應得我倆過往的堅誓而安定；那樣你是比較的能有快樂的心情去做事了。

是的，我愛，你應永遠的相信我能因你的緣故而摒絕一切關於愛戀的紛擾，然而我卻疑心你不如早前的信任我了。你以為我同某某有了超於友誼上的關係，在我還不覺得呢！男子們真是好事的東西，無事弄成有事，有事弄成壞事；他們不能有一個可以握得我的心，然而他們卻自相嫉妒起來，在我和旁人面前互相的暗相攻訐，幾乎把同志的深情都拋在九霄雲外去了。他們的隊中沒有女同志等於是取去了他們的生命和靈魂，然而有了一個女性時，便彼此的為她煩忙，奔馳，嫉妒，訕謗，迷亂，這種壞現象使我在過去數月中都感受了深邃的痛苦。假如不是我有堅定的意志，我把感情壓抑著，啊，我幾乎為他們那般餓狼般的追逐者征服了。但我是為了爭自由而跳出社會為女子定就的樊籠，為了人類的幸福才加入他們的群隊，我是要自強，自毅，自奮，自決，自由……的女子，這一切伎倆有什麼用呢？也不過自取滅亡，在失意的心幕上留著我一個突幻的懷慕而已。誰曾把全心傾向他們？誰曾把生命和靈魂全整的向他們中任何一人呈獻？唉，愛的人，你相信我罷，我所寫下的全是伴著血淚的漿汁組成的；雖然你不能馬上得到。

愛的，你不要以為我是在生活轉變中將你忘了，而且已將全身心整整的由你嫁給了別人。你相信我罷，我是決不會如此的。雖然我的思想使你覺得偏，但行為是可以負責的。你假如能深澈的瞭解我的全心，你定可以鑒定我是怎樣的女子，我的過往現在和來茲都是如一的循著自己所認定的軌道進展；即是對革命要奮勇，對愛人要始終如一、這一切你能相信麼？（或許你不相信呢！）愛的人，我望你相信我好了，那樣對於你是沒有大裨益的。我期待著，願你能因我而安心！

第二十四頁

　　前幾日與你寫下的關於愛情的一部分已發來給你了，還是由早前的地域轉你，想來你可以收到的罷。本來我願意有機會和勇氣把這全部寄出，但我怕反釀成你的罪戾的佐證；因此，我畏縮著，終沒有勇氣。愛的，我是希望時機來到，你可有全部閱讀的機會，因為在這兒顯示的不同；——一半是想將來給你看，一半是我我自己的一切心潮和行事留下一點痕跡；所以，我還是樂於把另外一面給我。不過，你是遠隔著我，宛如把我倆的心與心分開，靈魂與靈魂隔絕一樣，連要從腦海中摸索你的身影的痕跡時，也似乎模糊了。這對於倆個情熱熱的人不是一種好現象，總願在倆倆的隔離中（？）不致把愛情送到墳墓。（或許你又以為我與自己的實生活矛盾起來，因著顧慮到愛情的未來，你覺得矛盾罷！）遠離使愛情走上墳墓，我誓死不讓這名言證實！

　　關於我倆的一切是應自安的抱著樂觀（？）因為在愛中是不容一點而疑慮。而且我不願因著愛的刺激而墮落，我是甘願因它的興奮而努力。所以，我始終的相信你，在長征的長道上，在追逐光明的行程上，在短兵相接的陣線上，是把它拋擲（？）來奮毅的突進了。

　　雖然一切免不了顧念時傷懷一陣，但事業的重荷是壓制了我感情的衝動，一切的圍困都被理智的判決所摔倒了；我是不願無意的把數千人的生命斷送，犧牲（？）了一個人並不算了什麼。

　　陣線是在眼前開拓著，我們流血的時光快要臨到了。勝利是屬於誰個呢？我是沒有一絲兒把握。少數與多數，正義與真理都不是絕對勝利的確證；我不問一切，我只奮勇的向著來茲突進；在屍骨橫陳的陣地上，在刀槍的明亮中，我們再來評判睡得勝利和失敗。

　　愛的，恕我罷，我是在不能多寫了。熱血是在心內沸騰，把一切因愛，因未來，因現實而起的幻滅的陰影一併的殲滅罷！

第二十五頁

是的，為著要殲滅心中的一切陰影，我又是好幾日不曾寫了。但我知道你並不因此難過，僅為了我寫的是為著我倆，而並不是完全為的你，過去的時光是一點痕跡沒有把捉著，這是如何的可惜；因此，我決定的忍耐著來把它們為你為對象寫下一點。

我要用生命去體驗革命，這革命是僅為了爭人類的自由和幸福而在我心中決定的；尤其是女子，在現社會是急於要做這樣的工作。因此，我毅然的參加了，更把智識和無智識的婦女們組織起來戰鬥了。但她們並不瞭解什麼黨和主義，她們知道的，要求的是自己階級的自由和幸福；因而對那些乘機來宣傳什麼主義的人是深深的痛絕，認為他們太不知道婦女們切身的痛苦，而只是作空玄的高調。這許多地方是受了我的影響，因為我不願伊們受一黨和一學說的麻醉，把自己的事放下而去做別人的走狗，非惟不能獲得自己的自由和幸福，反而莫名中遭了殺戮。所以，有些男同志認為我是人道主義者，而不與他們××黨的主義相同，似乎把一種和緩的清涼藥給婦女；而且在許多地方不能受他們的愚弄。但是，這我也如何的辯護，因婦女的事是婦女本身的事，所蔭定的一切是應由婦女作出發點；我是如此堅決的為婦女本身階級爭取自由和幸福，我又何必作無謂的辯護呢？婦女生來便帶著人道主義的氣氛，所謂革命也不過是這主義的實際表現而已，要轉移到的方向是不容易的事。因此，我們的陣線也便是由此出發點開展的婦女爭取自由和幸福的陣線了，只要是可以達到最終的目的，又何必顧慮什麼主義呢？

但是，愛的，我並不是以女性為中心而主張男女鬥爭，不過，男子們對女子的事每懷著不良善的野心，即使說成功了呢，並不是如何深切的為婦女的利益設想。所以，我認為只要女子們有鐵的組織，再加以男子的扶持，那成功是比較男子代庖的好得多；在此刻的工作上便莫名其妙的摒絕了他們——男子——的野心的指導，宣傳；僅在行動上因著彼此的需要而

協作。雖然在許多時候不免得孤單，但只要婦女們有堅強的組織，再接再厲的奮鬥，成功是可期待的。

　　愛的，你覺得我的地位是危險，但我是很抱樂觀的。只要是有一種力能使我做到生死的盡頭，那便是我由舊的樊籠內走上了新的大道；失敗是應有的，成功是終於會得到的。因此，在男子們所集中；力量的婦女節便在我的目中認作了表現婦女們精神的一個好機會。固然，這種節的成立是含有其它的意味，不過我們沒有別的機會，沒有別的專為婦女們設立的紀念節，又何必顧及許多呢？在那時雖不能馬上爭取她們的自由和幸福，但可以借此種機會給伊們一個深刻的印象和教訓是辦得到的。所以，愛的我毅然的採用了。你總覺得我的態度模稜，地位危險，是的，我愛，我一切全都承認，我是決定了犧牲的，何況為了還是光明的，又何必在遙遠的陣線外唏噓而彷徨呢？……

第二十六頁

　　我將何以求你恕我呢，愛的，又快要一個月不曾為你寫下一字，實在因為我們的工作更加緊了。而且因為我和一些女同志們不願受××黨的愚弄去為他們作走狗，連他們也有些憎恨我們一群的婦女；好在事實上並未表現，想來不至對我們的事業含著破壞（？）的意味。早前我曾告訴你男子們的壞，而今更見的表現了。

　　但我們是決定了要擺脫他們的領導來在自己的思想下作一個鐵的組織的團體，把數千婦女們的心凝在一條道路上，一心一意的為伊們的自由幸福而奮鬥。我看她們很反對一切的政黨，是願意憑藉自身階級所能辦到的範圍內去爭取一個真正的人應該獲得的自由和幸福。本來我有心同情於××黨，但我窺出他們的陰謀，因此我不忍心將數千婦女們的生命斷送，所以毅然決然的把伊們從一種深淵內拔出，明明白白的循著自由的幸福的大道奮進。

　　我所接近和組織的婦女們都是些無產階級的婦女，她們的生活比牛馬還不如。因為這兒是臨近山林和煤礦產區，她們的生活都全靠搬運柴木和石炭來維持。最苦的是背石炭的婦女，她們的丈夫日夜在石炭洞裡蠕行匍匐的柁炭拉炭，孩子們便同著他的母親姊妹作背炭的小販，一家人勞苦整天的收入還不夠維持最低限度的生活。她們和丈夫的生活我都親眼得見，都沒有增改回來為伊們流了無限的同情之淚。我自己雖然是由小資產階級中落下來的無產階級。但我的生活的過往和現在是伊們一生所不能夢想的。愛的，這並不是慈善家虛偽的心，而是革命者熱情的出發點，因此，決定了扶助伊們去紓解切身的痛苦。

　　時機不意的臨到了，愛的，我的心是如何的歡躍啊！因為這兒全縣產煤區的稅則早日是由所謂政府厘定的，十餘年都沒有增改，現在野心家又特意的逢迎官府（？）來作一個過量的增加。還在這種稅是向炭主增收的，對於背炭的小販是沒有關係的。然而他們的野心還未遂願，腰包還未

弄滿，便突的在小販們販運的炭上每斤加抽新稅五文，數目雖然微渺，但僅僅靠著背炭販賣為生的人是如何的苛殘呢。因此，在我們的組織下的婦女們都不願甘心去忍受這苛捐的實行了，伊們決定要與縣中包稅的委員拼一個你死我活。假如一實行了，她們一家人等於坐以待斃，沒有一線生機是可以尋覓。她們向我提出後我很贊成她們取直接的行動，沒有再籍官府和××黨的勢力，工人的事自己做，婦女們的事也由自己解決，我們向委員取直接的行動好了。

這事將來不知是如何的拮据，而且成功和失敗是如何的呢，我還是沒有一點把握。不過，數千婦女和我們都願意作一度痛快的犧牲，一切就讓它做下去好了！也許因此次的變動，我的生活和地位是更見的陷於危亡情景，但一切是決定了呢。在這事未成功前我很願再給你一封長信來敘述一切，但我的責任似乎每一分一秒都在增加，數千人的生命和靈魂全付託在我的身上，為著未來的光明，不知能成功否？……而且四遭獰視偵察的人是比早日更嚴密了。他們要保持他們的利益，是甘願絞取人們的血液去供酒醴的。是的，我決定了為爭自身階級的婦女的自由和幸福而奮鬥犧牲，只要我有資格去在她們的杯中參和著萬人的血滴，讓她們在勝利時痛快的吞飲罷！

別了，愛的，在而今寫上「別了」二字時又另入了一種淒傷的心情。委實的，生死離別是如何難過的事呀！然而我倆是生離了，死別吧，恐怕也不遠罷！假如時間與潮流要將我倆在分離中作一種悲壯而淒慘的死別那是誰也沒有能力遏止；而且為著要做到生死的盡頭，不能生時，就率性的死去是比割裂的生存好得多。我是一個很平凡的女子，沒有什麼堪以稱為中心（？）的思想只要在世上我曾為人類做了點有益的事，那便是我的幸福了。所以，在我要極力走向生死的極端的時光，你也不必引為悲戚！人便是難說的東西，我們又何辭以解呢？我望你最好是把心情由頹喪的深淵中振拔起來，那樣你便能痛快的做事了。雖然在我一切快要快要走到死的王國時，我並不悲傷，一切原是早已自己安排定了；我事事都企盼著那時光來到，讓我喝乾最後的一杯血滴！

我再說罷，別了，我的人兒！

．．．．．．．．．．．．．．．．．．

．．．．．．．．．．．．．．．．．．

．．．．．．．．．．．．．．．．．．

第四日

　　是的，愛的，最終為你寫下「別了」的一段時又快要一星期了，而今我重要寫給你，啊，一切是與以前迥然的不相同了。我真不忍向你敘述，愛的，我是在陰森悲慘的獄中了。本來你也曾經過長時間的監獄生活，然而你那時的生活是比較我更難過罷！固然，自從與男同志（？）們分別囚禁後，我便孤零零的一個人。——不，這兒同獄的有十數個婦女，三個姑娘，一個母親帶著的嬰兒，一個有幾根白髮的女看丁……囚禁在這裡，然而我卻很樂觀，並不以為死是可怕。你想，我的人兒，一說到悅時我是很怡的寫下，其它你便可想見了。

　　在早日剛把最後的一頁寫完不多幾日事變便發生了。因為我們不願等到婦女節，而且時間上不容我們再候著五一節；因為我領導下的婦女們要擁護伊們眼前的利益要爭取伊們眼前應得的幸福。所以，伊們宛如把數千顆心來壓著我和幾個女同志的心，雖然在陣線上伊們免不了要失敗，但為爭取自由和幸福而失敗，乃至死亡，那是有意義的；我們便決心去同情伊們的痛苦，引導她們去到前線。在二月十日的清晨便把一致罷工來反抗稅所的，男女人一併召集在一個盛大的炭廠前面的空地集合，由我們的指揮，男子們只在婦女的後面作後盾，把錘炭扤炭的鐵器具帶在身邊來作抵抗強暴的武器；陰伴著婦女的群隊，在必要時作有力的援助；婦女們也同時在身旁暗藏鐵的器械預備作有力的抵抗，先散著一個一個的透入城裡，先派人去向徵收心稅的委員交涉後，再在沒結果時作一種有力的爭鬥。事情是如何的佈置好了，男女工人都照著我們的指導偷入城去，幾個女同志因為是本縣人，顧慮到身家不去，只得由我一個在暗中領導伊們前去。在工女的隊中我和她們沒有點分別，因此，為著我可以多談幾句話，便由她們舉我和幾個女工去作代表。委員是住在縣城鴻恩棧的上官房，我們去會他時，還推說尚未起床。我們等候了一個鐘頭，大約快要十二點鐘的時候他才起來，又過半個鐘頭才擺出十分官僚的架子來問：

「哪個會我？……」

「委員大人，委員便是大人嗎？」一個十七八歲的工女卻先我回答而且帶著問的語氣如此的問著，在她的眼中所含著的並不是女子的溫柔，重新的注入了血熱的惡毒的光芒。

「是，我是礦務委員，不是別的……。你們是找錯了罷，我不管別的厘金。」委員的回答是含著驚愕的氣氛，他實在愚蠢，從這幾個臉上蒙著煤炭色，帶著煤炭氣味的婦女們身上還看不出來意，他這樣傲慢的談話，把我和幾個女代表都激憤了。

那時店子裡吃閑茶的小資產階級的人們都全體把猙獰而驚詫的目光投射到我們幾個襤褸女子的身上，店門上已經慢慢的進來許多襤褸的工人婦女，而且圍著向內面看的人又都是我們的男女工人，連在臨近地域內伺探著的男女工人，數目是在兩三千人上下。一群婦女以為溫良的懇求得不著結果，都齊聲地咆哮著：

「打死那狗東西，打死那狗委員！」

因此，一種暴亂便起了。婦女們都把身上帶著的鐵錘、鐮刀、短木棒，洗衣服的木棒！挖煤炭用的鐵釘錘……等等武器取出來向著委員身上打，甚至有的婦女把月經布拿出了去籠在打傷了的委員的頭上，而且如此忿憤的說：

「榾死你個狗官，榾死你這個狗東西！」因為在忿激時她們是只問目的不問手段，而且婦女們是把月經布當做了唯一倒榾男子的東西，便不顧一切的使用了。一時嘈噪的聲音，連房上的瓦都為之震動了。這樣的激烈舉動在委員的身上施用了十多分鐘的時候才把氣泄了盡而甘休了。於是婦女工又蜂擁而出的各自三五成群的向著不同的方向回去了。

僥倖這樣的行動在當時並未使強權者有機會來用兵制止，因為委員是私人在政府下承包下來徵收的；額外在炭金下附加，那便是他自己預備入腰包的，所以他的權威是沒得到那正式設局設卡的那樣威巨。然而他經過了這場群眾的侮辱和痛打後是很忿恨這些造事的女工。但他決不相信這些一字不識的女工能有這種反抗的勇氣，果敢的精神，必定有什麼黨在內面

煽動。過後他得了他人的密報，說：「這兒有幾個女子和一個外縣專來做工作的女子在指導這群婦女，本來這次是要把你打死的，你還僥倖得以生存啊！最好你是找知事和城防司令為你嚴查煽動的那幾個女子好了！」因此，我和幾個女同志便陷於危亡中了。不過，他們是本地人，有許多關係是可以通融，而我便不能不另想辦法了呢。因此，我不能不早日的逃走。然而愛的，我還未起身時，唉，我已被捕了。在城防司令部的禁閉內，啊，好一群反叛的囚徒，一些男子們都是我早日同著工作的人啊！

　　愛的，過去的一切又算是過去了，我不願多寫。以往的一切雖然並不值得如何大書特書，然而我應得為著你而記下。從此你可以知道你的妹妹是曾經在爭自由的道上奮鬥過。而今雖然我的生死未卜，但假如我能生還，我還要繼續努力的奮鬥呢。

第六日

　　入獄來快要一星期了，過去的一切陰影還如電影活動般的在我的心中開演著；有時我好像回到往昔奮鬥的地域；有時又好像在那陰影後面閃動著堆滿著血淋淋屍具的刑場；這一切是在我獄中的生活中占著了晝夜的時光。但我的心還是如往昔一樣的興奮，並不感著灰靡！

　　在這星期中非惟把我的身軀與世界隔絕著，連心也似乎與在世界時成了兩樣；彷彿獄中住的不是人，而是一群陰森的死鬼。有時想到自己為什麼也臨到了這樣的境地時，不覺失笑了。在早日從社會為女子建造的牢獄中跑出時並未曾很逼真的意念到今日在這陰森死寂的地獄中來作活鬼；尤其是在數千婦女的集體之下是伴著無限的奮勇來打倒一切的惡勢力，只期望把一腔熱血傾灑後是可以得到自由和幸福；但一切都成了空望，是我的血管內尚流動著潛伏的活力，我想，再有一個時機是可以得到美滿的成功。

　　因此，我把獄室當作了育兒房，一切又何必悲傷呢？許多革命的先驅者都把監獄當作了休息的場所，原我也在此中完成我的一切未來?!

　　從獄中感的實在不少，它所給我的簡直只有用心才可以領略到，筆頭是沒有一點技巧可以表達。本來我千萬的設盡了法還沒曾尋覓的一支筆來，好在自己的身畔還殘留著一節壓斷的鉛筆，便在一張粗糙而深黃的紙上寫下了這點隨感。僥倖的有一支破筆，更僥倖的是女看丁讓我如此的寫下了。假如是男子呢，他們可以認得出我寫的是什麼，然而中國的女人真可憐，她始終以為我寫的是外國文；幸事！

　　地上蹲著腿寫字比什麼還苦，便此終了罷。假如有精神時，我願再寫下一點。一切失敗算得什麼？

　　他們要把我們打死，

　　那也儘管有他們做去；

　　他們可以鋸下我們的頭顱；

　　但決然殺不盡全世界的反叛的奴隸！

第十日

　　他們或許會鋸下我們的頭顱來作飲器，連我和男同志們便有六支鮮紅的酒杯。這六支酒杯擺在他們慶祝成功的筵席上時是如何的快意啊！

　　死的羽翼似乎快意臨到了罷！獄房內外的一切更比以前感著陰森了。早日我同男子禁錮在某司令部時還可以從彼此的談話中得一點慰藉；有時外邊的人還可以設法來報告一點關於我們生死的消息；現在把我們與他們隔絕著，對於來會晤我的人都完全被典獄長拒絕，想來那些同志也與我是一樣的與世界斷絕了消息罷。這是比什麼還殘酷，連一個音訊兒都沒有了。只有年老的女看丁不時報告一點關於我生死的消息，但是那都是由愚盲的婦女們所臆想的。她說我們在一月後便有好消息，這真是騙人的話！我們要想生還，是比駱駝穿過針的眼還困苦罷！我所做的事自己明白，他們要向我們施用的酷刑，我也是很明澈的！

　　關於我的家庭，我是不願意多想到；雖我還有父母兄弟和妹妹，但他們的生活是應當由自己去負責的，我沒有能力來使他們享樂，我連自己的生命都陷於危亡時，我是更沒有能力來扶助他們的生活了、現在我沒有同他們寫信，（即是寫好也不容易寄出。）我很不願使他們知道我的噩耗來為我傷悲，原他們永遠的不知的好啊！

　　說到我的愛人呢，那更使我難看了。在獄中過的許多日中都沒有一刻忘掉他。早日事業的繁忙中我不曾與他寫信，──即是說寫了呢，也不過在三四月中有一二封罷。──僅僅在自己的雜記上把他作為對象寫了一些，假如憑著愛神來說，我是甘願受她的譴責。我為了怕他因我的信而墜入第二次的繫獄，所以我不願給他寫信；但他在出獄後的生活流離轉徙中是更顯得灰頹而心懷狹窄，更因了向我表示好感而失意的男子們多方的造謠，使得他在萬里外竟疑慮為我已把全身心傾向了別人。因此，我更難於向他剖白了！假如讓他如此長長的誤會下去，數年來用血淚培成的愛情，

豈不因；倆倆間小小的滋誤便毀滅了麼？那樣，正中了旁人的詭計，把他們的宿怨在我倆間發洩，是如何的令人傷心呢？……

我真是難說的東西，而今為著失戀又把一顆熱烈的心蒙上一層陰影但我是早決定了，對於他我不願再有負心的事發生，我只願他在我的愛中成長，不願他因我而死滅。但是，而今我是囚禁在這深深的地府中，一切都與世界隔絕著，對於他的深情我有何方法表達呢？我想，假如空氣緩和點時，或許多方的以金錢去私賂女看丁，看她能為我設法寄出些信否？……

每日的時間都是在陰森的圍氛氣中過去，只要一同女囚們談話時，她們都潛淚來敘述伊們的一切冤屈和痛苦。伊們很贊成我的勇氣，不過很為我這樣聰明伶俐，勇敢而有為的青年女子可惜，這種垂憐的同情和讚歎，使我幾乎流淚來感謝了。伊們無論什麼事都歸根於命運，我覺得自己是要戰勝一切的宿命而流於監獄，在心中不覺暗暗的自驕了。

聽女看丁說，我們的事突變作了危險，在幾日內恐怕有不幸發生。是的，而今我期望著死的來到！固然我是把監獄當做了休息的場所，想有一個時機可以重整旗鼓來奮鬥一番；不過長長的禁錮是沒有生死的意義，那不如死了還好些。平常的女子每在危機時飲毒或別尋短路，但我為了預望的將來是要把我殘敗的身心來完成一生的志願。——堂堂的作一個爭自由的戰士——！假如強權者將我殺掉呢，讓他們完成那惡毒的心願好了。

第十三日

差不多是五六日沒曾寫了，似乎眼前過去的一切都不值得寫了一樣。心情也有些凌亂了，僅為了我們的事沒有一定的處決，時常都在飄搖之中，把我真哭煞矣！

假如相信命運的話，它委實太把我玩弄夠了！但我早把社會給女子恆定的宿命論踢破了，生死都是由我自己在操縱，命運於我有何力量呢？

早日他在獄中時我曾傾盡心血去安慰他，更是把我倆的愛情在獄中固定了，如今呢？一切都今非昔比了！他是遠隔著我，把一種難名的誤會深深的刺著我的心壁，我還能向他要求什麼！即使我是永遠的愛他，他或許早不愛我了！男子們真是沒有把定，時常都在女子的疑慮中；他不能信託一個人的全心，一遇著謊言便把對女子的信念動搖了。他以為我有了新的愛人，這話有誰能證實呢？……唉，一切便如此算了麼？……不！我要永遠的愛他，一直到死都不曾向他負心！

一切快樂都沒有了，連愛人已成了悲傷（？）的泉源，我還向世上要求什麼？但我仍不絕望或許他是激於一時的衝動，我想他的情懷是可以重熱的。

為著未來的光明，（在世上我也曾作如此想，以至弄到了這地獄般的獄窟，而今我又如此的期待著。是如何的愚盲啊！）我又甘願忍耐的住下去，牛活雖然不好，但為著未來我是忍耐的期待著！

第十五日

在光明的期待中我免不了想念到遠客天涯的他，他是永遠的攝著我的心呀。本來，過去的永遠的過去，我曾經為他拒絕了一切的紛擾，但這過去的一切是他所不能原宥的，因為他只深刻地記著我已經是拋棄他而另去愛人了。假如我曾經如此做了還好些，委實我並不曾為那些男子們而動心。即使現在呢，他們也與我同樣的囚禁在監獄內，在深深的獄海中，他們還多方設法來託女看丁好意的照顧我。這樣的關切或許是出發於革命的，但在困難中容易培植愛情，男子們是不女子更深知呢。不過，為了我早把生命和靈魂整個的呈現給了他，雖然我要接他們的情熱，我還有生命和靈魂來作投還麼？不！我是決心的為他們而拒絕一切啊！我想，他也決不至泯然的把我棄置！

為著要使他知道我近來想念他的深情，是很急切的尋覓著寄信的機會。我已千方百計的向著女看丁說了，她還推諉著再等四五天來看。唉，我的心怎能忍耐到許久呢？

我們的消息似乎比以前更惡劣了，要殺便率性的實現罷，又何必在那裡作官樣的文章呢？假如要行刑時，那我不可免的！但是女看丁對我說了一個驚人的消息，因為我的行為和學識受了各方面的注意，某軍的一個大官（？）竟想出頭來保我出險。這樣的噩耗是比死還要厲害！男子們我固然恨絕，對於軍隊中的男子們我尤其認為世界上最惡毒的壞種，他們對女子何曾有過善意？現在要來在我的身上施恩，保不定有其它的用意。而且據女看丁說，他親自帶著幾個馬弁來向典獄官交涉，囑他們要特別的看照我，沒要苦壞了我的身子。唉，這樣的關心是怎樣的令人卑鄙啊？也好，罷罷，讓他們的恩惠給我一點舒爽免得我在獄中死掉了！只要我能生存下去，他們的野心終是要絕望的罷！

我是決定著，永遠要作個自強不息的女子，到死時我也是不屈伏的。
——實在的，假如願意屈伏，很柔順的承受男子們對我的請求，我早已戴

上了人們栩誇的幸福的桂冠。但我是永遠頑強的而傲慢一切的女子，我如今淪到了如此的絕地，他們是咒詛我應如此的受懲呢！

我有什麼值得人們的愛戀，連作了階下囚時還有人如此深懷著惡意。上帝啊，假如你不是虛渺的時，你將如何的為我掃除一切惡孽？然而你始終是騙人的東西，你只有欺騙愚盲的女子，對我有何權力呢？……啊，在世界上和這地獄裡都沒有一個熱烈愛護我的人來助我勝過一切——或許他還是如以往一般熱烈的愛我（？），但是永遠的在天涯飄浪著。──切的難關，能夠永遠幫助自己的只有我自己了呀！

是的，我決定了一個人孤零零的在這惡劣的社會（？）上生存著，只有有一線生機，我是永遠的在一線生機中追尋夢想（？）光明！光明啊，我是永遠的期待你呢！

第十八日

啊，月圓人未圓，

他和我只悵著漠漠雲天！

雲天是這般的幽邈，

為著愛和人類我等待著光明的微熹！

愛啊，微熹是隱約可期，

為著一切的夢想，

我忍伴著漫漫的長夜！

孤燈熒熒，

照著獄裡人兒冷清！

這如從黑夜的道上向著漠野前邁，

要從鋪砌的屍骸中綴上成功的蓓蕾！

「神啊，願從天片處閃著的微光莫絕，

——我為那閃爍不定的微光而絞盡心血，

神啊，願光明燃起死囚的生之餘燼！」

我幾曾向著冥空默禱，

心如進入了古昔神秘清淨的聖所！

我雖是無神論的論者，

而我卻在絕望中向著冥天而禱祝。

明天在獄房的牆頭墜落，

身心如同沉到冥的深窟；

碧空中疏散著點點的疏星，

那正是我早日想從死中逃亡的時分。

而今一切都為著囚牢禁錮，
星星象徵了我倆曾經追逐的光明。
啊，願虛幻的光明可以捉摸！
願淚眼中的微光莫絕！
為著愛和人類，
願光明燃燒著死囚的生之殘灰！

第二十四日

前幾日寫下一些詩句，早日在世上時寫不出一句悲壯的句語，而今快要臨死，卻從心中榨出了悲壯而奮發的情調！我的心委實不比以前脆弱了，連從這次被捕時以至今日，還未哭上三次呢。假如在世上呢，不知已哭了若干次了。這是我的生活由感情趨向理智時的一種最好的表徵罷！我要保持下去。不然，在獄中哭泣是再悲痛沒有的事，有誰來向你作一度深密的安慰呢？……我決定永遠的把淚珠潛制，即使到死時也決不讓一顆淚滴殘流在仇人的刑場！千急的保持，千急！

假如在事實上不能的話，我要決定在獄中的餘暇來多寫一點詩。而今我覺得詩並不是悲哀的泉源，而是使我走向理想領域的引導者；沒有它我簡直不能前進一步。但我連寫字都困難時，這一切又恐怕是夢想罷。而且，假如寫得較激烈了時，獄吏檢查時，不是深深的把我的罪戾加重了麼？我的愛人早日曾有了這樣的失敗，我也要謹慎才好。

在心中是打量著如何早日出獄去重新開拓新的道路，但光明是多麼的渺茫啊！

不過生死是沒有一個判決，是令人怎般的無聊！有權力的人並未曾把我們的生命看得重要，這樣的活罪是使人怪難受的！讓一切在世界上所有的酷刑都來罷！不自由毋寧死，讓一切都早早的來臨罷！

第二十五日

　　委實沒有比這更傷心的事了，一面要為著未來的事業而等待光明，一面在獄中困苦生活裡要為著愛而滋痛。獄中的生活我一點也不感得如何的刺心，只要是未來可期，愛情不至破滅，這一切又算得什麼呢？然而刺心的事沒有再比戀愛更甚的了！早數年來我沒把某種東西當作了生命和靈魂，不幸的，偏在人生道上遇著了他的摯愛，而從他的啟示中又把革命當作了第二生命。本來我想避免愛的箭羽，然而愛神終是殘酷的，她莫名的射中了我的心。現×在，我的心中閃動著失戀的陰影；好在他還是僅僅的對我加以疑慮，並未完全的證實他是不愛我。假如一切明白的宣示了呢？唉，我的一切都從此完結了。在世上我固然把革命當作第二生命，但沒有愛的人如何生存？我的生命和靈魂早已交給了他，沒有它們還能生存麼？……唉，我的末日終要臨到了呢！

　　不過，我還是永遠的相信他不至泯然的把我棄絕，所以我極力的想利用獄中的餘暇多寫給他一些信來表白我與他的深情，用熱愛去冰釋他心中的疑慮，把我倆的愛情仍然回復到以往的甜蜜和熱烈。因此，我不惜向女看丁施用種種的賄賂，要她允許為我把信投到郵局。她很疑惑我寫給××黨人的，她向我表示非寫給丈夫或家裡的她不答應傳遞，因此，我忍心的說是寫給我未來的丈夫。這樣是如何的滑稽？然而，為了我們的愛情，就把他當作未婚夫罷！

　　但是我得到允許後反沒有能力來抒寫了。我想，心中太喜樂是不能寫下什麼的。只有她──女看丁──允許為我傳遞，在萬里外流落的他，──我永遠深愛使我人──是遲早有得到讀的機會啊！

　　為著我能有寄信的自由，而且女看丁又是一字不識，我寫信更可自由了。不過，我得謹慎一點，假如信在郵局被人檢查著，那我未來是更見的黑暗了！

　　在此刻我把心情平靜著，讓我將身畔殘留著的信稿在此抄留罷。那

一些信稿是未入獄前寫的，有的是已發的，有的已成了過眼雲煙，即使如今有勇氣再發，對他也沒有力量了罷。不過。為著獄中寫字不便，我也倦於全抄了。關於革命的記載是在雜記中寫下了提示來作將來的回憶，那論及我倆的愛情和誤會的話是應得細心的抄下。假如我還能生還，而且它也可以從天涯的飄零得以安然歸來，在愛情上容我倆會晤呢，我們重來伴讀時，不是更有一番甜味和辛辣摻和著的氣氛麼？唉，一切是決定了循著極端走去，願愛情能給有以痛快的「生」！

早日的信中關於我倆的誤會曾如此的寫道：「讀記得來信，我是異常的傷心；實在，我是含淚讀完的，我已經起誓不再為任何事而流淚，然而我終於不能因愛之刺激而忍住，你提起過往的那回事，我怎的不傷心?!在你是把它當作了絕大的刺激，永遠的不能忘掉，（而且更是永遠的不能諒解我。）但我為了怕傷情阻制了我做事的情熱，便率性的忘懷了。是的，我愚庸，寡斷，無知，不過，我相信任何女子處在同樣的地位，不能比我再處置得好一點。別人是有意陷害，而我是無心，又怎樣不中計呢？

「愛的，你知道我並不是三言兩語可以動心的，但別人用盡了欺騙手腕，以死來威嚇我要承受他的愛情，卒至使我沒有勇氣去抗絕。但我僅僅是沒有勇氣罷了，並不是便默然的接受了他的愛情。然而你始終不相信我的全心，更益以他們失意後的破壞和造謠，是使你數年來對我的信念都全部的搖撼了。唉，我的人兒，這是怎樣值得讓人傷痛的事啊！然而，你是不惜的輕輕的拋棄（？）了！

「是的，我也承受你的責備，不過，我自己內心的懺悔和責備也夠受了。而今，我能再三向你申說麼？你是不信念我了，女子有女子的尊嚴，我的倔強始終不願如何深切的向誰低頭。我是值不得你愛的，你拋棄我這個可憐的人好了，我真實痛恨所有的男子，不知他們把女子當成一個什麼東西？假如我喜歡永遠的愛一個男子，那是一個女子應有的自由有什麼不可以？但是，我堅誓的深愛著你，卻有些野心者想來征服我的身心；在一切陰謀不遂時又造出了許多謠言來玷污我的生命和靈魂。這種劣根性我委

實不急是怎麼的自號革命分子的群隊中還遺留著，使他們在摧殘女性的道上永遠的持續。

「不過，而今我是不願如何深刻的責備你。僅為了我還在超於一切男子的熱愛著你，因此，我望你也能超於一切男子的劣根性而永遠的愛我，那樣，我在世界上是比較的有了幸福！愛的，我如此的期待著！不知你願意給我以幸福否？」

實在的，關於過往的事我不願如何的回憶，抄寫時也免不掉有些傷悲。我是要作一個純理智（？）的女子。然而感情是永遠的不讓我遠去，唉，它如早日的情人樣，永遠的將我拽入它的懷抱。

過去的是永遠的過去，我幾曾如此的決誓了不再回盼。然而過往的甜蜜和悲辛是永遠在我的心中起伏，我能拋掉一切以往的形骸麼？不！我永沒有這種力量！因此，當日狂熱的奮鬥的時光，對於他的懷疑也曾作如此的答覆：「你問我，那時你是否要去愛他？是否要把我倆的愛情滅淡或者湮滅下去？」我覺得你真的明白我，怎麼問這樣的話。你忘了我深愛著你麼？你忘了在未晤他以前我給你寫信表示的態度麼？我要想去愛他，真是笑話！你想，我的人兒，我寧可愛他們中間的任何一個呢，還是愛你？他所給予了我我什麼深刻的印象？真實的告訴你，對於他們因為環境的關係不能毅然決然的加以拒絕；因為男子們的壞，使給他們以一種優柔的態度；想使他們自己冷靜下去。但是他們是不絕的進攻，有一個甚至以死來威嚇去我，假如我不接受他的愛，他便要自殺。這個，愛的，僅僅這個人便成了你而今疑慮的對象。雖然他的儀表，學識，家境都比你好，然而我還未曾在那時把你從我的心中搬出，把他來代替你的地位。這點也是我永遠問心無愧，永遠不曾辜負你的熱烈的一種幸事。僅為了女子們沒有點果決的勇氣來馬上拒絕他人的愛意，所以才在我們間釀成了絕大的誤會。唉，這誤會純全是由我的錯誤（？）造成，然而你是不能原諒我的嘞！

我望你要因著以往的關係而相信我，不然，墜入了他們所設的陷阱時是如何痛心的事！你是深切的相信我是愛上他，你是遠離著我，我能向你徹底的表白麼？熱而我望你要相信你的愛妹是永遠的把全身心向你呈現

了，除了你她是再沒有愛人的力量了。你想他同我也不過兩三月在工作上的相處，連同情和瞭解都談不上時，何曾到了愛情的梯階呢？然而，愛的，你想。我倆的過去是如何的值得回憶，值得留戀啊！尤其是在這次十餘日的會晤中，是在我一生的歷史上刻劃了一條深深的印痕，永遠的不能磨滅。但是，你或許忘掉了罷！不然，你何以便如此的不相信我了呢？……

好，算了罷，你口裡雖說永遠的相信我，諒解我，其實你永遠的不能諒解這次我不幸的遭遇樂呢套我的心中留下一種偉人的信念，然而我很自愧，只有使你覺得我是一個水性楊花的女子，有什麼值得使你永遠的相信而深愛呢？……

……

……

……

……

是的，你要罰我吻你千百遍，這刑罰是為了我不能因為你而打起勇氣去拒絕他人的愛戀；只要是對我倆的愛情有益，這刑罰又算得什麼呢？雖然早前我連一吻便要紅臉，但而今為了要你諒解我而重新燃著熱焰，只要是你施用的刑罰，我的人兒，我都怡然的承受了。假如你而今是在我的面前，我要立刻的緊抱著你狂吻不放，直到你都不願我再吻時為止。不過，相隔萬里，我親愛的人兒，我的心，我的生命和靈魂……連想輕輕的吻你一下都不可能啊！現在我又深悔著，怎麼就那樣的讓你走了？怎麼不緊抱著你不放？怎麼沒有不停的狂吻你？怎麼不將為別離所流的淚滴在你口中，要你把這些眼淚吞下去，要你把這眼淚藏在心裡？可是，愛的，我什麼都沒有做。我太懦弱了！我太無勇氣了！以後我應該勇敢一點，沒把熱烈的情懷長長的壓抑。然而，我的勇氣將鼓奮在誰人的唇上狂吻？誰人的胸前流淚呢──只有永愛的你呀！然而你是不能原諒我過往的一切，這豈不是悠悠的幻夢麼？……

早日我不知為什麼寫下這些語句？連我自己也莫名其妙，似乎在我奮鬥的生活中不應如此的為感情征服？但那時我也實在難於判決。只覺得我

應用熱烈的情懷去恢復他的熱愛；而且一念到他不愛我時，便覺得涔涔欲淚。臨到此刻來抄重讀的時光中，我是因為四遭滿是愁慘陰森的面孔，我又重新回覆到信中的境地。但覺得我的心情又回覆到在他繫獄時曾寫給他的一樣的情況：

愛，水不能覆滅，洪水也不能淹沒：如果有人要將他所有的財產來換取愛，那簡直要被人輕視了。——雅歌

哥哥，我也如原始時代詩歌所描寫的女子罷，我要你將我放在心上如印信，背在背上如剌花。心愛的，你願意永遠的將我擁抱嘛？哥哥，你記著，妹妹遲早都是你的，永遠都是你的。而且你也永遠是我的，假如沒有你，我就沒有了世界。啊，心愛的人，你就是我的世界，假如是掉了你，世界如從我眼前消滅了。哥哥，沒有世界我能生存麼？我的哥哥，我的世界你永遠是我的美夢，我的生命和靈魂，在你的愛中我永遠都是天真的，純潔的偉大的；在你的愛中我不時的滋長，因此，我不要別的世界，我只要我心愛的哥哥。這一切本來早已深深的印入我的腦海，我能忘掉世界，然而這曾經把握著我全心的語句是永不會遺忘。而今一切都與以往不同了，他的心似乎從我的身上收回了，所以，在獄中我又不禁有些滄然了。假如他真的把生命和靈魂從我收回，即使強權者不把我殺掉，然而他用心將我殺了！

不過，為著愛他深切的緣故，只要他願意而且忍心將我殺掉，一切讓他痛快的做罷。我始終是戀愛至上的崇拜者，而且我把愛和革命當作了我的生活，就率性讓革命失敗後的禁錮中一併的把我的生活完結罷！我早是沒有一種力使我痛快的死，只要他忍心，我便為了他而虔誠的喝盡最後的一杯血滴！

實在的，早日在革命的狂熱中發生了許多人向我求愛的事，固然我曾淡漠的拒絕了一些，然而他們在詭計未遂時便肆意的中傷我了。甚至有人說我已經於某某發生了肉體的關係，認為我是一個卑污的靈魂；無論生命

和靈魂已經是玷污了的。假如那時不是我的生活是趨向理智了呢，我現在恐怕早已長眠在地下好幾個月了；固然我為了事業應當留下我的身子，而且為了要在我的愛人前證明我的身子是清白的，靈魂是純潔的，我又決定的忍受著那種種的刺痛。而今呢，假如事實上可能的話。我還是要在他的面前證實的。因此，我忍心的將往昔給他的一段信抄下來作為一種紀念，看他將來看著時能引起一種同情否？……

本來我早決心把在身畔殘留的信稿抄下，但一抄到情深處，不由得潛著淚不忍寫了。唉，過去是永遠的過去了，又何必長長的留戀呢？獄中的生活是不比外面了。一切是望我珍攝呢！為著革命和愛，我還是自己保重好了！保重來雖然免不掉遭人的殺戮。但偶一點生機呢。我還是永遠的堅持著奮鬥的精神！

近來忽的又起了一些矛盾的心理，因此把我從新曳到熱烈的海。假如這熱情是秘密的還好，然而永遠都是辛辣的，永遠是戕刺著囚人的心。記得他早日在獄時我對他的熱烈和溫慰，是更見得把自己今日的淒慘襯托出了，他在獄時唯一期望的便是我貼慰他的音書。而今我也不是同樣的期望他麼？……然而，一切都是異樣了呢！非惟他是遠隔著我，而且為了這次的風波所引起的誤解，他的心靈恐怕早已與我分離了呢！……一切都失望（？）！

又何苦深深的悲悼呢？……

我很想把思念他的時間利用來打量我將來出獄（？）後的事業，但他不知為什麼長長的糾纏著我，宛如我隨身的陰影般的，沒有一個時刻離開過我。早前我是自誇能忘情的女子，如今是如何的矛盾！

第二十八日

　　委實的。我決定了把戀愛引起的悲傷暫時忘去來思量我出獄後的一切；在過去的數日中是很少思念到他。我想，只要在我的生活有一種可以早點佔據心靈的思想，那我是可以少從矛盾中感到痛苦的。在未從社會為女子建造的牢獄跳出之先，我是日夜在矛盾中轉側，那時簡直沒有一條出路。以後到了某地從事一種工作而感到失望時，又回到了舊時的死型內，更深深的蒙上了一層死滅的薄紗；好在我的生活以後轉變了方向，理智從感情中把我振拔了。所以，每在深夜人靜時回念到我過去的歷史，是一頁一頁的有一種面目。唉，我這女子的變××通是如何的劇烈？我的行徑是如何的沒有把定？然而我終於想把自己的心摻和著理智，使她永不再是我長長的淒苦。因此，連今日陷到了危亡的時分我也並不咒詛我的過去了。過去是永遠的過去，雖沒有如何的光榮，但我一生奮鬥值得寫下的一頁便只有這次釀成繫獄的這一頁。（而且在愛戀山也只有他曾經熱愛我的一頁是可以寫下，連我走向墳墓時，我還是永遠的承認。）這一頁啊，我是伴著血淚換的，我永遠的不能忘記！

　　我想，早日在我領導下的婦女此刻不知是怎樣的？她們的生活是如何的難堪？她們從這次失敗（？）所感受的是怎樣？她們是把我看作怎樣的女子？她們還懷念我否？她們中沒有一個有勇氣來看我麼？將來她們還願受我的領導麼？唉，我的思想是時常如此縈繞著。她們一定是在舊有的稅則忍受著痛苦，並不曾想到舊社會制度的惡劣，一切都歸咎在她們的命運上。即或不能生存了呢，她們期待著死，願來生得著美滿的生活。她們一定覺得我是一個××黨的女子，是把身家拋棄了的，是受××黨的鼓吹來使她們造反的。或許她們會思念到我的儀容和向她們表現的犧牲精神，而且在情急時，也許為我流下了同情之淚。也許她們中間有人想來看我，看我這囚人是如何的情狀，看我這造反的人是如何的受罪。然而，她們是更比我還可憐，或許每日在生活壓迫下，連我這點餘暇都沒有權利享受啊！

我雖然不自由，但我的餘暇是比在世上無論何種生活是好得多。只是，啊，只是在一個陰森的獄中啊！

據說，我們的事還是沒有什麼消息。把我一個人禁錮在此地是比在荒島還難堪，連值得談話的人都沒有一個。因為在婦人的囚犯中多半是為了婚姻問題或債賬的關係，所以伊們是怕我們××黨連累了她們。其實，我為著怕引起傷情，要在眾女囚中作一個特異的女子，是幾曾拒絕她們含著悲淚的同情和安慰。我自有生以來便是自己尋找應走的道路，而今我是拒絕含著悲哀的指示；我的道路是在屍骸的堆集中。

今日從男監中託送飯的帶來一封信，是那一個曾經向我求愛而被拒絕後以至於引我的愛人誤會的男子寫的；他很真誠的向我懺悔以往的行為，希望從此在困苦中再來重新的培植。這真出人意料之外，他怎的還對我懷著愛意？他以為在困苦中好培植愛情──不，是感情罷。──什麼？他想以熱烈的同情和溫慰來討得我的歡心麼？他想利用困難中來征服我脆弱──他以為女子的心此時一定是脆弱的。──的心靈麼？啊，一切它都失敗了呀！他早日求愛不遂時便肆意的造謠，以為我同他有了超於友誼以上的感情，有了肉體的允許……凡是男子們可以引用來毀壞女子名譽的話他都全盤利用了。然而我的名譽並算不了什麼，不過，他使我和愛人之間的愛情發生了誤會是使我永遠不瞑目的事。他而今是要我允許他的懺悔，「讓監獄把世上一切的詆謗隔絕，我們重新來創造罷。」這是如何惡毒的話啊！

是的，他要我給他回信，他要看我從字裡行間如何的向他表示情感；而且，假如我是帶點感情寫時，他便認為我的心旌在向他搖盪了。現在我從許多次的失計中得了教訓，男子們的心事惡毒的；他沒有一點好意來對一個女子，他捉不住一二女子時，他便使用惡毒的伎倆了。你期待著罷，我會給你一個絕望的答覆！

第三十日

　　前幾日莫名其妙的有兩個人來看我，一個是早日我們在一條陣線上爭取自由和幸福的工友，他的相貌是比以前更消瘦了，她一看著我時便兩眼潮紅，從眼中向我放射著一種絕大的同情，她殷殷的詢問獄中的生活，我都很怡然的回答她，一切都還可以過去。但她是不相信，很覺得我欺騙了她的幼稚。你天真爛漫的工友啊，你去鉗住我的心，我為了免得你的傷悲而欺騙了你，你是永遠的不會知道的呀！在經過一點鐘的時光，她淒滄的去了。我的心中的難過是無以形容，我怎的能向她表白獄中實際的生活呢！……

　　另外便是一個中年而時髦的婦人，一看見時便知道是一個軍人的姨太。她初來時便向女看丁說要會××黨的女學生談要緊話，女看丁起初不願意通傳，以後她說明來意後才為她把消息傳給我了。我倆一看著時彼此都放射著驚異的眼色，一對陌生的人是在彼此的打量。她向我說，是一位很關心我的事的軍官叫她來的，因為那軍官很羨慕我的才學，假如我能正正經經的做事，後來是富貴雙全的；不幸我受了××黨的麻醉，以致陷入了死的井坑，未來是很危險的；他很為我可惜，但很願意救我出險，只消我出來願意同他作永久的朋友，馬上便可以自由的。當時我真氣憤填膺，然而為了自己在囚禁中，不能再作反對來加重自己的罪戾，只得怡然的向她說：「等下再說罷！」我不知一生的紛擾為何如此的盛多？我以為臨到了這與世隔絕獄中便把塵緣割斷了，然而野心的人卻獄內外都有人在呢！我有什麼值得人們的愛戀？無聊的人卻永遠的向我追逐啊！而且，許多人都知道我有愛人，仍然不息的想來把捉我的身心！但我是早把生命和靈魂完整的交與了他，一切我是應為他而拒絕！你無聊的人啊，你們覺悟罷！我是不值垂青的女子，我是沒有生命和靈魂的骷髏，你們容許她作一個自由的人罷！

　　我想這一切的紛擾對我是莫有大妨害，因此，並不感覺如何的痛心。願我能邁過他們的野心而重新回到他的懷中。再重新的來彌補我們的缺憾；假如從此別後便成永訣，我是死不瞑目的。願愛神垂憐我們，使我倆再有會晤的一天！

第三××日

　　差不多又是十餘日未曾記下一字，過去的生活是很平淡；一切的悲慘現象是在我興奮的心中融化了。這樣倒使我多有時間去顧念我將來出獄的一刻一分一秒的活動，栩栩的在我的腦海在浮映。假如這次是可以生還的話，經過了死之恐怖的陶冶後的心是比以往更雄壯了。那樣，我可以把我未完的理想重新再來展布，看未來是如何的玩弄著我！只要它不至將我玩弄死，我想光明是可期待的?!過去並算不了失敗，只不過微微的做了一下罷了。未來，我想是更要嚴的，以往的一幕不過是開展的一角罷了！

　　在這兒是決定的期待著光明（？）雖然長久的禁錮使人難過；但監獄是爭自由者休息的場所。我安心的為著將來而休息罷！

　　一切刺心的幻景我懶得去回憶和想念，讓它們在陰森的地府埋葬好了，我只願把將來──或者現在──的生活緊張起來，免得弛緩摧殘一切的勇氣。因此，關於一切男子們給我的刺激，也全忍受了罷！

　　聽說我們這次的案件在這兒的官府不能判決，要把我們解送到××地去。唉，要殺便早日的舉行罷，何必用什麼虛偽的裁判呢？刀在你們的手上，頭在我們的頸上，率性的殺罷。

　　他們要把我們打死，

　　那也儘管由他們做去；

　　他們可以鋸下我們的頭顱；

　　但決然殺不盡全世的反叛奴隸！

編者注：本書單行本由聯合書店於1931年5月出版

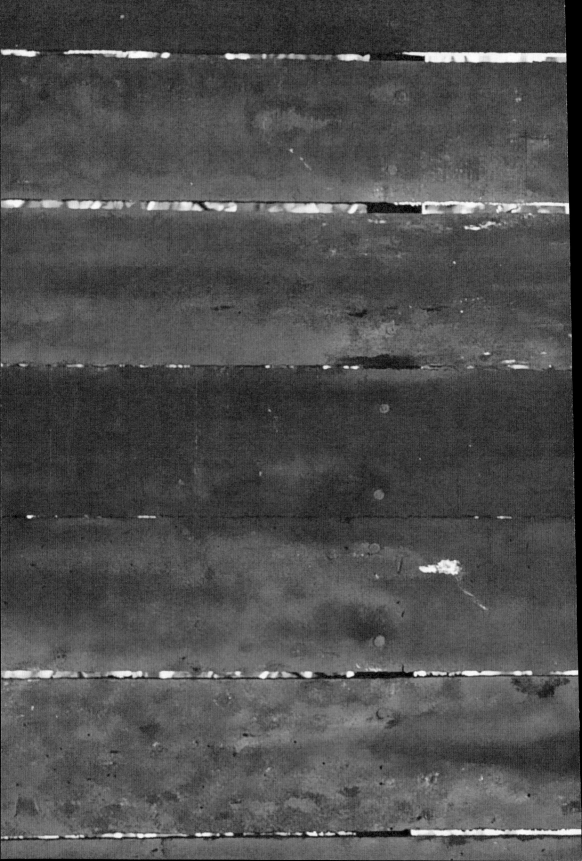

雷馬克評傳

序

　　雷馬克是轟動一九二九年世界文壇的一個軍人出身的作家，在他的處女作《西線無戰事》龐大的銷路上，在世界各國對於這部打破戰事小說空前紀錄的狂熱歡迎榮譽上說，在作品之動人上來說，幾乎壓倒了過去一切描寫戰事的小說家和詩人。自然，在我編譯的這本小小的冊子裡並不能把他的偉大表達萬一，但是從我簡略的介紹中也可以窺見為世界各國的讀者狂熱歡迎的雷馬克竟是如何的。因為他是一個新興的作家，所以關於他的生活方面的書籍幾乎沒有。現在只有根據自己一人的力量所見到的一切報章雜誌來作一種簡單的介紹，以後有材料時再隨時加入。

　　本書的材料在英國方面是間常的根據於The John OLondon Weekly Machester Guardian美國方面是根據New York times，The Livling Age，The Literarg Digest在德國方面根據於《西線無戰事》出版家的日報和文學雜誌Die Litcrarische Weet，而在法國方面很感謝張惠線兄的材料供給，而同時在中國方面引用的規美善，《現代小說》、《大眾文藝》、《摩登青年》和洪深、馬彥祥譯的《西線無戰事》都給予相當的感謝。

　　關於《西線無戰事》之續著《西線歸來》，此刻各國僅在日報和雜誌上發表，而對於各國之批評一時尚不能多得，以後當時常補入。在這續著中，作者更深邃的把戰後的社會現象生動的描出，在非戰一點上更比《西線無戰事》強烈。全書約二十萬言，讀者可參看我的譯文。

　　　　　　　　　　　　　　　　　楊昌溪序於上海，三月十日

引言

在一九二九年度中轟動全世界文壇，抓著全世界讀者的心使他們戰慄，使六架印刷機和十架裝訂機為一部小說忙碌，壓倒戰事小說中的巴比塞和杜哈米爾（Duhamel）的人是誰？那便是不到半年間，已譯成十餘國文字，銷上五百萬冊的小說《西線無戰事》（Im Westen nichts neues）的作者，諾貝爾文學獎金的候補者的德國青年軍人雷馬克（Erich marla Remaique）了。

過去許多作家都把戰爭寫入小說，他們都因此而享著盛名；但是他們有的描寫的並不完全像雷馬克是親身的經歷，忠實的紀錄，血淚的結晶；所以縱然歐洲大戰是過去了十餘年，他還能把全世界的人引到那恐怖的戰場上。因此，他的天才，他的偉大，他的世界聲譽，便由這部處女作為他奠定了。

現在他正是青年有為的時代，他的前途是無窮的開展；對於軍人生活和其它的一切職業感著厭倦了。雖然他曾為著這部處女作遭了德意志人的誹謗，曾經決誓不再寫作了；但而今是把心情平復過來，決心把文學作為他永遠的生活了。

他雖然在書中帶著愛國主義的色彩，但他的美夢早已經破滅；讀者從句語間體驗得的已不是愛國主義的氣氛，而倒是非戰的教訓了。所以蘇維埃把他的著作翻印來賤售；奧地利軍營和英美兩國都認為非戰而加以禁止；可見他的著作在社會的進化上是一種推動的偉力了。

第一章　歐戰前後的雷馬克

雷馬克以一八九八年度生於法國巴黎的一個法國血統的猶太種家庭裡，在法蘭西大革命時，他的父母為要避免革命流血的慘劇，所以才由法國搬到德意志的萊因河畔住下，一直到現在。所以他雖是住在德國，然而終被近來的攻擊者認為他是法國人，使他感著了極度的難堪。

他幼年時侯的生活是很平淡的過去，但是在十八歲前他卻在德意志軍閥主義的教育下養成了一個愛國主義者；所以在他十八歲時便毅然的拋來了死的學校生活去從軍，決心為德意志的和平與正義而犧牲；一直到他從西線上安全的歸來後，才感著了戰爭的惡毒，破滅了他全部的理想。

在戰爭期中他的母親患著瘤瘟病死了，而同在一隊裡工作的朋友們也都為戰爭所吞食了。因此，在震撼全世界的歐洲大戰停息了之後，他發現自己是孤獨的處在世上，母親的熱愛沒有了，朋友的熱愛沒有了，不由得不因著戰爭所給予的刺激而極端的感著不安寧。在這種不安的轉側中他深深的痛苦著，首先他感覺到在炮火隆隆下殘生的生命和靈魂需要一種適意的休息和安靜；於是他便在故鄉的偏僻的鄉村裡作個小學教師；雖然這種事情對於一個青年軍人是不適合，為著要從搖盪的生活中尋求一種寧靜的休息，便決然的倒在大自然的懷抱中去討安慰去了。但是，鄉間的清幽似乎不能把捉著不寧的心旌，不久間他又感著倦煩了。這樣在極度刺激後起來的不安，捉弄著這位偉大的天才作家，他作過工程打樣師，評劇者，音樂教師，教養院裡的琴師，汽車的掮客，小本經紀的經理。在本國住得厭倦了，他便漂流到外國去。在外國流浪的生活中從輪盤賭贏得了一大筆錢，他便藉此遊遍了歐洲的各個風景優美的國家。

在外國流浪生活結束後，他仍然回到本國去，因為他對於國外的情形很熟悉，他作了一家大公司裡的外國通信員，後來便成了那公司的宣傳主任。後來他在柏林一家書報裡當編輯，而且同時因為對於汽車的愛好，早日曾經作過汽車的掮客的緣故，自然而然的成為一個汽車專家，許多研究

汽車和作汽車生意的都來在他的名下請教了。一直到現在重新由瑞士和英國的流落回到柏林去，他對汽車還是與以往一樣狂熱的愛好，認為是他生活中很有味的工作。另外，他也愛金魚，小狗，拍球，而且喜歡和自然接近，對於花卉和樹木很愛好，對於城市的生活時常感著厭倦，因此，他很願在鄉間僻靜的地方養著狗兒，安舒的消磨他的生活。

以前他只寫過一點小東西，也沒有若何的名氣，生活很困難，對於現代文化是落落難合，他常常感到孤立。在他認為是一個孤寂的成功，使他發抖，高興，憂傷的驚動全世界的《西線無戰事》是在柏林一家畫報週刊當編輯時利用六期的每日夜晚無聊的生活中寫成的。

第二章　雷馬克的思想與個性

雷馬克本來不是文壇上的人物，而他之成為轟震世界的大作家，也只是一九二九年後的事。因為他的成名太快，而且作品也只有《西線無戰事》和其姊妹篇《西線歸來》（上海神州國光社有我和林疑今的譯本），更兼以他有厭人訪問和不願發表意見的癖性，所以，要從短短的二三年中所見到的短簡的一切來論到他的個性和生活，確實是一件很難的事。

不過，《西線無戰事》及《西線歸來》兩書都是他一生中最恐怖而最抑鬱時期的自傳，所有在《西線無戰事》中的主人公保爾和《西線歸來》中的恩斯特便都是作者的化身，那麼，讀者假如過細的考察，便可以深澈到整個的雷馬克了。

「戰爭文學」本是與政治大有關連的，而且它的形成，也便大半是導源於政治的鬥爭。雷馬克雖然寫下了兩冊震撼世界的戰爭小說，但他卻極端的厭惡政治。他除了知道去年新死的德國外交總長斯垂斯曼（Stressmann）興登堡總統外，其它的國際間的政治人物他都不知道。他時常到巴黎遊歷，但是他自己決不會訪問過駐巴黎的德國大使。有人曾好奇的問他為什麼不去訪問時，他回答說：「為什麼我要去訪問他呢？假如我沒有獲得普通人所說的『成功』，而這種成功在我是視為無足輕重的，他們難道會歡迎我嗎？……我希望人們，把我當作沒有寫一本所謂成功小說的人，而和我說話好像一個普通人一樣。」可見他不把自己的成功作為與政治家周旋的工具，而且根本的認為政治家是為了一個人的『成功』而接待人，所謂普通人的款洽，他們是不屑的。

即使對於他作了一冊名叫Hilter的政治問題書籍的好朋友喜斯（Friedrich Hilth）的書他也不發一點批評，因為他說：「我對於Hliter沒有什麼意見，我全不知道它。我素來沒有在心中研究政治問題，我是很老實地告訴你。因為我相信，政治是無聊糾紛而且很難的事，只有要做一個政治人物，才可以留心那些事。而在我呢，我只想做一個作家。再者，我

相信，一個極其信仰正義的人是不能成為一個政治家的，因為政治完全是一個勢力和各勢力的平衡問題。一個愛正義的人是不能從事於政治工作的，因為政治家的第一步方向就跨進非正義的路上去了。」

　　而在《西線歸來》一書中也曾表示說：「國家，唉，國家只是給那些在任何事情上把口開得大大的來吹法螺的人以利益。」「他們對我們說『父母之邦』，他們的企圖是貪得的工業之總並底組織。他們對我們說：『榮譽』，他們的企圖是鬥爭，他們的意志是要使一個滿手有貪得無厭的外交家和王子有權力。他們對我們說：『國家』，他們的企圖是在使失了業的將軍們有了起用的需要！」很可以描畫出雷馬克在戰前所有的愛國心，到歐戰後，完全給戰爭與他粉碎了。所以，在他兩書中所表示的，雖然還未能蕩盡德意志的意識，但是，在法國的讀者們卻在書中所表示的法國人的心理上加以完全信託，信託他是站在非大德意志主義的觀點上。而同時雷馬克也會確定地對他的法國朋友說，他的靈魂和意志告訴他，德國絕無備戰的存心；而在德國人民底靈魂中，現在實沒有備戰的存心了。

　　雷馬克的厭惡政治，似乎對於他的秉賦和自然環境有絕大的關係。因為他是生於威斯物菲利亞（Westphalia）的奧斯拉布魯（Osna briiok）。正如他自己在巴黎向新文學週刊（Nouvelles Liteiaires）的主編人勤費佛（Frederic Leferve）說的：「威斯特菲利亞是居住著許多愛好和平的人，這些人是偉大而公正的，他們對於他們要做的事情都加以反省，並且有這種信仰：就是一個人能愛全人類，並且以一己之力求世界各國的友愛的諒解，但他愛自己的國家卻重於其它的國家。」

　　他因為厭惡政治，而且戰爭又毀滅他和千萬人底地位，生活和美夢，戰後的生活除了憂鬱無聊和回憶著悲慘的戰爭外，他是不願從事於各種工作。當他把小學校教師的位置拋棄而回到家裡，父親對他談起人生問題，問他要打算做什麼時，他回答說：「任何事都不做，那一切對我都是一樣的呀。」乃至他在一個時期內要把著作作為生活的事，而在祖國經過一次對於《西線無戰事》的攻擊時，他也發誓不再寫作了。

　　雷馬克的感傷性很重，只要是些微的刺激，已經可以摧拆他整個的靈魂。《西線無戰事》的成功本是出乎他的意料以外，因此，從意外的成名和毀評中，兼以他的感傷性他是比任何不成名的人還苦了。在巴黎的談話中回憶著一九二九年從德國逃到瑞士的臺弗斯（Davos）時的情形說：

　　「不是我的自謙，因為我覺得，我向來沒有寫一本書，但是《西線無戰事》的成功卻使我那時頗為驚訝了，特別地驚訝了。我剛到臺弗斯時，書店老闆便寫信給我說，他收集了許多發表的對於我的小說的批評，他以後還要收集這些批評。我立刻回信去說，請他不要這樣做。我的這個朋友說：『等到五十歲的時侯，你的著作不知要怎樣的驚動人了！』我對於這種讚語實在害怕，倘使我在我的事業之開始，就有讀者們的批評，則那些批評將使我驕傲或使我彷徨，而且無論驕傲與彷徨，對於我的創作都是不利的。」

　　「我對於我的小說的批評，我沒有讀過一篇，我也沒有公開的給人以訪問過。為什麼一般人要向我得一點報告，我是不能理解的。因為我的靈魂之最好的革命已表現在我的小說中，至於我說到這本小說，它只有一種益處——它使我養成獨立。因為除此而外，它對於我是沒有什麼益處，反而是有害，而這種唯一的害處便是剝去我所熱望的友情，特別是青年的友情。」

　　雷馬克的癖性也是異於常人的，在他人所孜孜企望的名譽，在他是很不介意——也許是成名太快的緣故——而且，因為成了名，反有許多人要來作訪問的麻煩，而且在各方面設法撲滅偉大的令名：使他覺得反不自由了。

　　而且，雷馬克的書所以能獲得許多法國和德國兵士們的同情，純然是在「友伴的精神」（Comradeship）一點上。在西部前線時，他也是與其它的同志們一樣，只是一個純然的小兵罷了。但是，因為他寫了一部驚動世界的名著，隆重的「榮譽」使他失去了平常人對於他的友情。他說：「在我的所謂『成功』之前，我的朋友們慣是快樂的歡迎我，但是現在呢，倘使我說我要拜訪他們，我就覺得從前長時間的友愛是消失了——他

們卻在他們那左右擠滿了許多我所不認識的人，我看來很像是一個好奇的動物。這時，我苦悶地問自己，假如有人來見我，他這種行為是對於我這個人表同情呢？或許他是非常的羨慕我的意外的成功，因此他只要和我一見面就覺得很光榮了麼？從前，當我從外遊六個月的旅行回來，我的朋友們看見我都是非常的歡喜，並且開會歡迎我。可是現在呢？他們卻是極度其易於感受了：假使我疏忽了，忘記寫信給這一個朋友或那一個朋友，他便會抱怨我的。我發誓的說，我的地位是比從前一天一天地陷於更困難和更不得人的滿意了。」

因為「友伴精神」是他在戰場上和退伍後與同志們在相依為命中賴以維繫和和安慰彼此靈魂的一點原素，雷馬克本來咒罵那在戰後變成投機商人和暴發戶的同志們給予他們的冷淡和生疏，但是，在他從世界獲得了隆重的榮譽後，他早日罵人的一切臨到他自己了。他怎得不在意外的成功而失掉偉大的友誼上煩悶呢？

但是，他從戰場上和退伍後獲得的友伴們的慰藉，已經深刻地印入他的心版上了，雖然隆重的「榮譽」使他與他們——平常人和同志們——隔絕一點，但是，他決定要在創作中去寫出平常人的控訴。

這些從隆重的「榮譽」獲得的煩惱，在其它的作家是全不在意的。但是，雷馬克是很是很富於感傷性，在很細微和事上，往往引動了他的感情。不但在同志們的酬酢中是，即是在作品中描寫到戰場的悲慘和恐怖，同志們的悒愴與死亡時，感傷便從筆底躍上了。這種羅曼帝克色彩，也便是普羅文學的陣營裡痛罵的一點，也便是他逗留於舊時代的意識形態裡的一點。但是，從他成功的一點來說，而他的作品還能在大戰十二年後比任保「戰爭文學」更感動人的原故，也便是作者好似在作品中的一字一句間都橫溢了血淚，強迫著你不得不去同情於他的描寫。

他的感傷性自己有時也感覺到難忍，因為戰後的社會環境所給予他的一切印象的刺激，他是沒有能力加以振拔。以至有時受挈後，連對於以著作為終身職業的事也加以厭惡了。（參看本書「西線歸來之創造」一章中之談話。）

　　雷馬克因為作過汽車掮客，所以他很愛好汽車。在汽車的愛好外，他又喜愛小狗和金魚，這樣東西，在他生活中是常常可以見到的。雖然，他也愛玩汽車，網球以及其它的運動。但是他的身體卻是孱弱的。在過去的一二年中，他常去到瑞士靜養，也便是因為他的肺部有病；更是因為病肺的關係，他只能吃埃及煙捲，而對於強烈的法國煙捲，因為別人的警告而不敢吃了。

　　他是一個十分瞭解現實生活的人，除了對於現實生活中的遊戲一類的東西愛好外，對於音樂也是很喜愛的。同時，對於遊歷，在他戰後的生活中占了重要的位置，即是第三部創作的開始，也是在這次旅行後去了。

　　在雷馬克的旅行中，除了瑞士外，法國的巴黎是常去的。在一九二九年的會在法國境內旅行了三千七百五十英里的汽車路之遠，白里尼（Pyreness）、布里坦尼（Brittany）、里莫西（Limoges）、諾曼地（Normandy）等地都遍滿了他的腳跡。在法國的旅行中最易使他感動而最受刺激的，便是他與法國人民的接觸，他覺得是與法國最誠樸而最和平的公民接觸了。他覺得整個的法國都充盈了一種可驚訝的古代文化，那是古代文化的一種芬香。假如你要向法國的老農問語，他的答話是非常之客氣，活潑而文雅。有一次他進入了一定小理髮店，他對於「非常明快」的答語起了一種很深的印象；他認為它也許是由於語言的關係，也許是由於拉丁民族文化底光芒的放射。

　　巴黎郊外的景色是美麗的，一片片的小咖啡店的露臺，在青煙色迷濛的郊外，常常是吸引人進到露臺內面去休息。這種閒情逸致，已故的德國外交總長斯行斯曼也喜歡坐這些咖啡店的露臺上凝視著在下面邊蠕動的群眾。雷馬克認為那些蠕動的群眾便是人生，而他是愛人生甚過一切的人。

　　他對於人生是永遠的戰鬥和掙掙，所以他說：「就是有一本書使我感到興趣──假使這本書使我愛人生，假使這本書使我們從凡俗的現實中回想到一切偉大的問題，則我們便是活在這個一切奇特的五光十色的世界上了。」雷克的感傷性本來很重，但他是還在極力地把捉著現實的人生呢。

第三章　西線無戰事之創造

　　自從雷馬克的《西線無戰事》（注）轟動了世界後，許多外國的讀者和記者特地去詢問他怎樣寫成了這部驚人的偉著。對於這些殷勤的訪問者，他也無可奈何的謁誠的答覆他們。下面便是他關於寫成《西線無戰事》的動機和一切的經過。

　　「講到歐洲大戰後的德國，誰都有一種恐怖的經歷，我們從痛苦磨難的戰爭回來，覺得全國都有一種不安的，分裂的，損失的現象。我回到家來，我失去了我親愛的母親，這真是給我一個重大的打擊。我從小就去從軍，從前線回來呢，又不像那幾個有幸運的朋友，他們都找得到工作做，所以只能靠著我的手去尋找能做的工作，學校教員也可以，做手工，做新聞記者都可以；但是，我不能定意定心的去做一件工作，所以我心裡有一種永遠的不滿與躊躇，因此，我常常在那裡變換工作。我為什麼要這樣呢？因為我心裡總刻著自己在大戰裡所親眼看見的那種恐怖與痛苦的印象，現在這種恐怖還沒有消除；因為遍處的不安，使你不能定下心去過安閒的生活。

　　「我們的時代已經從一切過去和以往的不同的道途上成長起來。他們偉大而極度重要的經驗便是戰爭。沒有一種事實可以證明或否認它；他們是從一種愛國主義的，和平的，冒險的，宗教的，或多情的觀點上得著了瞭解。他們看見血，恐怖，破壞，掙扎，與死亡。那是普通人類的一切經驗。我故意的限制我自己去感受到這些經驗中的任何一種，但是在預料中戰爭確如一種豐富事實之聞名，終於緊緊地捉著我。因此，我永遠為過去的一切經驗而痛苦。

　　「但是，雖然戰爭給我的不安是如此的深刻，而我自己決未曾作過要把他們寫出的念頭，直到一九二八年的春天，我被聘作柏林一家圖書週報編輯的時侯，我忽然動了要想把記憶和感覺寫下的念頭。起初我決定竭力的寫成一篇長劇，但是沒有成功。因此，我更感受了一切的痛苦。最後，

我勝過一切困難，決心把他寫出。所以，在每夜從公司裡回家無聊的時侯，我便不絕的寫，一直寫了六星期才完成。

「當我開始寫作時，並未會想要寫成一部文學作品，因為對於這種工作我是第一次的嘗試。我是迷茫著去揀選一種形式，便胡亂的寫了；對於做這小說的觀念，不過像做一扇門，把恐怖的印象關在門裡罷了。所以，我寫的都完全是真實的，我並不想給許多人讀；我的目的只是想給自家看清自家的經驗，辭句寫得極度簡單，態度很直率，如同與自己的朋友談話一般。我並不誇耀的寫，想讓那些可怕的事實自己跳出來顯示給讀者。因此，便把它題作《西線無戰事》。」當我的讀者讀完這本書的時侯，他們把書蓋了起來，把書名再讀一遍《西線無戰事》，他們一定會想著政府公佈停戰的時侯所遇著的那些事情。

「許多讀者一定以為我這部著作出版是不生問題的；但是，我並未想把他拿來印行，稿紙一直在我的抽屜內放了半年。後來，我受了各方面的催促，才想把他毅然的設法售出，或者對於我和朋友們的困難生活有些補助。兩位書店老闆讀過之後，仍然放了下來；他們很讚美，但又說恐怕沒有銷路。於是，我的一個朋友走去和一家公司說，他們答應替我出版。我便和他訂了合同，過了十五分鐘從前那家書店又來電話說，他們的意思已經改變，而且又想出版了。這僅僅為了我是個無名作家的緣故，所以，我曾繕立過一切的契約。有一個出版家認為稿本中表現太缺乏，終於在新聞紙上暫時停刊起來；他們一面就預備好別的稿件，打算在他們的觀眾表示沒有興趣的時侯來換替。好容易經過了許多折磨之後才得了出版的機會，誰知銷路竟超出我和他們的預料之外呢？

「誹謗的人指斥我缺乏軍人精神，因為我是一個平民；但這正是我們所存留著的。縱使我們穿起了制服，關於這一點，我能舉示這本書對於一般群眾的成功，以及從千百寫給我的來信中，來證明他們的感覺，正和我自己的一樣。在這本書的本事上完全是真實的。除了整個和我在一隊的朋友都戰死了外，我們的分隊長希麥爾斯（Himmelstass）並非響壁虛造的，的確有這樣的一個人，而且實際上比較書中描寫的還惡劣；他至今還

活著，正在郵政局中幹他的郵員工作。

「對於名譽和地位我是漠然的，在《西線無戰事》銷到二三版時，我就沒有讀過了。一般人所謂名譽，我是全不希罕。因為名譽是從人和事實中得來的；等著你做到一個有名譽人的時侯，你就要覺得一生一世也沒有親近普通人情的機會。這就是我要度著安靜生活的原因。我是要和社會生關係，否則我便不能把平常人——無論男女……——的個性簡單地，直接地描寫出來。」

「我似乎終身被委定為我第一部書的管理人了，在目前，我是一位囚犯，但不久我便將覓路以出。像《西線無戰事》這樣的書，我十分明白而相信，我們當中不論哪一位都能好好地來寫它。我沒有信條來指教誰去創作，因為我原說不上是一個文學世界的人，僅僅是一個會在西部前線中無辜的掙扎過的一個小兵罷了。我知道什麼文學上的原論？我配講什麼專題？或許連講演小狗自動車也沒有使人滿意的資格呢！但是，人們始終把極度不配稱的文學家的頭銜加與我，使我自己更漸愧了。我並不知道什麼，我只要心情容許，我決意把我在關於戰後兵士生活的一切寫出；在預料中或許沒有《西線無戰事》那樣的受人熱烈的歡迎，但只要我可以寫，我便寫出，並不問成功和失敗，世人給我的花冠，我率性的拋棄！」

這一切表白把他自己的全生命和靈魂向世界呈獻了。但是，雖然他自己並不會以他的作品作為對戰爭的控訴，但是關於《西線無戰事》一書中的中心問題曾在法國的旅居中對他的友人，新文學週報（Nounelles Liteiaires）的主編人勒費佛（Firederic Lefivre）的談話中如此說道：

「我從來沒有寫作一本非戰小說的本意。在我攤開紙來著述的前一夕，簡直沒有夢想到這件事。第二天早晨忽然下起雨來，不能隨便出去散步。我便關起門來，在家獨自冥想，我心口相問道，我的身體雖然是很康健，物質上的生活也不用擔憂，一切的一切，可以算做圓滿了，那為什麼感覺不快活呢？我的印象把我和某種說不出的神秘隔絕開來，其中劃上一道大天塹。我為什麼這般孤零零的呢？我對於這種情形，自己向自己盤問，不知經過幾許長久。

　　「我的內心裡慢慢的這般追求，我的記憶辦便領導我過回想到大戰的時侯，我恍然覺察在大戰的時侯，我不是孤另的，是有夥伴的。不過在戰時我親愛的那些夥伴，沒有一個和我具同等的精神，和一般的教育；但他們終是我的夥伴，我和他們親切。我對於這般人覺得有深摯的關係，可是我們在智識上，沒有共同之點。我既想到因大戰結識的夥伴，並且想到這種情感並不基於知識的共同點。於是我便再進一步推想，倘然如今再和當時共生死患難的二三夥伴，聚在一起，我對他們還能抱著同那斫殺時侯，一般無二的熱情，但是從另一方面講有來，如果我是今天第一次遇見他們的話，那就要又當別論了。

　　「我的心裡對於這出發點，既經有了相當的理解，於是我便決定寫成文字，作一個更深的探求。所以我寫這本書並不是因為一時興會所至，偶然著墨的。要瞭解我書中描寫的生活那些楚楚可憐之點，你要知道我入伍的那年，剛好十七歲零半呢。啊，在這樣年齡當中，一個青年在那年歲，正是開始攻讀，而快樂的時代。我當時正憧憬著能成一位編曲家，但是在這時侯我便應徵入伍，再經過沒幾個禮拜，便派往前方去了。到此時我的生活起了重大的變化。什麼書本，樂譜和精神上的靈感，一概全去在腦後。震天而怒吼的炮聲，和將死者不絕的呻吟，日常接觸在腦際。我生活的進程改變了，深刻的改變了，踏實的生活和憧憬的幻夢，背道而馳了。

　　「當時我具有洋溢的熱情，和其它日爾曼青年一般，完全受那愛國心的支配。」像我一般十七歲的青年，都相信作戰是為的挽救世界和文化的沉淪。我現在很明白當時英法的青年，也抱著同等的信念。但是我並沒等到現在才覺悟。等到戰事結束那時，我對於戰爭一切可憎惡的各點，已經洞明，其中只有一件事情我有些不明了。

　　「我的朋友躺在泥地上，肚子炸開，為什麼呢？我對於這個現象，真是莫明其妙，尤其奇怪的是經過這許多年，方才能令我充分明白這種事件的罪惡。在作戰的時期，我是彷徨在兩種情感裡。一面我主張作戰是因為有挽救文化的需要，在另一方面，我以為犧牲這億萬的生命，終究是不值得的。到末了後一種感想戰勝了，到現在我還是抱著它不放。

「倘然德國時常有人責令我賣國，那也不能怪他們，因為一般人們很不容易瞭解，我同意一方面說是愛國，而另一方面又不主張戰爭是保障人類進步的最好的方法。」從兩個自白的談話中，便可以看出雷馬克是怎樣用力的創造《西線無戰事》了。

注：《西線無戰事》有洪深馬彥祥譯本，現代書局出版。

第四章　西線無戰事的本事

　　他在六個星期的夜間便寫成了一部驚人的著作，他自己在《西線無戰事》上說：「這本書不是一種控訴，也不是一種供認，尤其不是一種奇俠故事，因為死並不是一種奇俠故事，在於生命危在旦夕的人，這本書不過要簡單的講關於雖然或者尚未中彈，卻已受了戰爭戕戮毀傷的一代人的故事。」所以他在這書中所描寫的正如英譯本的小傳上所說的：他寫這本書的動機就是因為在他同時代許多人們雖都是很年青的，卻不知為什麼過著孤寂的，痛苦的，消極的生活。他想起這種情形，後來得了個結論：「我們現在所受的種種痛苦都是戰爭的結果。這本書描寫的是三件事：戰爭，一時代人的命運，人與人間的真摯的友誼。」雖然在本事上很簡單，然而他感動人的力量卻是勝過已往的一切描寫戰爭的文學作品。

　　在他這部作品中所描寫的僅僅是同在一個隊裡的八個尋常的兵——克脫、克洛勃、賈登、賴爾、謬勒、臺脫林、開曼利契、保爾——作者用第一人稱的手法，從主人公保爾的身上刻畫出他們八個兵在炮火隆隆的西部前線的戰壕裡所感受的痛苦和恐怖，以及在後方的守備中的一切生活；而且在他們生活的敘述中，由他們對於戰爭的感想表達出時代的惡流所給予世界的玩弄。在短短的小段組成的十二章書中每一章乃至每一段都可以獨立的當作一件小品，把戰爭的全生活得到一個梗概的體驗。他對於戰爭只是忠實的描寫，而且在每一件事實中加了抒情的筆調；對於戰爭是沒有過分的誇張，而讀者卻更因此而感動了。

　　「從前可不是這樣的。我們初去投軍的時侯，我們的一班一共是二十個年青人；許多還是第一次很得意地剃了鬍子預備搬到兵房裡去。我們對於將來毫無計畫。我們對一生的事業和職業只曾有過一些不切實際的思想，不能成為人生的計畫。我們還是裝滿了空洞的模糊的觀念，所以看得人生和戰爭是理想的，幾乎是『羅曼諦克』的一件事，可是在軍隊中訓練了十個星期，比在學堂裡十年所受的印象還深刻。我們才知道一個亮的鈕

扣比較四冊叔本華的哲學還重要。我們先是驚訝，後是憤恨，最後是不計較，不在乎了，那時我們方知軍隊中注重的不是智力而是刷鞋子的刷子；不是聰明而是制度和條例，不是自由而是肉搏。我們很起勁地很熱忱地要成一個軍人，可是他們把我們的起勁和熱忱地用盡了方法都給打消了。過了三個星期，我們一些也不覺奇怪了，為什麼一個長頭髮的郵差對於我們的威性會比從前我們的父母，我們的先生以及整個的文化從柏拉圖到哥德還要大。我們的先生從前教給我們的祖國的觀念，我們用覺悟了的眼光看來，在這裡完全化成了自己的人格的拋棄；就是對於最下等的奴隸，我們也不肯做的——譬如舉手，立正，舉槍，檢閱遊行，向右轉，向左轉，腳跟碰出聲來，以及種種的侮辱，說不出盡的瑣碎事。我們起先認錯了當兵的職務不是這樣的，現在才知道訓練我們成一個英雄也同訓練一匹馬做馬戲一樣。可是慢慢地我們也習慣了；我們實際上也知道了這一部分這類的事是必要的，其餘無非是裝腔作勢。當兵的鼻子是最銳利的，什麼能瞞得過他呢。」

他認為一個青年人沒落到軍隊中去是不幸，由於對於自己的一生的職業和事業沒有一定的計畫，所以把人生的大好時光都在戰爭中斷送了。因為他們經過了十個星期的訓練，便感覺到是把他們訓練成作馬戲的馬一樣的一個英雄，送他們到炮火中去扮演悲劇。所以他把從軍前的錯誤，從軍後的沒落對比的寫出，對於要想從戰爭找尋出路的人是立下了一個深深的教訓。

在戰爭中雷馬克不知道他將要變成怎樣的結局，他只很奇怪的，很憂鬱的覺得他自己和同伴是變成了一塊荒廢了的土地；所以在戰爭中不免對未來憧憬了。他一面極端的攻擊戰爭卻又一面放棄不了愛國主義的色彩，他在《西線無戰事》中寫道：

「他們儘管繼續著寫文章，說話，我們親眼看見的卻是死人；他們只管嚷著說，一個人對國家的義務是最大的一件事，我們卻已經知道死的痛苦比什麼都強烈。雖然如此，我們並非造反的人，並非逃軍，並非怕死的懦夫——這些字眼他們都是隨便能使用的。我們愛我們的國家和他們一

樣的；每次戰爭我們都是勇敢地參加，可是我們也能辨別出虛偽的和真的來。我們忽然學會了，自己睜開眼睛來看了。我們看見他們的世界一些東西都沒有留下，所以我們立刻覺得非常的孤單和寂寞，而就是這樣的孤單著寂寞著我們自己必得去幹，幹到底。」

因此，雷馬克對於戰爭的論調是起了一種衝突，由於他的國家主義的色彩很深厚，雖然從戰爭得了劇大的刺激，但是恐怖的戰爭尚且滌不盡他的愛國主義的圍氛氣。

不過戰爭對於他的刺激太大，一種事實的表白，便自然而然的成了控訴，同他原來的意旨卻相反了。關於戰爭他如此滑稽的咒語道：

「克洛勃可是個有思想的人，他的主張是：宣傳這件事應該把它看作一種公眾的盛舉，也要用入場券，也要用軍樂隊，如西班牙的鬥牛一樣。在那大圍場裡把兩個交戰國的政治長官和軍事長官都請了來，穿著游泳的短衫，拿著棍棒，打得痛快；那個沒有打死他所代表的國家就算勝利。這樣的幹去比較現在的辦法叫許多旁人去實行戰鬥又簡單，又公道。」

從這點是可以看出雷馬克由於戰爭實地的給予他的教訓使得他幻想著將來戰爭的形式的變更，很滑稽的諷刺著戰爭。所以他在軍事車中搖擺著時也免不了墜入同樣的夢想：「要跌便跌出去好了。跌斷了手臂比肚子上一個洞總要好些。而許多人，著實感謝這種機會可以回家去。」但是他們終於不能跌出，八個尋常的兵中便有七個人的生命被戰爭吞食了。

總之，在這書中除了描寫戰爭的事實外，他並未指示著一種結果，以至批評他的人都肆意的胡亂推度。最近他在柏林對訪問者說：「戰爭的結果是全世界走向和平，誰都明白戰爭是可怕的。無政府主義總要設法避免才好。這不是純全政治上的責任，各種階級，就是常兵的，也要極端的避免戰爭才好。不然全世界永遠戰亂，人類是沒有幸福可言的。」這可以對於《西線無戰事》所引起的疑問作一個簡單的答覆。

對於兵士們的不幸，他們認定自己變成了野犬一般，並不戰鬥，只向著毀滅保護自己。他們拋擲炸彈並不是對人，因為他們對於人並不知道些什麼。什麼也們在「死神」威逼著的時侯，好像是在斷頭臺上，只有毀滅

和殺戮可以救他們自己。在炮火使他們變成了暴徒，兇手，魔鬼，只有暴怒和貪生的念頭可以增加他們的力，使他們為著活命而尋求著，奮鬥著；即使在只求活命的暴怒和貪生中，假如自己的父親和敵人一道奔來，也會毫不躊躇向他們拋棄炸彈。雖然他們對於戰爭的恐怖使他們變成暴徒，兇手，惡魔，但是他們對於同伴和敵人卻很摯愛。所謂友伴精神，便是這書的三大目的之一：而使雷馬克的作品能深切的贏得全世界讀者的同情——尤其是法國兵和兵士的讀者——也便是在這點上。

我沒有回答，這是無益的；沒有人能再安慰他的。我很難受，因為一點辦法也沒有。這個頭，太陽穴是凹進去的；這個嘴，現在只剩一條縫：這個狹的鼻子；他的胖胖墩墩的善哭的母親，還得要我寫信給她。……這很逼真地描寫出了戰場上兵士們死時的情形，而且他——保爾便是雷馬克自己。——還臉緊靠著快死的開曼利契的臉，手臂挽著他的肩頭；靜肅的坐著，他的朋友是完全的孤單，他自己十九歲的小生命快要完結了。這種親熱的友誼，在人世上也是稀有的。

而且他對炮火昏的黃髮的新兵孩子也是很顯著極度的同情，當那新兵小孩似的爬在他的懷裡，頭緊貼在他的胸前，狹小的肩膀聳動著，他把拋棄的軍帽拿來戴在孩子的屁股上，提防著有子彈鑽入那肉很多的部分。而且他還安慰著炮火昏的孩子說：「你慢慢地就會慣了的。而且並算不得羞死，許多人第一次經著炮火時，也是一樣的呢。」

非惟對於人是同情，即是被炮火炸傷了的馬的悲號也是使人怪難受的。雖然他知道並不是人的聲音，不過馬的聲音，然而他們以什麼都能忍受的兇手，卻不禁一陣冷汗透出了。因此，他們站起來跑著目的是不管跑到那裡，只要聽不見馬的悲痛的叫喊便夠了。因此，在最後他們決定著用馬來打仗是一件下賤的事，自然用人來打戰是同樣的可憐了。

他們對於那炮火昏的黃髮的小孩子的受傷也呈現出深切的愛護。溫柔的安慰和撫弄，替他捆好傷處，替他去找傷床，和著親切的看護；對於那失蹤的受傷者的找尋；對於開曼利契的母親的安慰；逃亡者的同情；受傷者彼此親昵的照護等都十分真切的表示戰場上「友伴的精神」（Comradeship）。

　　但是，非惟他們對於自己的同伴表示著同情，即對於敵人也深深的同情著。他們在看守俄國的俘虜時，雖然除了知道他們是俘虜而外一切全不知道，然而卻認定他們的生命是無咎的，無辜的。主人公保爾在法國人的戰壕中因同情而替敵人裹傷，而且反覆的向受傷的敵人低聲的說他願意幫助他的懇切話。而且保爾更向那快要死的法國兵說：

　　「朋友，我不會想殺死你。……但是現在，第一次我看見你是我一樣的一個人，我想想你的來福槍，你的刺刀，你的手榴彈，現在我看見了你的妻子，你的臉和我們的友誼。原諒我罷，朋友，我們總是覺悟得太晚了，為什麼他們不告訴我們，你正是和我們一樣的可憐人，你的母親也和我們的母親同樣的恐怖，同樣的死，同樣的痛苦——原諒我罷，朋友，你怎會是我的敵人呢？假如我們拋棄了這些來福槍，這套軍服，你就是我們的弟兄了，和克脫、克洛勃一樣。……」

　　而且那敵人的名字如一個釘樣的，永遠的釘在他的心上；使他自己與那死人發生了密切的關係，他願意做一切來藉以拯救自己，而且賭咒的說是要為他的家庭活著。

　　所以，我們從雷馬克所描寫的各種人物和事實來觀察，雖然他不承認《西線無戰事》是對於戰爭的控訴，然而對於戰爭不免在字句間加以咒詛，只未明白把戰爭的起源揭破，指示一種消來戰爭的道路罷了。而在主人公保爾，他的思想卻無一定因為炮火的刺激，使他由國家主義變成懷疑者，乃至對於敵人也加以同情，所以，批評的人以為階級意義不明確，在氛氣上脫離不了浪漫的窠臼，卻並不是完全盲目的批評。

第五章　雷馬克之幸運與厄運

雷馬克無意的寫下了一部作品，遭了許多挫折後才得出版，他只當他是一個小軍人卑微的歧途，誰知驚動了全世界；不上四個月，各國都有了譯本。

當他的著作在德國出版後不上三月已賣了八十萬冊；截至一九二九年度的六月，各國的銷數計法國三十二萬冊，英國二十三萬冊，美國二十五萬冊，總計約在四五月內賣了二百萬冊。從歷史上考察，其它的名作一出版最多也不過在一二個國家享著好運道，然而雷馬克的《西線無戰事》卻連斯干德那維亞的小國和東方的日本和中國也在短期內有了譯本，這實是開著作界的新紀元。全世界的讀者們都把他們的全心為他獻上，兵士們寫信去向他致謝；讀者們把他們所得著的安慰和恐怖從信上去向他表達；瑞典的作家提議舉他為一九二九年度諾貝爾文學獎金的候補者，英美兩國的電影界把《西線無戰事》製成了盲人誦讀的凸形文字；蘇維埃把《西線無戰事》的定價改成兩辯士半來作非戰的宣傳品；這一切的榮譽，是在作家中一種空前的盛舉。

但是，一方面全世的讀者在狂熱的歡迎，而另一方面的少數人卻也在竭力的制止這種狂熱。美國的支加哥政府首先便禁止英文本的發行；繼著英國曼賈斯特的教育會也提議加以禁止；繼著奧地利的軍營圖書館禁止《西線無戰事》的收藏，格來斯（Graz）的師長看過這本書後，立刻禁止他的兵士閱讀，守衛軍長也在軍隊裡禁止兵士私藏此書；瑞典的作家雖然提議一九二九年度的諾貝爾文學獎金應該給與他，但是因為成名太快，而且對於協約國的幫交有關，只作了個陪選的候補者；在法國雖然未遭禁止，發賣卻不如何自由；日本的劇本幾乎被政府禁止排演。這些人們都認為在著作中所描寫的含有非戰思想，對於第一次的世界大戰加以冷嘲熱罵，所以為保持協約國的尊嚴計，為維持政治上的秩序計，鞏固兵士的信仰，不得不加以摧殘了。

　　這些由外國送來的刺激，在《西線無戰事》的本事上加以攻擊的要算是法蘭西的潘基亞滿・顧列米西了。他在歐戰中也曾參加過前線的工作，因此，他把自己在戰線上所體驗到的一切來證明，他簡直在《新法蘭西評論》上攻擊雷馬克所描寫的並沒有真實性。但是，這並不能減淡法國讀者的狂熱，反覺得他是懷恨著雷馬克以一個平凡的軍人獲得了盛大的令名。

　　雷馬克對於外國方面的攻擊和禁止並不如何感得痛苦，因為原不想獵得令名；但是在祖國中發生的攻擊，誹謗，卻使他深深的受著刺激。

　　在事實上雖然應該享受世界給他的榮譽，但卻有許多小人國裡的人要想以造謠的繩子來扼死這文學上的巨人格里佛（Gulliver）。起初一般人不敢否認他聲譽的人，便造出一個傳說來；證明雷馬克是沒有這樣一個實在的人，他只是烏耳斯埋印書館（Ullstein Publishing-firm）所指定的一個神話中的人物，使他做那「世界大戰的荷馬」。有的人用宗教的眼光來否認他，認為書中的人物缺乏宗教情感，足以證明作者和惡毒的出版家有無神論傾向的嫌疑。有一群誹謗者又認那本書確有一個作的真名，不過著者卻是克雷馬（Kramer），不過他想隱瞞他是條頓人，便改成法國人的名字，把字母顛到過來，改末尾K為AUE便成為雷馬克（Remargue）了。為了這些麻煩，印《西線無戰事》的書店特別發行一種名叫弗希起的日刊來常常討論懶惰者所織成的童話。在日刊上對於改名的事辯護道：「法國文人享利・白勒（Henri Beyle 1783-1842）改為斯丹達耳（Stendhal）和英國的一群文人把假名作真名的事在文壇上是迭見不鮮，名字不過一種符號，實際上對於他的作品沒有損傷，他們也不曾出賣了靈魂。」為處理這一派盲目的批評家起見，費希起日刊很明白的說，雷馬克是真名，並且他的祖先是來因省（Rhineland）人。

　　此外還有人造謠，說雷馬克會教人製造白蘭地酒的方法，因之涉及道德問題，輿論譁然然了。但弗希起報卻幽默的答道，教人製酒總比對於一個無辜的人烹調有素養的謠言要好一些；不過事實有人確知道雷克在當教師時做過這樣的文章。

還有軍隊裡的反動者認為他露骨的描寫對於軍人不好，因此寫信給各報編輯，說雷馬克係老年才加入軍隊，因為年紀的關係，只是在戰線後挖掘戰壕，並未會身赴前線，決不會知道青年戰士的勇敢的精神，而他寫下的完全失掉了真實性；他寫《西線無戰事》時確實已經是一個五十五歲的老年人了。但是弗希起報卻認為是盲目者的一種幻想，即使說那是出自一個老年人的虛構，他的才力也是可驚的。

　　但是，關於他的年齡和作品的真實性方面，他曾經對柏林的文學雜誌申辯過，他否認年齡五十五歲的事，他說他是十八歲投身去當一個普通兵，在西線上奮鬥一直到帶傷。對於誣他曾寫小說來描寫一個娼寮生活的話，都同樣的加以激烈的否認。

　　雷馬克本來帶著國家主義的氣味，他的由十八歲便去從軍，以至在西線上槍林彈雨中奮鬥，都可以十足的證明。但是，當寫《西線無戰事》時，已經轉變了。因此，造謠者認定他首先寫這部著作時是含蓄著國家主義的情調，稿本會經送到保守黨（Conservatine Party）隸屬的出版家那裡，直到了被拒絕後，才改以和平主義為中心，交與烏爾斯坦印書館印行。認定他在《西線無戰事》發行前不過二十五歲，決未在前線服務，即使說服務，並非在德國的西線，而是如一個法國人般，站在德國的敵對方面。這一切他都否認，認為純全是無事實根據的造謠。因為他自己並不過問政治，除了知道史垂斯曼（Stresemann）是德意志的外交總長外，一切他不曾知道。對於巴比塞和溫會（Unruh）等非戰的作品也並未讀過。從心底他就不樂看現下彌漫全德意志的一種社會的惡空氣，希望不論在什麼地方，這些空氣早早離開，成為比較的清鮮。

　　為了祖國給予他的刺激的難堪，他便逃到了瑞士的臺弗斯（Daev），很鬱鬱的過活著，直等到風平浪靜時才由英國回去。

　　但是，雖然對於《西線無戰事》一書和他自己的攻擊底風波是平息了，而在開始映《西線無戰事》的影片所引起的糾紛上說，簡直牽連到了整個的政治問題。——德國最高電影檢查委員會，決意禁止美國環球公司的影片《西線無戰事》的放映，堅持的理由是認為該片有「侮辱德意志國體」。

　　當《西線無戰事》的影片初次在柏林公映時，柏林的國家社會黨員立即舉行示威運動，他們拋擲煙彈和石子等以強迫使這部片子停演。這次示威運動者是國家社會黨的首領約瑟高陣路。他曾向德國總統興登堡請願，要求他禁止這片在德國境內開映。

　　但是美國環球公司總經理嘉路林莫自接到這項消息後，立即給德國報界一封公電，辯明《西線無戰事》在建設德國人的好感上，是比諸休戰和約以來什麼事物更有功效的一個媒介，他更肯定著德國人民發生反感的原因由於檢查委員割去了片中許多部分的原故。

　　因此，他特令駐德的環球公司代表將《西線無戰事》的原印本映給德國政府人員和員警部長評判，他說他並不願意德國電影檢查委員剪去其中之一或部分來加以禁止。他在電報裡說：

　　「我很奇怪《西線無戰事》竟會在一個獲益最大的國家中發生意外和誤會，雷馬克的名著就是大戰後的第一部文藝作品，是最能討得英美兩國對於德國兵士們同情的一部偉大作品。

　　「這部片子，總給予了百萬觀眾以這樣悲慘的故事，世界上的名人都歡迎它，各國有名的新聞紙都異口同聲地公認它是非戰的最上利器。在亞美利加洲居留的德國人和德國軍官以至各德文報館都是最熱烈歡迎這部片子的人物，他們沒有一個人是把這片看為是侮辱德國的。」

　　「在我個人的眼光看來，這片子簡直是我投身電影界二十五年來最得意的貢獻，不久之前，獲得了美國電影藝術科學院的金牌，被選寫一九三０年最佳美的作品。

　　「我很高興德國人有機會看見這部影片，我更希望他們和全世界的人民同樣地領悟他的美點，沒有一個有腦筋的人會把這部片子視為攻擊德國人的工具；他並沒有攻擊任何國的人民，而是攻擊戰爭本身罷了。這部片子沒有指定任何國家，沒有指定任何個人，他只敘述到兵士──人民──的一種經驗，我相信將來定能指示人類以正當路途的，我相信凡有智識的德國人民都不肯讓這部片子得著不公平的待遇，因為他在實際上，會經給予了他們許多的利益。」

但是，在法西士蒂統治下的德國，卻仍然禁止它的開映。而且為防範他的氾濫計，德國公使館已給了住在國的政府以公文，請其為尊重國體起見，禁止《西線無戰事》的開映。在素不注意這種問題的中國，南京和廣州已接受了國際的請求而禁止開演了。

　　不過，即在德國內，也還有勇氣的人在呢。為著了政府極度度的壓迫，從民間已提起了抗辯的聲浪；而由政治家，藝術家，文學家，學者所形成反德國社會生活中法西士蒂化的戰線。德國人權同盟會已經開了一個反對禁止開映《西線無戰事》的演說大會。許多著作家都為了雷馬克底原著和影片的禁止而登上了講壇去激烈的抗辯。

　　雷馬克本是不多說話的人，但是為了別人對於自己的著作都還深切的同情，他自己也不得這樣的說：「我試猜想了這些經過戰爭的人們，為什麼在十二年後的今日，關於戰爭的現實的見解還有這樣顯著的不同。無疑地，愈是最悲慘的經驗，因為克服了這個事實，在後來，看來總是多少地帶有一個英雄的冒險的堂皇的外表。沒有一個人能對於德國兵士們的偉大的事業，給予一種貶斥，而且也沒有人想幹這樣的工作。——可是，只是以這種事業的思想來讚美戰爭，只是利用這個想把戰爭所殘留下的無限的悲慘和欺騙認為微末的事實的人們，我們對於這樣的人不能不斷然地反對。」這樣鮮明的在言辭上反對戰爭和釀成戰爭的人們，以及由戰爭而變成的無限的悲慘和欺騙的卸責等事，是很尖銳地加以控訴了。更是，他在演說的結尾說：「戰友們，我們從戰爭中殘留下來的。這種事情沒有何等的幸福！這是一種任務！我們是在我們的死了的戰友之前背負了一種任務！死者的遺言不是：討敵！它是說：不再有戰爭！」已由早日含蓄的非戰進而為鮮明的非戰了。

　　在為《西線無戰事》抗辯的同日演說者中，得一九二九年諾貝爾文學獎金的湯瑪斯・曼（Thomas Man）的兄弟享利・曼（Heirnich Mann）也在全場拍手歡迎之中說「可以脅迫德國底名譽的，不是這個影片，怕就是對於這影片上演的禁止罷！」此外，耶德業夫，加爾，克耶頻，斯克米耶爾等都敘述了他們從戰爭中所獲得的經驗；瞿提和克爾微耶以訴諸全國母

親們的話感動了到會的聽眾；還有將校的夫人們和一些軍醫等，都對於這為雷馬克的《西線無戰事》底原著和影片所遭的摧殘作實際抗辯的大會致以祝辭而表示贊意；把這個大會所代表的意義更加強烈了。

但是，關於《西線無戰事》影片的騷動並不能因為這個抗辯的大會而停止。在三月七日的德意志帝國會議席上，社會民主黨提出了認為帝國會議現在是沒有禁止影片《西線無戰事》的理由；認為帝國政府當這部影片要求檢查時，即應施以檢閱的議案，靠著國家黨以及共產黨的支持而得了通過；共產黨要求即時取消影片上演的禁止的提案被否決了。而在同時，因為德國的禁止開演，早日禁止軍人閱讀《西線無戰事》小說的奧國，也同樣的加以禁止了。

但是，雷馬克所感受的痛苦，卻沒有一九二九年時的難堪，他仍然決心地用在西部前線的炮火下殘餘著的身體去從內心裡為許多無辜犧牲，殘廢和失業的兵士們訴著慘苦，而且在可能的範圍內控訴著戰爭和主使者的罪惡，所以，對於《西線歸來》的命運，他便不耐煩再為它預計了。而《西線歸來》的片，現又由二十二歲的歌劇班主任及早日負責排演《西線無戰事》影片之拉姆爾（Laemmle）從事排演；環球影片公司主人為他辯證以至兩次攝製影片的熱誠，都使雷馬克感著高興而且感激。

第六章　西線無戰事之演出

美國的芝加哥雖然禁止《西線無戰事》英文本的發行，但是美國人對於這部偉作的熱誠卻並未減低。而且在戲劇和電影上都已根據著《西線無戰事》的本事演出了。

有聲電影的編劇者是安得生（M‧Anderson）氏，表演和導演的人都是電影界的第一流人物。在《西線無戰事》影片中的四個重要人物為：

（一）克洛勃──一個聰慧的思想家。

（二）謬勒──一個算術家。

（三）保爾──父親是一個製紙的商人，母親是衰弱的病者，有一個
　　　　　　姐姐。他便是本劇的唯一主人公。

（四）賴爾──一個滿面鬍鬚的「花蝴蝶」。

他們都是十九歲的青年，是從同一個學校的班裡出來為「祖國而戰」的志願兵。另外還有四個同伴：

（一）第牙頓──一個十九歲的瘦鎖匠。

（二）臺脫林──一個農夫。

（三）賈登──一個足智多謀的補鞋匠。

（四）海依──一個十九歲的煤夫。

他們幾個人在彈雨中經過幾年的掙扎，幾年同死同生的友愛生活，前四人只剩克洛勃一人跛足生還，兩個陣亡，主人公保爾曾受傷一次，但是不久就復原，後來再加入戰線，不幸遭遇了「毒氣」，在一九一八年休戰以前逝世。後面的四個人只剩了呆氣的第牙登，餘的不是陣亡，便是因戰爭的刺激和恐怖而瘋了。

片中對於那些鼓奮別人上陣去「為祖國戰死」的司令官、教師、新聞記者、牧師等等虛偽的「愛國狂」的人們罵得異常痛快，不但將戰線上兵士們刻苦的生活，及戰爭的恐怖展示給觀者，同時對於後方人民痛苦的生活亦暴露得淋漓盡致。

　　劇作家牛頓（John Newton）曾根據了英文本把它改成了戲劇。由麥勒士敦（Lewis mil stone）導演，在紐約戲院公演；主人公保爾（Paul B.umer）由著名的戲劇家愛勒士（Lenris Ayres）擔任，結果也與原作得著同樣熱烈的歡迎。不過他們編劇的目的不同，而又不是哥爾德一流作家們的主持，所以在意識上卻沒有日本的偉大了。

　　《西線無戰事》自經奏豐吉譯出後，也與歐美同樣的得著龐大的銷路，現在已經九十餘版了。日本十餘萬的讀者一會兒笑，一會兒哭的讀著因了新興的戲劇運動方面的努力，使讀者們又在舞臺上得著第二度心弦的激鳴。根據這小說所作的腳本在帝國劇場、新興地劇院、新橋演舞場、築地小劇場和在腳本編者左翼劇場主持人村山知義的本鄉郡都曾上演過，總計前後上演約有五六處──自然以後的還多──但比較成功的還要算左翼的新築地劇團。

　　這劇的演出者高田保，在上演以前，兩個演出人對於題材的處置，曾在續賣新聞的文藝版上作了一次論戰，因此，在材料上是比較其它的要完善些。原作是包含了許多的小故事，在小說的表現術上把那些連綴起來還比較的容易，舞臺上則被限於時間空間的範疇，面對著一群廣大的觀眾，自然是很困難了；而且每一段故事都是全部所表現的一環，又好似什麼也不能缺少一點。在村山知義的腳本分作五十三場，連序幕共為六幕十六場，在原作前加了三幕回憶，而結束到法軍戰壕中保爾和一個法軍相遇為止，對於原作《西線無戰事》原題中心沒有把捉到，在他的故鄉和築地小築場上演的都是他的腳本。但是新築地劇團上演卻是分為五幕二十八場，內容也與村山知義一般的不能完全忠於原作；但是他們在說明書後的附錄中對於雷馬克不能明顯指示而僅流露於無意識中的歐洲大戰的階級意識，特別上了濃重的添繪，在新興藝術劇運很願著活耀的日本，這附言非惟代表出他們運動的精神，而且在膽識和訓教上是比美國的上演偉大得多。

　　電鈴激昂地鳴了一分鐘之後，突然鑼聲一下，全場的電燈一齊熄滅，滿場的觀眾，也都閉住了呼吸吸寂然靜下了。這時侯，在幕內便聽見悲壯，不，陰森的軍號的號嘯，使人有毛骨悚然的感覺。突然，又是一個

下低咽的金鑼，幕慢慢地向上舉起了，一片黑暗中，暗淡的光波，照見一列屹立的軍隊，軍號鳴著大家唱著雄壯的而且戰顫的國歌。漸漸地沉默下來，光波也下漸漸地益加暗淡益加模糊了，隊伍的影子像是溶解一般消滅在黑暗中了。於是黑暗，黑暗，舞臺低聲的轉，轉，一線從旁邊射來的光，映見呻吟著許多萎殆的軍士的戰線。突然白光一道，一個嚴壯的將軍——扮演這位將軍的是一位有名於素人藝術劇的佐佐木孝丸。——四個僚員一一趨前報告；他是在巡視前線的，士兵正呻吟於毒火炮毒氣之下，而巡視者正用望遠鏡遙望地眺。接著是離前線九基維的廠舍前空場，兵士的食事和他們受教練長的磨厄，野戰病院，保爾送開曼利契的臨終，陰淡的病室的畫，陸續的勤務兵搬著死人出去，搬著傷人進來，默默地看著臨死的友伴，外邊是的炮聲，列車聲。一直到開曼利契的死，謬勒穿上他的長靴，又是黑暗，黑暗。現在一輛汽車向前線開去，第二大隊的兵士，搖搖擺擺地坐著互相談著戰事，突然火光，炮聲，一個炮在彈車邊落下，卷起一朵很大的煙塵，兵士的驚呼，慌迫地跳下車子，緊伏在地上，又是火光，炮聲，一個炮彈落下了。黑暗，黑暗，舞臺在黑中轉著轉著，破壞了戰壕，猛烈的戰火的聲音：

「毒氣！毒氣！」的呼聲。

一個炮彈，驚號，黑暗，戰場的幕地，十字架歪斜地叢立，把墳墓當作掩體的兵士，炮火，槍聲，以後炮火停止了，驚號的聲音停止了，只是一片的呻吟。一個新兵的銳利的孩子聲的號哭，許多人把他抬上傷床，一片呻吟，繼續幾鐘之……幕落。

第二幕第一場是戰線上廣場上的春畫，太陽和煦照著，兵士們坐在地上，脫著衣服捉臭蟲，半玩笑半牢騷的談著，胡鬧著，他們討論著戰事為什麼要發生，何時終了，休了戰大家去找什麼職業，終於希麥爾斯道司的出場，以及賈登給他的磨折。飛機過了，炮彈擲下。第二場的壕溝小屋之夜，在炮火凌迫之下，受難者的伴侶們怎樣緊揣了他們可憐的手了。接著是第三場的料理，保爾和克脫在孤守的小教堂中烹著偷來的鴨，突然炮火從頭上打下來了，這一場演出把原作前後的兩段互相聯絡了，當觀者看見

保爾手中捧著鍋子，伏著地爬到地壕去的時侯，不禁的這樣想了。接著的一場鐵絲網，是一次猛烈的擊襲，當他們在放設鐵絲網的時侯，比第一場的炮火更猛烈了。最後第六場的排隊，一個軍官檢查戰後的第二大隊，報名：

「一，二……三十二；再沒有了嗎？改小隊，退到後方補充！」

戰事便告了一個小段落，幕落。

演出者使我們在第一幕見了一團群眾，在第二幕中，見了各個的人物，第一幕中見了戰事的概況，他的明顯的罪惡，而第二幕則加以解剖了，尤其是背面的低階級的意義，特別從兵士們談話中指了出來。——這樣已可看出慘澹經營的苦心。

第三幕則依照原作以保爾股歸家一節，展露了後方的一面。這兒分作五場，演出者添加了殘廢的勞動者，酒店的舞女，街頭女子三個原作所沒有的人物。第一場保爾的家，老母在床上病著，阿妹默默地在床邊作著女紅，簡陋的破敗的小資產階級家庭的一室，顯著死一般的沉寂。變然門外樓梯上重濁而沉滯的步聲，門被推開來：

「妹妹！」迫促的緊張的一聲和保爾滿身欲墜骯髒的影子，緊接著從座上跳起身子的一聲銳呼：

「啊！」趕快的飛身過去，互相緊緊的擁抱。這可以迫促著喘息默坐在黑暗中的觀眾，定有著不少的人會忍不住自己的眼淚。以後是母親病床前的慰告，帶了來的食物，會餐，從簡單的家庭談話中的後方的苦難，接著克拉美爾少佐的來訪，在後方的自己的家庭中也免不了的軍紀的侮辱，使人想著這受難的德國的少年的命運而默然了。在這默然中，克拉美爾笑著出去，保爾向妹質詢，妹哭。燈光黑暗，第二場慢慢地展開了。酒場中小學教師和紳士對沉默的保爾的會談，軍國主義的狂妄的野心，懷邊坐著舞女擎起酒杯高唱著戰歌。失業的勞動者，退伍兵的陰鬱的面影。保爾終於射著鷹隼一般的怒眼而沉默，紳士抱著舞女歡跳。第三場開曼利契家的訪問，小小的房間，默然地看著對面號哭的開曼利契的母親的保爾在戲劇中，對於開曼利契的母親，有點使觀眾陌生似的，除了悲慘的刺人的哭聲，她不像小說中似一個肥胖的高大的老婦人，而且逼迫保爾報告兒子的

死狀，也欠熱烈些，這當然是演出者的原腳本的關係。第四場書齋談話，夜，寂寞的書齋，依然是默默的保爾，看看這些將成永別的自己幼年時期的一切。演出者這兒又加入一段姊姊的對話，添入少佐的對她的愛的挾制有力地說出戰爭甚樣毀滅了人類，不，一切被壓迫的命運，而隨之以倒在弟弟的懷中的痛哭，母親出現了，她沒有多的話說，想著戰場上那些瘋狂的炮火，與毒氣，想著自己的一個兒子，她只說了一句：

「那些法國的女子是要當心的。」

她走不開兒子身邊。第五場是黑夜的街，冷冷的街燈下，一個立著的街之女，保爾背著沉重的軍裝默然走來，女子拉著了他，於是又從一段對話中，更深刻地暴露了後方的無產者的生活。幕落。

第四次的幕啟時，是黑暗中的長列，軍隊的頹傷的前進，他們在黑暗中，走著，走著，走向永遠的黑暗中去。第二場便是懸在崗上樹枝裡的一個軍人的死骸，在晴朗的白晝之中。崗邊長列的軍士繼續的前進。第三場德軍侵入了法的戰壕，謬來爾的死，保爾和同伴們向敵地巡狩去。一陣劇烈的炮火，黑暗又轉換成第四場的地穴，炮火依然繼續著，保爾和同伴們在急促的竄避中，跌入地穴中了，他急忙地呼喚同伴時，已不能見到，炮火又使他只能潛伏在穴中，這時侯一個法軍竄了進來，他緊急地把他刺死了，陡然又想到他並不是自己的仇敵而是朋友，讀了他妻子給他的信，和他的手冊。這裡一大段的獨白，被日本警視廳的檢查官畫了「＋＋」，於是觀眾便只能看見扮演者手中拿了顏色不同的兩件軍服，而動著嘴的好一會。啞場的終結則為教堂病院，除了呻吟呼痛的病人，搬垂死者到太平間去的事，還多了十字架，和曼妙的看護婦。特地表演了「宗教是什麼？」不肯到太平間去的彼得，慘屬地叫著：

「同伴們，我還是要回來的啊！」的呼聲。

來凡特斯基述說著性的苦悶，約瑟講那醫生的人類試驗。第六場是充滿了歡笑的醫室，醫生們講著他們偉大的實驗而歡笑。第七場同第五場的病室，約瑟又講那軍醫官的傷兵檢查。來凡的妻子到來，以及熱心的病室同伴的故事，終於孩子哭了，軍醫官又來檢查他的一等兵。

「我已經炸了一條腿換了木的，待我再去炸掉一個腦袋換上木的，我也可以當軍醫官了。」

第四幕的幕便這樣的落了。這使人很驚異作腳本者的剪裁力，雖然對於原作已削去了不少，但意識上則反而增加了份量，低是第二幕中照原作應有的一段軍營性生活的具體的描露，而演出者卻略去了，（這在村山知義所演出的腳本上是有的。）只把這一段意義附加在第四幕的末場中，而第四幕應有的一段虜生活重要的描寫，似乎更不該遺漏（似乎被檢查去了）。在全劇的系統上看，則人物描寫第三幕已經比第三幕零星的個別表現側重到主人翁保爾的軍獨表現了，扮演保爾的島田每一君，至此才充分的表露他演劇的天才。次之是扮姊姊的山本安英君。其它如賈登的薄田研二，謬來爾的笈三武夫，克洛勃的伊藤晃一，以及克脫，林臺林……等等，各都克盡了他們的職分。

第五幕在黑暗中展開，依舊是前進的行列齊呼著整步的口號，漸漸在黑暗中排成圓陣。雨，朦朧的下著，槍聲，一個個的倒下，最後剩下保爾，四周沉寂，原小說在這兒應該安靜的倒地而死，欣幸他的終於到來的結果。但演出者在已使這位主人公在舞臺上變了一個焦灼的真理的探求者了，於是他使他叫出了最後的聲音，說出如果操縱在不戰者的手中，非民眾的手，那麼無論何時告終他仍然要回來的……同時遠處遍滿了各國語言的歌和呼號停戰的聲中，保爾突然倒下，向著觀眾席的舞臺口，突然顯現了一架野戰炮和黑憧憧的炮口，預告我們第二次的大戰快要到來。

在觀眾席的叫號聲中，幕沉沉地下了。

《西線無戰事》的演出，不僅使觀者和讀者作了第二度心的激鳴，而且在意識方面對於原作本來的缺點，又由演出者給他補了。總之，它已不僅是一個非戰的作品了。

中國方面的由上海左翼的藝術劇社在日本演出館演出，劇材是根據村山正義的腳本譯出的，成績還不如何的壞，不過在佈置上沒有日本的完善罷了。

第七章　西線歸來之創造

　　雷馬克在國外疲倦了，他便毅然的回到德意志去，他雖然從祖國接受了不少的刺激使他非逃到外國不可，但畢竟還是生著留戀。他回到祖國時，從書局收到了七萬五千金磅的版稅，但是政府卻與他抽去了三分之一。他回去後本來是決定把心情平復過來去從事第二部著作的創作，但是他因為自己的聲名太大了，反使自己感著了絕大的煩惱，他在柏林的十月十日那天很堅決的對來訪的外國記者說：「一個人不能成名時很煩悶著不能成名的一切，但是，無意間獲得了世界的聲譽時，倒反苦惱了。我原算不了什麼，只不過一個曾在西線上奮鬥過的小兵，然而他們現在不把我如此看待了。一般獲取紀念物的人，甚至連我前門上的姓氏名牌都拿了去。所以，我現在的計畫──我還不曾對任何人說過，今天破例了。──就是在短期內設法離開柏林。我不能在此地工作，我不會有一分鐘一個人孤單的靜寂過，常常是得著無聊的麻煩。我真想把一切來完全的隱沒，步著裘耳包脫（Alaiu Gerbaault）的後塵，改換我的姓名，讓我的鬍鬚長起來，開始另一種新的生活，決不要再從事著作了。」他的這種態度正如在書中所說的「好像是高興那結局竟到來。」和在英國淪落中表示的灰頹一樣似的。而且他更進一步的說：

　　「為什麼一個人要從事著作呢？這是成名的和無名的作家未曾想念過的，所以他們拚命的尋找機會，孜孜的寫作，只想在作品上得著成功，從讀者們的心上固定他們的地位。假如他不曾戀著要這樣幹去才能獲得他的地位和聲譽，他決不因此而日夜辛苦了的。這樣，便養成社會上的一種不可遏制的病態，在這種病態中，有千萬人把他們的職業固定了。

　　「我是一無所能的人，就是連空洞的玄學鬼的法螺我也不能吹，所以我更難於在人類中作搖旗喊吶的工夫了。由我這次繳幸的，不幸的獲得了一種意外的名聞，使我自己認識了一切；只恨我自己太淺薄了，不能從這其中像玄學鬼似的發揮出一種哲理。但是，我想再獲得更多的經驗和快樂

用去療治一般少年人誇大的通病；或是消磨我一切的思想於試驗自動車之中。我已經被聘到斯干第那維亞半島上的諸國去講演，因為他們以為我寫下了一部驚人的著作，而且一九二九年度的瑞典諾貝爾世界文學獎金選了我作候補，必定以為我是飽學的作家，必定以為我是文學的權威，其實他們中了社會一般人誇大病的毒，愈見的使我漸愧而煩惱了；我很想拒絕，我不見得就在那半島上得著收穫，因為我是配有資格夠講些狗，自動車，魚，一類的東西，對於文學我幾乎是外行。」

他說這些話時，注視著窗間的一支小玻璃缸內養著的活潑的外國金魚，宛如證明他對於魚的經驗和喜歡也是與汽車一樣似的。委實的，他對於汽車的經驗太多，只要有暇，他便玩著汽車。從英國回到柏林後，他仍然極力想從現實生活中去平復他的傷痕；雖然汽車將他壓傷了，但是每當柏林郊外舉行汽車競賽時，他每次都要拋棄一切去參觀。在競賽大會上他看著那風馳電掣的汽車速度最快的時侯，他的心中宛如是自己在競賽一樣的熱烈，在面上浮泛著微笑。所以，在他寫文章或做事感覺到疲倦的時侯，時常把玻璃缸中的外國金魚當作在世界群隊中孤獨者的良伴，在汽車的飛馳中去遊蕩他一切的愁煩和疲備。為了他的這樣的把時間在遊戲上消磨，而且羅曼諦克的，底卡丹的色彩時常包蔽他的全心；所以，在他對於文學生著厭倦而加以咒詛的氣氛中，對於世界文學家的名作他是不願看的。去年有人在訪問中與他談到文學上的諸問題，他表示著與斯德那維納亞半島作家哈姆生氏一樣的厭倦，在迫於訪問者的詢問中，對於英美的作家發出了如此簡單的意見：

「也好，對於英美文學談談是可以，只不要以為我是一個文學專家罷了。因為首先我的英文程度很低，我沒有能力去直接讀原文，我只好從德文中去讀譯本。但是譯文忠實的就很少了，所以我只能從這些可憐而不忠實的譯文中把我對於英美作家的意見說出。

「英國的老戲劇家蕭伯納是個個德國人都知道的，而且對他也很摯愛，但我同時卻也喜歡威爾士（H.G.wells），威爾士的快樂的意念，很使我感著絕大的興趣。這有戲劇兼小說家高爾妥華茲和批評家賓那脫

（Arord Bennet）我也一樣的敬愛。通俗小說家華壘斯（Wallace）抓著了德意志的全社會的人心，但我卻以為他的非洲奇遇的小說比他的偵探小說好。從英國全部作家來批評呢，史梯文生（Robert Louis Ralfou Slevenson）冒險小說給予我的力量和感應不少，所以，在諸人中我最愛他。

「在新世紀的美國的文學作品中使我感動最深是得利賽（Theodecre Dreiser）的《美國悲劇》和辛克拉劉易士（Sinclair Lewis）的《造箭的馬丁》（Martin Arrowemith）尤其是最後一本，使我永遠的不能忘懷」。另外，新興的傑克倫敦（Cack London）的小說是描寫得有力，使讀者常常的被那些主人公的一舉一動所攝著。關於哥爾德（Machel Gold）據說是與辛克萊和傑克倫敦同時聞名的，所以，我自恨沒有程度去讀他們的作品。現在英美兩國的著作在文壇上是很重要的，我要努力的研究英文，以便有機會從原文中去鑒賞。

「法蘭西聽說也有不少的非戰作品，但是巴比塞（Henri Baubure）和溫魯的作品我不會讀過。我更不能置評了。」

當訪問者告訴他德國當代的作家們對於翻譯是很擅長的時，他覺得非努力讀外國文不可，在美麗的面龐上不覺泛上了羞愧的紅暈。

雷馬克因為在德國文壇上是崛起的一個怪異而且他的盛大的聲譽引起了作家們的攻訐，更兼以他的孤僻，也與英國老戲劇家蕭伯納般的，是文壇上生來的孤兒。對於老作家們他是認為過去了，在新作家中，他對於與刻勒曼（Beuhard Kellermann）齊名的夫藍克（Leomed Frand）是特別的認為是歐戰後很有為的青年小說家，他的《卡爾與安那》是他認為戰後一部最可愛的書。

為了傾慕他的人給予他的麻煩，他願離開柏林：當著他一出街散步時，市上的人都注目，掉頭，注視著那在美麗的面部上頂著黃褐色的頭髮的會作一部小說激蕩全世界的少年作家，他因此很願意拋棄世人加予他的令名去討安閒的生活。他也喜歡拍球，但並不是為了文學和交際的緣故。因此，他的生活是很單調。最近他向人表示說：「當我和那些平凡的人在大街上或咖啡店閒談的時候，我明白了什麼是我需要時，他們那種渺小的

人類，卻要去幹全世界的大工作。柏林並不會給我什麼快樂，但在那兒我接著了許多小兵給我的信，有的重傷未癒，有的受了綠氣毒，有的是恐怖未息，有的是瞎了眼睛，他們感謝我。因為他們讀了我的書而把戰爭的影像集中，有如再觀一次大戰一樣。我將來著作的目的就是去 明平常人，去認識和解決生命的問題，我以為一個人應該誠實地簡單地度著日子。」

所以，他內心是永遠的衝突在他不寧靜的生活中起伏著一種內心的責備，他不得不忍耐的留下。

雖然在內心衝突的激盪中不願意再作第二部作品，但是為了有一種偉力在心內不絕的咬著，又不得不接受美國聯合信社主人的特約而從事創作。經過在柏林幾次的解約和續約，終於在有一天失蹤了，但是經過兩三月的消息隔絕，駐柏林的聯合主人忽然的接到了四百多頁用打字機打好的原稿紙，方知道雷馬克是逃避了柏林的城市生活的煩擾而回到了故鄉鎮上去從事創作。兩三月來雷馬克失蹤的疑團才得了一個解決。

這本書的德文標題曾經決定採用同伴（Kamerad），或歸來（Dar weg Yuruk），但是，後來仍決定在表示與《西線無戰事》是續著起見，改用了《西線歸來》。英文名為《歸路》（The Road Back），日文名為《戰後》或《退路》都是同一的著作。書中以退伍兵因斯特（Enest）作唯一的主人翁，使用自敘傳的形式把他自己在西線上的記憶和從西線歸來後自己和同伴們的生活和感想栩栩生動的寫出，對於戰爭的恐怖，戰爭所形成的失業，糧慌，戰爭暴發戶，妄吹法螺的牧師和教授人類的友愛和殘忍，戀愛的衝突以及非戰的色彩等都比《西線無戰事》一書更尖銳化，而在本事上是以基於經驗的的實生活為主，每一章都是有連續性的，並不像《西線無戰事》之純以感想作骨子，每在西線無戰事之純以感想作骨子，每在零碎的記載中得不著實際的概念者可比。關於創造《西線歸來》作者曾在法國對新文學週刊的主編人勒費佛說：

「因為這書在一九三一年二月後可以在世界各大都會同時出版，每一都會又有一家報館獲得特刊權利，所以我對於這書的寫成，格外不得不十二萬分的審慎。起先我想這本書的篇幅應該比《西線無戰事》加長三倍，

但是後來想想，決計減去三分之二。較第一書不過稍為長一些罷了。我刪去的是一些情節彷彿的部分，這樣一來可以免得讀者生膩。在原則上我描寫的都是些戰後的事件，他們的情節全是如出一轍，所以我從中間挑選出幾幕精采的敘敘罷了。而描寫生活的背景是像我自己，以及《西線無戰事》中的保爾和《西線歸來》中的恩斯特——以青年的身分犧牲一切去承受戰事的經驗，繼續挾帶著他的創傷，繼著給戰後時期的狂潮卷去，終於找尋了他的途徑，入於生活的調和。

「現在關於我自己的作品並值不得自己或他人來吹牛，等我一生工作完畢後，到那時不妨作一個總核算，自己來編派一下功過。至於現在呢，我只是努力去學習。講到我個人要學習的便多了。我要加緊地閱讀來培植我的淺薄。我性之所近的以音樂為最，貝多汶作品的風格，最使我傾倒。我整個的生活已受了成功的壓迫，所以，現在必須慢慢的恢復過來。我相信成功必須經過漸進的方式，所以我就本來的計畫，按部就班的做去。成績怎樣，以後再來檢閱罷。」

從這談話中便可以深切的知道雷馬克，新近已把心情轉變過來，對於著作生活已有了相當的認識，而且在創作的能度上是很注意於修養，粗制濫作是他極端否認的了。

第八章　西線歸來之本事

　　雷馬克自己說：「寫小說就像生小孩子一樣，生男還是生女，聰明還是低能，孕婦也不得而知可是要忍痛把孩子生出來，這便是孕婦的責任。我的長男——《西線無戰事》——變成偉大人物，是無意間的事；而我的次男——《西線歸來》——產生的時侯，即費了比長男更大的苦心。這是值得我做媽媽的非常誇耀自驕的。」更益以他在巴黎對《西線歸來》之創造發表的談話來比證，可以深澈雷馬克對於第二部著作是怎般的用心了。

　　委實的，《西線無戰事》早已有了震動全世界的聲譽，而在《西線歸來》中呈現的一切，實足以超過他的處女作，不但是他自己承認，即是批評的人也是極度力獎飾的。

　　《西線無戰事》是由主人的保爾的口中把戰爭的恐怖敘出，在恐怖中配襯地描出一代人的不幸和友情。但是，在《西線歸來》中，戰爭恐怖的成分幾乎沒有了，而所描寫的只是戰後所呈現出的為戰爭所毀滅而成了悲慘的社會現象和被戰爭的罪惡所遺棄了的兵士們的生活，在主人公恩斯特的口中配襯出了一代人的不幸和軍國主義者的萬惡以及高尚的友伴精神。

　　關於《西線歸來》的本事，在美國的柯尼週刊（Cooliery Woeekly）刊登上曾由編者加上了這樣的簡略介紹：

　　「一個德國學生恩斯特於十七歲時應募投軍加入歐戰。他在大戰中日夜切望著和平，但休戰的日子終於到了；他那一連（二百人）只剩三十二個兵士，在兩年中死了五個連長。他與他的同學荷米耶爾，威利，亞伯爾特，拉特魏四人一同跋涉那條歸途——走向和平。

　　「他們是德國留在前線上的最後的軍隊，在比利時被人襲擊，死了一個同伴。一入德國。人民並沒有歡迎他們——因為他們打敗打仗。同時柏林起革命了，他們的連長被迫離職，連長為這事哭了一個晚上。於是，兵士委員會成立了。

「一到故鄉，生疏的感情增加了。食糧稀少。啡店裡充滿那些大戰中的暴發戶——盜用公款者。人人討厭回國的兵士，好像他們的生存是過剩的。他們的親戚不瞭解他們。他們很煩燥，事事都是不如意的。

「恩斯特求助於亞多夫，亞氏是連隊中最智慧的兵士，猶如《西線無戰事》中的加德。但亞多夫的妻子在丈夫未回家以前有不貞的行為，這事大大地打擊了西多夫。

「後來恩斯特和他的朋友進師範學校去，但校中的科目對於他們是沒興趣的，並且那些教授的講演被他們看破是虛偽的。鼓動他們從軍的也是這些鳥教授。

「但時代的車輪是殘酷無情的，他們有的被它輾碎而致死亡了；有的再向社會掙扎和鬥爭，像他們在前線打仗一樣，不過早日曾經鼓吹著他們去打仗的人，把他們拋棄了，他們只有隨著大時代的輪子一個個的死亡，和頹喪。在最後也表出了為他們所必需要像打仗一樣的生活鬥爭，算是比《西線無戰事》更有了出路。」

《西線無戰事》中描寫的是：恐怖的戰爭；一時代人的命運；和真摯的友誼三件事。而在《西線歸來》所描寫的是：戰爭遺留下的悲慘；為戰爭的輪轍輾壞了的兵士們的悲慘生活；真摯的友誼；和軍國主義者及其附庸的惡毒四件事。

關於戰爭的恐怖，《西線歸來》中並不是直接的描寫，只是在回憶中這樣的描寫著：

「我們中間有許多人躺在那兒，但到現在我們還不這樣想。我們只是都留在一起，他們在墓中，而我們在戰壕中，只是被一些泥土所隔開。他們在我們的面前只是一小部分；我們天天越少，他們天天越多，我們常常不曉得自己是否已屬於他們。有時炮彈再送他們到我們中間來，粉碎的骨跳起來，軍服的碎片，生的，腐爛的頭，已經變土了，因為所見炮彈不住的攻打聲，再衝出埋葬的戰窟一次去襲擊。這對於我們不是可怕的；我們太近他們。但現在我們要快到生命中去，而他們卻必須留在那兒。」

（《西線歸來》一六八頁）

「我們環顧著我們自己。遭遇著什麼了呢？我們已經大好幾年內漫無限制的放縱去屠殺，去破壞。那不是一件立刻可以使他忘去的，或者用一個月薪底牢籠，星期休假和一種體面的職業可以改變著的東西。我們是不信任的；我們不顧在降服和習俗底捕捉被捉著。我們尋覓著人生，但是我們覺得我們自己在酒店、妓院，舞場和一種不快的恐怖中擱淺著我們覺得昏沉是比質素的人要好，粗野是比做綺麗整齊的人好。我們喜改變成快樂，歡迎，強壯，誠實的人；但是我們已經純然地變成了高聲，激烈，剛愎，傲謾，誇大，到底我們已與純然地變成孤獨了。我們到平靜的恐怖中去。或許沒有這樣多的平靜，而是空虛呢，因為空虛已經在我們中間了。

「我們早日無論何處都是一道的，事實已經臨到我們了，甚至我們在一班內，我們同志們仍然是在一道兒了。但是現在那種事開裂起來了。危險是來到了。試驗便是一種開端和一種結局的符號。直到現在，我們平常已經在同一的照護，同一的快樂，同一的生命和同一的『死』上分享著一切的東西。但是現在我們變成了個人的結合，我們在未來的崗前面坐下去挖掘我們自己的通道。每個人都是為他自己呢。

「我們已經是被捨棄和排斥了。而現在呢，當通常的友誼也墜落去了時，除了赤裸裸的生命外，沒有什麼為我們殘餘著了——不再有什麼為我們殘留著了。

「我徐徐回到我們的戰壕。但是我視察我的周圍——死了的人又在活轉起來，他撐起來好像要追趕我似的。我扯著了第二個手溜彈的信線，向他射擊過去。他在一碼之內倒下了，滾著，仍然睡下了。我思量著，我推算著，它為什麼不炸裂呢？現在，死人直立了起來，他忿然露出他的牙齒，我再發了一個手溜彈。依然沒有爆炸。那死人已經起來走了幾步了——他呼號著，用他損壞了的兩腳跑過來，他的兩肘伸長的向著我。我把我的最後的手溜彈也拋了。溜子飛到他臉頰上，他躲開了。我跳起來而且跑著。但是，我的兩膝不聽我的指揮；而腿酸得好像牛酪了。無結果地，痛苦地，我把我的雙腿拖著向前；我被地面緊緊的擊著了；我扭轉

著，把自己向前拋滾著；我已經聽見追者的聲息了，我用雙手拖著無力的雙腳。但是，在我的後面有一雙手緊緊地把我的頸項握著了，他把我拋在地上了。那死人用他的膝跪在我的胸膛上；他拉著拖曳在他後面草地上灰泥土中的帶子，他繞擊我的頸子，獰笑的向著我說：『現在輪到你了──』我把我的頭掉開，我鼓勇著我的武力，我偏向著右面避免他的擊結。從我的眼角看去，我看見那邊電網上面有三個法國人搖擺著：他們直立起來，他們的四腳震動著，好像那村間的傀儡戲似的；他們點著他們的頭，他們用他們的脫節的雙肘喝著彩。極力的一拉，我的喉頸感覺著強烈的痛苦了。他把我拖到白墨坑的壁峭的邊緣上，他把我推下坑了。光亮的刺刀，閃閃的牙齒刺進我的眼來；我失了平衡，我奮力緊握著。他用力刺我的手指。我滑下，我落下，叫出來，無效的落下了，呼號擊衝著什麼，呼號著──」（同書二八四頁）

「但是他們成長著，拓廣著，膨脹著；他們變成了灰色的，黑暗的，朦朧的，不實在的，他們在我的時日內為他們自己漸漸地贏得了一種灰白的，第二生命。我們相信已經忘懷了的戰爭又站起來了，又回來了，而我時常恍惚地坐在我的床上夜間聽著怎般的在街下有一種震天的敲擊，宛如地雷和牲口從那兒被排列著一樣；宛如有什麼東西在那兒出來要藏匿著他自己，他要重來征服著從他那兒溜掉而逃避著的我們一樣。於是，我在毯子中，更把我自己捲曲得更緊，閉著我們兩個眼睛，而且消滅著一切的幻想；但是，我不能阻止他們在窗子和接待室下面誘惑著。

「但是現在我知道那追趕著我的不純全是『記憶』。今夜我的靈魂第一次忽然地起來，而且給我轉向了一副恐怖的面孔。『過去』已經在進透過堰堤了。危險不再從那邊以外的地方來了，它已經潛入了我自己的身內，而在那兒他現在藏匿著。我曾經在許多年代中追伴著的那種人重新帶著血染的兩手醒來了，現在他警戒而恫嚇著我願做的那種人。水汜濫進來了，他們打算再把我吞沒下去。而那一切在當時只是自衛，自保的，而今在我自身轉成悲痛與恐怖了。我必定要建造堰堤。我必定要什麼把握著，他是很快地注意到我了呢。」

　　這一些戰爭恐怖的回味是在戰後生活的無聊中回憶起來了。他們被戰爭的恐怖和經驗所箝住了，而他們也被訓練成了一個只能打仗而不能幹任何事的機器。因此，戰後生活的無聊，算是本書描寫得很有力的。

　　「……『恩斯特事事皆非常背謬，一個人簡直不曉得怎樣做才好。比如說，我去看看書——倘若有空的話，這是很好的娛樂，但不然——過去幾年中的每分鐘都被一枝粗大的藍鉛筆所刪掉了。在我們的生活中已沒意義了。對於我們的生活有意義的東西已沒有了。恩斯特，你曉得，在這裡一個人真的覺得較為不必須，是過剩的。』

　　「我點點頭。他拍拍我的胸膛。『我要告訴你些話：這一切，』他指著面前的草埔，『是生命，他開花生長，我們與他一同生長。在我們後面的，』他擲頭向後，示意遠處——『那是死滅：他殺戮與毀壞，也有點毀壞我們和其餘的人。』他再微笑。『我們有點需要修補呀，我的兒。』

　　「『或許到了夏天事事會好一點；』我說，『在夏天事事安適一點。』

　　「死不論在什麼時侯都是困苦的，」他回答，將煙噴到前面去，『直到現在我們毫無機會做別的。』他站起身。『我們回去吧，恩斯特，你喜歡我將來的目標告訴你吧？』他向我俯下身來。『我要再去當兵。』」

（同書一三四頁）

　　「我們相信一個豐富而深濃的生命要開始，生命蘇新的充分快樂要來到——因為我們打算開始著。但是時光在我們的兩手下飛逝，當我們環顧沒有什麼可以做時，我們在不注意中把時光浪費了。我們是慣於迅速的思想了，我們是慣於在即刻的動作了——剎那的時間我們覺得是超越了永遠的時光一樣。所以，那生命現在是對於我們太慢了；我們在地上面跳耀，在它前面開始講說，或者喧鬧著我們已經準備發讓它再去了。『死』，已經同我們作朋友作得太長了；它是一個飛駛的祈禱者，每一秒鐘死的刑罰都觸到了我們的領域。死給了我們以無限的空虛，那便使我們不能如何的痛快的做一切了。那空虛使我們不舒爽；我們覺得我們是不領會而甚至於愛情也不能幫助我們了。在兵士與非兵士間隔著一條沒有橋樑的深淵。我們兵士必定要捍衛我們自己。

「但是在我們無窮盡的時日中常常進入了奇怪的別的事的事情，咆哮著，絮聒著好像一種永遠的大炮一樣，使我們常常想躲它，使我發生一種懼怕，使我想從那兒逃避，有許多事是向我逃避，沒有再比生命更屬害的了。生命在我們簡直成了難說的東西。」（同書一七三頁）

「我喜歡地研究著孩子們的面孔。他們是強半地溫和與規矩，有些是瘦小而肥壯，但是無論那兒都在他們身上波動著更光輝的東西。因為這些生命沒有這樣明白的呈現著；也不是要每件東西適暢地進行。我警視著他們而自己想道：明天我要作一個預備；下星期我們舉行一次默書，在一年內你們從回答教學法上可以銘心地知道五十個問題；在兩年內你們可以開始數目較大的九九乘法表了，因此，你們長成人了，時代會把捉住他的鉗於內──做一個卑下的，奴隸的，或者紛亂的，溫柔的人。每個人有他的命運，它這樣那樣的克制你，我怎能用我的結合或者德意志河流的一水一沙來幫助你們呢？你們是四十個，而有四十個不同的生活站在你們的後面等侯著你們。假如我能的話，我是怎般地喜歡幫助你們啊。但是誰能真實地幫助在這兒的任何人呢，在西線時我們能夠夠做，在那兒我明白的在事情上努力著。但是在這兒──我自己也不是在尋求幫助嗎？而我可以從你們得著幫助嗎？

「我是否可以帶你們到那張色彩明亮的地圖邊去，在地圖上移動著我的指頭，而告訴你們這裡的愛情已被暗殺了？我是否可以對你們解釋列位手中所握的書籍是人們設計陷害列位簡單的的靈魂的陷阱，在漂亮的辭語林中與偽思的鐵線網中捕獲你們？我是否可以跪在你們的面前，懇求列位別將童年的光輝誤用做怨恨吹熾的火焰。

「但我站在列位的面前，已經玷污犯罪，應該請求列位的寬恕。列位眉字之間還有天真的氣息；那麼我應該怎樣歡喜來教你們呀。我的後面，已往那些可怕的年代還在窮追──那麼，我怎敢跑進你們中間去呢？我不是必須將自己再恢復成『人』嗎。

「我覺得好像有鐵塔在在鉤著我，好像我快要變成石頭，而必須崩壞。我讓自已緩緩地落在椅子中，曉得自己不能再在這裡遲留了。我覺得

須抓住某東西，但找不到。隨後我覺得癱般的弛鬆，無窮無盡。我站起身，『孩子們，』我辛苦地說出，『你們可以走了，今天沒功課。』

「小學生望著我，看著我是否在開玩笑。我再點頭一次。『不錯，這是實在的；今天去玩吧，玩一個整天；到樹林中去遊戲，或是同你們的貓狗去玩吧。非到明天早晨，你們不必回來。』

「奧陶是一個馬車夫，而施契島斯是一個碼頭工。他們從軍四年，他們是非常好的軍士，使他們現在還是當兵，並且，不歡喜做別種職業了。他們是大戰的渣滓，斷離和於平的大地上。凡是不安靜的地方，他們便聚合起來，因為只在這種地方，他們才能從容過活。凡是沒有打戰的地方，他們便失蹤了。這些德性敗壞玷污的流浪者，這些無生計的軍官，與少數理想主義的聯合成為大戰最後的，膠黏的溶滓。」（同書三三九頁）

這些由戰爭的輪轍所輾成的戰後生活的無聊，間接的從另一方面反應了戰爭的罪惡。由這樣的無聊，使他們更在無能力去尋求職業的工作上成了一種社會環象中的特殊人物。他們造事生非；為戀愛的爭風而殺人；為生活中必需的或奢望的食物而劫掠；為生活的無憑而氣憤地破壞一切社會生活；他們戰後生活的無聊中，為戰爭的回憶所擊襲，整日地灰頹而失望著。

所以，他們殺人時自辯的遁辭認為是國家釀成的，國家訓練他們殺人，所以他們只曉得殺人是唯一的本事。更是，因著戰事生活的無聊，對於軍國主義者和戰爭不得不加以攻擊了。

「我站在你們的面前。我是數十萬破產者中的一個，戰爭已破壞了每種信仰，幾乎也破壞每種的力量。我站在你們的面前，我看出，你比我自己多麼更活潑，更深植於生活。我站在你們的面前，而我現在是必須做你們的教師和看導者。我要用什麼來教你們呢？我是否可以告訴你們說：一切學識，一切文化，一切科學，在人類藉上帝與人道的名稱，利用毒氣，鐵器，炮藥，槍火作戰的時侯，只是一種可恨的愚弄？那麼，要我教你們什麼呢？要我對於你們這些小動物——單獨未被這些可怕的年代所沾汙——教什麼呢？

「那麼我能用什麼教你們呢？我是否可以告訴你們怎樣拖出手溜彈的帶子，而怎樣向一個人擲去？我是否可以指示你們：怎樣用槍刺去刺殺死，怎樣用棍子擊倒他，怎樣用鏟子敲殺他？我是否可以形容一個人將來福槍最好去瞄準一個不可解的怪物：一個呼吸的胸膛，一個活的心？我是否可以解釋什麼是毒血症的毒，什麼是折斷的脊骨，什麼是粉碎的頭？我是否可以對你們形容頭腦分散的時候是什麼樣子，壓碎的骨頭是什麼樣子──或是內臟傾流出來是什麼樣子？我是否可以形容一個胃傷的人怎樣呻吟，肺傷的人怎樣格格作響，一個頭傷的人怎樣呼嘯？除此以外，我不曉得別的，別的我還沒學習。」（同書三二五頁）

因此，恩斯特──雷馬克──在鄉村學校中對小學生們說：「保持列位現在的本性能，別成為那種『英雄的妻子』──她們高貴地否認她們的丈夫，除非丈夫們穿起軍裝來，奉獻他們的一切！不，也不可以成為英勇的母親。」（見同書二二七頁）對於軍國民教育，簡直作嚴厲的攻擊了。因為軍國民的教育使他們在從軍以前相信校長和教授們所發的甜言蜜語，但一到前線，他們卻變成了堅硬與實際的。他們自己覺得已經「看透了虛偽，半真半假，誇張的饒舌，以及徒勞的裝作」了。但是，在戰後重新回到學校時，雖然不再回到戰爭的世界中去，但是，吹法螺的教授卻是一樣的沒有變更。雷馬克描寫戰後的情態道：

「我們的文學教員霍倫曼進來了，發出他第一次負責鼓吹一樣的那一切，他在戰前便是存留在這兒的。他們的靈魂已經長長地重繫於有規則的學校教師職務上，永沒有改做其它事業的可能。……」（同書一七五頁）

因為他們所代表的是另一階級，然而退伍兵們大家都像應得國家撫恤金的退體官長伐倫丁一樣的感覺到「國家只是給那些在任何事情上把口開得大大的來吹法螺的人。具著同樣的意義，他們是在軍國主義者們所鼓吹的法螺中感覺到了十足的虛空與荒謬。雷馬克更描寫到鄉村小學校所授予的綱目道：

「我打開了教授的綱目──一冊黃色紙頁的書。條目是由一個有才能的蒙師製造出來的；它恰恰一週一周的割分了學程。我慢慢地翻著條目

的頁葉。而且考察著它。第十七周：《第三十年的戰爭》。十月：七年戰爭，——苟倫斯多夫，洛斯巴西，路路之戰。十一月，解放之戰。十一月：《一八六四年的出爭》和《在卜爾之襲擊》。正月，《一八六六年反奧大利之戰》和《柯尼之茲之勝利》。二月，《普魯士與法蘭西之戰》與《米茲與色登之圍攻》，《巴黎之克服》——我搖擺我的頭，而且拿起世界史的教科書，——戰爭，突擊，戰爭，現在是攻守同盟，現在是會戰，在里卜惹和滑鐵盧與英俄之戰事；一九一四年反對他們；在七年戰爭與一八六六年，反對奧大利；一九一四年又同奧大利聯合。我猛力地把書關閉了。這不是世界的歷史，這是戰爭的歷史！那兒是偉大的思想家，物理學家，醫生，專門家，科學家的名字呢？那兒是這些人為人道而戰的一種戰爭記載呢？那兒是他們的思想和功績的報告，由他們的思想和功績而常常站在比一切的軍事指揮官們一道的地方更可怕的危難的報告呢？那兒是那些已經殉道，下獄，火焚者的人們定案呢？我尋覓著，我沒有尋覓著一點。但是，我反而尋覓著了每個細微的突擊都盈載著了一切的書卷。」（同書三一三頁）

　　雖然第一次大戰已經把德意志陷於破產，但軍國主義們還在作第二次的預備。雷馬克在本書的後半部的四四〇頁把德國軍國民教育的演習生動的描寫說：

　　「他們已經從前面的矮叢林中出現，向樹林的邊緣跑去，而撲身於地上。」「瞄準四百碼！」聲音尖利地喊著：「開火」

　　「一陣震動的喧聲。一排十六七歲的少年並肩躺在樹林的邊沿。他們穿著油布短衫束著皮的腰帶，像兵士的健身帶一般。他們都穿得相類似，灰色的短衫，綁腿，代著徽章的帽子——審慎地著重一律。人人都有一枝鋼頭的行杖，他們用行杖鞭打樹枝，摹仿機關槍的開火。」

　　「但是在那些好戰的帽下，有年輕的，紅頰的面孔窺望出來。他們專注地，興奮地窺望著右面，搜尋開近來的騎隊。……他們的後面站著一個健壯的傢伙，肚子凸出一點，油布衫上與綁腳上也是同樣。他像啜泣一般喊出命令『開火，兩百碼！』他有一副望遠鏡，在那兒探望敵人。

「高索爾從驚愕中恢復過來。『這是那一種鬼的胡鬧呢？』他咆哮著『那麼一次大戰他們還不以為夠了嗎？』

「但他卻陷於困難了。那個領袖虎視著，轟罵著，旁邊又加了兩個人。道勁的批評在柔和的春風中朗朗地響著：『閉嘴，你這該死的狗奴才！你這祖國的仇敵！你這群卑賤的賣國奴！打倒你，你這個懦怯的畜牲。』」

因為他們感覺到了軍國主義者們又在把那些天真的孩子們，把那些完全不知道戰爭的惡毒的孩子們在加以製造，他們覺得不慶拋棄了小學教師的位置，因此，他們在非戰中同樣的感覺到：

「……但是，費爾丁南特，你別以為一些外交家和將軍就能單獨設計這場大戰。全世界應該挨罵。在戰前，世界是一個大兵工廠。軍備極度多，戰爭到了某時候只得爆發。……我要繼續當教師，我要當心我的小學生，給他們成為腦子明達的，易感的，忠實的，穩健的人們。並不是你們這種兇暴的，頭腦泥醉的政客。他們愛國，要比愛政黨更甚。樹木，田野，土地，這些東西都是他們的國家。沒有什麼唱高調的口號和標語。我要這樣教他們。我不必就要回到農村去，我很歡喜。……」

本來，本書中非戰的色彩比《西線無戰事》更濃厚，而在出路上也是比他的處女作更鮮明的。因此，雷馬克在本書中所描寫的出路上呈顯了兩種態度：一種是革命；一種是生活奮鬥。我們便看他們的革命罷。

「我們環顧著我們自己。遭遇著了什麼了呢？一種能夠改進一切的革命已經溜過我們去了。但是，革命也被黨的爭論和革命自身談論的疲乏而吞沒了。革命若向別人放的第一槍便是殺死革命的一槍啊！

「店員們已經變成了國會會員，大臣們嫉妒起來了，而互相的傾覆著……傾覆的一切結果是為一些旗幟的更換和賃銀階級地位的變換。執行吏的屬員變成了裁判長，年長的先生們變成了教育專家，秘書變成了祕書長，學校調查員變成了學務顧問員，甚至街道夫變成了垃圾箱顧問員。」

「……一個新時代似乎要黎明了——一切舊的東西，頹敗的東西，降服的的東西，附和於一黨一派的東西都一齊廓清——我們現在年青了，因為人們在以前是決不曾年青過。……」（同書二五七頁）

　　他們更把革命喊叫起來，他們認為全世界的年青人都要起來相信革命是為爭取自由而鬥爭！而實地呢，因為革命所給予的希望，他們也只有振作起來！永遠去為生活奮鬥才是唯一的出路。

　　在描寫相互的友情上的成功也是不下於《西線無戰事》的。但是，在處女作中的友情是在戰場上的生死關頭上表露出，那完全是基於人類互助性的本能，即是說到敵人——法國兵——也是具有同一的友情呢。而在《西線歸來》中，所顯露的友情是在生活的悲慘上，雖然是屬於戰後的，但也是一樣的偉大。不過，在戰爭上的互助是生死與共，而在戰後呢，友情因為各人追尋生活的關係，已經呈現不能維持的樣兒。這一點破隙，也是使雷馬克很受刺激的。

　　其它如關於心理的描寫，夜景的描寫，形態和表情的描寫。都是比處女作顯著更深的進步。這正如他自己所說，第二部作品是更費心血了呢。

第九章　雷馬克與戰爭文學

　　戰爭是社會進化中不可避免的流血事，因此，它在世界文學中便占著很重很要的地位。同時，在文學中便自然而然的因著認識的不同形成了非戰與謳歌的兩派；他們中緩進的便在紙上活耀的呈現著他們的生命和靈魂，急進的甚至於在實際上（戰場）去實現他們的理想。

　　震撼全世界的空前的第一次世界大戰爆發時，非惟忙碌了軍國主義的軍事家和政治家們，即是文學家們也為這空前的大戰而忙亂了，非戰和謳歌的人都各為各的理想而犧牲而奮鬥。

　　法蘭西在大戰爆發後的地位很困難，因為文學家們感到了祖國危在旦夕，便不論老年和青年的人都起來贊助戰爭。老戲曲家拉非登（Henri Lavedan）在（K'llnstration）書報上極力以他帶著濃重激戰力量的筆一面激發法國人的愛國心，一面深深的諷刺德國人。海洋作家陸提（Pierre Lati）也從東方快樂的異域情調裡逃出來咒詛「野蠻的」德國人。重暮的老作家法朗士（Afranol）也從雲端下來，混在惡濁的人世裡高聲的吒罵德國人，並想到戰場上去效力。住在雲石和黃金的窠中做他想像的夢的象徵派詩人的領袖勒尼玄（Henride Regnier）也唱起戰爭的歌來。迷戀在宗教裡的傑莫士（F.Jammes）也祈求上帝站在法國的一邊保佑法國的戰士奮勇殺敵，得到「正義的勝利」。頹廢的青年作家的領袖巴南（maurice Barres）也領導了他的群隊成了狂熱的愛國黨，鼓吹法國人去顯現第二次英雄精神，把歐洲人的文化從日爾曼人手中奪回。這一群作家與英國的威爾士（H.G.Welles）、基卜林（Kipling）和作《愛國吟》來讚美那勇敢的犧牲的英難的比利時魂的老詩人康梅耳（Emile Cammaerts），由社會主義運動轉變到勸人去動刀動劍的象微派偉大的詩人范雨哈侖（Verhaeren）的比利時文人是同一筆調的。所以他們在戰爭文學上的價值是屬於另一方面。而在同時，與這些相反對的，便是法國的巴比塞和他的群隊了。

在協約國的文人們是因為德國消滅了歐洲文化，所以不惜犧牲的為「正義」而戰——大名鼎鼎的義大利詩人鄧南遮（D Annunzio）且做了飛機司令親到戰線上去效力。——然而德意志國內的老作家們卻也在對方狂叫著。老詩人檀曼爾（R.Dehmel）拋棄了他的冥想的愛的詩人生活來作《戰歌》（Schlachlenlider），《國旗詠》（Fahnenlieden）咒詛他從前認為朋友的敵人，讚美戰死沙場的兵士了。會經在《織夫》（Dieweleer）中描寫無產階級革命勝利的老戲劇家霍普特曼（G.dauptmann）也拋棄了理想的天國和資本主義的咒詛來糾合德意志的智識階級去辯護德軍在比利時的暴行。老詩人霍爾支（Arno Holz）狂歌著為祖國戰死。惠特金（Frang Wesckind）鼓吹著愛國，老小說家托瑪司，曼（Jhomas Mann）為德意志的軍國主義辯護：這一群老作家都是在戰時拋棄一切的理想來幫助威廉第二去征服歐洲。但是英國，法國，比利時，德國的作家們所歌頌的軍國主義和武力主義終於是完全過去，在人們心中所留下的僅是一副猙獰的面孔。在歐戰停後，他們感覺了自己所歌頌的時代已行過去，沒落，於是便只有讓非戰主義的作家們永遠的活躍了。

在大戰中非戰的作家們一面在對歐歌戰爭的人加以攻擊，而他們也文字上作非戰的宣傳。謳歌戰爭最活躍的法國，而同時對於非戰的作品也極度力的獎飾；彭加明（Rene Benjamin）的「Gaspard」，洛席（Gean ndeo Vignes Rouges）的《伐瓜之兵士蒲留》（Bourru，Soldat dn Vauguois）和巴比塞的《火線下》（L Appel dn Sal）勃曲倫的《地面之呼號》（L Appel dn Sal）都分別的得著龔古爾文學獎金及法蘭西學會褒獎；修松（Paul Husson）的「L Holoeanse」威倫（maurlel）從戰線歸來在文學雜誌「Les Numbles」上的反對戰爭的叛旗，羅曼羅蘭（Romain Rolland）的《克勒郎鮑雨》（Cleromboult）等都是對於歐洲大戰下著激烈的攻擊。而同時，在英國美國都有非戰的作品出現，但是在價值和聲譽上說來，都及不上巴比塞的《火線下》，拉茲古（Lalzko）的《戰中人》（Men m war），羅曼羅蘭的《克萊郎鮑雨》，這幾種都是具有永久性的作品，要瞭解雷馬克所描寫的時代，不得不作一番考察。

《火線下》的作者原來帶著個人無政府主義的色彩，但是從前線回來忽的變更了；因而將他的經歷寫成了一部偉大的作品。在過去十餘年間他在文學上的地位都由這部著作替他奠定，幾乎沒有人能勝過他的聲譽。

　　《火線下》所描寫的是七個兵在戰壕所受的痛苦，從他們的談話和感想中烘托出一班由工農，店夥，礦工等出身的兵士們的心理，他們失去了本能的知覺，可憐地成為機械的等候著死的來臨，綠氣，炮火，槍聲，疲勞，惡濁，殘酷，污穢等都在讀者的面前展開，一幅陰森而可怖的圖畫抓著了讀者的全心。雖然是分成二十四章，但每章都可以獨立的成為一幅慘澹的沙場圖。在最末一章「天明了」寫著許多重要的話，是說德法兩軍經過大雨下的劇戰，有幾個兵士聚在土堆旁開始談論；因為他們從戰爭受了許多痛苦，不願使後人忘記了這次的教訓而重演更大的慘劇；所以他們如此的開始談論著：

　　「但願後人牢牢的記好！但願後人記清這次大戰所給予的教訓，不讓悲慘的戰事再發生呀！」

　　一個兵說後，四面都應和著說：「不許再有戰爭了！」

　　「兩軍相打，就像一支軍的自相殘殺。」又一個兵說。

　　「只要我們打勝仗就好了！」別一個兵介面道。

　　但是立刻便有人在駁了：「僅僅打勝了仗有什麼作用呢？我們所要求的，根本要消滅戰爭。」

　　「那麼，要消滅戰爭還是免不了要打仗！」

　　「說不定啊……但要認清了你的真正的仇敵！」

　　「但是，或許我們要攻打的不是外國人罷？」

　　「說不定竟如此呢。人們還要打仗，為的是要趕走他們的主人。」

　　「那麼，德意志人也應該來一份？」

　　……

　　「人們為什麼要打仗呢？……」

　　「沒有人知道為什麼要打，但是我們知道人們是替什麼人打仗；他們是受了少數人利益的興奮和鼓動而打呀！」

　　因此，在戰壕內一切的兵士都咒詛少數人，那些特極度階級憑籍大戰發財的資本家，騙人去死的教士，學者，教師。最終他們認定這等人是法國和德國的仇敵，彼此都是被逼迫的走到為少數特權度階級拼命的戰場上；而他們真正的敵人並不是在戰場上炮彈下拼命的兵士，而是那些少數的特權階級者。

　　在巴比塞的國人認為敵人的匈牙得的陣營中一個軍官拉茲古寫下的《戰中人》也是他的經驗的實錄，雖然那是他的試筆，但他的作風，像急而且抖的弦音，像愈轉愈急的施風，像愈刺愈深的尖針；雖然在量方面只有六個短篇，比較《火線下》是少五倍，然而感人的力量卻一點不小於《火線下》。羅曼羅蘭認為《火線下》是告發帝國主義的罪惡，《戰中人》是說明帝國主義是劊子手，卻是切實的批評。

　　在第一篇「開赴前線」中描寫的是開赴前線時的恐怖的回憶。第二篇「炮火之洗禮」充滿了戰壕裡的慘呼聲，表示著不願打仗和殺人的心理。第三篇「戰勝者」把大戰的主動者的罪惡在尖刻的諷刺內隱藏著，把革命的思想在鎮靜的語言中埋伏著，帝國主義的口密腹劍，是在這篇表現得淋漓盡致。第四篇「我的夥伴」和第五章「英雄的死」都是戰爭的實錄。然而最富於革命性的要算最末的「重返敵鄉」的那一篇。雖然在拉茲古的六篇小說中都帶有點革命的傾向，但革命之火已經燃著而見於行動的卻要算這一篇了。主人公蒲丹從一切獲得刺激後，抽出刀來把靠戰爭漁利的大戶刺死，「富人靠戰爭發財，窮人去到炮下送死。」便是拉茲古的金言。

　　羅曼羅蘭的《克萊郎飽爾》卻並不像前兩部是以描寫大戰時的兵士的心理，而僅是描寫大戰智識階級心理的作品，作者在告讀者上說，「與其說甚小說不如說是一個自由精神的懺悔錄，講到他的過失，痛苦，和他在風暴中的努力掙扎。」所以他便不能如前兩者感人之深了。

　　巴比塞在《火線下》的末一章把他的社會改造的意見加入，他不僅暴露為少數人利益而戰的罪惡，不只描寫戰爭的可怖和詛咒，他更進一步的暗示著要消滅這種戰爭，須實行社會革命；在將來的社會中，是廢除遺

產，廢除軍備的世界聯邦。而且他知道戰爭是必然，無可避免的，要真正永遠的免除這種可怖與殘酷，就非得大多數的階級起來革命，推倒帝國主義，建立人類永久的和平友愛不可。所以巴比塞之偉大是在他並不如其它作者之作品僅在暴露戰爭的事實或罪惡，而且他是在一切的描寫戰爭的文學作品中算是第一部由事實的昭示指示人們一條永久的光明之路，並不是頭痛醫頭，腳痛醫腳的緩和政策，而是積極的在戰爭之所以產生的根源上加以搗滅。在作品的組織上，與雷克馬的《西線無戰事》般的，每個短篇都可以獨立：但是在含義上，他倆卻大大的懸殊了。雷馬克並不把他的作品當作對於戰爭的控訴，只是把繳幸從炮火下生還者的一切感受和生活寫出，並不會帶著訓教，指示人們要如何的因此而消滅戰爭；雖然在《西線無戰事》的第九章中幾個兵士也會如《火線中》最末一章的兵士們在戰壕中對於「窮竟為什麼有戰爭」發生過如此的談話；

「一個人想起來真是奇怪，我們在這裡保護我們的祖國，法國人在那裡也保護他們的祖國。那竟究誰是對的呢？」

「也許雙方都是對的！」

「但是我們的大學教授，牧師，報紙都說，理是在他們那一邊，那怎樣說呢？」

「無論誰有理，戰爭是照樣的有。而且每月都有幾個國家來參加。」

「多半是因為一個國家太侵略了別的一個國家的緣故。」

「一個國家麼？我不能瞭解。德國的一座山不會侵略法國一座山的。一條河，一座樹林，或是一塊田也不會的。」

……

「但是政府國家是一氣的，沒有政府，就不會有國家的。」

「對的，但是你只要想一想，我們差不多全是平民。在法國大部分也都是勞動者，工人，窮苦的店夥。那麼，為什麼一個法國的鐵匠或一個鞋匠要攻打我們呢？不，只不過是幾個執政者罷了。……」

乃至把戰爭的起源推測到皇帝，將軍，漁利的資本家的身上都不會有明白的宣示，僅是一種摸糊的陰影在兵士們的口中漁溜過罷了。而且巴

比塞作品中的主人公是純粹的工農，店夥，礦工；雷馬克作品中的主人公和他的同伴卻大半是知識階級──平民；前者是被迫的去到戰場，後者是愛國主義的熱忱所鼓動；前者是有主義的，有思想的，有階級意識的，有訓教的，有出路的，而後者是無主義的，無思想的，暗示的，容忍的，浪漫的，灰色的，無階級意識的。所以雷馬克的作品給人的緊張和興奮，非惟比不上巴比塞的《火線下》，即是拉茲古的《戰中人》所暗示的革命思想，也是《西線無戰事》中所不及的。因此，狂熱的讀者盲然地把他認作無產作家，在雷馬克本人是並未如此承認的；僅為了他寫的是「戰爭，一時代人的命運，和直摯的友誼」三件要素，並不會把他的作品作為一種控訴狀，懺悔錄。但是從藝術上說，僅以一個出身兵士的青年作家，藉著公餘的試筆便寫下了一部寫人的作品；不由得他的狂熱的讀者們把他當作法國的巴比塞，俄國的高爾基，美國的辛克萊了。

但是，在作為《西線無戰事》的續著《西線歸來》中，非戰的意識和暴露軍國主義的罪惡以及對於兵士們生活的遺棄不顧，是比處女作中更顯明了。在處女作中只看到由野心家釀成的戰爭是「恐怖」的，然而在《西線歸來》中卻深切的證明由戰爭所破毀的一切是悲慘的了。

在《西線歸來》中的單臂軍官說：「我們還有別的要求！我們要停止戰爭，停止唆使和追逐！停止殺戮！我們要再做人，我們不是交戰的機械！」退伍後的恩斯特──本書主人公，等於《西線無戰事》中的保爾即雷馬克自己。──在疲倦於一切職業的獲取後，在作鄉村小學教師時對學生所發的感慨說：「……我是否可以告訴你們說：一切文化，一切科學，在人類藉上帝與人道的名稱，利用毒氣，機器，炮火作戰的時侯，只是一種可恨的愚弄？那麼，要我教你們什麼呢？要我對於你們這些小動物──單獨未被這些可惜的年代所玷污──教什麼呢？」而在《西線無戰事》中是不會這樣鮮明的表示過。

對於釀成國際戰爭的軍國主義和他們的在後方妄吹法螺的信徒，恩斯特會覺得他的舅父也是這樣的一個代表。他很覺得：「我願意以碟子敲碎他們光滑整潔的面孔；我願意那些死人的痛苦和呻吟會揭破他們虛偽的

文化及惠顧的態度。我願意將施契羅特爾扁平的屍體放在桌上，放在他們的面前而喊道：『現在，吃下去罷，假如是能夠的話！』……」來懲治朗聲談起戰債的舅父，因為他和其它一切吹法螺的人們斷送了千萬萬人的生命；他們把千萬人鼓吹到炮火下去死，而他們那整群的畜牲卻躲在後方趁風涼。而他認為：「這些人並非我們的同類，我們跟那些英國兵，或是西線上的法國兵，還合得來一點。……」

但是，以吹法螺為責任的校長，不只是褒揚著前線上兵士們的勇敢，而且也褒揚後方安靜的英勇。他們恬不知恥的說：「我們在故國這裡盡職；我們為著自家的兵士而消瘦挨餓；我們受苦；我們戰慄憂慮。這是難堪的。我們的痛苦常常甚至比在前線作戰的人們更難受──」而且更誇耀而煽動著由戰場上僥倖生還而重新入校的學生說：「你們曾經毫無畏懼地對抗死亡，履行了諸君最大的任務。雖然我們的軍隊沒有得到最後的勝利，我們還是更聯合為一體而熱受困的祖國；為要反抗一切敵對的勢力，我們將以祖師哥德的精神來重建，他那幾世紀前威風凜凜所說的話傳到現在困苦的時代：『讓咈權來攻擊罷，我們活著去克服。』……但我們尤其是願意去紀念那些陣亡的校友，他們曾經欣喜地離開我們，匆匆地走去捍衛祖國，而留在光榮的戰場上。二十一個校友已離開我們了；二十一位英雄在戰鬥的喧聲中休息於法國國土上，長眠於青草之下──」這種反照的描寫，把軍國主義者的教師們的迷夢完全刻畫出了。而在表現出的尖銳上也是比《西線無戰事》深刻了。

關於雷馬克與戰爭文學，譯《後方》的華蒂君也曾在中央日報上的介紹文中說過：

「自從世界大戰發生以來，『戰爭文學』即有漸趨勃興底形勢。本來藝術是現實社會的反映，那麼『戰爭文學』隨『世界大戰』的勃發而產生，自然也是必然的事情。」

「然而我們考察一般的『戰爭文學』的作品，往往容易流於過分『主觀化』。雖說是取材於『戰爭』，但為了過分『主觀化』的緣故，以致於是陷於浮薄的誇張，就是流於虛弱的感傷。因而留給讀者的僅是一些空虛

的概念。反之，倘若過於抑制主觀，則又往往成為虛偽的報告和單的記錄，完全失去了強烈的感動力和薰陶力。或者只在某一定點去看戰爭的側面，而形成偏狹的片面的結果。

「然而雷馬克的作品卻拋棄了這一切的弱點，而進到了可驚的完成。在他那兒，沒有主觀的教訓，沒有淺薄的感傷，沒有難於置信的誇張，沒有矯揉造作和的紀錄，沒有狹窄的偏見，沒有私心袒護。所有的一切只是以最忠實的筆調把整個的戰場的一切，展露在大眾之前。在他那兒，顯示著盲目的虐殺，酷毒的摧殘，絕望的毀滅，極端的崩解，以及人類的友情和私欲，殘暴與熱情，狂歡和慘痛，融樂與淒哀。他對照地顯示前線和故鄉，新時代和舊時代，稀少的魔鬼和萬千的大眾，總之，他把這大時代下的『戰爭』，『命運』，『人情』，的交互錯綜所構成的現象，作了一個整個的展觀。他不用『哭』字，然而使你不得不流淚；他沒有『笑』字，然而使你不得歡樂；他不說『非戰』，不唱『和平』，然而使你不能不對戰爭起極端的憎恨，對和平萌熱烈的祈求。

「這樣，無論人們用怎樣的眼光去評價，用怎樣的成見去權衡，雷馬克在『戰爭文學』上開闢新的圓地，創造了新的苗秧，總是不可否認的事實，他的作品之時代的意義和歷史的評價是不容爭辯的實際。」

這個介紹雖然不能把整個的雷馬克描畫出來，但是，已經把作《西線無戰事》時的雷馬克及其作品中所表示的一切說明了。但是，雷馬克的整個思想姑無論是否有所偏倚，而在第二部作品《西線歸來》中，已經在憧憬於最後的「出路」了。

在「戰爭文學」中可貴之點便是許多人否認而實際又是急切需要的「出路」之指示。《西線歸來》的主人公恩斯特在戰後生活不安定中自殺了的生死與共的亡友拉特魏底墓場上哀悼時感覺到：「……但是有一天我們的出路會屈服，或許我們只須靜默地等著我們的出路自己會來找我們；或許只有我們的身軀與土地還沒有丟棄我們，或許只有我們只須諦聽而跟隨他們倆。」雖然是這樣的憧憬於出路。但是，因為患難與共的同志死了，即使有了一條出路，他自己也覺得單獨的獲得之無用了。

其實呢，他們自己還是沒有真實找尋出路的根本概念和能力；他們只是散漫的一些退伍兵士，他們沒有正確的思想，他們沒有緊密的團體組成，而所有的人們只是因戰爭而訓練成了閒蕩不羈的一群猖狂的野獸；他們從戰爭中訓練成了殺人和打架的能手；他們除了打仗的技術外，一點和生活的技能也沒有；他們永遠為戰爭的回憶所抓住，永遠的不安於現實生活他們直接體驗到了戰爭的罪惡。但沒有阻過亂萌的思想和行動。所以在雷馬克書中所表示的退伍兵們的戰後生活的出路是應由國家來負責，因為軍國主義的信徒，把他們驅到戰場上去死，非惟對無於犧牲性的人們不加以痛惜，而對於僥倖生還的人的生活還不替其設法。所以，因戀愛而開槍殺人的亞伯爾特在法庭審判時，魯莽的威得和他們的朋輩也只有糊塗的亂噪。而他們雖然明知道戰爭是由軍國主義的野心家造成的，但是他們卻只在這一點上帶著羅曼諦克色彩來向幾個無力的法官抗辯說：「他開槍打死人，像他前天擲石子一般。懊悔！懊悔！在四年中他打殺無數無罪的人，現在只是打了一個使他碎心的姦夫，他怎麼會有懊悔的感覺呢？……」那麼你想「和平」這兩個字會把四年的屠殺腦中掃開嗎？我們很曉得我們不能隨意殺死我們的私敵，但我們一生氣，心中的一切卻在狂怒著，我們被壓服，那麼我們會達到那一種的地步呀！我們極力為自己而戰鬥，但你以為這是簡單的事嗎？我們的距離還沒有那樣遠，我們的不相同還沒有那樣巨大，我們還是誤解世界。但你儘管排列你的論點好了，假如能夠轉變我們的心的話。」「……假如不是你們的錯處，那是誰的錯處呢！你們都應該站在我們的法庭前面。你們與你們的戰爭使我們變成這樣了！最好把我們與他一同鎖起來罷。我們回來以後，你們曾經做什麼來幫助我們嗎？甚麼都沒有！什麼都沒有！」「你們應該來幫助我們！但是在這可怕的時刻，你們卻捨棄我們，給我們單獨找路回來。你們應該對我們這樣說了又說：『我們都錯得很傷心！我們必須共同找路回去。鼓起勇氣來！你們最困難，因為你們沒有剩留什麼東西來領你們回去！忍耐罷！』你們應該把生活是什麼再顯示給我們看！但你們卻將我們丟在困難中。你們在獵狗的面前放縱我們！我們中間的一個已躺在地下。那兒站著第二個！」

　　雖然這是一長串據於實事而發出的議論，但是，一點效用也沒有，法官還會扳起面孔來彈劾他們攪亂法庭的秩序，還要嚴厲地用法律來懲治他們。而他們所憧憬的出路也只是單純地憧憬和夢想；也只是因生活的不安而流於愚人的氣憤；也只是盲然而無實際行動的咒詛或期望國家來替他們找出路。但是，我們一看他們所獲得的結果呢，也只有容忍，憂鬱；永遠的容忍和憂鬱；永遠的彷徨罷了。

　　不過，我覺得雷馬克在《西線歸來》中所顯示的出路，已經是達到憧憬的頂點而想掙脫出來去追尋一切了；對於戰爭的悲慘的回憶，對於軍國主義者的惡毒等已經由稀薄的意識而日見進到行動上了。雖然，雷馬克的兩部著作都不及巴比塞和拉茲古等在《火線下》與《戰中人》所表示之出路的明顯，但是，他們是鮮明的加以指示和煽動，而雷馬克的只是把客觀的慘劇如實的描出，使人不得不興起來消滅戰爭。所以，批評家以為雷馬克是展開了『戰爭文學』新的一頁，也是真確的事實。

第十章　世界各國的批評

　　雷馬克的《西線無戰事》出版後，不久間便轟動了世界，自然獎譽的人很多，然而非難他的人也不少呢。為了要明瞭他在世界文壇上的地位計，應當從世界各國的人批評中把有力的部分來估定他的價值。

　　法蘭西的拉蒙黃南臺（Ramon Fernauaez）批評道：

　　「這本書德文原本，全世界都知道它行銷了七十萬本，就是法國海拉（A.Hella）和蒲那克（O.Burnac）譯的法文本（司多克書店出版Stock）已經達到二百版。這德國小兵的經驗書，在法蘭西，不論右派和左滙，法蘭西活動（I Action francaise）人文（I.Humanite U）各雜誌，都眾口同聲熱烈的歡迎。沒有比這種成功再同情的，也沒有再自然的了。因這本書底材料，本身就深感人心。雷馬克偉大的成績，就是介紹給我們這事材的生還，還在它沒遮蓋的悲慘裡並未參加浪漫派浮誇的敘述，哲理的研考，依外表論，對於戰事，也沒絲毫論斷。我們這裡難著溫魯Unruh和奧相（Oppergang），都是很遠，很遠。

　　「這書所以能迷惑法國讀者的原因，就在一眼望去，好像和法國別的戰史一般，但顯示了對方面的情形。平行線是完全了，再從一個老戰士聽到ferdgran罷烏美（Baurmer）駐在攻鮑舍（Bohe）的時侯，恨德國炮兵的不盡力，法國的炮火證明滿意的追想。又在這書裡，對於法國的軍械極口恭維，及對於賠款給予他們的優待，有相當的敬意，差不多是讚美。

　　「但這個平行線，至西部裡的主人公和法國戰史裡的主人公中間，一定守著文學上一般的原由！而《西部無戰事》是取採了法國書的模型，簡直便是法國線條式的敘述，往往成一幅正確清楚的圖書。（德國書的得成功，就為能守著原由）

　　「這部書，我們可以看做臨時通訊，答覆著臨時通訊，答覆著群眾暗暗的企望，因此得到完全的成功。這就是一個十分神經敏銳的探訪員，甚堅強，甚直接的喚起者。

　　「全書集中的思想，就是戰爭確乎不含一些偉大和高尚的意識，不過是憂愁和可厭的屠殺，種種慘痛恐怖的事實。這些便是三十歲人的思想，十年以後的思想，非戰主義宣傳的最好思想，但還不是這書的真意。書中所敘一個十八歲的青年，並無抒情主義在戰爭裡不算一個不幸人；至少不是很深的，也不是很久的。雷馬克給予他們主人公感覺到失敗樣子，絕端不是個戰將；我們試設兩種假定：或者雷馬克製造他的罷烏美，依照他一九二八年自己的感想；也許雷馬克感覺十八年的戰爭如同罷烏美一樣，而他是一個外人。無論那一種光景，他的主人公總歸不是一個普通人類的典型。

　　「這書的失敗處，在一個主人公真實的創造和太厭世的意義，都是人們可以向著雷馬克加兩種重大的非難的。在全部的顛末內，可以攻擊他借炮火填場的佈景，展布扮鬼驗的浪漫主義；再者，內中附屬的這類穿插，沒有比它再不像真的了，但雷馬克差不多放任著竟至變成了象徵；他拋棄了自己慣常的謹慎，那麼在這章裡該表現加倍的你潔。

　　「但是——按文學來講我覺得這書最新穎，最完美的地方，就是關於食料和胃納的部分，這種品性天然的喚起，實實在在適應戰士集中注意，尤其是許多敘述，在保持本能上。在人和地母接觸的迫切攝取上；在人類生命一到了險界線，人回覆到了獸，回復到了獸的刁惡與狡詐上；在各種感覺從炮火連天中忽地倍增了敏銳上。就是那些敘述組織成了最特異的部分，也是最真實的擔任了國際集合的努力，一路追索到十五年，把來凝定戰時人的影像。」（注）

　　法蘭西是德意導的敵國，然而他的讀書界卻對於《西線無戰事》抱著好感。除了這一段評論外，有名的《木的十字架》的作者羅蘭。多爾紐列斯對《文藝週報》記者說：「這個作者的確是優秀的。作品能受法國人歡迎的地方，第一是沒有憎惡法國兵士的地方，而且對於法國兵懷著好意，所以法國人喜歡讀他。第二是這小說的筆致平明簡潔，不近於德意志的文章而近於法蘭西的。」

　　但是，在德意志反沒有得著好評，他所接受的全是肆意的誹謗，從他的由祖國而逃到瑞士的臺費斯（Davas）便知一切了。除了法國外，雖然

在英國和美國以及其它的國家都獲著龐大的銷路，但是沒有從法蘭西——德意志的敵人——口中發出的同情熱烈。只有美國的《讀書人》（The Boo man）雜誌上認為這書寫得非常乾淨而有力，使人讀此書後，便覺以前未曾讀過其它戰爭小說；荷馬寫海倫之美，雷馬克則寫戰爭的恐怖的一段評語，是英美國中稀有的批評。

日本自從秦豐吉的譯本出後，馬上吸引了十餘萬的讀者。因為日本文藝上派別的關係，普羅方面的批評家都以為沒有明白的把階級意識寫出，僅是一部帶著浪漫色彩的小說，所以，在戲劇腳本上，便把原作改了許多的原故，便是要藉此轟動全世界的作品來作他們唯一宣傳的工具。

以階級意識的缺乏批評這部書的，在中國方面有《摩登青年》第一期上祝秀俠的一段，和《大眾文藝》二卷三期上及《新文藝》一卷二期的一節。

祝秀俠說：

「這作品我承認它是『暴露』戰爭的作品，對於解決戰爭和緊緊地握著這戰爭問題中心的，則完全失敗，在作者的意識方面，自然還是小資產階級的意識，雖然作者用了許多自己的經驗和歷史放在裡面，但畢竟也和其它冷冷的描寫戰爭的小說一樣。

「最大的缺憾，還是沒有表明階級的對立，換一句話說，就是沒有階級的醒覺。作者如實地展開戰爭的種種，瑣屑而又不連貫，要尋出一貫的思想是沒有的。因此意識方面，是模稜，空洞，而不能充實。

「還有許多地方，描寫這主人公保爾的情感有近於獨自的毛病，這近於個人感情的調子，也是足以破壞寫著的結構。

「他們八個兵是一個個都犧牲了。最後保爾也戰死。在全書的收束裡寫著：『他面部上有一種安靜的表情，好像是在高興著那結局畢竟到了。』這幾句，是表示頹靡，消滅的傾向的。在連續的痛苦與難堪的戰爭中的兵士，希望著結局的自然是有，可是這憎怯的表示，就證明這兵士沒有階級醒悟與出路的確定。

「總之，這本書就大體上說來，只是描寫戰爭比較深刻，比較細膩的作品而已。意識方面還是不正確的。

「所用的技巧，也全是舊寫實主義手腕的技巧，僅是在活發與生動這點上，收著相當的效果。

「這本書是最近文壇上所注目的一本非戰小說，且有著驚人的銷路。雖然他是歐戰停後幾年才寫的，自然內容還是歐戰的一幕，而觀察第一次大戰的地方還是這樣的模糊，這未明確的指出這次戰爭之所以和將來的出路，這是很可惜的。」

《大眾文藝》上關於藝術劇社公演《西線無戰事》的通信中曾總括的批評說：

「它既是一部從真實的現實中所體驗得來的事實的寫實，藝術手腕上相當得到效果就能把它戲曲化，作者的意識不過是一個德國智識階級被騙到戰場的一個事實，自然說不到無產階級的意識，給讀者的整個感覺只是一些模糊的苦悶，和在乎根底可以有反戰狂情可以產生的材料，卻還沒有給讀者一個確切的解答。」

《新文藝》一卷二期的文壇消息內說：

「《西線平靜無事》的作者雷馬克是一個德國三十歲的兵士，生活的體驗，階級的意識，熱情的激蕩，和文學的天才，這一切使他在二十世紀文學舞臺上，無產派寫實主義運動中透露頭角。他寫這本小說，在動人的題名下，激動了時代的輪子，騷動了歷史的篇幅！」

這卻是在階級意識方面加以讚美，決然的把作者放在無產派作家群隊中，與前面兩段認為缺乏階級意識的批評又是一種觀察。

除了這三者的批評外，中譯本《西線無戰事》的譯者馬彥祥和洪深都有一段批評。

馬彥祥光在前序裡說：

「雷馬克本不是文壇上的人物，《西線無戰事》或者還是他的試筆，但是我們已經可以看出他是怎樣的一個卓越的天才了。……作者在描寫戰爭時，態度是何等的誠懇。他並不像其它的作者借著書中人物來發表『怎樣願意後人記好了這次的教訓，不再讓戰事發生』之類的愛國主義者的論調；他只將他冷靜的觀察所得，加以選擇後，一件一件的事實用他最忠實

而最簡潔的筆細細地敘出來，絲毫不掩飾，不誇張，而且在真理之外絲毫不偏愛地。……」

洪深在同一譯本的長約數萬言的後序中認為作者表示的「伴侶的精神」（Comradeship）是很值得讚美的。他承認作者雖未明白的鼓吹非戰，甚至有取嬉笑怒罵嘲弄挖苦的態度，雖然把戰爭寫得這樣的不堪。——然而一讀了他的小說，覺得自己不能再提著槍去殺一個人，這又是與中國和日本的批評異趣，以文上的「道德目的」（Moral Pnrpose）為中心的論斷並不曾注意於階級意識。

與洪深，馬彥祥兩人的論調近似的批評，還有林語堂在林疑今譯《西部前線無戰事》的序文上以為：雷馬克的書能轟動一時就是他能把戰爭的真相及兵士的感想活躍的赤裸裸地描寫出來，比如用槍尾刀戳入須戳在腹部，不在腦部等都是動人的地方。而且他承認雷馬克似乎表示他自己並不懂得尚戰主義和非戰主義，也沒有浪漫和古典的色彩，不過他所寫下的卻是人類歷史上的真真實實的一頁史實。很可以代表在中國的讀者們所形成的兩種——階級意識和純戰事描寫——批評。

根據日本黑田禮二的譯文，把《西線歸來》的原名改成《後方》，而在南京《中央日報》按期發表的華蒂偏在《關於雷馬克及其新作》一文中說：

「雷馬克的作品所以能如此風行一時，其直接的原因當然是他的描寫的忠實和魄力的高強。然而除此之外，我們當不能不顧到一個更主要的，更富意義的客觀的社會的原因；這就是他代替現時代萬千的大眾喊出了迫切的，強烈的心底苦悶和渴求。

「我們且看，在忠君愛國的高潔的信念的驅使下，世界萬千的大眾毫不躊躇地開始了連綿五載的互相的殺戮。各人為著他的祖國不惜犧牲了一切去戰鬥。在那長時間的殺戮戰鬥中，人類——不只是那萬千的大眾腦膜上所有象牙的建築和錦繡的圖繪，都被戰爭之現實的車輪輾成粉碎了！所殘剩在世界上的只是成堆的朽腐的骸骨和稀有的破碎的生命！這些殘留著生命的大眾在瘋狂過去，而恢復了清醒時侯，用『愛克司』光透射那『忠

君愛國』的神聖的戰爭，才恍然明白大家只在為國爭光的幻影下，被少數企圖為『世界的狄克推多』的魔鬼所統治，演著互相殺戮著毫無仇怨的鄰人底『提線戲』！所謂『仇敵』，只是抓著線頭的後臺老闆！『魔鬼』把善良的鄰人裝扮成的！這怎不使醒後的他們——大眾絕望而哀傷呢!?

　　「然而在這第一次『世界大戰』的鐵輪剛輾過，輪聲的餘波猶在人類的腦膜上顫震的今日，眼見得第二個戰輪又已在『必然』的軌道上開始蠢動了——這怎不使萬千的大眾戰抖而哀號，慘聲而絕叫啊！

　　「正在這當兒，我們的作家雷馬克以他最忠實而不摻成見的妙筆，描繪出那剛碾的鐵輪所留下的軌跡的真形，以及那在軌跡中埋葬的大眾的犧牲之真相。這對於萬千的大眾，勝過供給他們以優美豐盛的食糧。他代們們哭出了他們心底哀傷，代他們喊出了膽內的恐怖，代他們達出了肺腑的哀求。——雖然在作者本身都是未嘗意識到的偶然，然而正唯其是『非故意』的不然，更見得是客觀的『真實』。」

　　「這便是雷馬克所以成寫『時代寵兒』的最重要的，最富意義的，最客觀的原因。」

　　這一些批評都是關於《西線無戰事》的，對於與《西線無戰事》成為姊妹篇的《西線歸來》因為最先只在世界十六國內的十八家新聞紙上發表，而為了陸續刊載的緣故，批評在那短期內是難於見到的；而且在全文尚未刊載終了（？）時，對這位享著空前好運道，被稱為時代的寵兒的大作家，別人是不能忘予評價的。

　　不過，在法國方面，《馬丁報》的巴克倫氏及倫敦《每日郵報》（Dally mail）學藝部的部長那依德氏都認為《西線歸來》要比處女作《西線無戰事》描寫得更為深刻，更為膽大。日本方面，在《朝日新聞》未發表之先，便特別為《西線歸來》發號外來大大的宣傳；而且在各街市上豎起鉅的招牌，藉以引起人們的注目。實際上，在這部傑作還未出版時，已經用去了好幾萬元了。

　　在法國新聞紙上開始刊登時，篇首戴了法國舊時出征軍人而同時又是文學家的邦格蘭底一篇介紹文，中間有一段論到《西線歸來》說：「《西

線歸來》是德意志戰後的悲痛的寫照,是集中氣力的素描,因此,決不能捨去凝視他的東西的記憶能!這是歷史的篇章,是風習的記錄,是良心的檢討,是對於殘忍的過去的判決的處罰。以不安的將來放在前面而窒住苦悶的呼息的《西線歸來》是富有人性而且大膽的作品。是提高雷馬克的聲名,開始將來的途徑的東西。這作品不僅是富有刺激性的戲曲和表達赤裸裸的真理的藝術品,也是闡明因慘苦,流血,空想的破滅而付高貴的代價,以及敵國的少年時代的智識階級反對戰爭的殘暴而宣傳和平之正義的。」

自然,在美國的新聞紙上開始刊載時,那新聞紙也因為雷馬克的文字而獲得了暢銷。但到今年三月內出版時,美國新聞紙的權威,紐約《泰晤士報》的《書報評論》上曾批評說:

「世界已經獲得了一個偉大的作家──雷馬克。對於這個論斷,已經不再成為疑問了。在他很卓視地選擇的兩個題目上,雷馬克已經超越於同時代一切作家了。《西線無戰事》公正地贏得了它的地位,正因為它是在各種語言的譯文中描寫在戰爭中的普通兵士的最好的圖畫;現在,雷馬克在《西線歸來》中,更有力的描寫出了幾年戰後退伍生活中兵士們悲慘的故事。《西線歸來》而是比《西線無戰事》更美妙的書,因為它的第一個原因是具有一種闊的觀察,為了他的目的和意志而具有一種人生的更豐富的範圍;因為它之感動人,正如一個巨重的鐵錘重擊進人們的心中一樣。

「在描寫上說,《西線歸來》也比較是更優美,在技巧上比《西線無戰事》進步。從這冊續著中,它啟示了雷馬克無疑地是屬於第一流的一個『藝匠』(Craftman);是一個能卸使語言來表達意志的作家。在本書中,他描寫著活人,或死人,他的感覺是緊密,堅實,確定,而且易感的,神經過敏的。

「本書描寫的形式也仍然像《西線無戰事》一樣的,是探取的疏鬆的自傳式。但是,並不使人覺得討厭;而且只有使人覺得一步一步地同情於他的敘述。雷馬克正正為出了德意志少年人在戰後陷於貧困,錯亂的生活的一切,而他所感受的,別的國家內的青年也具著同樣的印象。正正像《西線無戰事》中所描寫的的一樣,他替全世界的青年人控訴了,而在機

械的戰爭的腳跟下炸裂起來了。他給予了全世界號叫的青年以聲息，控訴出了他從炮火下歸來後而沒有尋覓著他們要尋找的，而在退伍生活中，一切都破滅了，連那友伴精神也只有單獨在戰線上才有意義，其它的更難說了。他的觀察是清澈而透明，實開了戰爭小說的新紀元。」

　　在德意志呢。他的作品本是時常引起帶有軍國主義思想的政黨反對的，即是《西線無戰事》中呈現的非戰思想和暴露軍國主義的罪惡感沒有怎樣的厲害，早已在《西線無戰事》的銷行和美國環球公司攝製的影片放映上引起了很大的反對，何況在《西線歸來》中更尖銳化呢？因此，在法西斯蒂統治之下，他們的報紙，都認為《西線歸來》中從戰後生活而反射到非戰和反軍國主義，實際上是比《西線無戰事》更厲害。但是，他們卻也承認《西線歸來》是不遜於《西線無戰事》的新創造：處女作是以戰場為背景，描寫出遠征沙場的兵士們的經驗，時常把故鄉生活作為相互的對照；續作則全以退伍後的故鄉生活為背景，把退伍兵在戰後的德國社會中的情形栩栩如實的描出，時時把前線的經驗作為相互的對照；而同時，在非戰或乃至懷疑愛國主義一點的態度上，也比較的超於含蓄和溫和，所取的手法是暗示，而並不像《西線無戰事》之流於暴露。

　　從這些異樣的批評上，我們可以看出世界的各階級的人是怎樣的透視著作者和他的作品了。尤其是因為他的處女作《西線無戰事》獲得隆重的榮譽和龐大的銷路（單是德國已經銷上兩百萬冊。）所以對於他的續著《西線歸來》是更具歡迎的盛意；而在同時出版的文字有德文、英文（英國版和美國版）、日本文、冰島文（Lcelandic）、法文、丹麥挪威文、荷蘭文、新猶大文（Viddish）、義大利文、沙尼亞文（lithuanian）、波蘭文、葡萄牙文、西班牙文、羅馬尼亞文、捷克文、俄羅斯文、保加利亞文、匈牙利文、世界語、端典文、塞爾維亞文（Servian）、斯羅伐克文（Slevene）、克羅文（均巨維斯拉夫之一省）（Creotion）、芬蘭文、希伯來文等二十五種語言，再加上中國文，已經上了二十六種文字了。

　　因為他的《西線歸來》所享的國際榮譽勝過了他的處女作，使他在第三部創作上更要謹慎從事了，而且為了批評家和他自己都深覺到了他的續

作是比處女作顯著了進步，雖然已經同美國世界書籍公司（Cosmoplitan Book Cororation）的主編者法拉姆（Saul Flaum）訂立了第三部創作的契約（同時訂約者還有由舞女出身之法國當代小說家高勒黛（Andres Colette），高勒黛作品在英美風行一時，均為其實生活之寫真。她的新著，在五月內可由該公司出版。）但是，一時卻不能開始。他在簽字後向書局宣示說，他要在一個短期旅行中去加以審度地構思。

這樣，讀者假如把上面的批評和他的兩部作品參讀，我敢相信讀者更可以十足地認識雷馬克和他的作品怎麼很深切地握住了全世界數百萬讀者的心；而且對於他的第三部作品問世時，也更可以作進一步的鑒賞和批評了。

注：借用《東亞病夫》譯文。罷烏美即主人公（Paul Baumer），一作保爾。

後序

《雷馬克評傳》是校對完了。這書在作成的階段上曾經過三次的增刪。第一次的時期是想把他寫成雷馬克的生活，那時的取材特別是傾向於這方面的。第二次是想把他寫成雷馬克論，由此，便嬗變成了現在的名字。

本來雷馬克只是個在近二三年內以兩部戰爭小說轟動世界的軍人出身的新進作家，他的前途的遠大正是在一日千里的時侯，我便盲然地為他作評傳，似乎太誇大而且太早了。不過，假如你想知道雷馬克怎樣的創造著《西線無戰事》與《西線歸來》，假如你想知道他怎樣會獲得國際的聲譽，假如讀者想知道他的個性，生活和思想，假如你想深澈他的作品，假如你想比較容易而且深湛地瞭解著由他的作品和由作品改製出來的戲劇，（有日本村山知義的腳本，由馬彥祥的朋友譯出，由南京拔提書店出版，美國方面的腳本無單行本。）和有聲電影，（美國環球公司會製有西線無戰事的有聲電影，《西線歸來》的有聲片也正在攝製中。公司方面因為《西線歸來》原書較長，刻將《西線無戰事》的攝影權出售，專門用經濟力及人力改製兩部影片。）那麼，本書也會給你一點兒幫助。

為求充實起見，本書在付印後也曾再三增加材料，只要在印刷時便於增加的，都儘量的加入了。假如以後在國外和中國搜集了關於雷馬克的新材料，當於再版時加入。

評傳本是不容易，而且又是乾燥無味的工作，以我這不學無術的人來妄為置論，遺笑更是不小了，過去的四五年中雖然在社會科學，詩歌，小說上努過力，但結果呢，在近兩年來只流產《給愛的》（聯合書店），《三條血痕》（金馬書堂）等四部中篇創作，而十分之七八的精神都傾注在西洋文學的批評介紹和翻譯上去了。更兼以諸至好如衣萍，疑今，巴金，一波，良知，麟生，少頓，善生，心全，永觀昆仲諸兄及笑天，冠英，汝儀三妹均以從事論文勉勖，為酬報他們的盛意計，這本書便是小小

的微忱的表示。假如得著了各方的指正和鼓奮，那預擬中的丹農雪烏評傳（舊譯鄧南遮），《弱小民族與文學》，《戰後的世界文學》，《性愛與文學》都可以早早地作好。臨末，在材料的供給和出版方面還得了景深，贊華，鳳城，鳴玉諸兄的助力不少，謹此謝謝。並乞各友及讀者指正！

楊昌溪再記於上海，三・七・三一

編者注：本書單行本於中華民國二十七年初版現代書局發行

煙苗捐

　　反抗煙苗捐的風潮一天天的擴大了。張師長也覺得對自己的名譽不美，失悔早日不該聽信吳白林的鼓吹，忽然妙想天開地下了逼迫全體種煙的命令，而吳白林自己也覺得張師長的失悔對他不利。倒楣的，剛剛開始一個策略便發生了反響，其它的陰謀更不敢妄自向張師長建議了。張師長雖然覺得徵收煙苗捐是太過火了，但也不能全怪吳參議；假如從前不貪那一年幾十萬元的收入，便一點風波都沒有了。他覺得木已成舟，好壞還是讓它好了。然而他終於不放心，他忍不住地向吳白林說了：

　　「唉，吳參議，外面的風聲不好得很，煙苗捐是你獻的條陳，怎樣的處置才好呢？張參謀長主張完全免了，我覺得於我的面子上太不好。事已做到這步田地，我也不怪你，你總是永遠的為我好，我們想個好方法來處置處置！」這時吳白林正坐張師長公館寢室內的床邊上，默默地注視著正側臥在床那一邊揉拌鴉片煙的張師長。張師長說後便停下有金鑲嘴煙斗的煙槍來期待吳白林的答覆，在煙鬼惺忪的眼中，閃動著微弱的白光。

　　吳白林被張師長的問題所苦了，在自己早日預感的衝突和恥辱中，更證實了張師長對於他這次的獻計產生了不滿的意見，使他的心更難堪了。好在張師長並未如何深切的怪他，使他覺得張師長還給他留有一條生路。他知道眼前最大的問題並不是緘默，傷痛，哭泣，悲觀可以了事，應得本著「漢子做事漢子當」的精神來解決，因此他決定了將來的方向。

　　「是的，師長說的話不錯，我承認這次的錯完全在我一個人身上。……」但還未說完時，張師長卻給他插斷了。

　　「那裡的話！你誤會了，我並不曾說你錯了，」張師長極力的在表情上顯出，他並不曾指責吳白林的錯誤。

　　「不必那樣說，師長，我自己的事自己明白。我當初本來是為師長好，誰知弄得他們反抗起來。所謂謀事在人，成事在天，我們這回真倒楣了！煙苗捐並不是我一個人亂想出來的，從前我在吳軍長的部下當顧問時，也曾獻過這樣的條陳，都很順利的做下了」。他說後還長長的歎著氣，表示著萬分失望的樣子。然而又覺得自己撒謊是可恥，自己何曾在什麼吳軍長部下幹過事，早日還以××黨的真正革命青年自命，誰願意去為

軍閥作走狗而剝削民眾呢？但過去的理想已行死滅，叛道者的決心終於主宰了貪官污吏氣十足的吳白林。

「是的，你的話並不錯。但是，你要知道，一個地方有一個地方的情形。從前我在秀水駐防時，因為我的隊伍剛剛編成正式軍隊，弟兄們沒有飯吃便要搶人，所以我也曾用武力預征過煙苗捐。總之，一切剝削民脂民膏的勾當我張煥廷幹得多，總要不出亂子才成功！這回真倒楣極了，剛剛才派下去，他們就在圖謀反抗了。但是，既經做到了這裡，我們應該想法子弄下去。你不要怪你自己，老實說，軍人不剝削吃甚麼呢？」張師長自供的話使吳白林心中舒暢一點，因為師長對他還有好意。

「那嗎，看師長怎樣辦就是了。一面要對得起民眾，使他們不要過於感到困難，個個都願踴躍輸捐才好。一面對於本師的餉餽不致有若何的妨害。」吳白林的話是比那不曾講過××黨的人還漂亮得多，好像在師長的面前替民眾講情；實在他是為自己說法，免得張師長對他減淡信仰。他說後，便倒下床去側睡在張師長的對方，把一對眼睛斜視著在一盞小小的油燈上拌煙的張師長，一種新舊官僚慣有的媚笑在他瘦削的臉上浮動著。

短時，室內的光線是快要臨近黃昏的表徵，張師長的煙癮雖然過足了，但他的精神卻一點也沒有。只懶洋洋地把煙籤子向著拌成的煙膏上胡穿；假如不是吳白林和他把煙撐著，那盞小小的油燈也要被他弄翻了。吳白林曾柔聲細語地叫師長睡一下，但他在煙膏著了火燃掉後，又重新的把第二個煙泡子拿來拌弄罷了。霎時，張師長便呼呼的在煙燈旁睡著了。有煙癖的師長臉上的灰色，在黃昏的油燈旁更顯襯出了一種比死人還要可怕的灰白，使吳白林莫明其妙的感覺了一種恐怖。

「我怎的走到墳墓中？呵，這不是墳墓，這明明是張師長的公館！…………然而，那煙鬼死屍般的臉，恐怕比墳墓裡的死屍還要難看而可怕呀！…………而今我是怎樣的墮落呵！這樣的煙鬼，吸血鬼，也作了我的主宰！早日在狂熱的講××黨的時候，睥睨著一切，稍帶點土豪劣紳和貪官污吏氣味的人都恥於為伍，現在我竟自到了我所咒罵者的地位。假如沒有一種力和機會使我脫離這非人（？）的生活，我是永遠的沒有超脫

的一日呵！……我一生是永遠的矛盾，早日啟明和覺疑以為我是一個忠實的同志，要我來領導那次十五萬軍隊的反抗運動，我自己承認是不能擺脫小布爾喬亞的意識，結果，使自己與思想成了個極端矛盾的人。一直我變節的投到了土匪頭張師長的部下，唉，我更是於從前兩樣了。後來為了啟明他們鼓勵縣中的××黨最高機關來開除我的黨籍，我的惱羞成怒便幾乎使我留下了永不能磨滅的恥辱。好在吳與那幾個狗子不曾碰到他，假如不幸呢，他兩個的熱血是由我為他們殘踏的嘞！……現在，我為張師長獻的計畫顯著了一種失敗的現像，唉，為著我要滿足現實的甜夢，但願要成功才好。……」假如這個計畫成功了呢，以後我的地位更高，而張師長也更見的相信我不是一個飯桶的浮躁青年了。老實的，我早日在大學研究的經濟學，今天才有點兒用處，不然，這種新稅則是不容易釐定呀。…………過去的一切讓他永遠的在死滅中掩埋，沒要在我的行程中留著一點痕跡，免得我為了以往而覺得恥辱。…………唉！我要把捉住現實！」

　　他莫明其妙地在腦中幻想著過往今朝和將來的一切，雖然所幻想而回味的都免不了互相的衝突，但他是把生命和靈魂向張師長拍賣了，這一切又算得什麼呢？他為著張師長的鼾聲不能再幻想了，但張師長正熟熟地酣睡，宛如是躺在罪惡的世界上的一個豺狼一樣。吳白林向室內望望，使他更覺得孤寂，恐怖，在心中充盈著陰森的氣氛。在一陣沉默之後，張師長的鼾聲在他耳中寂滅，他忘卻了眼前的小小的陰沉世界，又墮入了幻想的深淵。

　　「一個人本來是莫明其妙的東西，比猴子玩把戲還更可笑，一戴上異樣的面幕便做出了不同的罪惡來。現在我還是有點靈性麼？呵，我還有點人性麼？我幾乎不能同答了。……甚麼叫布爾喬亞和普羅列塔利亞呵，現在我是倦於分別了。因為資產階級和無產階級要求的都是衣食住行性等等的解決，不過在欲望上有大小罷了，其實動機還是一樣的。早前我何嘗不捲著舌子為××階級的革命搖旗喊吶，但我始終是不能為革命犧牲，我不過是他們的同路人，對他們同情罷了。然而我相信那時自己也曾為革命衝動過，但我一占到治人的階級時，一切美夢都破滅了。我相信許多人站到

我的地位也不想再革命了！我想那些唱打倒軍閥和資本家，大地主的人一到有適當的機會時，也不能不站到自己所打倒的階級上去。因此，我現在便墜入了矛盾的地獄，使我自己一天一天的墮落了……。但是，墮落了又算得甚麼？誰不曾墮落了呢？墮落在社會的惡流中豈不是與沉醉在革命的狂熱中一樣的墮落嗎？不過大家所走的路道不同罷了？…………我想，假如我將來有當團練局長的時候，——自然張麻二還不容易推翻。——那時我的為人又是怎禓呢？比現在更墮落嗎？還是要為民眾做點事情呢？……一切早得很呢，將來再打量罷！……我想還是清明一點好，最好是不要討姨太太，因為我的妻子也是戀愛結合。不過，將來的事也說不定，做了大官的人是不愁美女的！……對於××黨呢？對他們要取怎樣的態度，將來再說罷！……總之，過去的，願他永遠的過去，我的未來是如何光明而偉大呵！……但是，別人會罵我貪官污吏，但一切不照閑的好，各人自掃門前雪！要幹就率性的幹過十足，什麼叫反革命，什麼叫布而喬亞，我不懂！……過去的讓他永遠的過去好了。……」

　　吳白林胡亂的幻想著一切，實在他的欲望是正燒著他的心，永遠沒有滿足的時候。他這樣長長的幻想了一陣，張師長卻還不曾醒來。他覺得頭腦簡單，而由綠林豪傑出身的師長是比他快樂，不像他這樣講過什麼主義的青年那樣的煩悶而苦惱。但是，在知識上他雖然此張師長豐富，他卻並不能永遠崇拜自己的知識，而自己反要伏首貼耳的仰承他的鼻息，在他的勢力下討富貴。他想到這些時，也不覺得臉上泛著羞慚的紅潮。在他剛要再墜入沉思的時候，張師長忽然從惡夢中驚醒，幾乎把倚在手上的煙槍拋在床下去了。

　　「師長，起來得了，天快黑了呢！」吳白林很媚氣的叫著。

　　「是！我不敢再睡了！我怕再夢見那些狗東西！」師長揉了惺忪的雙眼。

　　「那個些東西！……」

　　「唵！真奇怪！我夢著了一群約摸有五六千持著刀槍農具的農民，他們不怕死的向著我直奔。我的馬弁不住的放手槍，他們還是不怕死的向著

我直衝。大聲疾呼的要殺死張煥廷！殺死徵收煙苗捐的張大眉毛！但是，不久我便模糊了，彷彿有一個人用一把割麥子的鐮刀刺進了我的胸口，血不住的噴。因此，我便因著心痛而驚醒了……」。「這夢很不祥，唉，我張煥廷該不至死在嘉興呢！……「說著時，他的臉上還殘餘著一種極度驚恐所激刺後的灰白。

「唉，師長太過慮了！那裡會有這樣的厲害1！」吳白林帶著微笑向著惡夢醒來後的張師長。

「哎，不要開玩笑，現在的農民不可輕視，他們受了什麼革命黨的煽動，要起來反抗是容易的。你說你有槍，他們還是有呢！不過他們沒有團結罷了！假如起來站在一條戰線上，那勢力是不可輕視的！我看，參議官，我怕得很，我怕那個農民的鐮刀真正的刺入了我的心。煙苗捐還是放開一點好，聽隨他們栽種好了，不栽種的也不勉強，那樣，看可以把民氣緩和一下麼？……我還不曾對你說，昨天偵探回來報告，四鄉的農民和團丁已正式武裝起來反抗了。聽說擔任煽動和指揮的便是早前你派人去刺殺的啟明和覺疑那兩個造死的狗東西！他們決定要拼一死戰，假如要徵收的話，他們便要大幹起來。……這點逆錢我不要都可以，我要保全我的隊伍！我看，明天便下令與他們免了，隨便他們栽種，不加以強迫，栽種的再來抽稅不遲。你看如何？…………」

張師長說後凝望著吳白林，他自然伏首貼耳的承認了。不過，他的心中是比甚麼還痛苦，眼見得他的計畫又全部踽踽的失敗了。他從師長的公館出來後，一個人在回家的路上踽踽走著，宛如一隻被獵人射傷了的野獸，在他後面追伴著的是失望，悲哀，恥辱……

編者注：原文刊載於《絜茜》出版日期：1932年期號：第1期頁碼：73-147）

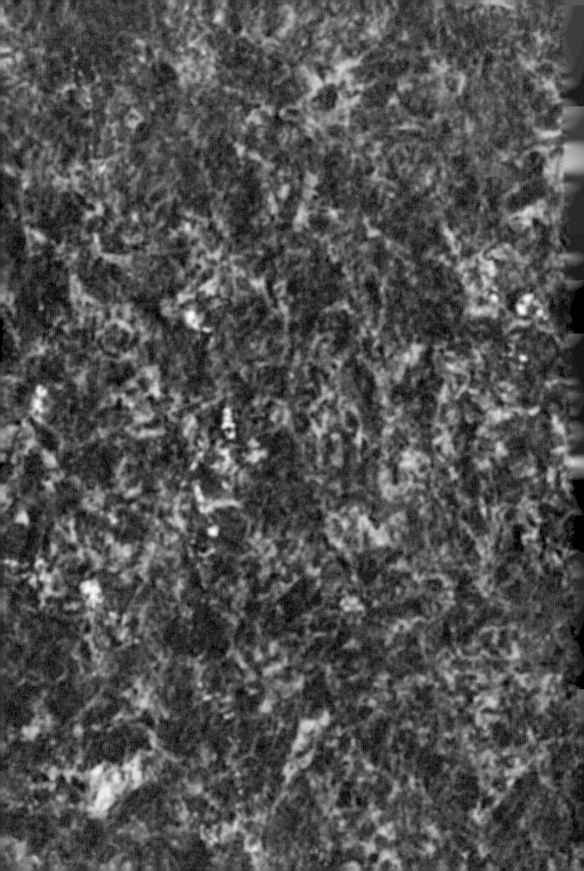

中國軍人偉大

自序

著者不是軍人，但常在軍中，一生同軍人接觸的機會很多，故敢冒昧來作這種他人未做過的嘗試。

我四年前在江西便有試作本書的企圖，但外力的刺激並不多，也只零星的寫了一點來發表。直到「八一三」淞滬抗戰發生，這一次嚴陣而英勇的應戰，把中國鑄成了一個碩大的巨人，昂然的直立起來。由於英勇戰士的犧牲和奮鬥精神的感召，我決心來完成本書。————尤其是我讀了俄國人郭泰納夫論中國軍人的書，使我堅定了迅速完成的決心；既然一個外國人能作他的觀察，身為中國知識分子的我，更應負擔起這個責任。

著者此書只是一種嘗試，本著「嘗試成功自古無」的話，本書也許是失敗了的。不過著者敢以虔誠的意思祈求各方直接惠函來指正。如果指示的是正確，無有不在再版時改正的。（惠示請暫由重慶商業場今日出版合作社轉）而且作者還想作繼續的研究，如果讀者願意作詳細的討論，或供給以實際材料及遺聞軼事，一經錄用，著者願以本書為酬。

再本來預備刊登一些此次抗戰實況的珍貴照片，可是因為銅版紙缺乏，只得以後再添。同時選作附錄的各種改革軍隊文字，也因篇幅限制刪去。然而著者總願有一日能將上述的一項辦到，至少是抗戰發生後一種難得的文獻。

臨末，對本書出版，在精神助力上應予以感謝的是巨良先生和文煥兄。而行驊兄擬擇一部分譯成英文，由其美籍夫人交美國雜誌發表，如果能使美國人加增對中國抗戰的同情，而給世界文化的毀滅者以打擊，那應致感激之忱的不只著者一人了。

楊昌溪

二十七年二月五日，時正敵機襲宜之次日

第一章　中國人戰爭思想之檢討

（一）中國先賢的戰爭觀

論到軍事，如果要在中國先賢的遺教中覓出一種確切的根據，一定是會使人失望的。因為在先賢中，無疑的可作代表的是儒家，而儒家的王道思想便是寄託遠肇於堯，舜，禹，湯，文，武的所謂王道思想。由所謂王道思想的繼承，孔孟一生所做的都是「祖述堯舜，顯彰文武」的工作。

孔子喜言「仁」，孟子喜言「仁義」；因此，在政治上所表現的主張，便是「德治與禮治」。孔子說：「為政以德，譬如北辰，居其所而眾星拱之。」即是說：為政者不在「武力」，有了「德」，人民擁護的情狀，正如眾星之拱北。繼承孔子思想的孟子，他更明白地說：「以力服人者，非心服也，力不贍也；以德服人者，中心悅而誠服也。」因此，孔子在答弟子詢問治國的主旨時，認定在「足食足兵」兩要素之下，不得已而「去時」，主張又是以「去兵」為先。孟子主張「善戰者服上刑」，又認為善為陣善為戰者是大罪，而是不以爭城奪地，闢草萊，殺人盈野為功高。孔孟的這種主張，即是所謂「王道思想」的表現，雖然並不會否認臣民伐罪的「仁者之師」的義舉，但已給予後世政治上以非戰的暗示，泥古的人們常是執一以概其餘。再益以儒家的思想數千年來素常被統治者御用作「帝王之術」，此種非戰的暗示自然深澈的影響到了政治上，從而士風萎靡，志氣消沉，不僅外侮不能抵禦，就是內亂也常感著缺乏鎮壓的能力。

老子主張「無為而治」，根本上連孔孟的仁義和法家的法治也認為是糞土。他生當春秋之際，諸侯互相兼併，戰亂不休，所以更進一步而嚴厲的宣導非戰之論。他認定是：「佳兵者，不祥之器，物或惡之，故有道者不處。君子居則貴左，用兵則貴右。兵者不祥之器，非君子之器，不得已而用之。」又曰：「以道佐人者，不以兵強天下。其事好還。師之所處，

荊棘生焉。大軍之後，必有凶年。」他的非戰思想，是由其「知止不爭」的論理思想而來，因此，他主張去兵以求和平。他去兵之術便是在以「柔弱克剛強」。不然，即使用兵以強制服人，也是不可久遠的；因為「樂殺人者不可以得志於天下」的。他的這種思想影響給予後來中國政治以重大的影響，其影響於國防的建設，可說與儒家的王道說具有相等的力量。

主張兼愛的墨子是強調著非攻的。他在「非攻上篇」論功的不利；在「非攻下篇」論功的不義；所有一切的議論，都在用嚴密論理，以及層層剖釋的方法以見戰爭的「不利」與「不義」。可是，墨子雖然非攻，卻完全是在反對私人的侵奪爭殺，和攻擊的對象在強侵弱；至於為了保障國家社會的生存計，必需具有抵抗力，實有嚴密攻備的必要。因此，他說：「凡大國之所以不攻小國者，積委多城郭修，上下調和，是故大國不耆攻之。」又說：「其為甲盾伍兵，何以為？以禦寇亂盜賊。若有寇亂盜賊，有甲盾伍兵者勝，無者不勝。」由他這假說法，再加上在〈備城門〉，〈備蛾傅〉諸篇中所論的守城備敵方法，一個國家只要不是在遂行不利不義的侵略戰，為了抵禦外侮而備辦的國防建設，是一個國家所必需要的。

上述具有非戰思想的四位中國先賢，每一個人在中國學術上都成了一家；而每一家的創始和擁護者又都僕僕皇皇，爭思以其道易天下。結果，如果某一學派的人得志，只要他的能力有足以左右政治的力量，當日的國防建設每每感受著他給予的嚴重的影響。

本來孔孟也正如墨子似的，僅在非難侵略之戰，而對於一個國家防禦守衛的抵抗戰，為了民族生存而發生的神聖戰爭，並不是一味的廢棄不被。尤其是孔子的「嚴夷夏之防」的思想，不僅成為中國數千年來民族意識的最高範疇，而日本能有今日之強盛，也是很得力於吸收到此種精神，從而發揚光大之。

關於孔子，固然現今激進的分子以為他的倫理思想削弱了國家的命脈，使人專注重於「家庭」而輕視了「國家」，不過，他的「嚴夷夏之防」的訓教所給與後世以民族意識凝固的影響，早為一般有識者所承認，我們是不能盲目的根本剔除。

自然中國的先賢們是標榜「王道」與「和平」的。可是在文獻中所表現的卻並不盡然，而在民族意識方面卻還是與別的國家一樣的強烈。所謂「和平」，所謂「王道」，那只是成了一種民族意識的最高範疇；對內是以「和平」與「王道」治天下，對外是以「和平」與「王道」去扶綏或抵禦外侮，絕不會純然站在帝國主義者的立場，以拓土開疆，窮兵黷武為能事。（如秦皇漢武的行徑，後世均一致的加以非難。）即如上述的以「和平」與「王道」相宣導的儒家，在承平之世固然是治平的輔弼。然而一至亂世，他們更顯出了他們之「實用」與「涉世務」。春秋一書中所記的「內諸夏・外夷狄」，不是當今德、意、英法西斯國家所標榜的「超絕愛國主義」（chauvism）而是我中華民族極早的民族主義最高原則之樹立。自是以後，我炎黃裔冑雖然數次忘於胡族卒能光復舊有山河文物者，都是收效於「嚴夷夏之防」的古訓。據已故國學大師章太炎先生的意見，孔子作春秋而多言齊恒與晉文之事的原因，因為管仲能「攘夷狄」，不然中國披髮左袵之歎，恐早成了事實，怎能掙扎到數千年後？繼後秦皇漢武之攘夷，以至歷次異族內侵之不能成禍，而一直到晉朝始有五胡之亂者，這九百餘年間中國之能或金甌之勢，都是源於「內諸夏・外夷狄」的春秋義之的遞相傳習，綿延不息。更是自此之後，中國雖有宋明兩朝的被異族征服，然而也卒能先複者，此九百餘年間之餘澤也還是春秋「內諸夏・外夷狄」之大義的效力（即管仲尊王攘夷之事）。

　　在中國文化遺產中有了這種凝固的民族意識，故中國能在經過多次外患侵陵中，經過多次的滅亡與復興，直能巍然獨存至現在。雖有「兵猶火也，不戢將自焚」的古訓，雖有古聖先賢非戰的主張，雖然在文學作品中有不少咒詛戰爭的描寫，但仍能循著所謂「之師」的途徑，在不侵凌外族的原則下從事於自國疆土的捍衛。

（二）中國古代軍事家的戰爭觀

　　近年來因為外患的頻臨，東北四省的失陷，以及華北的特殊化，緬懷著五千年來黃帝子孫的偉大文物，常常使人發生國脈將斷之感。然而三年

前蔣委員長發表的對外宣言，卻明白宣言「吾人以抱定最後犧牲之決心，而為和平最後的努力。」即是說，和平未到絕望時期，決不放棄和平。犧牲未至最後關頭，決不輕言犧牲。人們對於一個負有國家軍事最高指揮的人所發表的有「和平」傾向的談話，在群情激昂的當時是認為未足的。然而誰知這種「和平」的高唱是與「犧牲」相連的，並不全是在以「和平」的方法，屈辱以免「犧牲」。如果以中國慣用的熟語來說便是所謂「王道」。因此，試來檢討古代軍事家對戰爭的認識，對於他給予後世的影響，對於抗戰中和平與犧牲的瞭解是有很深長之意味的。

我們試一翻閱中國歷代的史冊，都是王道思想的表現。自然，伴隨著政治而為升沉的軍事學，也不得不以王道思想為標的。因為兵凶戰危聖人乃是不得已而用之。孔子在對治國根本的答問上，主張足食足兵，在不得已而去時，又以去兵為先。孟子和孔子一樣主張以仁義治天下，故曰善戰者服上刑；儒家的思想雖是在漢朝始成為中國的正統思想，然而在孔子以前的名將們的思想卻早也是王道的。——現在試舉孫吳，尉繚子，六韜三略等書中的王道思想，來作一個佐證。

孫吳的兵法十三篇，在真偽方面常是聚訟紛紜，但是至少可以代表當代的軍事思想。關於他的學說，宋梅堯臣評為「戰國相傾之說」，但是在作為始計第一的文中卻明白地說：「兵者，國之大事，死生之地，存亡之道，不可不察也。故經之以五事，校之以計而索其情。一曰道，二曰天，三曰地，四曰將，五曰法。……」這便是在與師起事之初，先審己量敵而計其勝負之情的意思，如能細校五事而索其情，則勝敗不難預測。但是他又把「道」列於五事之首，可見「道」之重要。據趙虛舟的詮釋說：「道者，天之所助，故次道。地可避而天不可為，故地次天。將可學而地不能，故將次地。有善將則有善法，故法次將。」那即是說，用兵者以能用「道」為先。因為道是「令民與上同意，可與之死，可與之生，而不畏危也」（孫子）這種道的解釋雖說是「有道之君」的本分事，但是歷代賢者之用兵，沒有做到這點便無所恃。我們試一細察孫子所言，頗與歷代有道之君底行徑相吻合。因為要令民與上同意，能可與之生死，非辦到節用愛

人，使民以時；與民同好惡；省刑罰，薄稅斂，謹庠序之教，申之以孝弟之義，然後可臻王道之境。這樣「王道之民，便會同心同德，尊君親上，如子弟之衛父兄，手足之捍耳目。」可以與之同生死，一切外患與戰爭都不用畏怯了。但是在實際的運用，孫子也並不是主張逸乎道的範圍以外，忘事窮兵黷武，而還是一本王道的思想，「全國為上，破國次之，」只要一翻檢孫子十三篇中，他兢兢焉常以多殺為戒，處處流露著惻惻恫恤之意。

與孫子同為人樂道的吳起，也同具有王道的思想。他說「道」是「反本複始」的，即行事物之所當行，而反求根本，藉以複還其始初之稟受。因為人之初生，渾渾噩噩本無所謂善惡，人人均能持「歸真返璞」之意旨，一切鬥爭均可逐漸戢息。又曰「義者，所以行事立功。」意即是說，行事立功必本乎心之制事之宜，如湯武之伐桀紂，因是順天人而伐罪，故可謂合乎義之戰。反之，「若行不合道，舉不合義，而處大富貴，患必及之。」這種不能修德之害，必至敗國亡身。「是與聖人綏之以道，理之以義，動之以禮，撫之以仁。」此四德為立國之基本要素，正所謂「修之則興，廢之則衰」是也。果能如此，不論制國或治軍，以禮教之，以義勵之而使有恥，因為人一知恥，勇便以生，而在大足以戰，在小足以守了。

尉繚子在論制國時之運用禮義廉恥，較之吳起更進一層，戰威篇說：「故國必有禮信親愛之義，則可以饑易飽，國必為孝慈廉恥之俗，則可以死易生。古者之率民，必先禮信而後爵祿，先廉恥而後刑罰，先親愛而後律其身。」此後只言王上者應以禮信親愛孝慈廉恥率其民，但是國不治而不能用兵，也即是未興師前的先決條件。

太公的陰符篇被認為詭辯之士及後之言兵者所借托偽造，但今世所流傳的太公六韜和三略，至少是後代依據當時事實而作；我們至少可以相信，那些去古未遠的東西，也可以供我們一部的參考。因此，現在也根據坊間的六韜三畧來略論到他所用以輔弼文王的軍事政治上的王道思想。他本是布衣而以魚釣干文王，文王載歸而立為師後，一切大計都聽命於他，極力「陰謀修德以傾商政。」試觀他在初對文王問天下歸從之道時的答辭，即已滿含著王道的思想而始終是與文王的行跡相合。他說：「天下非

一人天下乃天下人之天下也。同天下之利者，則得天下，擅天下之利者，則失天下。」這便是天下為公的思想。又說：「天有時，地有財，能與人共之者，仁也。仁之所在，天下歸之，免人之死，解人之難，救人之患，濟人之急者，聽也，德之所在，天下歸之。與人同愛，同樂，同好同惡者，義也。義之所在，天下歸之。」由此以推斷諸侯之心悅誠服而歸順於文王武王，我想都是太公之謀，正所謂同天下之利以得天下者是也。世傳黃石公推演太公之法以授張子房的三略，也還認為道德仁義禮五者為一體呢。

從以上所說的幾位名將的言論看來，不單是不以兵為得天下的利器，而且還諄諄然以道德仁義禮等相尊尚。其它如政治上所表現的，那自然更是王道思想底結束了。故爾，王者之師，每每是弔民伐罪，解人民於倒懸，或是為了鄰邦不仁不義，為了正義，不得不為了文化的感召而臨以干戈，只要一達到其預期的目的，便讓其自治而絕無領土的野心。我們今日之禦外侮，上下都是抱著王道思想，外而求國際之共存，並無侵臨的思想，內而自強自立，極力剔除沉迷陷溺昏邦亂懦的惡習。也許這即是蔣委員長所謂不棄和平與不輕言犧牲的一種思想上的繼承？

（三）中國戰爭思想給予日本之影響

在全面抗戰的今日，中國人心目中共同的唯一敵人，任何人也毫不遲疑的，答覆出透：日本帝國主義者。然而，日本何以能有今日？這是瞭解同文同種的人們所忽視而不能瞭解的。

中華民族的最高領袖蔣委員長會在一文中論到日本武士道的精神，作了詳盡而透闢的說明後，侃切地說：「要抵抗日本，就首先要抵抗他的武士道精神。」而且他認為日本的武士道精神頗資我們的啟迪；因為武士道的精神正如王陽明的知行合一學說似的，一經傳到了他們的手內，從而便增補了他們的民族精神，使之發揚光大而為立國之基。

日本的武士道是形成於接受西洋文化之後，那時正是儒家的學說和精神感召於日本文化最深的時候，她從而接取了儒家的修齊，治，平，思

想來建立社會；儒家「尊王攘夷」的思想來捍衛祖國；以忠，孝，禮，義來確立人與人的倫理關係：以廉恥來約束個人欲念，智，仁，勇，來鼓勵個人報國的精神：用法家的明是非，重賞罰來維持社會。----尤其是日本人常向世界所輝耀的武士道精神，幾乎是導源於儒家。因為武士道的內容是忠君愛國，尚或剛健，正直淡泊，所以武士道的主體即要武士們重禮，義，廉，恥，信，義，厚樸與熱情：他們有了儒家的講氣節，重義，明恥等思想之傳授，更增補了武士道的內容，從而孕育成了所謂日本國魂底「太和魂」。

從表面看來，似乎非戰的儒家不會影響到日本的武士道：可是，有了忠勇，構成了成功與成仁的事實現，今日日本軍人的自殺，以及民間的「切腹」精神，節都是與儒家成仁訓教有關係的，有了「尊王攘夷」的精神，使日本由弱轉強，由強而轉向成了帝國主義。

孔子雖不是軍事家，可是給與了日本軍事極基本的元素。若從他們對孫子兵法的研究，以及孫武子給予了的影響：他的珍言現今還被日本軍事家與政治家慣用著。因此，軍部在孫子的「攻心為上，攻城次之，」的感應下做出思想戰，在所謂「詭道」（孫子會有此語）之兵外附飾著「王道」的假面目，因此，在他軍事家的眼目以及宣示下，侵略滿洲是所謂「王道」，向南洋群島的南進是「宜揚王道」---在他們看來，「王道」便是日本的侵略所以異於其它帝國主義者的地方。

俄國軍人郭泰納夫上尉（cabt.Anotoe m.Katenev）在他們的「中國軍人魂」一書會認定：中國軍人忠勇精神白從唐時傳入日本後，以後一直增強，直至現在還是繼承者。他的觀察雖然僅局限於這一點，但看了上述的一切，在所謂武士道精神積極向中國國土馳騁之際，意味到時會有無限感慨的。

第二章　中國軍人的特質和精神

（一）中國軍人的偉大

　　從上述先賢的教訓看來，也許便是數千年來構成中國人愛和平的思想上底來源。不過，這並不能便消滅了中華民族的民族意識，而民族意識卻常伴隨著「嚴夷夏之防」的思想而升沉：因之，在上者還能具有足以誰係國脈的中心思想，而遂行戰爭行為的兵士，在潛意識中也還能為自國的傳統思想而犧牲。

　　為了中國歷代在政治上採取的都是愚民政策，故士大夫階級成了政治上的中堅分子；而歷代的所謂「養士」，也便是在培養協助君王統治的幹部，使其能盡臣奴的忠貞與犧牲。換言之，即使國家要士大夫階級來支持民族意識，把民樂視作黔首愚民。可是在事實上，士大夫們卻恰又不適於作民族意識的支持者。關於這點，陶希聖在他的《中國社會之史的分析》中認為不論是在何種統治情形之下，士大夫階級「在中國民族壓服或同化異族的時候，他們以宗族傳說隱蔽並消滅了民族意識。在中國民族受異族壓迫的時候，他們第一隻能夠借門第即宗族意識來保持血統；第二卻又因政治地位的爭奪，雖引進外力或屈服於外力而不以為恥。」這樣，在戰爭中犧牲的人自然是所謂愚民黔首：他們是與整個國家民族的利害無關係，而只是為了「重祿重賞」之所驅使，（此是管子用兵時的主張，以後的將兵者也是採用的。）在戰陣中衛鋒陷陣，爭進而無止。而那些居於上層構造的人物卻常是：居則擺出詩人和文士的風度，出則總綰師幹，直接擔負起戰爭的指揮責任。可是以這批僅具著薄弱的民族意識而又缺乏戰陣經驗的人來作捍衛疆土的工作，勝利與否只靠著被「重祿重賞」維繫著的兵士，其結果不是僥倖成功，便是不抵抗或一擊即潰。

　　可是，中國自古雖然不看重兵士，而在歷史上的若干次戰爭，又是非有龐大的兵卒不能遂行的。在十八世紀中葉，歐洲第一個研究中國軍事

學的位基督教神父愛米阿特（amiot）曾讚歎說：「多麼勇敢的軍人啊！多麼偉大的英雄啊！」或許他並不曾深澈中國兵士的素質，而只是看到兵士們犧牲的勇敢和壯烈，而中國兵士卻自有其偉大之處在：而他的素質和精神卻也有其特異出。也即是說：西洋兵士有他們從幼小時便培植起來的國家觀念，和死後天堂的幸福，日本士兵有他們忠君愛國的所謂武士道精神，中國兵士如果沒有一種特質和精神，軍隊的組織早已消滅了，怎能在過去的幾千年中抵禦若干次異族的侵逼？更不能在二十世紀時抗拒帝國主義者的侵陵。因此，在全面抗戰的今日，試來檢討中國兵士的精神和特質，至少是可以增加人們對英勇的戰士底瞭解。

（二）中國軍人與孔子思想

　　近來，因為中國要克服當前所有的危機，和拼力擊退一切外來的侵略，激進的人主張徹底地改革現有的各種社會機構。像宋慶齡女士在美國亞細亞雜誌（asia）中國當前的急務一文裡，認為中國社會機構正急劇地在變動著，要解決由這巨大的變動所引起的各種問題實在極為困難。因之她主張極應去除孔子的保守主義，把孔子的影響從我們的生活和思想中間連根拔出去：原因是他的教義完全建立在傳統上面，阻礙了科學和社會制度的發展。她的立論也無非是要使一向保守於家庭而不能為國家民族利益犧牲的人轉而成為捍衛祖國的鬥士，「養成軍人的精神，學習現代的軍事技術。」不過，在這一點上我有些不同的意見。

　　孔子雖是非戰的保守的，但是他的「嚴夷夏之防」和所謂「三綱」的思想卻是數千年來民族精神的支撐者；試一檢討中國全部的歷史，便知「嚴夷夏之防」的主張成了士大夫階級民族意識的基本要素，而所謂「三綱」便是民樂和兵卒們的最高倫理思想。西洋人常在不瞭解中國時便認作神秘，他們對這支持士大夫與兵士們的一種範疇是難於意識到的。可惜的是，過去這種思想並不曾強調而成為一定的策略，以致所謂國家的「養士」只是太養和卸用，求其能在外患頻臨，國家危亡時死難殉節，已是難能可貴，而兵卒門之能拼鬥以戰，並不是為了什麼民族國家，只是為了厚

祿重賞，以及他種私人的利益。

　　自然，我們對於孔子所留下的保守思想不能不給以廓清，這是由於後世的迂儒只膠著於他「法先王」的意識而弄成了泥古守舊，不法先王的都認為是離經叛道；如果能把他的訓教活用而現代化起來，中國當然不會像目前似的衰弱。圖元昔被人所攻擊的家庭觀念，而在日本人運用起來便不如中國似的流毒甚深：日本自以為國家機構之所以別於美國是因國家係由家族擴展而成，故能使民族膠固而成為目今所盛誇的「皇道」；中國雖有此種精神，但只定住於保守而不進取，故中日立國精神，由此便根本判別出來。

　　根據於上述的觀點，孔子的「三綱論」給於中國士兵精神上的影響是不得不述及的。孔子的三綱論是：君為臣綱，父為子綱，夫為妻綱。這三綱在歷史上所表現的事實是「忠君」，「愚孝」，「貞節」：其影響所及，成了中國社會最高的倫理思想；數千後由五四運動所舉起的叛旗，在雙手打倒孔家店的口號之下而要搗毀的便是這種舊禮教。但是，素來缺乏思想訓練的中國士兵，他們既是黔首愚氏，他們不僅被主上豢養著，他們又只為了虛渺的重祿重賞犧牲；而所賴以維持其組織與逐行戰爭行為的意識，如果不是忠君的思想在他們腦中朦朧的浮沉，中國早已是說不上有什麼軍隊的組織。

　　他們由於忠君思想的薰陶，在上是忠於君主或其高尚的領袖，在下是忠於直接統帶的將官。在研究中國兵士精神的人中，只有俄國的郭泰納夫在所著的《中國軍人》中體認到。他認為「中國兵士所以能夠激發起忠勇的精神和殺身成仁，因為他自幼秉承父母祖先的忠義教訓；這種忠義觀念，現在已成了全民族最重要的理想」。不懂過去的兵士是為此，就是民國以來，黨軍的建立者孫中山先生，他在精神教育上也常是以智，仁勇為骨幹：尤其是近年國防部隊的建立者蔣委員長，在他親撰的《步兵操典綱要》中，更是強調著上述的意義。因之，軍人們可以英勇而壯烈地捐軀於中國的邊塞蠻荒之地；他可以沉默的躺在內地的稻田和原野中；他可以在抗戰中從戰壕內跳出，舉起手榴彈來猛擊進攻的敵人，（此種英勇的情

形，曾引起歐美軍事家的驚歎，認為即是歐戰中也沒有此種奇蹟，西洋士兵常是伏於戰壕中，而絕沒有如此壯烈的勇氣和犧牲。）如果沒有超越的特質和精神，他是不會勇於犧牲的。中國先賢們數千來年諄諄宣導的「成功成仁」的訓示，在「時穹節乃見」的危急存亡之秋，我可以說，都在軍人的身上充分的表現出來了。

（三）中國軍人與英雄崇拜

德國哲學家黑格爾在他的精神史觀中提出了「個人階段說」，而認為「個人」尤其是偉大的「英雄」實為實現理性之最重要的手段。因此，他便提出了一種「英雄史觀」，他把個人的等級分為三類：第一二類的個人都是比較局限於狹小的範圍，和只對社會全體所與的道德上的任務；（即保存的任務）至於第三類的人，可說是「英雄」型的，它不同於保存的個人的地方，則在有世界歷史的人格，而是更高級上的一個個人。明白的說，他即是歷史上各個偉大的英雄。

所謂「英雄」，他乃是以偉大的個人供其犧牲，他自己的特殊的目的，就包含了評為世界精神的意志之實體的東西。他之值得後人的範式，純然是為了他偉大的事業。瞭解了這個前提，我們對於中國士兵從歷史上的個人──英雄──所感受的精神上的影響是並不足奇的。

中國兵士因為在歷代的愚民政策之下養成，對於先賢們的一些玄妙道理，不僅是與他們無緣，而且也是不容易被他們理解的；因之歷史上的所謂「英雄」乃至「豪傑」，都是他們所景仰而法式的人物。如三國時代劉關張的結義及其事蹟，影響到後世秘密結社的中心思想，以及兵士們忠義的觀念：《水滸傳》上的人物雖然大半是虛構的，但他們標榜的「替天行道」與「打富濟貧」的口號，即在若干年後，因政治不良天災所引起的農民暴動，仍是繼續著此種傳統精神，而由農民暴動中轉向的兵士們懷著同樣的思想，是自無疑義的。

尤其是關羽和岳飛，可說是在一般兵士中神話了的英雄人物。關羽是三國時代與劉備張飛結義以匡扶漢室的一員戰將，因為他的忠義精神，在

他被害後以至今日，長江流域的民眾還把他當作家中的主神而供奉起來。岳飛是以「精忠報國」著稱，他當日矢志以收復失地自誓，後因奸臣秦檜的主和而終於下獄被害。他以後和關羽都被認作神化了的「軍神」，特立專祠奉祀起來。因此他影響到一朝的統治者，每在開國之時總要重新加封而且去祭祀他們，藉求新社稷的保佑；對於一般兵士們雖不曾有過直接拜祀的事，但每一個與民間秘密結社有關，或參與過農民暴動的人物，無有不從「關公」的忠義精神感受影響；有了此種精神的感應，他們可以在對外抗戰中犧牲；也因忠於自己集團內的領袖，甚至在烏合之眾的組織內，也有著壯烈的犧牲。

英國歷史家加賴爾在他的《英雄與英雄崇拜》中認為英雄主義最後的一種形式是會使人們屈服了大家的意志去服從他的意志，虔誠地馴順皈依，他給我們以永恆而實際的教訓，時時刻刻在引導我們應該如何做。根據他的說法，可用以說明中國兵士對英雄的崇拜，乃至由他所仰慕的英雄底身上獲得忠勇義俠等精神的感應，並非是無原因的。

自然，英雄主義也不是沒有流弊的；如政治不良時所謂莠民們的騷亂，封建餘孽的政治野心，都可以說是與英雄主義發展有關。不過在這國不艱屯之際，中國兵士的待遇，無論在精神和物質上都不及西洋兵士的若干倍，然而他們還能效忠於中華民族的自衛戰，並不是全可厚非的。因之，對上述中國戰士具有特質和精神，我認為在全民抗戰的晨，今日，是應加以特殊意味的。

第三章　徵兵與兵的素質之改造

（一）中國歷代的兵役制

　　稍讀文化史的人，都認為人類的歷史純然是由各方面的鬥爭而構成的。世界人類既不能說無爭，那麼，「戰爭」便不得不有，人類既有戰爭，那由民族而構成的國家，便不得不有「兵」。所以說，「兵」是國家戡亂禦侮的工具，應為非常之備，在不得已時始用之；國家之有兵，並不是為了製造戰爭，乃是為了戡亂禦侮之戰而備兵。淺識短見的人，總以為戰爭之起源是由於「兵」，因此逐以「佳兵為不祥」而忽視了戰爭的起源──他們沒有看見「戰爭」與「兵」的關係，貿然以「兵」為兇器。固然，兵足以黷武，但兵竟為了什麼而黷武，怕不一定是領兵者的好大喜功，而原因卻另有所在呢。

　　「兵」雖然不是造成戰爭的原因，但戰爭的形態卻由「兵」所決定。古者，湯武之兵為弗民伐罪而戰；秦皇漢武之兵為定邊略遠而戰；北伐之師，為國民革命而戰；直皖奉直諸師則為爭奪私人地盤而戰；剿匪各軍為肅清赤匪，實行先安內後攘外而戰；這一切的戰爭，都是「兵底一種行為」，只是為了形態的不同，所以意義便根本不相同。故春秋之記載戰爭，「征」，「罰」，「侵」，「伐」等字義，在使用上都是很嚴的。否則一字之不同，戰爭的形態也呈現著異樣。現在正值二十世紀的四十年代，由戰爭所形成的恐怖程度，即使古人聽了，也必然為之咋舌。戰爭破壞的範圍連到百數十里以致全世界。下起海底，中連大地，上至空天，實踐這戰爭行為的「兵」，所有的數量不僅是悉及於全國男子少壯，甚至婦女也要武裝起來。戰爭底效力和範圍既有這樣的廣大，所以戰爭之不可輕啟，兵更不可妄用。

　　然而兵的形態，現代和古代沒有如何的差別，現代兵的種類反較古代為寡，種類的區別，也較古代為嚴。為戡亂而戰，為禦侮而戰，可以為一

國之利益而戰，可以為兼併人之國而戰，至於純全為一二人之好大喜功欲而戰，現在已不多見。我們推源其故，不是因為戰爭的進步，也並不是為了兵的變遷，更不是人類底信義日臻高尚，乃是決定戰爭形態的兵和兵底素質有歷史的變遷之故。

　　國民乃兵底源泉，兵底素質便是國民底素質：國民素質的變遷，也便是兵底素質的變遷。人的意識隨歷史而轉移，乃是相應於一時代的需求，不能從人以自由意志而決定。產業革命後，人的意識起了一個根本的變遷，中世紀以下的國家制度，已經應這種變遷而轉移了。國家制度一經轉移，兵制即使不隨之轉移，但兵的素質，必然地隨伴著人民意識的轉移而潛移默化。所以說，歐洲大戰時之兵，非付拿破崙之兵可比。我們試一追溯他的變遷，便知道其中有歷史的存在；假如兵制不隨著歷史而轉移，在現代戰爭中，不要在疆場上也便可以決定他的勝敗。

　　我國徵兵的制度起於三代。假如追溯他的起源，則先民未有弓矢之時，徵兵的雛形便已存在。夏殷寓兵於農，五丁抽二，或三丁抽一，儼然是一種徵兵制。降至周朝，軍制益備，軍賦是出之於井田，鄉士命為將帥，兵民不分，選擇有歸，練習有節，以致民無久戍之苦，兵無坐失的顧慮。這種寓兵於農，使軍卒在平時從事生產的工作，算是軍制極善的表則。故平時雖北有獫狁，南有百蠻，西有西戎，東有九夷，也都稽首聽命朝西周而莫敢抗命。然而到了春秋之世，完善的周制，逐漸衰敝，管仲相齊，作內政寄軍令，因兵農之歸一，尚能伐山戎，撻荊蠻，終為五霸之首。至於商鞅，便大變周朝的善制。好在他能令民什伍相收連坐，人民終於能在十年之間，勇於公戰，怯於弘鬥。直到發商說行，兵制便趨於大壞了。漢高祖取秦而代之以後，雖承秦法而行徵兵之制，但與周制仍然無大差異。所以漢武帝卒能使用寓兵於農的兵制，拓土開疆，發揚大漢的威振於海外。光武中興後，他並沒有拓土開疆的思想，他志不在遠，意只注重到兵不常聚，將無常員，故爾材官騎士，佈滿群國，有事便檄召而來，無事便罷歸田間，不致為國之累。兩漢之所以無敵國外患者，不僅由於軍隊之強，而實因綱維素具，備禦有方，陶冶得

法之所致臻，唐朝的強盛雖及不上漢朝，然而太宗時尚能實行近古的府兵之制，平居無事則耕於野，四方有事則命將以出，事解輒罷，兵散於府，將歸於朝，故爾士不至失業，將無握兵之重，。以後兵制壞番役更代多不以時。兵與醬汁尾大不掉，反成了朝廷的大阻礙。宋明兩朝的太祖都恢復民兵制度，如宋朝王安石之屬行保甲法，明太祖時劉基之軍衛法，都是採取唐朝府兵的遺意。只為了立法的不完備，或用人不慎積久而弊生，兵農合一的兵制，始終不能實現，卒至因備兵而敗國，成了不可收拾之勢。

我們細考中國歷代的兵制，都是以寓兵於農的徵兵為主，只要是清平之世，國家總常以徵兵而剔除一切的弊端。由三代至唐約二千餘年間，只有魏晉時的兵制是最壞，魏時不消說了，晉在承繼魏祚之後，因為三國時的混亂，兵制早已蕩然。又兼之以士尚清談，不習實務，所以只有崇尚招募。終至五胡十六國蹂躪中原，烏桓柔然突厥縱橫近塞，歷六朝而禍不息的原因，都是導因於兵制的蕩然，兵多招募的原故。漢唐以後，徵募有時兼用，然而徵兵的制度卻從未廢棄。明清武功不彰，沒有什麼值得稱道的。但兵制與當時的國家政制不牟合的，貽至海禁大開，西洋人甲槍炮威臨中土，於是遽然產生了新軍，購入武器之不足，又設廠自造；延聘外國教練之不足，又興辦水師講習所，那時變法諸人，更要圖謀變易政制以適應這種兵的變遷。實在說來，兵的形不可說不備，其勢不可謂不盛壯，怎麼辛亥革命事變一起，這種「完備」而且「盛壯」的兵反而傾覆了清室？繼後，北洋軍閥的封建分子不只是繼承了新軍的正統，而且又為新軍之創辦人。但是他們戰爭形態並不是為國家民族，盡人皆知是為了私鬥。上述的一切，原因不在兵器，不在戰爭，也不在兵制，而根本的原因乃在兵底素質方面。不然，人民的一般意識薄弱，社會腐朽，政治衰敗，雖然有堅甲利兵，實行辦到了盡人皆兵，這樣的兵也沒有什麼用處，正如書經上所說似的：「紂有眾億萬，為億萬心；武王有眾三千為一心。」因為眾志成城，便從而決定了紂王敗亡和武王的勝利。即是在二十世紀的今日，這個鐵則也遠不能破除。

　　兵的制度是由國家的立法所決定，一國的立法是適應於一國之國情，而兵的法制尤應衡量國家的國防情狀而定，決不可以任意左右。漢唐過去既已實行徵兵，後代又從而非之；法蘭西和德意志是實行徵兵的，但是英美兩國又不是絕對的實行徵兵制度。這竟是孰是孰非，一切都要受立法和兵制的限制，並不是由一個人的意志可以隨便左右的。我國自淞滬與華北戰役後，中國軍隊必須改造的呼聲，直如風起雲湧；大家所看到的，多著重於質而不重於量了。這種主張，正是切合時弊而無可非難的。然而所謂軍隊的質，究竟是指兵器呢？或是指兵卒呢？抑或是二者並指呢？我們雖然不敢輕重於其間，但是偶觀今日中國軍隊所急的，兵之素質居其首，而兵器的充實在其次。假如沒有良好的兵卒素質，縱然武器充實而與他人均等，恐也未足以禦侮。現代中國的兵卒，固然也有禦侮的戰爭觀，但是這些兵卒們所具有的戰爭觀，只偏於個人的熱情，而忽於對國家的理智；熱情縱使可以久持，恐在禦侮之後，未見有改於軍人現有的流弊。又何況熱情是發而不可持久的呢？

　　那麼，兵卒的素質究竟是從何改造呢？依我的意見：第一是安定社會；第二是恢復農村；第三是普及教育；第四是增強政府力量。因為社會安定而後人心安定；農村恢復而後民氣昭蘇；教育普及而後人民意識向上，理智充實；政府有力量，非但前三者可以推行無阻，就是凡百事業均有可為。四者具備，兵種水準自然增高，兵的素質，不教已屬良好；而對於軍事技術的訓練，戰鬥意識的養成，也必比較今日的兵卒容易實施。像這樣，徵集而加以訓練，總不至為烏合之眾，在戰爭形態上總可以儘量的發揮其效能。試看歐洲大戰中，在東部前線相持著的德意志和俄羅斯，他們作戰的兵士都是由徵兵而來，而且俄軍數量又數倍於德，從形勢上看，德國必致敗績。然而魯丹倫堡一役，俄軍一潰而不可收拾，反致因敗績而引起內亂，以至毀滅了俄羅斯帝國，這是一個兵底素質不良的一個很好例子。再如歐戰末期，德國和法國原有的兵卒都倖存無幾，因此，雙方都以服初年兵役的青年補充；這般青年既無訓練，又無堅固的戰爭意識，其失敗也無疑。後來法軍得美軍的增援，倖免潰敗，而德國即因

為這無訓練的青年徵兵人員而退卻乞和，釀成了偉大的政治革命。德國的教育和產業原都帶有很濃厚的民族主義色彩，而且一切的水準都高於任何國家，而在事實上還免不了為著原有兵卒之傷亡而致敗績，其它的國家更不消說了。

（二）軍訓與徵兵制的實施

從上所論，中國歷代差不多都是以徵兵為主要。只有清朝才全注力於庸兵制度，為了庸兵的腐敗，或許可以說，便從而傾覆了清室。清朝末年，直蘇皖鄂各省雖也嘗仿行徵兵制度，但都為了辦理不得其法而未收圓滿之效。改元以後，雖會擬出「徵兵計畫」有規定第一期實施於河北，河南，山東，第二期於各行省摘要區實行，第三期實行全國徵兵的擬議。但因政治未上軌道，也只成紙上談兵而已。一直到民國二十五年三月一日，才公佈了國民兵役法。醞釀多年的徵兵制度，到現在才算確定了。

關於全國人民服刑兵役的事，國府又曾於二十五年九月八日明令說：「圖強之道，首在足兵，近代世界各國，率行通國皆兵之制，我國古亦寓兵於農，卒伍之眾，出於盧井，後是專用招募，兵農遂分，沿襲至今，迄未革新，大多數人民安於罷渙，民族意識，坐是銷沉。且以養兵需餉甚巨，國家財力，絀於供應，遇有事變，仍慮全國幅員廣闊，不敷調遣。若非及時簡練民兵，改良軍制，其何以供戍守而固邊防。查兵役法前經制定明令公佈，自本年三月一日切實施行，現已由主管機關選定各師管區，應按照程式，逐步推進。茲特切申令，凡我國民，須知服行工役，為人人應盡之義務。際此國步艱屯之時，宜有發憤自強之計，徵兵制度，為充實自衛力量根本要圖，各國行之已久，急起直追，未容再緩，務期全國人民一致醒悟，共策進行，其依法應服兵役者，尤當淬勵奮發，踴躍應徵，於以復興民族，鞏固邦基，有厚望焉。」

從上面的命令，可以見出我們的國家是在這非常時期中強調了三月頒佈的兵役法，第一，我們可以看出，政府為了革除庸兵制度的積弊，企圖逐漸以徵兵制代替他。第二，為了應付國家眼前的或猝發的非常事件，應

積極努力於全體國民的明恥教戰，使全體國民都能在國家總動員時，英勇的獻身於國家。

　　中國的徵兵制度由來已久，古者「三時務農，一時講武」，實可說是國民實行兵役之始。後代因為歷朝崇儒，每以「士」居四民之首，把「兵」認為一種「賤役」，不算是正當職業。這樣的心理籠罩了一千年，社會上產生了「好男不當兵，好鐵不打釘」的俗諺，一個人除非個人的生活或環境，逼迫到萬不得已時，是不屑於去充當眾人賤視的「兵」。因為過去兩千多年的兵，是由召募而來的，所以多屬市井無賴和亡命之徒。這在一般稍有知識的士農工商看來，便認為當兵只是替少數人們去做護衛，去供驅使；除了為謀衣食而應募外，有職業的人都不願自輕自賤的去當這種廝養的兵。從另一方面說，凡是當兵就要把生死置諸度外，並要具有好勇鬥狠的殘忍性情，方能合格。這在一般善良怯懦的人，一定望而生畏，所以歷來的兵，大半可以說是流氓與流民的專業，很少有甘願放棄了現有的所謂正當職業，而去服兵役的。而且願意應募當兵的人，唯一心理，只求能維持目前生活，並借此去欺辱良善。如遇到戰爭，更可以發揮其平時壓抑著的殺戮掠奪的預期本能。這樣，過去國人之心理，其不願服兵役者，固然未能認識兵的真正涵義，即在兵的本身，亦未嘗瞭解所以當兵的責任。如此，國家雖然擁有眾多的國民，募有龐大的兵額，只是虛糜國帑，於國力的滋長，是毫無補益的。便是，所謂兵也者，是要軌干戈以衛社稷的，其唯一任務，也就是守土衛民。大凡一個獨立國家，領土主權，必定要完整的，如果一旦遇有外力橫加侵略，要想做到尺地寸土，決不喪失於人，固然是一般國民都有應盡的責任，然而兵士則應站在全體國民最前線。因為兵是有武器的國民，是負有使用武器去達到保守疆土的重大責任；同時也是護衛沒有武器國民的前衛戰士。所以兵的責任，是極重大，極光榮，是為國家民族的生存繁榮所寄託的。然而，如果說是像朱執信先生在「兵的改造及其心理」一書中所說似的，平時只為了維持生活，戰時又只在發揮其素昔壓抑的殺戮掠奪的預期本能，而在素質上又是流氓無賴，如此，即配置以近代的武器，又怎能望其能達到守土衛民的偉大目的呢？

現在國難已嚴重到了最後關頭，國民常以軍人不抵抗，或不能捍衛祖國來責備，軍人也常以國民不能作盾為憾事。其實，這些都是導源於傭兵制度，大家都把守土的重任加在不及全民四千分之一的傭兵身上，自然素質低劣的兵士不能達到衛國的責任了。「當此國難嚴重之際，領土主權，隨時都有被侵奪可能，我們要想發揚民族精神和鞏固疆宇，使敵人無從逞其侵略野心，唯一方法，只有我們全國民眾，都要做到能執干戈以衛社稷的一步：換句話說：也就是我們全國民眾，都需要立刻武裝起來，絕不應當再存蔑視兵的心理，或意圖規避，甘為懦弱愚蒙的人。我們應當以得服兵役，為無上的光榮，為最高的任務，踴躍應戰，一致奮發！這樣，庶幾足以應付當前的艱屯局勢，可以置國家於長治久安之域，而不隕墜。」（蔣委員長語）這樣，即是所謂「足兵」，亦即孔子所謂「足食足兵」的「足兵」，是全民皆兵的「足兵」，並不是常備兵員數千百萬的「足兵」。因為今日世界的戰爭，不僅是少數兵員的戰爭，實在是全體國民動員的戰爭。目前以常備兵的數量論，中國自然是甲於世界，但是就事實而加以推論，我國的兵額如「按人口來作比例，比較任何國是都少。因有許多國家的常備軍額雖低，但一遇到戰事，後備兵士，馬上可以召集起來，最高數目，幾乎可以達到全人口的十分之一。譬如日本，常備兵額雖只二十多萬，但在戰時，至多可召集到六百萬人。蘇聯的常備兵，現在雖只一百多萬，比較中國還少的多，但它到了戰時，最後可集中到一千三百萬人。它們這些後備，預備兵士，集合起來，立刻就是正規軍隊，並不需要臨時訓練。我們怎麼樣呢？不客氣說：除了現在有的所謂一百多萬（？）的常備兵外，另外一個兵士都沒有了。人民雖多，有何用處？臨時召集既沒方法，就算召集起來，也是烏合之眾。既云對外有事，所謂「外」者，它決不是等你把些烏合之眾練好以後，再來和你作戰。並且按中國的幅員來說，百萬以上的常備兵額，也不見得怎樣太多。所以「精」固需要，「足」亦不能是算是沒有問題。」（同上）中國今日所需要屬行的「徵兵制度」，也是要使全民皆兵，從而加強國家的軍備，使在非常時期可以實行動員全民去應付事變，不是以單體的掙扎去抵抗敵人集體的突擊和侵略。

　　迷信「王道」或「和平」的人，也許以為這是軍國主義者或黷武主義者的論調。不過，這也難怪他們，因為當今窮兵黷武的各帝國主義者，大都是實行的全民皆兵制度，只有少數國家是徵募兼施的。又何況他們目睹中國歷年來的兵禍，免不了要為徵兵的前途而懷著警怵之感。其實我們中國古代的被人贊許的文化，也不只是單獨偏於文治的，而是文治與武功交融的結晶。即如為講王道者所尊崇的孔子，也主張「足食足兵」，只能在不得已而去時，主張「去兵」，並不會絕對主張廢兵。而且警告為政者說：「以不教民戰，是為棄之！」所謂教民戰者，就是使民眾之耳目手足嫻習於五兵之器，六伐七伐之法，準備著非當時的使用。如此即所謂教民「知恥」，而「知恥」又近乎勇，知恥明恥即所以教戰了。所謂明恥的說法，也是單兵的意識之主要成份。因為古人是以「知恥」與「明恥」教人，如能做到「知恥」與「明恥」，便是實行了禮義廉恥四維的一維。古人所謂明恥教戰一話，是深澈了四維的精神，從而成遂著「明恥教戰」的偉績。不然，以不知恥明恥的人而強欲教以作戰，也等於是為淵驅魚，白白地犧牲了□□。

　　從前中國的古聖先賢教人，無論是家庭或社會與學校的教育，都是「文事」與「武事」並重，文武合一，術德兼修。不單是要使受教的人通曉文事，武藝也必須要懂得。因為一個人如果不懂得武藝，非但不能保衛國家和民族，就是要自衛或保護鄉里，也是不能辦到。然而為了後代崇尚清談，逐漸使文武分途，各行其是，馴至造成了重文輕武的風尚。如此「文武分途」，如此「術德分修」民眾的體力有焉得不日趨衰弱？國家民族又焉得不走上死亡的線呢？

　　蔣委員長說：「我們要做現代的國民，要從衰敗危亡之中復興我們的國家民族，就要矯正過去重文輕武的惡習，恢復古人「文武合一的教育」。要使全國同胞無論男女老少，都有武藝都能自衛衛國。」全是興我們的古人教人似的，實行的是文武合一的教育，例如英美法日俄，尤其如近代各新興的國家蘇俄土耳其與德意志，不僅男子要習武，就是女子也要習武，所以他們能夠發揚剛毅的民族精神，造成磅礴偉大的民族力量，完

成復興國家民族的偉業。因此中國的將來，只有"文武合一「才能挽救。否則「文武分途」，在國際上便不免有偏枯之感了。

（三）軍訓與兵役

中國提倡尚武教育以挽救衰弱，自鴉片戰爭後，便為一般愛國志士所盛道，然而所謂軍國民教育之總不能實現的原故，實由於中國的積極已至膏肓時期，非有猛烈藥石不能達其腠膚。如果只是憂國者的呼噪，而沒有巨大的外力壓迫，又何能見諸實行？然而在九一八後，因為外侮的日急，麻醉的神經，不得不因為東四省的失陷而起著一度反應；更是在一二八戰爭以後，感於新軍的調整，以及民氣的重要，若干年前所謂的軍國民教育，而今才以國民的軍訓代替了。軍國民教育的說法雖已成了過去，但是他的實質在今日各國還是不變，不過是另以新姿態出現了。中國拋棄了軍國民式的尚武教育而來作普遍的國民軍訓，原因是為了中國今日是非常時期，一切的外力緊迫是不容我們好整以暇；所以，普遍的實施國民軍訓其意義是深邃而且重大。

關於軍訓，如在德意俄以及其它諸國，本是極平常的事，因為若干年來便是在各種形式下實行全民的軍訓，用不著特別提出。雖然今年來，各國都在極力提倡體育與青年訓練，然而也正是軍訓志現，無非把軍訓的精神換個形態出現罷了。可是，在中國，不免在內而遭受封建殘餘的冷嘲，對外引起別國異樣的感覺。在最近一年來，好在一切的障礙已行去除，無論說是軍訓也可以說是體格訓練也可以，而精神都能保持一貫。恰如與波蘭，德意志，奧地利，捷克，匈牙利等國似的，退可以保持國內的秩序，還可以復興民族挽回國家的危亡。

然而我們也得了然於軍訓與兵役的意義。簡單的說，軍訓即是公民訓練之側重於軍事訓練方面的，也即是說：公民訓練是偏重於政治訓練而以軍事訓練為輔；國民軍訓是以軍事為主而以政治訓練為輔。根本的意義可以說是一致的，只不過實行的場合不同罷了。

　　據可公開的事實告訴我們，軍訓的目的是在實行了全民的軍事化，以期每個人都能為國犧牲捍衛外辱。而最大的要求是全國的民眾，只要到達一定的年齡不論階級與職業，都要有健全的體魄，忍苦耐勞的精神，充分的軍事知識，足以應付任何對外的戰爭。

　　蔣委員長前三年向湖南學生集中軍訓時說：「受訓的目的就是要救國」，其意義更為明顯。這種軍訓似乎與徵兵的意義近似，然而在實質上卻是同歸而殊途。因為徵兵的意思是要以「徵兵制」去代替「募兵制」，從而提高兵的素質，減輕過度的靡費，廢絕軍閥擁兵自雄的事實。可以說是一種有組織，有訓練，有酬報，有勤務，有定期的。全民的軍訓則反是，軍訓的目的不過是全國實行「全民的軍事化」。在另一方面說，在徵兵臨到時他們是預備徵調的兵，在國家對外有戰爭時，他們是預備兵，或是後防的維持者。

　　這種情形，在歐美各列強中，早已是行之有效的固定的國策，平時維持地方秩序，鎮壓叛亂，戰時服務疆場，為國犧牲，都已成了各國公民訓練中共同的目標。中國今日之流於半殖民地，公民訓練的無策。募兵的流毒，實為很大的關係。目前對這兩者的強調，所謂的非常時的非常訓練，是具有深邃而重大的意義。我們只要體會到前年（二十五年）中央頒佈的軍人訓練十條，便可知那十條是基於「犧牲自己，為國為民」的救國精神而制定的。現在將該十條中的捍衛國家，服從長官，敬愛袍澤，保護人民，盡忠職守，奉行命令，嚴守紀律，勇敢果決，團結精神，協同一致，負責知恥，崇尚武德，刻苦勤勞，節儉樸實，注重禮節，整肅儀容，誠信修身，嚴守信義等的精神，以之訓練軍人，訓練民眾，時日既久，必能發揚出所期許的救國精神。

第四章　抗戰與中國軍人素質之交談

（一）過去中國兵素質的腐敗

中國的先賢們對戰爭的忍耐，既是像上述那樣的常帶著非戰的成分，兵卒身分之在他們眼中，自然也沒有如何高尚的地位。

歷代的帝王們對待他們的部下，常是存著奴役的心理。而對於比較臣服地下若干倍的所謂人民。無疑是把他們視作「黔首」「愚民」。「黔首」和「愚民」占一個國家全人口的最多數，他們在平時胝足胼手的操作，以大量的生產供給在上的特權者的消費。所謂平時納稅，所謂為君主服役，所謂執平戈等，都是他們認為的設定義務，儘管他們從君主處得不了什麼恩惠，但一有徵調，無論是何種戰爭，在淫威下是不得不立刻實行的。

在過去的若干年流行著一種對兵士最惡毒的話語：「好鐵不打釘，好人不當兵」。細品這種語句，好像是徵兵度而徵兵制代替所發現的講語；但是帝王們既將臣民等視作奴才，其給予人們對兵士以壞的觀念，至少是自有戰爭以來便行存在，不過在近古以及近代為尤烈罷了。

「好男不當兵」的講話之形成，既有上述的政治上的原因，加以商業社會經濟的崩潰，以及政府的剝削，天朝饑荒等的迫害，走投無路生機缺乏的可憐臣民們，不得不變成流民和流寇；而新朝的帝王和有野心的人，便是在此等情形之下收集士兵，完成他們的企圖。如此流民們便只有親兵隊為逃離避所，以「當兵」作戰罷了。正好像朱執信先生在他的著的「兵之改造及其心理」中所說的，平時只為了維持生活，戰時展現其的殺掠的預期本能，而在素質上又是流氓和無賴；如果以之做為發展野心的工具；如此，而以升官發財發為最高理想的所謂士兵們，便可以從那發展預期本能殺掠奪的行動中實現升官發財的理想。依據這個觀點去檢討中國全部的戰爭史，春秋戰國是那樣，三國時也是那樣，民國成立若干年軍閥割據的局面下更是那樣。這等兵士們之與人民對立和隔絕，乃是必然的事。

有這種壞的思想，造成了過去中國軍隊的腐化。即建立新軍的人抱著
澄清的決心，但兵士在社會上的地位終沒有辦法提高起來；而前來徵募的
士兵，始終是家庭和社會的擁護者，正好像他們是只能用來造釘子的壞鐵
似的。原因自然是為了王道和平思想的影響，始終僅把軍隊當成一種特殊
組成，除了卸用打戰以爭城奪地外，似乎別的便毫無用處。直到如今，政
府企圖以徵兵來提高兵的素質之際，社會上流行的「兵役規避」，大半的
原因是對於「士兵」身分的不解。我們如果要運用具有良好素質的士兵以
抵抗侵略者，社會對兵士的鄙棄心理是及應根絕的。

（二）太平軍與中國兵素質之改變

在太平天國以前，中國士兵的腐化是無可厚言的。在洪秀全起兵之
後，因為滿清的士兵之無能，以致太平軍焉有六省之大；如果不是阻與黃
河的崩潰，早已是直搗北京而傾覆了清廷。

滿清因為防畏漢人的反叛，在軍隊方面而是以「旗兵」為主，目的
並不是在具了什麼「國防」的意義，而分署各省以鎮壓漢人，倒也是他的
第一主意。因之，「旗兵」兵員成了世襲，他們因為護國有功而世襲，逐
漸形成了「旗兵」的腐敗；他們雖是「皇軍」，實際上也不過為了「論
功行賞」，除了借赫赫的威儀以震懾漢人外，說不上什麼實質。至於用兵
餉招募來的「綠營」，這些漢人也無非想以「當兵」作職業，作為解決生
活困難的一個途徑。他們與旗兵似的，弄得暮氣深重；根本上說不上什麼
戰鬥能力。正如曾國藩在應求直言招奏中所說：「漳泉悍吏，以千百械鬥
為常，黔蜀冗兵以勾結盜賊為榮。其它吸鴉片聚開賭場，各省皆然。大抵
無事則遊手好閒，有事則雇無賴之人代充，見賊則望風奔潰，賊去則殺人
以邀功。」如此，這批兵卒們早喪失了作戰的力量，實際上成了平亂則力
不足，擾民綽然有餘的狀態。因之，在滿清的正規軍征討太平天國的所謂
「賊匪」時；兵卒們之無戰鬥精神，早已是由來已久的事實。

滿清「皇軍」既是如此的腐敗，所謂「養兵千日，用在一時」的期望，
在他們是對於現實的。這話，在太平天國起事後便獲得了一個確切的證明。

太平軍起義於滿清的極度壓迫，臣民生活異常痛苦之時明白的說，太平軍便是臣民的暴動。他們利用耶穌教為掩飾而掀起感天動地的革命，在中國歷史上可說是第一個以「宗教」為號召而比較成功的人。為首的洪秀全自立為「天王」，截取了基督教經典中的片段思想創立了一種反映當時國家和人民之特質的制度。雖然有外國傳教士只認為是基督教中的一種極端，但是在他的教義裡卻包含這一種宗教的成分，具有一種足夠鼓舞人們的理想，使感受著教義洗禮的人們隨時犧牲性命完成崇高的價值。——尤其是感染他的教義的「志願兵」們，並不會辨別教義的是否正確，仍然下意識的深受他的感動，不僅個人是如此，而且在整個軍隊中，是每個士兵都被引到最偉大的英勇行為去。

　　在洪秀全起事時，所謂中國的士兵們，不管是招募或徵集，都是以「兵餉」作為第一主義的；士兵們僅以「兵餉」的厚薄作為效忠程度的標準，大家在「重用重賞」的條件下被吸引著，精神的力量是幾為薄弱。直到太平軍勢力的崛起，因為兵士全是志願的，故能去除所強調的「重用重賞」原則，第一次從精神的理想方面對士兵個人加以訓練。以有精神的志願兵與純以兵餉維持的清朝募兵的對抗；宜乎太平軍是所戰皆克，能擁有滿清天下三分之二。

　　太平軍的志願兵底精神和思想訓練，在今日看來，頗足以加強建立新軍的意識，從而極其的改造兵的素質。而對於當日的滿清軍，仍然沒有新的改進；即使在討伐太平軍時新奇的楚勇，湘勇，淮勇，也並不會注重與精神思想的訓練。結果，三省義勇的腐敗，不得不被北洋新軍的建立所淘汰了。（北洋新軍是以腐化了的淮勇幹部作基本）

（三）國難與中國兵素質之嬗變

　　中國兵過去不僅在本國人的眼中視作「壞鐵」一類的東西。而外國人也因罵中國是「無組織的國家」的關係，更把中國士兵看成是有害無益的東西。這一切是由於數千年來對兵士的傳統歧視之所致，從而決定了兵的素質；他們在精神上沒有接受過什麼訓練，便只有像鷹犬似的被其主人豢

養著。

細考我國的兵制，可以說自皇帝以來算是兵制漸舉而器械漸好，在運用上也逐漸得了正途。以後兵制是採取「寓兵於農」的練兵方法。直到週末戰國的時候，因為諸侯各自企圖稱霸，釀成爭城以戰，殺人盈城；爭地以戰，殺人盜野的現象；井田之制廢後，徵兵無從根據，於是廢棄徵兵而為多量的募兵以雄厚其勢力，這種「庸徒□賣」的方法，造成了戰國混亂的現象。而一國兵員的數目常至數十萬之眾，如果把六國統算起來，數目不下千數百萬。如果仍然施行周朝徵兵制的制度，又怎能有如此眾多的常備兵員？秦始皇之能吞併六國，兵力之強可以說是其成功的大原因。他因為兵不足用，在徵調兵力方面，開展了兵之來源的新紀錄。在感覺正規軍不足之外。遂至發□，先發馳刑之類，次發賈人，治獄不直者之類，次以隱宮徒刑者以及嘗有市籍者，又其次是大父母有市籍者。他如此的殘酷，以及兵員素質的地下，因此在卒末時，由揭竿而起的卒所釀起的叛亂，終於不可收拾；秦始皇所謂的萬事天下，便由此斷送了。漢武帝以後，也是像是皇帝似的，毀壞漢初徵調的良法，而至選募罪徒以充郡國之兵。選募的分子來於勇敢，奔命，坑健，豪吏，應募；徵調的罪徒包括刁民，惡少，亡命，徒，犯刑，罪人等，兵的素質也是極為複雜。至於東漢，地方的兵完全出於招募，漢初寓兵於禮的法後，郡國無可仕之兵了，而東漢的所以召亡，便是在這種原因。再降而至於晉朝，因為每有征伐，征伐「僮奴」充當兵役，以後或以義隨興寶戶等充當兵役，使皇帝的制兵全成了「僮奴」的隊伍。兵制之壞，沒有比此更甚的，而兵的素質之差更不可待言了。隋唐的府兵制雖然很有寓兵於晨的古意，但是在唐高宗以後，因為久不用兵而府兵法制不守，軍士只有招募行之，往日更代番休的辦法便廢弛了；由是，外而各方鎮擁有龐大的專兵，制滅中央的權利，內而甚至宦官也能擁眾自豪，可以隨時競相招募。在如此情形之下，市井小人也可充軍役，不管他的素質是否良惡；馴至內外交亂，唐室覆沒，都是源於兵制素質的影響。

府衛之兵廢後，招募之制便代之面興了。以素質上說，三代之兵於府

衙是籍國內良民以討有罪，故他的素質較良；而招募之兵是收國內強悍之兵以衙良民，其素質之不良，與其行為之卑劣，自不待言。然而君主們終因由亡命之徒組成的「募兵」隊伍較之「農兵」更為「務實」而效忠，故不惜趨之若鶩，視作奪取政權及保障生存的唯一工具。

在唐亡後，代之而興的宋朝，在開國之初便採用招募的方法。開始招募時，度人才，□□□，試晚服，然後為瞻面，賜以□錢衣履而錄諸軍。而招募的來源也不是取於一途：或土人就所在團立，或以□五子弟聽從本軍或乘0凶募饑彌補本城，或以有罪配錄給役，因此凡是國內失業強悍的人，都全數收而為兵了。在國家無事時，食俸祿，征討；一旦有警急，勇者力戰鬥，弱者給曹晚（平時伉健者使之擔任京師禁衙，短弱者留作本城廂軍。）可是到了宋朝南渡之後，募兵的制度沒有變革，兵吏不能用；因為當時招募的不是遊手無籍之流，便是負罪亡命之輩。在國家乘平時，紀綱立，威令行，卻還能詁之入疆場而期其必勝；然在國家多故的時候，便不是這種素質不良的人們所能勝事。更是，南宋立國所侍的又只有東南柔弱之民，宋朝之不能抗拒南下的胡騎而超於滅亡自是意中事了。

在滿清統治時期的兵卒，除了「旗兵」被御用作鎮壓漢人的工具外，對於兵士個人的訓練，仍然是與過去的每一個君主們一樣的，只是在馴養一批足以鷹犬之能事的兵卒。他們的素質，恰如譚熙齡在府志中所說似的：「兵不輕戰，聞風耳則提攜奔走，去敵陣則畏縮不前。而用兵諸強又苦事灌不一，貪功嫉能，文員所招募壯勇。都皆市井無賴，不知紀律，不受約束，肆意搶掠。百姓畏兵，甚為為賊。」這因為兵的素質本來便不好，而且餉良大少；再加以平日缺額甚多，營官侵蝕餉良，士兵又不切實操練，故一到戰時，隨便的報募。騙之作戰；以如此無才無膽之兵，不說要他們抵抗初期的帝國主義者的侵略，既是以抗拒不怕死亡的太平軍，也是不能保其士崩魚潰。

直到曾國藩等起而討太平軍，才第一次以兵的素質與訓練為全。左宗棠的兵，只經二月的訓練便成為精兵，而在素質與訓練的方法上是有大關係的。

　　曾國藩的湘勇並不是好了不的的天兵，不過湖南西南山勢蜿蜒，土脊民貧，人民身壯多力，用於戰鬥，召而練之，易成精兵。可是，時日既久，也漸染了綠營習氣，直搗剿匪時，曾國藩自己也說暮氣太重，不能再用。淮軍是有淮北習見戰鬥，膽氣雄壯的團練而成，他們雖然因為常勝軍的關係，器械精力甲於全國，但左宗棠後來撐起「冗難教佚」，其實質上染有不良的習氣，以及缺乏精神訓練是可想而知的。

　　歷史告訴我們，雖然曾國藩，李鴻章，左宗棠等的楚勇，湘勇，淮勇在旗兵與綠營敗北之後建立了不少功績；但是，他們對於英勇的訓練仍然是蹈呪了傳統的軌跡，仍然脫不了關係的老套：故在楚勇與湘勇腐化之後又免不了有淮勇與北洋新軍的建立。

　　所謂北洋新軍的建立，可以說是中國軍事上接觸西洋科學精神後第一次的改革，也可以說是中國新式軍的第一個分野。如果沒有帝國主義者的侵略，中國軍事的建立恐沒有如此之快。

　　中國每一次軍事上的改進，都與外來的侵略有關。在鴉片戰爭時，清朝的官吏缺乏知己知彼的力量，只知道擺出「天朝」的架子，夜郎自大。當日英國海陸軍在華勢力既有軍艦十六，大炮五百四十尊，武裝汽船四，運輸船二十七，陸軍四千人；而且軍艦又各有快槍。可是，常日中國的軍器，簡直是不能相提並論的，炮是百年前的蘇式鐵管，笨重異常；陸軍有的之時弓，失，長戈，刀，劍，鳥槍，抗炮等，守護的兵士們習慣了以弓矢為利器，因恐不慎而使火藥爆炸，連極粗劣的鳥槍也不會使用。更是將較缺乏軍事知識了，兵士有無體格訓練，在使用著如此惡劣的器械去對付敵人的新式利器，其勝敗不可而言。雖然朝野上下會因這次戰爭而感受了一些刺激，但只至英法聯軍之戰時，對外的自大心理仍然沒有變更，以致敗喪而找不出真正的癥結所在。不說要這些兵卒們去抵禦外辱，即使以至於「不顧死亡」的太平軍對立，也是節節敗退；如果沒有曾國藩等義勇的代表，清室早在中葉時便被太平軍所覆滅了。

　　可是，這批所謂中興名臣如曾國藩之輩，雖明知幫助平亂的常勝軍的戰守功具是天下無敵的，但不能遽然冒險採用著「外咦」的器械。只有李

鴻章因習見之故，才建立了堅固的信仰；他統率的淮軍部將聶士成之能成為中國第一次用西法訓練的勁旅，完全是受了這種影響。可是李鴻章對於新軍的訓練也是不徹底的，對於雇傭的德國教練官，只給與虛名而不給與「實權」。如此，淮軍只在感受常勝軍的影響後，採用洋槍利炮，以為裝具，西洋精神卻並未學到。又兼人數不多，綱紀廢弛，直到中日戰爭爆發之時，所謂「尚堪一戰」的李鴻章的新式陸軍，也因諸將無勇氣，與指揮無方，兵士無紀律與戰鬥意識之缺乏，不能力戰而致損失奇重。李鴻章二十餘年苦心所練的精兵，在中日戰爭中如此輕易的敗北，不只是他自己不曾想到，即是日本方面也不是始料所及。腐敗而使用舊式兵器的旗兵與綠營，更不是日本的敵手。而海軍方面也因將佐不能合作，戰鬥力缺乏，抗拒不過將士勇敢，操練有素，臨危不亂，發炮命中的日本海軍。誇大的清廷自經過這次的慘敗後，才知道海陸軍不值一戰，銳意裁減綠營，招募新兵，購買外械，增厚餉糧；不過在事實上因守舊分子的牽制，缺乏徹底，與統一的計畫，直到義和團之役，中國兵士還有不少是用弓矢刀矛去抵禦別人的新式武器。這些都是兵士的素質未變而又缺乏精神訓練所致，宜乎弛也不能禦外辱。甚而到了滿清末年，他連鎮壓各省起義的民軍的力量都沒有，有不少便在危急時倒戈相向了。

辛亥革命的民軍的成功，似乎是應歸於「扶漢滅滿」的思想，但是仔細的考察起來，參與革命的民軍們，至多也只能在腦中浮著極幼稚的朦朧印象；他們之所以起來參加「反滿」的革命工作，僅是像過去若干次臣民暴動似的，還不免以升官發財，企圖實現其掠奪燒殺的預期報復的心裡為主。故兵猶是原有的兵，而在素質上全無改進。

試一回溯民國成立後成為大問題的所謂「裁兵運動」是乘了當日最難解決的問題。因為每一個所謂革命領袖所統帥的士兵，不管他是反正的綠營和新起的義勇，他們都會替革命多少出點力，如果要徹底的裁撤，不但以開過功績自命的將士們不易處置，即是一般所謂傭兵的統帶們，也想借武力以保持自己的地位，而在必要時作為生存的工具。

因之，在民國肇造後的二十年間，傭兵自豪的軍人之多，以及常備

兵員至三百萬之多，除了春秋戰國外再沒有可與倫比的；而這些兵士的素質，也和春秋戰國時代的兵一樣，只有時代的不同，而在實際上也純然是野心家爭城奪地的工具。

從上述的一切看來，兵的一切不免使人生恐怖，無怪乎十餘年前大家倡議著廢督而裁兵的運動。不過兵的職責原是在「衛國衛民」，而他們之所以弄到「禍國殃民」的地步，是運用者不得其宜，並不是所謂「兵」也者有如何的偉力。像上述太平軍的兵之素質及其兵制，雖僅以烏合之眾，卻能席捲清朝三分之二的天下。原因是由於：一方面有好的素質，思想的維繫，戰鬥的意識；而一方只是以豢養為主，因腐敗而敗北自屬必然。因之，我們今日在追述太平軍以思想訓練兵士之餘，對於自發生國難以來在兵士訓練之失策，不能不感覺喟歎，如果在鴉片戰爭後便注意及此，不會有中日戰爭時之慘敗；如果中日戰爭後在軍事上能有銳意的改進，決不至形成義和團的荒誕思想，替中國軍人留下恥辱，給全體國民帶上賠款的經濟枷鎖；而且，如果在北伐之後，軍人的素質便有普遍的改變，也決不會在九一八事變之際，在一夜中失掉了三省錦繡的河山。然而「多難興邦」，在帝國主義者高度的壓迫下，正是一幅強烈的興奮劑。像美國《太平洋關係學會的會刊》曾說過似的：「最近一年來更加顯然，日本在亞洲大陸侵略的主要成功之一，就是促進中國的統一和鞏固……無論什麼也不能像日本的壓迫所引起的民族自衛問題的緊張這樣加速這個過程的。」不然，中國的軍閥和政客們仍然不會犧牲割據的思想，而在一個政府領導之下精誠團結起來，鞏固民族國家的基礎；即使外來的壓力會引起「民族自衛」意識的昂揚，然而過程是相當的長，不會像過去事實上所表現的那樣迅快。而且，在這個加速的過程間，因為民族自衛意識的昂揚，在淞滬迸發了一二八抗戰，作了東方睡獅的第一吼聲；繼之又有長城的抗戰，使日本儷於大刀的威風而寒了膽，在一九三六年又作出了綏遠的英勇抗戰；在一九三六年的七八月又有盧溝橋和上海抗戰；到今日，更因敵人的侵略而在冀，晉，魯，蘇，浙，皖展開了英勇壯烈的全面戰。而且為了這「獨立的民族自衛」，使沉睡了若干年，飽受了欺凌的所謂「睡獅」第一次發出

了搖撼世界的咆哮；使病入膏肓的所謂「東亞病夫」，從奄奄一息中奮起而拿著武器與敵搏鬥；為了強寇的侵略，齊一了全國參差的步伐，凝固了散沙似的人心。這一切都是若干年來努力而不能實現的，今日又怎能在短期內趨於實現呢？明白地說：「都是日本帝國主義者加緊侵略中國的結果！」不然，睡獅的沉睡還不會醒，病夫還睡在床上等死，分崩離析的人心也還是想一盤散沙。這樣，我們應該感謝侵略者的禮物，他促成了我們英勇的抵抗。

這一些英勇而壯烈的偉績，都是由口素為人所不恥的所謂「壞鐵」們的頭顱與熱血鑄成的；在抗戰的前夜，千萬被人不齒，或許曾做過軍閥們鷹犬的兵士，為了一朝的抗戰，頓然洗刷了數千來軍人的恥辱，頓時改換了若干年來不能解決的素質問題。──即是說：中國今日的軍人，已由軍閥豢養的階級走到國家化的階級，兵的素質也因民族自衛底意識之昂揚而有了意外的改進，加速了演進的過程。如果不是由於國難的嚴重，對外同仇敵愾心的激昂，恐怕經過若干年在精神上的努力，而在素質上也不會因徵兵的逐漸施行而能臻於今日的地步呢。

第五章　中國軍人的戰鬥性

（一）中國軍人的戰鬥性

　　如果以儒家的非戰，墨家的非攻，老子的「無為而治」等思想來推測或論斷中國軍人的鬥爭情緒，不咎是難於成立的。歷史上雖有上述傳統思想的薰陶，然而在事實上，中國軍人卻是富於鬥爭情緒，在外侮來時還是極富於抵抗性的。

　　孔子主張治國之道在足食足兵，在不得已而去時才主張去兵，並不曾絕對廢兵；反之，他的「尊王攘夷」的思想卻成了中國歷代抗拒外侮的傳統教養。如果說，今日的民族主義是孕育於此，也並是不過論罷。——因之，在今日由於嚴夷夏之防的訓示，中國人對日本帝國主義者懷著很強烈的種族仇恨，從這種仇恨，使中國方面形成了最優良的鬥爭士氣。

　　中國軍人之富於抵抗性，在這一次全面抗戰中由事實上的表現，不僅引起輕視者的驚訝，即使國際的有識之士，也不得不另眼相看。因為中國在其悠久的歷史中，我們刻苦的祖先曾遭受許多外敵的侵虐，但始終還能生存的原因，是因為中華名族偉大的毅力征服過最惡劣的環境和條件。否則，如果沒有對外的抗拒力，我們不能從寒帶到溫帶（熱帶），在不同的地域下忍苦耐勞。在今日不僅是生存，而且還能繁榮昌衍，正在艱厄中展開劃新時代的一頁。

　　據美國《紐約時報》所載的中國作家林語堂的意見，認為中國士兵的戰鬥性是和日本的不相同。本質的說，中國士兵正像英美兩國的陸軍似的，全是帶著笑容在作戰，而且是隨機應變的人。因為你盡可以使用法國槍上的刺刀，或德國槍上的刺刀，或中國大刀去戳傷一個人的肋骨，那殺人的心理是一樣的。這種為軍事觀察家們所承認的中國兵士之戰鬥性，他認為正是神聖抗戰的支持者，即使不設防的城市遭受了敵機的轟炸，但是

精神上的勝利仍然是屬於中國的。拔菲（N.Peffer）也曾在該報上把中日士兵的心理做過一度比較，他認為日本人不是情願上戰場，而是不得不上戰場；而中國人卻有些不一樣，他們是願意戰爭的；雖然戰爭就是死亡，就是毀滅。但是不戰卻更壞，不戰就是投降日本。也就是說中日兩國人民的心理可以一言了之，中國對日本的戰爭是自下而上的，在下者督促在上者執行。不錯，像拔菲所透視的，正是中國今日的實情，因為自從九一八以來，國民便隨時要求政府立刻對日宣戰，而政府一直容忍到和平絕望關頭時，才決定犧牲以圖存。

中國軍人之富於戰鬥性與抵抗性，正像亨遜氏（Hansen）根據對研究中國兵士戰鬥多年的美國著名軍事專家的意見，認為「只要有所為而戰」，中國兵士是具有極堅毅而勇敢的，能刻苦耐勞的美質；在他有把握抵禦外敵的時候，都是勇往直前，而且沒有後退的。

不錯，我們再看了外人的透視，覺得在今日的全面民族自衛中，雖要在目前南京已經淪陷，雖然敵人正企圖建立傀儡政府以代替抗日國民政府，但是上面所述的中國士兵的美質，從南北戰場上所表現出來的一切，是永遠不會磨滅的；而且他們將永遠在最高統帥的領導下，為民族的獨立戰爭拋灑最後一滴血。

（二）軍人抗爭精神的偉大支持者

在過去，中國民眾正像非戰爭的先賢在文獻中所訓教似的，對戰爭總是加以極端的厭惡。從民國以來的內戰，常是直接給與民眾以痛苦；所謂派款，拉夫，徵糧，以及騷擾，踐踏農作物等，都是民眾不能忘記的切身痛苦。這樣，他們既對戰爭予以厭惡，而對於直接執行戰爭諸暴行的士兵，更是恨之入骨髓。以這種軍閥鷹犬似的士兵，要使之為國為民，又要獲得民眾的支持，那是萬不可能的。

自然紛擾的中國現在也不過恰邁著他的「初步」。一切的一切原用不著刻毒的批評，可是，在抗日的全面戰展開後，表現出的民族抗戰精神之偉大，並不是言語文辭所能形容的。

英國夢卻斯特導報駐華記者丁卜來（M.G.Timperley）對於中國人此次對日抗爭情緒，認為是正和世界大戰時的歐洲人民一樣，人人都滿著抗戰的精神，大家團結一致做政府的後盾，使侵虐者付出最大的代價來換取一尺一寸的中國土地。因此，他認定日本人不是在向一位軍事領袖作戰，而是在向一個忍無可忍，不怕任何犧牲決心抗戰到底的民族作戰。

在抗戰中既有了這樣堅固團結，抱有犧牲決心，而又有龐大人口的民族，和忠勇軍人的抗戰，可說是獲得了堅強有力的「支持」。中國軍人大多來自於鄉村，此次抗戰中民眾在糧食上踴躍的供應，無異於是在接濟他們自己的弟兄；年輕的青年童子軍不畏艱難的分頭努力於救獲傷兵，無異於是以救獲的工作補償了他們企圖殺敵的敵愾心；甚至平時沉醉於逸樂的小姐太太，以及紙醉金迷的舞女，拍賣肉體的妓女們，都挺身出來為為受傷的將士服務。民眾所表現的這種熱誠和服務的精神支援了中國軍人的抵抗精神，在每個將士的血液中注入了偉大的興奮劑。在一二八淞滬抗戰時，上海市民所表現的救援工作只是一方面的，此次義勇的市民卻荷槍實彈來參加保衛大上海的運動中。在過去的戰爭，人民是士兵後方的敵人，今日卻成了前線的同伴，為忠勇的將士們擔任運輸，情報，防禦工事，燒飯洗衣救護。此種軍民合作的精神，邁過了它應經過的程式，勝過若干年文化教養的力量。更是為了日本若干次對非戰鬥人員和不設防城市的轟炸，表面似乎破壞了國民的生活而又釀成「恐日症」的可能，然而在事實上反激發了民眾的抗戰的堅決心志。一批一批的戰士為國犧牲後，後繼者的抗戰情緒較之前撲者更加加強。

（三）戰鬥性受地理環境的影響

（a）北方的尚武與豪俠

中國軍人的地方性，如果以事實來說，至始沒有多大的關係；而且可以從歷史上找出不少的證據。在近代，不但中國人有同樣的感覺，甚至東西洋的人士在這方面也有透徹的預見。

在古代，燕趙是被稱作多悲歌慷慨之士的。我們知道燕趙的轄地有時是有變動的，並不僅局限於河北，山西及河南。這些地方之所以能產生悲歌慷慨之士的原因，我想是源於客觀環境的形成。當時的所謂燕趙之地可以說是中國對外夷的國防最前線，以遊牧為生活的外夷及胡人等，而隨時都有向中原侵虐的危險。所以當時趙武靈王的胡服騎射會傳為佳話，而各國繼之效仿，對於以後北方健兒的勇敢尚武，可以說有不少的影響。因之，在數千年來北方數省都以尚武著稱，乃至宋朝北方豪家的興起，沒有不是受燕趙和胡人及外族侵虐的影響。

我們再從歷史上考察，古代的軍事家都是出自北方，如大公望是呂國人，孫武是齊國人，龐涓是魏人，白起是蘄州人，吳起是衛國人。近古的岳飛是河南湯陰人。為什麼兵法家都是來自北部，是以北方較南方開化早，也許便是近代北人在軍事上征服南人（外族侵略中國的事實更是很多）而在政治上統治南人的關係。數千年以來南人統治北人的恐怕只有明朝的朱元璋是值得稱道的。只要稍一考察，此風直到明末清初還是沒有如何巨大的變更。

（b）南方人的戰鬥力

在清朝末年，為了抑制太平天國的崛起，曾國藩左宗棠的湘軍和李鴻章的淮軍之興起以北方軍人擔負起全國重任的局勢才稍有變異。但至明初至北伐以前根據軍政要津以統治中國的，還是以北方人占多數。太平天國辛亥革命及北伐戰爭之所以發生可見南人對北人統治的一種必然的反動；也就是說，正是兩粵兩湖及川滇精神為其原動力。到全面抗戰的今日其情勢還是如此。

現任香港大學教育學教授的英國人佛思特（Lanoelet Forster）在他所著的《中國之新文化》（New culture in China）一書中也曾論到廣東人的精神，認為廣東人最先接近西洋文化的關係，由於海洋的感應更增加了冒險的精神。因此他們很不注意「後顧」，而且只是注意於「前瞻」；與其說是一個牧師，還不如說是一個預言家，與其說是傳統的保持者無異於說

是一個激烈分子和改革家。

曾在中國居留十一年的日本南京總領事須磨，三年前返國後在發表的
談話和演講中認為支持今日中國走上復興之路的是「廣東精神」。

他認為在「中國不可動的自力更生的實情中」不可忽視的是「廣東精
神」。中國現在雖然已經不公開的講排日，但一般救國言論卻實包藏著極
深極強的反抗侵虐者日本的意思。這同當初革命精神大燃燒時代，對抗日
本的敵愾心，翕然洶洶於全民。我對這點會深作精神的解剖，我概括的把
此種中國的精神叫做「廣東的精神」。這種燒著進步統一而矢志恢復主權
之熱念的廣東精神，如離中國而去，則中國只有鴉片享樂和賭博。廣東精
神即是以廣東廣西為中心，在西南的天地中所育長的中國統一運動，起著
中國統一的作用，而奏效結實的。一二八上海抗戰，陳銘樞蔡廷鍇所率領
的十九路軍的抗日也是廣東精神的表現。

他之所謂「廣東精神」，也可以說是「客家精神」的表現。因為十九
路軍之所以能抗日，由於十九路軍的將領和士兵大多是「客家人」。客家
人是六期時代在中國北部漢族中最精悍勞動的一支。他們因為反抗當時的
為政者，以至被放逐到了西南；過了千餘年被虐侍的生活，在以兩廣為中
心，成為西南六省數千萬的大民族，到了今日蔚然而為「廣東精神」，仍
然保持著當日的精悍，勞動，反抗的精神。

他更是認為蔣介石先生之能成為統一現代中國的巨人，也於廣東精神
有關。主要的是以黃埔軍官學校為主幹，而黃埔就是最早在廣東接受中山
先生的革命精神。即是說孫中山先生在革命的途中，以廣東精神發動中國
民族革命，而蔣介石先生是本著他的革命精神，更發揚光大之，企圖完成
復興民族的偉業。

自然，日本人所謂的廣東精神，免不了帶有以地方性割裂整個中華
民族的團結，可是事實是鐵的例證，用不著我們來做無謂的批駁。所謂
「廣東精神」，可是說是使中國反抗精神的一種具象化；辛亥革命是此種
精神，北伐更是此種精神，抗戰也許還是此種精神的擴展。不過，我們不
應拘泥於廣東二字，把地方性的色彩來抹殺了他廣泛的意志；因之，為了

歷史上的相承，凡是具有革命性，抗戰精神的表現，都可以名之「廣東精神」。（此種認定本嫌牽強，但我是希望抗戰的精神能在抗戰中做多方面的表現。）

（c）飲食給於南北軍人的影響

北方民族的爽直慷慨，對於飲食常有關係。比如說：地方人喜食大蔥大蒜，所以他們性格常是爽直而痛快。（張君俊在其中華民族之改造一書中也有此種認定）又因北方的畜牧業較南方發達，營養品大多富有再造骨骼的鈣質和磷脂的肉食及飲料，再加以麵食的關係，故其身體多魁梧雄偉，體力足以使他們成為好戰善鬥。

在南方民族中，最富於犧牲精神的，第一要算是兩粵及兩湖，其次才算是川滇黔三省。兩粵方面除了上述的客家精神外，因為移民的關係，它至少還影響到了湖南，貴州，雲南，（69缺）

（上接69）曰北方的「尚保守性」。反之，移居南方的大部是具有反叛性（革命性）的分子，由於他們的影響成了南人的冒險性及尚進取。我們只要從祖狄，陶侃，岳飛，文天祥，史可法，朱元璋，顧亭林，洪秀全檢討至辛亥革命，便可知上面的觀察並不是沒有理由的。

（四）黃埔精神和廬山精神

論史記文獻人的常背，太史公雲遊名山大川，顧為文而具有奇氣。因為他牛於龍門，幼時感染了龍門的峻拔雄偉，二十以後又南游江淮。如果常人所說「山川靈氣」一話是有相當至理，也可運用來解釋建立黃軍以後興蔣委員長之一切。

他的故鄉是奉化。奉化有很多名勝，到現在也很可使他們想到以往。奉化周圍是山海，西南有一個雲寶寺，巍然屹立在連山最高頂上。寺附近，又突起許多的山巒峭石，好似環繞著的羅漢和尚；西南的「千丈岩」是瀑布的名勝地。那種萬馬飛奔的壯觀，遠勝過日光華的那種澎湃氣勢。只要春夏身臨其境的人，觀著蔥蘢的草木，鳥語花香，山間的林泉，山上

寺裏的曉鐘晚鐘，沒有人不認為是桃源仙境。在這種環境中產生出來的人物，應該是怎樣高尚而偉大的人物呀！

據《蔣介石傳》的作者石丸騰大的推斷說：「蔣介石是那樣富於睿智的眼神，或許就在這種俊美的山水畫面孕育成的呢？假如我們以奇蹟來象徵他的果斷力，那麼他的奮鬥進取精神，應該是受了千丈岩的薰陶呢？他在少年的時候，朝夕眺望連山最高頂的雲寶寺的雄姿，怎麼不就是造就他今日所以做四萬萬人的「民族英雄」的那種綜合素質能力，遠觀以及悟性呢？而且他訓練軍事政治的幹部，也常是與山川名勝有關。──也許可以說是：企圖借山川的偉壯來鼓舞士氣：只要從黃埔島，廬山，洛陽，峨眉山等地來觀察，就不難獲得一個有力的證明。國民革命士軍底幹部是由黃埔軍官學校訓練出來的。黃埔學校是在珠江口的一個小島上，後面負山，校門外便可望見浩瀚的港灣，港灣外便連接著茫茫的碧海，從波浪環繞的小島上孕育出來的學生，宜乎具有大無畏的犧牲精神。蔣先生初試鋒芒，領著以五百位幹部為中心的學生，（據廬山軍官訓練團第三期訓詞）外加許崇智兵三萬，巡警三千，對抗陳炯明的八萬軍隊。明清以來未曾失陷過的名城惠州，終於因為精神克服了武器而陷落了。再試鋒芒，又一股掃蕩了吳佩孚孫傳芳盤踞在鄂贛的大軍。而克服了武漢和南京。繼後為龍潭興汀泗橋的血戰，乃至北伐的完成，都充分發揚了黃埔學生犧牲的精神。否則沒有磅礴的魄力，單以北伐軍器械的窳敗，兵力的單薄，又何能在敵我懸殊的情勢獲得勝利完成第一期革命呢？日本著作家澤田稱讚黃埔學校的精神說：「黃埔學校中由蔣介石訓練出來的青年軍官，和那些反覆無常的軍人不同，變成了為主義不怕死的勇敢戰士了。」北伐之所以能殲孫吳等軍閥的勢力，都是這種精神的昂揚，而以革命的精神戰勝了敵方銳利的武器！

第一期革命完成後，正如蔣先生在廬山軍官訓練團第三期開學訓詞內所說：「從前總理傳承下來授給我們的革命精神，我們已漸漸喪失完了。因此要蒙受現在喪師失地，分崩離析的莫大恥辱。如果大家自認是一個革命軍人，那就要對於一般死者，更要特別負起革命責任。不但要使革命精

神復活，而且要使中華民族，要由我們廬山軍官復興起來。」明白的說，黃埔軍校的使命是完成第一期革命的責任，而廬山的革命是要完成第二期的革命責任。——掃除國民革命的障礙，再來收復失地，完成安內攘外的大業，盡到第二次革命的責任。而且廬山軍官訓練團的位址是在廬山南面五老峰海會寺的一帶。廬山以往只認為是仙山或有閒階級避暑的地方，誰又會想到曾在軍事訓練方面含有偉大的意義？然而經過蔣先生的慧眼，荒涼的山野，頓時變成了悲壯的營地。

軍訓團選的是星子縣境內海會寺山腰一帶的地方。海會寺本是五老峰下一個小小的廟宇，除了有閒遊南山的人去看一看血書的金剛經外，在遊人的心中也沒有多深的印象。然而，如今選定了那附近的地帶練兵，又的確有很深厚的意義：上有高聳而峭拔的五老峰，它突兀嶙峋的五峰和毗鄰的高峰，雖不及漢陽峰之高，而峻拔兀禿的形狀，正好作為第二期革命軍訓的象徵。而且面對著浩瀚的鄱陽湖，每晨觀著由湖中升起的旭日，也正好象徵中華民族無量的前途。（一九三七年抗戰開始前，日本川越大使回國後曾警告朝野說：中國如太陽之初升，日本如日之沒落。）在這種地理環境裡，而又從蔣先生精神教育中，日夕薰陶出來的軍事政治人才，宜乎氣魄雄偉，毅然的擔負起第二期革命的重任了。

星子的鄱陽湖本來是周瑜會文正部將玉麟彭練水兵的地方然而有了海會寺的軍訓。更可以看出他的偉大意義。——第二期革命精神的表現。

當日廬山軍訓是主要的目的為了「剿匪」，如果要在短期內殲滅盤踞在叢山峻嶺以負隅抵抗的共產黨，「爬山」和「耐苦」是必須具有的技術和精神。有了突兀峭拔的五老峰可爬，和由山腳到山頂上吃飯和大小便，及其它爬山的訓練，才可以達到進剿和追緝的目的。當日蔣先生在剿匪部隊訓練要旨中所強調的，第一項便是爬山的訓練。訓練的程式是這樣的：「凡令練習爬山的部隊，起初不帶行李和武裝，只需練習徒手攀登。第一星期至少練習三次，第二星期至少練習四次，依時增加，經過兩個星期相當的練習期後，即令其隨帶行李和武裝，並逐漸增加其重量……。」這樣，爬山的技術自然可以逐漸走向純熟了。

在當時，爬山的訓練是為了「剿匪」，即是在後來一二年，康澤先生主持的中央軍校特別訓練班，雖然仍是第二期革命的訓練，但為了臨近星子的五老峰的緣故，對於爬山的訓練，還是不曾放鬆過。那無路可進的突兀而峭拔的五老峰，該班為了鍛煉官佐員生的體格及爬山的技術起見，每半年必定要由主官率領數千人強迫的攀登一次，那浩浩蕩蕩的長蛇陣，但是從照片上看來，也就是一幅壯麗的圖畫。

其次在說到洛陽和峨眉，洛陽是中華民族發祥地黃河的一個名城。從前洛陽被認為居天下之中，從周朝以至後代，都成為中國文物上的要地。若要尋覓古代的文化遺產，在洛陽一帶是蘊藏不少。

從前吳佩孚曾在洛陽建造了一個碩大的營房專事練兵，他以後之所以能成為「大帥」，擁有十省地盤，左右大局，據說完全是源於洛陽練兵。而今中央在洛陽有中央軍分校，和空軍訓練至少也是借用名都偉大的歷史性，和山川的形勢來訓練國防前線的戰士。

峨眉山市中國的仙山，是五嶽以外的高山，從「峨眉天下秀」一語中便可想像出他的清秀。然而蔣先生又為什麼選擇「秀麗」的仙山來訓練慷慨激昂的戰士呢？

景物原是死的，一切在乎人的活用。比如在廬山軍訓的中秋賞月時，蔣先生曾指示要與部下「共甘苦」，使他們都能用景物來陶冶性格，將那種腐敗野蠻的娛樂一概減除，而代以新的正常娛樂，是他們都能夠培養著一種向上發揚的高尚精神；而且賞月也不是像一般騷人志士才子佳人似的，一看到月就發悲戚或閨怨；看到月就發生月圓人未圓的嗟歎。在一個革命軍人，看到天上月圓時，應想中國的「統一」問題。這樣，看月是有莫大的意義了。——而在峨眉山軍訓團的賞月時，更附加上了民族復興的意義了。

峨眉山儘管是天下之秀然而寺廟的命名卻比廬山雄壯的多，以雄偉見稱的廬山倒有秀山峰寺，妻賢寺，而天下之秀的峨眉山反有「伏虎寺」與「報國寺」呢。

峨眉山軍訓的目的是偉大的。一二三期調訓的川康滇黔等省區的軍政人員，數目不下一萬五千人。叱吒一時的四川軍人如楊森，劉湘，鄧錫侯

劉文輝等還只是當了個附屬師長，如唐英等只當了個連長，餘下的排長連長，至少都是旅團長。宜乎蔣先生說：黃埔軍校是完成北伐，廬山軍訓是完成剿匪，峨眉軍訓是完成民族復興的偉業呢！

蔣先生當時在峨眉駐節的地方是「伏虎寺」，可以說是象徵著「民族領袖」的意識。軍訓員生住的是「報國寺」，象徵著這些擔任民族復興重任的戰士們的前途。——在這種精神感召下，川滇黔三省受訓的健兒們，如今大部已在全面抗戰中，在淞滬及晉冀魯蘇皖等省擔任最前線的戰將，做出了壯烈的犧牲，不會辜負了蔣先生的教導。

（五）中國軍人的進步

法國詩人兼外交家克萊德曾說：「凡曾由中國內經過者無不認知中國人秉性之明敏，以及消極抵抗力之大，世界各國如果一致為之聲援，其抵抗侵略者力量之大，自更不言而喻。」他的話雖是透視到中國人的精神，但是，他不知道中國人並不是全像印度甘地的不合作主義的，他在和平絕望之時，還有積極抵抗的偉大：與其屈辱求饒，寧可殺生成仁以全其名。這是中國歷代先賢所訓示的。

這一切，在全面抗戰發生後，由軍人所鑄就的壯烈事實，是證明了積極抵抗力的偉大。正像德國國防部所認定似的：中國軍士以落後之器械抵禦依恃機械化侵略的敵人；雖然在日本海陸空軍聯合進攻之下，兵士們的抵抗的決心，絲毫不為機械武器的威力所撼動。

但是，一般素來不齒中國軍人的人不免要發生疑問：「他們究竟是為了什麼原因能表現出如此壯烈英勇的偉績呢？」我認為其它原因雖有，而抗戰意識的激發是為最機要的因素。有了這種最大的共同目標，全國軍人不論他過去是如何的素質不良，不論他是被（78缺）

（上接78）步，恐怕自有歷史以來，中國的武力以今日最強。因為軍人這樣一致愛國，這樣勇於犧牲，在歷史上實在是空前之事。這五個月的經驗，中國有敗軍而無敗將，有戰鬥力脆弱成指揮不好的部隊，而絕無不奉令不應戰不犧牲之部隊。所以自消極的意義而言，中國的道德和精神，

已達到歷史上空前優良的程度，何況多數部隊，那樣耐苦，那樣勇敢，在武器不良，接濟不好，工事不堅，交通不便，種種壞的條件之下，和暴敵那樣惡戰，那樣堅守。這以精神意志論，實在是世界各國所不能，不僅是我們歷史上之所未有。有了這種精神，即使最後剩一寸土地，一顆彈，也必會留最後一滴血而後止。

　　自然，這些並不能完全表現出中國軍人的進步和優點；因為在南北戰場上的戰績上，在失利後的再接再厲上，在非純粹機械化以及交通落後，給及缺乏，待遇不良的狀態下，早已做出中國軍人的進步和優點底實和成績，從文字上是不能表現於萬一的。（其它的進步和優點，分別在前後各章中敘述。）然而，無可諱言的，在軍事上我們也表現不少的缺點，如像關於指揮，戰略，和政治訓練都有在不利的戰爭後積極加以改進的必要；如此，才能保持軍人以往在抗戰中的榮譽，才能求得全民族的自由和解放。

第六章　中國空軍的戰績

（一）中國空軍的發展

　　我國空軍的發展也與陸軍似的，雖然西方的精神輸入甚早，但是他給予軍事上的改進，較之他國卻是很為遲緩。從歷史上加以追溯，在民國前六十五年中國便從西洋校入了航空機的模型及其圖說，閉關的中國從這時起才算有了航空的觀念。之後雖有日俄戰役時兩國編成的氣球隊給予清廷的刺激，民國前三年雖有法國飛機是在京的演示以及留日英兩國學生的自製飛機的試飛，（實際上也不過是一種玩藝兒。）直至辛亥革命時，中國還是一架飛機也沒有。反而被革命軍方面用奧國飛機來攻擊北京。

　　民國改元以後，對於空軍的設置較之滿清時代當前有了進步。但是因為南北，干戈未息，所有飛機的購置，全是為了內戰而使用，每一個軍閥添置飛機和訓練駕駛人員的計畫和目的，全是以私人的需要與財力為轉移，數不上是整個國家的計畫。當日在北洋軍閥內訌時奉軍漸知空軍效力的偉大，因此不惜鉅資購飛機，創機場，辦學校，大有雄飛宇內顧盼無人之概，而關內的直魯二系軍閥也漫無目的從事鋪張而成績較之奉軍卻差得很遠。可這些在奉，直，魯三系軍閥下所配置的飛機，並不會在對外戰爭上顯出什麼威風，反之，在內戰時倒還能顯現轟炸的能事。最後因北伐勝利而統一了南北在航空救國方面繪作出了一種發展的計畫。不過為了統一的不能徹底的做到，各省地方當局的傭兵自重，有各自購買飛機以作封建軍閥的美夢。九一八及一二八的教訓使全國上下都銳意於軍備改革，特別是空軍，在蔣委員長的策劃下，已經具備了近代化的規模。因之為了空軍方面數年來的銳意建設，在民國二十六年的八一三抗戰之後，開始能同近代化的陸軍似的同樣做出了讓歐美人咋舌得成績。

　　在全面抗戰以前，日本並未如何想到中國的空軍會給他的空軍施以激烈的還擊，因為中國的飛機數量還不如日本，而在戰鬥經驗上，並不會有

過若干次的實地經驗，但是空戰的結果精銳的日本木更津航空隊，全被我英勇的空軍殲滅了。統計我空軍自奮用迎戰以來，八九月份擊落敵機六十餘架，擊毀敵艦十餘艘，如果加上近數月來的成績，當然更有可觀。

（二）飛機將軍的戰鬥力於抗戰情緒

關於中國空軍的實況，因為涉及到國防力量，在這裡不便細述。但是，在這立體戰爭的今日，國際間對於我國空軍的數目以及作戰能力，較之我們中國人也許還更注意而明瞭。因之，介紹外國軍事家的觀察批評，並不是沒有意義的。

美國寇帝斯賴德航空公司代表華倫於一九三七年八月二十五日由遠東返國發表談話，認為「日本軍用機械能多於中國，然而中國空軍人員的技術，高出於日本遠甚。」在中國空軍發展中有過很多協助的美國人，她的軍火商代表的論斷，而是有事實依據的。

記得在二十六年九月八日的夜襲，其戰鬥技術引起某外籍軍事專家的讚頌，該次夜襲是八一三淞滬抗戰發生以來的第十一次據觀戰的外籍軍事專家追述中國飛機襲擊敵方的情況說：「余研究空軍戰術者，故處此危險時期，仍不時參觀中日戰術，綜觀數次中日空軍搏鬥，中國空軍戰士，其技術較日方確高出數倍，蓋華軍在精神上異常振奮，而技術更純熟也今晨一時華軍轟擊日艦時日艦以處此天未明曉前，深感恐慌，於是紛紛移動，又不知所措之感，中國空軍投彈之際日方必以探海燈，照明彈，高射炮，迫擊炮一起向天空亂放亂射，蓋不知飛機有多少架，又未悉高度如何也，只得無的放矢，而際斯時會，飛機忽又不見，待炮聲稍息，則又突起突落，突又投彈使日艦一無所獲，無法應付。如是者數十回合，始安然離去。今晨零時十七分九日晚六十四十一分等三次，均因地因時，隨機變化其戰鬥力實駕歐美法國空軍之上」由這位軍事家口中的描寫我空軍戰士之偉績宛如活躍於紙上。

在空軍的對外處女戰中，初試便奠定了光榮的基石，不僅是外國觀察者為之咋舌，就是我們的敵人也並不會意度到所謂「支那人」能有如此純

熟的技術，可是，我們在認識了上述的技術原因之外，對於那種使空軍人員奮勇抗敵的思想上的因素，尤其值得一位的。

一般訓練航空人員的方法，主要是在恐怖心理的克服，因為關於心理方面的活動，如體力的運動，以及對氧氣饑餓的能耐與否，對溫度變化是否具有相當的抵抗力等，都是在任何國家訓練空軍技術必具的共同條件，然而唯有克服恐怖心理的訓練，卻不能一概而論的。即以中國此次的抗戰而論，空軍人員的技術竟超過了任何人的預料之外，並非一些空軍人員全是一些神乎其神的人物而他們所以能戰勝日本空軍人員的原因，純然是他們在心理上超越了任何戰鬥人員的堅強意志，因為日本之空軍人員之出動，純然是儡於強力的壓迫，勉強他們去作侵略的戰爭，其戰鬥的意志自然不十分強烈，而我們這次的抗戰，卻是為了獨立與生存，為了捍衛疆土，為了正義與和平，有此神聖的抗戰意志為神聖的抗戰自然是容易獲得勝算的。所以我們的空軍戰士是勇猛向前奮不顧身去禦敵，他們沒有神的保佑，祖國的沈村便是他們的神。反觀我們的敵國，為了怯懦的被壓迫者之缺乏戰鬥情緒，每個人身上都帶著神符和千八針，企圖以迷信減低戰鬥員的恐怖心理，這種行為是可憐而又可笑的，無怪乎他們在凌空戰鬥時的倉皇迎戰和趁機逃逸了。

在今日，中國借著全國強烈的抗戰意識構成了整個肉的長城，而在實際上，是由平面構成了立體。一片肉和一滴血，都要為了獨立與解放的戰爭而從陸地延展到天堂向轟炸上海日本海軍司令部以致自槍身殉的閩海文，雖是敵方，而對於他壯烈的最後也不能不深表敬意而給了厚葬，甚至發出了「中國已非昔日之支那」的感歎。中國空軍戰士們做到這種地步，正像陸軍所表現的成績似的，壯烈英勇的表現，都是日本的侵略所致。過去雖然人們是不願意冒險去當兵，但在抗戰後的今日，正有無數的戰士期待著把他們訓練成為凌空殺敵的飛將軍們。

（三）中國空軍的將來

（A）技術的訓練問題

　　中國空軍的威力，在過去數月的抗戰中已經給予了敵人以不少的威懾，空軍第一次的處女戰能有這樣驚人的成績我們是得為空軍前途祝賀的。

　　不過，中國空軍的發展也不過是近幾年的事，尤其是在產業落後得我們，關於飛機的原料，除了少數的附件外，都是非仰給予歐美各國不可的，在這種情形下，我們要像法，蘇，美等國似的，平常保持四五千架的實力，要具備著數千戰鬥員，並不是短期內可以辦到的，然而為了中國幅員的遼闊，海岸線的悠長，又非有強大的空軍不足以保護領土的完整和安全。因之，在敵人以大量飛機四處肆虐，以轟炸不設防城市與無辜平民之際，我們要保障人民的安全，要企圖從持久的抗戰中獲得最後的勝利，非迅速的建立強大的空軍不可。

　　可是，一提到建立強大的空軍時，在生產落後的中國，亟待要解決的問題，較之其它各強國是困難得多。如飛機的供給問題，如果純然是依賴於國際的輸入，一旦被敵人封鎖，運輸發生阻礙時，就是有充分的經濟力量難於應變的。所以飛機的自製問題是目前急應解決的問題，只要意味道敵人封鎖海口後關於軍火運輸所發生的不便，上述問題的重要性是不可否認的。次如技術的訓練也有加強的必要，而且是飛機自製問題解決前後都是同等重要的。飛機是機械的，儘管能自給自足，儘管有足以防衛國土的數量，如果缺乏熟練的技術，即有大量良好的飛機也是徒具形式的。在過去，因為中國空軍的短促，駕駛技術之不曾達到最高度，乃是事實，今後我們應該接受西班牙內戰中所給予的教訓，努力去使用和學習蘇德等國的技術，尤其蘇俄近年來在飛機製造於駕駛方面的長足進展，超越了她往昔飛機器械供應者的美國。

　　據目前形勢的轉移我們技術差次的戰鬥員已經在接受蘇俄顧問的訓練，學習他們駕駛的技術使用它們特別裝具的飛機，中國空軍前途無量，

我們是可以預測的。

（B）政治的訓練問題

在技術的訓練之外，我認為特別提出並值得注意的是政治訓練問題，這個問題也許在過去的訓練中會有一種相當的措施，但是，在全面抗戰後陸軍尚且感覺政治訓練的缺乏，現在，提出空軍政治訓練的加強，而是具有獨特意義的。

中國空軍的素質，因為甄選的比較嚴格，較之陸軍自然是高超的多。可是嚴格的來說，由於國民素質的傳統影響，從空軍戰士們所表現出的事實來分析，一些陸軍所具有的不良習慣，在空軍中大多存在著的，這些惡習慣以及傳統思想的存留，只要稍一留意空軍將士生活和行動的人，多會有同樣的感覺。——據協助中國建設空軍並教練中央航空學校飛行員的美國空軍中校邱特在一九三七年十二月份的亞細亞雜誌的回憶文中說，他第一次甄別航校的飛行員，在二百人中便有一百五十欠缺才能和敏捷，因為達到航校所定標準而被淘汰，而每年請求入學的一萬青年，也只能錄取四百名。——然而另一方面的人卻認為空軍將士們的危險既較之其它兵種為大，而在陸地上的精神與物質方面不合理的享受，自然是不用厚非的，有了此種意見的存在，因之，空軍將士們在生活上有了足以妨礙健康的行為，而人們都常是予以原諒的。從而削弱了他們的戰鬥力，腐化了他們的思想人們因他的隱而不見，便因忽視而構成了傷害的原諒。可是，在貧弱中國空軍之將來，在企圖強調政治的訓練時，此種直接足以妨礙健康間接足以削弱戰鬥力的不合理生活，亟應加以克服的。

從抗戰五六月後的事實表現，不僅我們空軍將士的技術足以戰勝日本，而由能戰勝日本的，乃是強烈的抗戰意志。不過敵人侵略是貪得無厭的，他們思想上的侵略也是無孔不入的，在持久戰中，由於預料到的自國底失禮，難免不成為敵人宣傳的好資料，如果缺乏持久的抗戰意志，恐不免發生心理上的動搖，增加對地方恐怖的心理，因此，在上述中國空軍人員的抗敵情緒方面，我們以後再做技術的訓練，對於政治訓練的增加，是

亟應予以重視和強調的。這樣，我們不僅在地上有肉的長城，而在天空也有肉的鐵鳥之陣呢。

最後，我們對於這位在中國空軍建設上出了不少力的客卿的認定，是不得不予以深切的承認，從這種承認中啟迪出爭自由與捍衛祖國的新途徑，才是我們所期冀的。他對於我們今日視作飛行員訓練場所的中央航空學校內的學生，曾在「亞細亞」的回憶說：「航校的中國飛行員是青年的先驅者。他們離別了甜蜜的家庭，慈愛的父母與和睦的朋友，為的是一定要把整個的生命獻給國家。他們堅決的宣誓效忠於他的國家和領袖，因此，為了這種效忠的宣誓，在日本恫嚇北方聲中，很有助於全中國忠勇的士氣。──而且這個學校的本作用勝過來學校本身，它已成為統一中國最重要的工具，在兩廣事變時，各省相率以道德和經濟扶助中央政府，實現中國的統一，這是日本與其它列強大吃一驚。」有了此種思想的訓練和國家意志的昂揚，故能在八一三抗戰之初，因為空軍的效忠國家，給予日本的還擊，給予日本的驕傲以重大打擊。為了中國擁有此等空軍，就像邱特氏所認定似的：「日本軍隊可以在上海附近登陸，日本的飛機可以得到的根據地，但是日本的空軍無力制止中國的抗戰。」在持久戰中，擁有無數的閻海文，等待著接受西方的訓練，準備為保衛祖國而犧牲，準備與空中的侵略者拼個你死我活。

第七章　中國軍人的改造及其將來

（一）外患與軍備的改進

　　中國的軍備如果沒有外寇的侵擾，也許到今日還是比用弓弩的時代進步不了好多，正像外國人認為日本的侵略是促進中國統一似的，我們今日也不得不見證了少數的機械化部隊之後，感謝過帝國主義者的侵略。

　　在中國開始以西法訓練軍隊之初，替清廷平亂的常勝軍將領戈登將軍，（General Gorder）曾在上曾國藩書中說：「中國但有開花大炮、輪船兩樣，西人即可收手。」然而守舊的曾國藩不肯倡率此議，並置戈登的建議於不顧，把這位忠心耿耿的客卿的推心話淡然置之，甘願逗留於舊有的軍事技術水準下，幸好有遠見的李鴻章起而創立新軍，顧而在中日戰爭爆發之際，才有少數的可以對應，依歷史的程式說，中國遭受了鴉片戰爭的慘敗後，理應在軍備上有較大的改進，然而到太平軍崛起的時候，清廷的兵卒仍然是使用刀矛弓矢以平亂，這都是貴族中守舊的分子在那裡作祟，極力阻撓組建新軍的計畫。以至於到北洋新軍甫行建立的時候，假借神道夢想用刀矛符咒對付新式兵器的反動分子，還替中國留下莫大的恥辱。以後雖有新軍的建立，但是也依賴其表，實質上還是於旗兵練營的腐敗，沒有桎梏。這種精神一直延續到北洋軍閥崩潰之前，其腐敗的情形，還只有一天一天的加劇，沒有澄清和改革的可能。

　　如果從表面上來看，在九一八事變前的中國軍備似乎已有很大的改進，但是在兵的素質上，精神訓練上，裝備上，較之個先進國真是瞠乎其後，宜乎在九一八事變之際，以數十萬之槍尚不能保全三省土地於一夜。可是，如果沒有九一八這一種巨大的刺激，中國的軍備一定還是逗留於九一八以前的技術水準，而沒有編配若干國防軍，而使之現代化的企圖。試觀熱河失守前的裝備，便可知東北的失陷以及華北各省相繼感受日本的威脅，是有其主觀原因的。

記得熱河在失守前，宋子文曾在公開的談話中認為熱河可以守一星期以至十日，當日聽他談話的人都以為未免太減殺自己的威風；因為大家認為即使日軍長驅直入，一無阻擋也須數星期的步行，才能從熱河邊境到達承德，承德盡可守十日話未免滑稽。但日方行軍是不可以步行計其行程，我們的軍事人員從來便充滿舊式戰術的觀念，而昧於近代戰術的認識，以為還是向中國軍似的，以數萬或數十萬舊式大軍，蜿蜒迤邐似的日行數十裡，以驟車及駱駝交通工具，而對於一數月不斷的後方集中行動而作最後數日決戰的近代戰爭全不曾領會到。當時我們守熱河的部隊，毫無參謀工作，長官逍遙地方，用駱駝拖曳太古式的車輛，以作軍事運輸，高射炮及掘壕工具絲毫未備，兵士只有操場式的訓練，而缺乏思想的訓練。如此，而使士兵以血肉之軀與飛機大炮坦克車作一旬的死戰，然而熱河也終至失陷於敵人之手。可是，這一場慘痛的教訓，正如西語所昭示的：「吾等非必求勝而戰，縱而敗，可於敗中求得光榮途徑。」以及在南北所發生的長城抗戰，與淞滬抵抗及綏遠抗戰，都是使人從每一次的慘痛中獲得了走向光榮的途徑。因為幾次劇烈的慘痛中都給予中國人以重大的教訓，誘發其重大的覺悟，失地和敗潰的責任並不在一個人，也不是在某一部分負責者，而是應歸咎於我國的軍制，國家年費好幾千萬養兵，而數百萬器械毀敗，衣食不周，訓練缺乏，素質不練的士兵，縱是見危授命，也等於是驅市人而戰，此等烏合以與素質良好，器械優良，訓練有素的敵方作戰未有不嘗敗績的。只有拋棄十八九世紀的作戰方式，努力於現代化軍隊的訓練，才可以於失敗中求得勝利。

西語所謂的「從失敗中求得光明的途徑」，九一八以後的六年間，經過若干次強烈的逼迫，忍受過若干次難言的恥辱，在民國二十六年七月八日盧溝橋事件以及八一三抗戰開始的前夜，才有少數現代化（機械化）的軍隊足以進行「予打擊者以打擊」的戰爭。若沒有外患的欺凌若沒有東洋儈子手的舉刀相向，所謂東方睡獅還會沉迷不醒的。

在這裡恕我不能舉出機密的國防計畫來做參照，然而在全國抗戰後的數月間，我們並不是以血肉之軀去康與敵人的飛機坦克大炮，較之以往的

軍備，卻有了大量的進步。這裡不便多說，姑介紹日本軍人方面對我國軍
人估量以資說明，較之我們自己的估量也許更為準確。

　　日本陸軍省新聞步兵中校雨宮在雄辯難志（一九三七年八月號）中
曾論到中國的軍備，他認為中國現在招募新兵，絕非昔日不良姿態可比。
今日中國的新兵素質，充滿著國防意志及國家觀念。他們為捍衛祖國而從
戎，從戎或便有完成這使命的企圖。更是因為軍事學校的增多，受過與
圓滿的正規教育的將校，使一些腐化的將校趨於淘汰。這些精銳的幹部編
入軍隊以後，是軍隊的素質蒸蒸日上。同時，那些不調整的軍隊也逐年減
少，逐年加以整理，總兵力已由三百萬減為二百萬，一方面因受優良薰染
的結果，執有優良兵器的新軍隊逐年而增加了。過去中國軍人簡直不知空
軍為何事，現在中國軍用飛機的數量增加及操作技術的進步，常使歐美人
感其增長之速，尤使日本的國防感到莫大的威脅。他的結論更說明現在的
中國軍備無論在形式或精神方面，都表現了長足進步，雖然軍事顧問與教
育有聘自德意兩國的，雖然軍需品過半購於列強，可是以短促數年，其軍
事教育已獲得美滿的效果，誠為意想不到的事。

　　日本軍人對中國軍備的估量，本有不少分歧的討論，過去多是惡意的
批評，但自從西安事變以前所發生「對華在認識」討論興起後，他們對中
國軍備的估量也是刮目相看，把往昔鄙視的眼光改換成了驚異的目光，在
這其中，他們卻忽視了一點「日本的侵略促成了中國的統一和抗戰！」
我們在自覺軍備進步之餘，除了對各帝國主義者侵略衷心給予感謝之
外，而對日本的加緊侵略，使我們用血奠定復興的基礎，尤應致其感謝
之忱！

（二）外人眼中的現代中國軍人

　　素為外國人所藐視的中國兵士，過去曾因一二八的淞滬抗戰而使他
們改變了試聽，在那一次獅子吼後，曾發生過長城抗戰和綏遠抗戰，到一
九三七年七月十八日又在淞滬開始了更宏壯嘹亮的咆哮，尤其是，這一次
「予打擊者以打擊」的英勇抗戰，頓時外人譽中國已有弱者步入「列強之

林」，（上海英文密勒氏評論報語）我們雖然受之有愧，但至少是是外人稍稍窺見了中國人因民族自豪而表現出的戰鬥性。

從英國的各種出版物中，可以看出不少稱讚中國兵士勇敢而機敏的文字。在滬戰開始的一月間，上海英國人辦的泰晤士報以及字林西報都曾有敬佩的語句。泰晤士報認為：「中國能在開戰最初的兩周間迅速築成半永性之陣地，足見中國之抵禦之決心堅如磐石。在進攻的武器與機械化力量方面，日本方面誠有足多，但此種實力所遭遇之抵抗，則必遠在一二八時十九路軍著名戰鬥之上。於此尚有一極重之因素，即華軍士氣之盛無可比喻，且隨戰鬥行動之發展，其鬥志必將益愈堅強。字林西報認為：日本對中國無止的侵略，以使中國之抵抗更為堅決。中國的軍民，自最高將領以至於士兵民眾，堅決一致，共同赴敵。因此在倫敦方面，對中國的抗戰大表同情，對中國士兵的奮勇抗戰，也表示極度的崇敬。更是，他們不僅發掘了中國士兵的抗戰精神，而且以歐洲大戰時的名機槍手查利來譽抗戰的中國士兵，以三個銅盔抵禦數百日軍的進攻，為中國兵士特有的機警和勇敢。這一些都是有事實的根據，而不是信口的過譽。

美國人辦的密勒氏評論報曾從歷史上敘述中國軍隊的善變，結論讚譽著新軍，為思想而戰、為祖國而戰、為護國而戰的精神。他認為：「中國的民族主義已經開始產生，民族主義給中國人民以新的目標，使一般軍人為思想而戰。所有過去一切改進的力量，一個跟著一個增加他的動動力，因以產生今日中國之新軍隊。此種軍隊不是為求得個人之財富，乃是在嚴格的訓練與組織下，領取賞金食糧與適當的待遇。他們已不復為軍閥個人所私有，而是具有國家意志，一種可以驕傲的意志，際是誠為一個真正護國之鬥士，以抵抗其侵略之敵人。不管今年（一九三七）這次戰爭是勝利還是失敗，在中國一定要有一個更大的轉變發生，中國已經有了國家軍隊。」享孫氏在該刊上根據研究中國士兵戰鬥力的美國某軍事專家的意見說：只要有所為而戰，無疑的中國的士兵是堅毅而勇敢地，能吃苦耐勞的，中國軍隊在有把握抵抗外敵的時候，他是勇往直前的。享孫氏的話更是透徹之論。

巴黎旁觀報的軍事評論家加特列馬曾對中國的陸軍給予可靠地評價，認為在最近十年來的努力，因新兵器的配置而改裝了的部隊之作戰訓練也有著極高的水準。曾在一九三三年和馬萊爵士因反戰運動而到過上海的法國作家古九列氏在八一三的上海抗戰剛開始時，曾在人道報紙著論到中日戰爭，他認為日本對於中國萬惡的侵略遇到了東京萬想不到的抵抗。在軍民一致的抗戰中，中國是能夠制住那遠東大戰的煽動者的，此話在南京失守後，雖覺有修正的必要，但中國並不曾屈膝，日本二十四小時征服中國的狂野被推翻了。

　　不只是歐美各國的觀察家是如此論斷的，就是被日本軍部，法西斯主義者御用的文人木村毅，他在從此次的「上海炮火中的散步」歸去後，曾在一九三七年十月號的日本評論中，盛稱中國軍的尊敬說：「中國軍隊這一次打的很好，很堅強有力，日本軍事當局也絕不敢在藐視中國軍隊。在上海，現在誰也不敢再用清國佬這種侮辱的話，大家都通用著中國先生這種含有尊敬的話。不錯，我們今日使用鮮血洗滌了幾十年的清國佬恥辱，不僅是一般人把中國先生當作敬語，即是所謂常勝的皇軍，也在戰敗後跪下持槍抖著中國先生以求饒命呢。今日的中國是不在屈膝求饒了，為要維持他的獨立，將要拼命戰鬥到最後一滴血為止。

（三）抗戰中的游擊戰術

　　外族對於中國的侵略，常是使用著以中國攻中國的方法，如蒙古之征服宋朝，滿清之征服明朝，以及日本對中國的侵略都是在利用中國人以製造內戰。可是，在全面抗戰後的今日，對於日本的挑撥內戰，卻不能不予以感謝之忱，原因便是我們軍人作戰的技術和戰術都有長足的進步。（西洋人也有這種認定）

　　我們今日能具有給「打擊者以打擊「的力量，以及能在華北展開游擊戰的戰術，那是與歷年的所謂內戰有關係的。因為日本在中國多年的內戰中，日本挑撥的目的只達到一半，即是使中國的力量消耗與內戰中，沒有力量來對付日本。但是在內戰的過程中，我們多年來鍛煉出千千萬萬拿武

器的兵士，在敵人侵略時發生的歷次抗戰中，他們把槍口一轉，就把千千萬萬的子彈打在侵略者頭上，尤其是今日八路軍所使用的游擊戰術，也許是我們在內戰中所獲得的偉大的收穫呢？

游擊戰術在今日被認為被壓迫民族抗戰的唯一戰術。中國有名的古軍事學專家孫武所謂的「以奇制勝」便是游擊戰的意思。他說：「凡戰者，以正合，以奇勝。故善出奇者，無窮如天地，不竭如江海。終而複始，日月是也。死而後生，四時是也。聲不過五，五聲之變，不可勝聽也。色不過五，五色之變，不可勝觀也。味不過五，五味之變，不可勝嘗也。戰勢不過奇正，奇正之變，不可勝窮也。奇正相生，如循環之無端，孰能窮之哉。」以後由騎兵演而為遊兵，其意義更與游擊戰相同。因為遊兵的意思是兵無定在，其條件必士銳而捷騎，時東時西，時出時入。敵怒而迎，我引而入，敵倦而息，我贏而擾，擊其懈弛，擊其倉促焚其秸聚，襲其要害，取其別營，絕其便道，或左或右，或朝或暮，或左或右，或前或後，伺敵之隙，乘間受利，飄忽迅速，莫可蹤跡，使敵腹背均害，進退維谷。在這種條件下，楚漢相爭時，彭越以遊兵以取楚方睢陽以北數十城，晉安帝時劉道規以游軍破徐道覆三萬大軍，都是歷史上的好例。他如農民暴動中採用的戰術。素來都誣罵為「流寇戰術」，如漢朝天鳳年間的赤眉與綠林之亂，後漢末年的黃巾之亂唐朝的黃巢之亂，明朝末年的李自成張獻忠之亂，以及滿清中葉的太平軍之亂，他們的此伏彼出，聲東擊西，忽而化整為零，忽而化零為整，使進剿的官兵疲於奔命，即可以說是游擊戰的運用。

為了游擊戰被認為流寇戰術的關係，他過去在軍事上是很少有運用的。她之正式成為軍事上的用語，可說是全面抗戰以後的事。在西文中的（Partisan）可譯為突擊隊，挺進隊。在蘇俄的發展過程中，曾用他克服了不少外來的壓迫。蘇俄小百科辭典一書中對（Partisan）這個字的解釋為：「以隔絕阻礙敵人之一部，或破壞敵人與其根據地的交通和聯絡為目的，從其側翼或後方給以襲擊之輕快的獨立支隊。」八路軍前身的紅軍，他們抵抗中央大軍的圍剿，其戰術便是由蘇俄學習得來的。這種戰術使中

央軍經過六七年的五次圍剿，才逼迫他們突出江西，而作出了二萬五千里的長征。關於這。美國作家史德華（M.S.Stewat）氏認為近年最善用游擊戰術的，恐怕要算是中國的「紅軍」，因為他們以少數未經訓練而器械窳敗的軍隊，還能在中國大部的省份中進行著「捉迷藏式」的游擊戰術，如果不善於運用游擊戰術，而專靠人力與器械恐怕早已消滅了。果然，在八路軍開到晉北後，因為游擊戰術的展開，屢次予侵略者以慘痛的打擊。

在他方面，東三省，和華北的義勇軍游擊隊乃至別動隊等，他們正運用著游擊以抵抗急進的侵略者。東北失陷的數年中，由農民們組成的義勇軍屢次突擊日本的軍隊，折斷鐵路，破壞橋樑，以及用其它各種方法來截斷交通。最近在南北戰場擔任游擊戰的部隊，也同樣的給予敵人以威脅；有不少失地是由游擊隊收復的。將來各戰區擴展，游擊的區域也必然隨之加增，而我們持久抗戰的條件，可以借游擊戰術來完成。

英國曼徹斯特保衛報（Manchester Guardian）曾說：「無論中國軍事當局的作戰計畫如何，它會馬上用大批獨立隊伍轉取游擊行動，再因地制宜以打擊侵略者。無論如何，游擊戰術對於中國是最好的戰術，與日本陸軍正面衝突，中國人只有因日本空軍和炮兵的優越而受損失。……」史德華也認為：「在主力戰中，華軍之敗是勢所必然。雖然中央有若干師人是可以與日軍角逐疆場，且能取勝；但是用戰車和空軍去與日本的高度機械化部隊作無限度的堅持，是比較難於制勝的。反之，在北平西山採取游擊戰術的幾千兵士和在衝突初期竄入天津的便衣隊，他們給予日本的煩惱，比保定城的主力軍所給與的更多；上海被日軍占去的地盤內，日軍掠取的行動也很嚴峻地為便衣隊及射手所苦。總之，中國是一個巨大的國家，日軍愈將戰線延長，是愈容易為游擊隊所創的。」自然我們不能以一時戰術上的挫敗作飾詞，我們致敗的原因是有多年來積累下的主觀與客觀的條件在。不過，侵略者佔領的只是鐵路線與公路線，企圖使用犀利的交通工具，以作取勝的武器；殊知，侵略者的勢力伸入越深，而他們的危險性便越大。我們在過去是曾在若干次內戰中廝拼過許多次，忍受過一切痛苦；今日為了全民族的獨立戰爭，我們靠著浩盛的士氣，以及人力，地理的條

件很可維持游擊戰術以期待日本政治及經濟的崩潰，從萬眾一心支持著的持久的狡兔抗戰中獲得勝利。

（三）全面抗戰中的兵士與統帶

在過去的幾次局部抗戰，以及此次的全面抗戰中，由中國兵士所做出的英勇成績，使人們對兵士修正了過去蔑視的心理。尤其是在此次全面抗戰中，素被人認為「軍閥走狗」以及「烏合之眾」的中國兵士，他們的抗戰情緒正像在局部抗戰中似的，全是出乎意料以外的昂揚。

由這種悲壯的英勇的事實，無形間廓清了若干年來兵士們積累下的恥辱，而將兵的素質增進了不少；而國民對之，應予以精神上的支持。關於這點，孫夫人宋慶齡曾在英文亞細亞雜誌中認為：我們必須養成軍人的精神，並當以各種努力改變人民對待為國家民族而戰鬥的兵士的態度。因為當中國苦於內戰時，人民對待兵士的態度自然無法積極；但是內戰過去了，用兵的目的是在保衛國家獨立時，人民對待兵士的態度自然也當改變的。不錯的，我們應該對兵士刮目相看，給他們以精神上的監督和支持，以便他們能逐漸成為現代中國獨立戰爭中最偉大的戰士。

至於中國兵士們的犧牲精神，素來是被認為壯烈的。如果從歷史上來加以檢討：春秋戰國時的底盤爭奪戰：太平軍與滿清軍隊十餘年的城市爭奪戰；民國以來全國各地的混戰；在在都是表現出兵卒們犧牲的精神。中國兵卒們之所以能有如此偉大的犧牲精神，曾經引起西洋觀察家的懷疑，他們看到中國兵士素質的腐敗，思想訓練的缺乏，器械的窳敗；總懷疑是缺乏戰鬥性的，然而事實上確是恰恰相反，而由他們的血肉鑄成了不少偉烈的事蹟。這正如中國的玄學似的，同樣是西洋人所不能瞭解的。

因為過去中國的兵士，不十分注意於素質的選擇，而只是注重在「重賞罰」與將才的考慮。最好的例子是那個帶領中國軍隊，幫助滿清政府撲滅太平軍叛亂的英國戈登將軍所論斷的事實：「中國兵士如果有一個好的隊長率領，是可以成為優良的戰士。」這即是說，不論在何種情形之下，只要有一個善於「將兵」的人，就是劣等的部隊，也可以因將帥的得

人，而使之成為戰陣上的勁旅。像過去所有的若干次對侵略者的抗戰，大半應歸咎於將領的差誤和不抵抗，而兵士的憤慨與敵愾心是強烈的被壓抑著。如李陵征匈奴的敗績，是由於寡不敵眾，而兵卒們尚能在敵數十萬合圍之下，因陵的振臂一呼，創痛皆起，舉刃向虜。南宋的士氣因屢次的敗績與夫主和者的牽制，本是頹靡以極，然而有了志勇的嶽飛出而統帥，就是新收編的烏合匪眾，也能成為敵人不可撼搖的「岳家軍」的鬥士。中法戰爭時，中國兵士的棄戈而逃，錯不在勇敢的兵，而錯在管軍需者的潛逃；沒有槍彈的開槍是徒勞無功的。在今日，據說張發奎將軍所指揮的部隊，平常並不是勁旅，在小小的浦東卻能支持二月以上，使敵人不能遑登陸詭計。（以後浦東的退出並不是在張發奎的防守時，他當時早已該換了防禦線，浦東改由某部擔任防守後而致失陷。）又如常被人誣為「內戰英雄軍」的四川軍隊，在全面抗戰時由南北戰場上所表現的事實，也使人不得不改易著舊有的觀念。據說楊森將軍所統帥的二十軍，一接到出發的命令，竟不辭跋涉的徒步開拔，頓改了內戰時頑橫驕縱的心理而代替了抗敵的情緒；到達上海前線後，而能在最激烈的火線上做抗敵的壯烈犧牲。返觀其一些素來養尊處優的部隊，由於統帶的無能與畏縮，在平漢線上構成了數百里的敗績；在津浦線上遲遲不進，弄得敵人節節得勝。這一切即可證明，無論是何種素質的兵都可作有意義的戰爭，而急需的是能幹，有膽識，具有強烈民族意識的將才。因為中國兵士偉大的地方在能「為戰爭而戰爭」只要將兵者能把握著他們的特性，無有不能獲勝的。否則，在敵人加緊侵略的時期，絕不容我好整以暇；若要期待著兵之素質的徹底改造，恐怕已經國將不國了。

（四）志願兵與徵兵問題

我國的兵徵本來起源甚早，古代的寓兵於農，可說即是徵兵的實事表現。可惜後來因為統治者的爭殺，都想把兵卒占為私有，以便隨時遂行其掠奪爭殺的野心，因之傭兵制度的存在，雖有府兵等比較近於古代農兵的制度產生，他也只是一時代的偶現，不久仍然回覆了傭兵的舊態。賢明的

有政者雖也是力求矯正傭兵的陋弊，如滿清末年及民國初年的徵兵制之提倡，可惜只是一時的宣導，而實際上缺乏使徵兵制趨於現實的客觀條件。即是到民國二十五年間，國府所頒佈的兵役法，如果沒有九一八以來諸般困難的刺激，使國家有銳意「整軍」「肅軍」的必要，在事實上也是難於由頒佈而臻於實施的。

關於徵兵制的實行，在全面抗戰開始後，因為前方兵員的補充，在戰區和非戰區各自都會積極推行。可是，為了民眾賤視兵卒，為了對兵士用途的模糊，為了對抗戰事件的缺乏明瞭和瞭解，以致在徵兵制推行中發生許多不良的現象。為了「好人不當兵」的毒語仍然植根在民眾的腦中，他們之賤視兵士是有其傳統性的：因之，他們認為在徵兵時所徵的「壯丁」，仍是與內戰時強拉民丁去為私人利益做炮灰似的，無非是為了升官發財，爭城奪地而犧牲。有了這種傳統的意識，自然對抗戰事件也是缺乏明瞭和瞭解；這樣，要他們出力乃至犧牲頭顱來捍衛國家，要他們出錢來支持抗戰，事實上是難於達到目的的。即使他們攝於威力而勉強去應戰，其戰鬥意識之是否足以支持抗戰，是十分值得懷疑的。甚至由於民眾對當兵的賤視，有身家或素質良好之輩，常是在規避之餘，以金錢收買地方上的愚民或流痞以充數；由這種人組成的隊伍，較之烏合之眾，實在差不了好多。若是在持久抗戰中純靠他們來應戰，其挫敗是可以預測，用不著再與敵人久經訓練的兵員交綏。自然，我們並不是便為了上述的癥結而全然失望，為了要給以對症的藥，是不得不自己揭發現有的弱點；如果是諱言而加以掩飾，便是等於自掘墳墓。

我覺得要矯正上述的缺點，眼前並不是不可能的，而且是很迫切需要的。因此，改善政治上的待遇，如「切實」廢除苛捐雜稅，（人民負擔苛雜之不暇，自然憎惡兵役），「切實」施行出征將士家庭生活之保障與優待，「切實」施行陣亡將士撫恤辦法，「切實」改良在營生活上之待遇，（曾聞在營徵兵，四月未見分文餉銀，因為餉銀一發，恐怕他們開小差。此等徒在形式組織下拘束之兵士，自然難於盡抗戰之能事。）受傷後之優待等，在在都是目前應從事的。自然，在我們這貧困而政治又剛上軌道的

國家，事事都不能立即驟至；可是，人為的一切阻礙，如果因政府與民眾的努力策進，並非是全不能克服的。

在徵兵制之外，義勇軍或志願軍的募集，我認為也是可以並行不悖的。目前的中國難有徵兵與各種戰時服務機關的存在，但不屬於上述範圍以內，而有志服務的，勇於犧牲卻大有人在。下面便以觀感所得直抒己見以資獻替。

義勇軍在西洋各國是用以補常備軍的不足，其素質是相當的良好，而文化水準也比較高。中國歷代之所謂「民兵」，也常有由於此種意義而召集的；在清朝中葉之所謂「義勇」，如湘勇，淮勇之類，都是能補正規軍如旗兵與綠營等的不足。在九一八以後因為駐戍東三省及熱河等正規軍不抵抗而喪失了四省的錦繡山河，散失的兵士和不甘屈服的農民，便組成了義勇軍，他們的力量雖是單薄，但卻能在陷落的省份內給敵人以軍事上的牽制；數年來若干次的攻取，使敵人不得不派重兵以資震攝。自從八一三的全戰開始後，擔任游擊的部隊，可說大部分是由「義勇」的人們參加的；隨著戰區的擴展，需要「義勇」的人們來擔任游擊的任務，其需要也是與日俱增的。因為這些人大多是退伍軍人，保安團隊，他們早具有戰鬥經驗，只要在形式上加以調整，在政治意識加以增補，立即是可以作戰的（張自然內中也有不少智識分子，但他們也都以在豐富的政治常識之外，更具有軍事的常識）。所以，今日政府對於此種「義勇」分子之發動與組織，我認為是在徵兵以外必須策進的工作，而且是具有特殊意義的。

義勇軍與志願兵是名異而質同的。在法國大革命時代，為了保衛祖國而願犧牲生命的人民，立刻因志願兵的事實而形成了「志願兵制」。克魯泡特金在他的名著「法國大革命史」內曾論到當日的志願兵，認為：一七九三年的志願兵雖是窮得很可憐，雖常是襤褸赤足而饑餓，但是他們受了平等革命的感召，人們預料到會失敗的戰爭，志願兵總是打了勝仗。在全面抗戰持續到了六月的今日，距離國民全體動員的事實尚遠，自然更難說得上全民的武裝，因之，以志願兵補徵兵的不足，在素質上和戰鬥力上都是較之徵兵更為優良。此刻我們不能向某部分人主張似的，企圖由志願兵

制過渡到徵兵制；然而負有武裝民眾之責的人，在相當的權宜後，如果把兩種制度相輔而行，至少可以做到全民武裝的。

在實行志願兵的募集時，也應得像兵役法似的，以「救亡」與「抗戰」為中心意識而募集在兵役法以外人參加抗日戰爭；與其在不健全的政治機構下容許多量的智識分子或有志報國而苦於無門的青年人逍遙沉迷和頹靡，還不如以志願兵制去招致而運用起來，減少政府對社會治安的顧慮，而替抗戰陣線增加不少的力量。記得在法國大革命時，國民會議在一七九三年八月二十三日通過法令，認定法蘭西人應當全體起來擁護他們的自由和憲法，並將侵略的敵人逐出境外，從法令公佈之日起，一切法蘭西人都應當準備隨時入隊中服務；不論男女老幼都有適宜的分類工作，決不能讓他在危亡的祖國內逃避。比如說，凡青年人當在戰場上作戰，有妻室的人製造軍器，輸送糧食，婦女則縫製營帳，軍服，併入醫院看護傷兵，小孩則剪裹紗布，老年人則在公共場所遊行講演以鼓舞戰士的勇氣。據歷史告訓我們，這法令公佈後，在法國大革命曾經做出了不少光榮的成績。

在今日的中國，也急應有較兵役法更進一步的戰時救亡法令，在這法令中應使徵兵制與志願兵制相因相成以挽救祖國的危亡，而且由此法令的頒行，從而可以動員全中國的男女老幼。因為進攻的敵人正使全民動員的力量以謀我，而我們如果只動員部分的武裝力量去抵抗，局部的抗抵必敗於集體的進攻，乃是必然的事。

（五）全面抗戰與中國兵士之將來

（a）抗戰後的兵士與民眾

「日本這次大軍的進攻，並對無防城市殘酷的轟炸，不僅不能削弱中國的士氣，卻反而促成了他們抗戰的決心，中華民族為了危機的脅迫，像一個人樣地站了起來，這還是第一次。」這是美國作家史德華氏在《中國怎樣取得勝利》一文所認定的。不錯的，中國人民抗戰的決心都表現在英

勇壯烈的士氣上，沒有民眾抗戰決心的支持，士氣早已在敵人大軍的迫脅中削弱了。

在今日，全國的民眾以最大的決心支持者盛壯的士氣。如果加以歷史的回溯，過去中國人是受盡了所謂「衛國」軍人們的禍害，政治上的重文輕武，以及社會上深痼的「好男不當兵，好鐵不打釘」的觀念來看，已足證民眾對軍人的厭惡；因此，他們除了不得已時遭受著壓迫與剝削外，只要有機可乘，無有不尋仇報復的；如要獲得他們誠意的支持是萬難企望的。但是，在抗戰後民眾對兵士的態度全改變了，雖然兵也許還是過去憎惡的兵，而稱呼已換了「我們的軍隊」，「我們的士兵」，「我們的民族英雄」。全國的男女老幼以財力與勞力來支持抗戰的兵士，這次表現的成績是中國歷史上值得特書的一頁。原因第一自然是兵的素質在近年來有了很大的改進，「此次抗戰的兵士有不少是由徵兵徵來的」，如一些國防部隊，除了技術的訓練外，已極積在從事於思想的訓練。第二是因兵士的英勇抗戰，超越了若干年來所期望臻躋的素質領域，使兵士素質的嬗變邁過了她固有的演進程式。同時，抗戰兵士之獲得全國民眾的支持是無疑義的。

不過，為了他們由私人的部隊變而為國家化部隊的時間太短——有些在抗戰後還是隸屬於私人的——行動上還不能完全擺脫軍閥時代所具有的惡習氣，在我們發覺之後，是要想法給以克服，或在以後的兵士訓練上加以注意的。

第一是抗戰的意識還不十分強烈。這是因為中國的兵士過去只有刻板的操場訓練而缺乏思想的訓練；故在抗戰開始後由行動上所表現的，不免有僨事的趨勢。在過去，中國兵士是為了他的豢養者而犧牲，同時也是為了自己的升官發財欲而犧牲。到今日他們也還不免有具著此種思想的。因之，有些對待遇的不滿，對民眾的苛索，在戰場上自己用刀與槍假作傷口等，臨陣的脫逃，在傷兵醫院中的牢騷，傷癒不歸隊等，都是在內戰時兵士們共同的現象，在敵人加緊侵略的時候，自然不能讓我們從容不迫的來從事抗戰意識的加強；可是，今日還可以書可能的對出征的兵士作抗敵意識的填補，使他們了然於抗戰的神聖和偉大；如果仍像內戰時期似的，

只是命令他們去從事戰爭，他們的戰鬥力一定是不能盡發揮的。而對於預兵，補充兵，壯丁，更是應在抗戰意識方面給以充分的灌輸；如此，他們到了戰場，其戰鬥力定是可以儘量發揮的。

第二是軍人與民眾的不能一氣。本來抗敵戰爭應是軍民一致的工作，如果軍人單獨抗戰，在給養，運輸，情報，修築工事等方面都要感受到極大的困難，而民眾為了求得救亡的勝利，必需共同擔負起抗戰的責任。像此次上海三個月間的抗戰，軍隊每到一地不是著民眾逃空而不與之合作，便是覺得民眾也有漢奸的嫌疑，反而以有民眾為軍事上的大障礙。這都是由於素來所謂民眾運動的失策，一到運用的時候，才感覺了民眾力量是不能運轉自如。但是今日在非戰區或臨近戰區的地方，亟應使民眾與軍隊聯合起來去應付當前的困難，使軍隊成為民眾軍隊，而與民眾不是處於脫離或對立的狀態。而負有教育民眾，組織責的人，對民眾的思諫而更予以切實注意，這種精神國防的建設，其重要是不下於物質國防的；否則，民眾早成了敵人的順民，有漢奸傾向的人之增多，處處都足以牽制或甚至摧毀堅固的物質國防。

（b）外人論抗戰受挫的原因

在這兩者之外，我們在抗戰中受挫的原因也應明瞭的。記得密勒氏評論報在論北戰場中國軍隊受挫時認為是因（一）軍備較劣；（二）指揮不統一；（三）缺乏抗戰的組織。他的話不僅可以用作北戰場受挫的評論，就是東戰場也可以適用的。不過就全部戰爭來說，我以為還應加上（四）參謀人員的缺乏；（五）兵士訓練之不足；（六）軍事行動的遲緩，該報認為在這次抗戰中顯示出來的，各省軍隊的武裝，訓練和組織，比之中央軍都相差太遠。在上海膠著抗戰著的中央軍的效率，雖然幾可以與任河軍隊相比，但各戰線上的各省軍隊，叫他們去和軍械精良，組織嚴密，行動迅速的日軍對仗，即使奮勇殺敵也還是不免一敗。再加以指揮的不統一，抗戰情緒的不足，更易招致敗北的。這些都是不可諱言的缺點，而是當前正應努力以圖克服的。

在密勒氏評論報所論述的以外，我們還感覺參謀人員的缺乏，兵士訓練之不足，軍事行動的遲緩等。參謀人員的缺乏，即使最高統帥所決定的戰略足以制勝，然而在執行命令時卻常至陷於不利的地步。中國兵士之說得上訓練，也只是近數年的事；而且接受相當國防訓練的部隊，數目也並不能算多。以缺乏訓練的部隊，在敵人節節侵凌的今日，只憑著共同的抗戰情緒以臨敵，自然難於殲滅敵人長久訓練的機械化的部隊，而操絕對的勝算。不過，敵人不能讓我好整以暇，而現代機械化的部隊之建立即有雄厚的財力，也不是立可驟及；故爾，只有在鐵蹄踏進之際，動員全國民眾，以血肉的長城去捍衛祖國，從血戰中去換取生存，粉碎「唯武器論者」，以及長期準備者的主張。

不過，對我們抗戰受挫的原因，不論其有武器的或軍事範圍方面的，只要事實與時間上的容許，而是要力求克服的。尤其是指揮的不統一，還任軍人中殘留著內戰時統兵者爭功，矜驕，血氣之勇的習氣，以致破壞了全線的作戰，而予敵人以各個擊敗的機會。有了指揮的不統一，再加上參謀人才的缺乏，軍事技術的落後，這種在戰略上失敗而軍事行動遲緩的部隊，想要制勝是很難的。

（c）中國兵士的將來

看了上述各章所論及的一切，不免要發生「中國兵士之將來」的問題，現在抗戰正在持續中，將來一切的演變，在此時不能遽作斷定，但是，有關中國兵士之將來的諸問題，是不妨作一種普遍的論述。

本來，戰場是一所最實際的軍事學校，而戰場上一切敵我動態又是最新穎的材料，軍人似乎除了從戰場上獲得理論與實際的知識外。別的都好像是附屬的。可是事實並不是如此的簡單，而使軍人足以儘量發揮戰鬥力的諸種元素，都是不可或缺的。

在帝國主義者積極準備第二次世界大屠殺的今日，一切所謂世界的新戰術理論，如夫拉主義，杜黑主義，塞克特將軍的精兵主義等，都是為了大屠殺而產生的新理論。夫拉主義主張只要有優勢的機械化部隊，便可以

衝破任何鐵的陣線，而認大量空軍為無用。杜黑主義是主張以優越空軍為主，而不需要大量陸軍的；因為在現代戰爭中，一個能決勝的攻擊，不但以破壞武力為目的，並要以破壞敵人後方民族中心為目的；飛機的力量可以超越一切障礙，任意攻擊地面武力或對方空軍，所以空海軍是良好的攻擊武力。塞克特將軍是主張精兵主，他在他的《軍人魂》（gedanklnllines soldaten）和《一個軍人的理想》兩書中，很強調著這種思想，並不如何注意思想的問題。這些帝國主義者的軍事家，他們都是異口同聲的強化軍，企圖對內鎮或壓抑趣的民眾，對外足以發揮其盛大的武力。但是，在弱小民族的我們，並不像帝國主義者對其「大眾的軍隊」著恐慌似的，常常威著無法控制和駕駛。我們正要由大眾組成的軍隊，幾乎共同具有對外抵抗拒思想的戰士。因之，除了在所謂機械化或精兵主義之外，政治的教育是股主要的成分。不然，只有精良的武器，而缺乏有敵愾同仇思想的人來實施機械化的作戰，其失敗也是可以預期的。

我們此次經過數月抗戰的結果，認為政治（精神）的教育還不足以同軍事訓練相配合，也即是說「為武器論」者的思想，至少是由事實上給予了大大的打擊，而不得不有所修正。再經過南北戰場上的受挫，至少有某一些心軍隊中政治教育之改造的人，是意味到了受挫的政治的原因。而在將來乃至最近實施的軍事教育方面，想來是可以克服的。

塞克特（seckt）將軍會說：「消滅敵人是戰爭目的，然而有許多路是可以走向這個目的，」又說：「每次作戰必須由一種簡括而清明的思想來支配。每個人和一切事物均當隸屬於這種思想。」我們在抗戰中所賴以支持的是民族獨立生存的意想，亦即是支配著戰爭的簡括而清明的思想；凡是在抗戰中，每一個國民和一切事物均當隸屬於這種思想。由是，我們對於每個國民，應鞏固著共通的民族意向，使其精神國防鞏固到足以抗拒外來的精神侵略，更加而有力的支著民族的生存。如此，來自民間的兵員，其思想也是於全部國民粘著，這種大眾的軍隊，尤其是在民族解放的戰爭中，非如此不足以爭取最後勝利的。至於這點，不僅唯武器論者的塞克斯是有相當的認識，即是在德國戰前專靠犀利武器企圖征服世界的名將

魯屯道夫（lunderdof），他在「全體性戰爭」（total kjieg）書中，首先使用認定了全體性戰爭的基礎是民族之精神的一致團結。他以為一國的國防力是植根在他的民族之中；全體性戰爭中的國防力之大小是視其民族的物理力，經濟力，及精神力之大小而定，其中尤其是以精神力為重要。所以使民族武力一致團結的是精神力，而能在為爭民族生存之全體性戰爭中支持日久的，也是其精神為轉移。他之所以發出此論，是鑒於德國在這方面所感受到的失敗：戰爭時間愈延長，精神團結之動搖也愈甚，德國因為民族意識的強烈，精神團結素來牢固，然而尚且為了戰事受挫的關係引起精神的動搖，以視我散沙般的民族精神，真不天壤之別。我們如果在抗戰小小受挫之際，不在民族中注意精神國防的牢固，不在軍隊教育中加上思想（政治）的訓練，其前途的慘澹，恐怕比之於德國更不堪言呢。

因此，在今後軍隊的政治（思想）教育中，亟應有急劇的改造。如純操場似得死板訓練，如不顧士兵知識程度面只行注人式的教育，如對士兵思想訓練的忽略，如官兵住宿的特殊，如兵與民主的脫離乃至獨立的現象，都是應在今日軍隊教育的實施中急需改造或糾正的。否則上述每一種缺點都是以挫敗抗戰的陣線，反而加速了敵人亡我的客觀條件。

魯屯道夫認為軍隊背後應有精神團及精神牢固之人民；他因為是唯武器的論者，反覆論到精神團結與軍事的關係，卻只及於民眾應如何支持軍隊而並未會提及軍隊本身應為如何側重於精神的訓練。中國今日的抗戰是與侵略陣線中人的理論不同，即是不論軍隊與民眾都應具有共通的抗戰意識，使其凝固而為民族力與國防力最強韌的因素。如果，只以抗戰責任付之軍隊，而軍隊也會懂事，而與民眾的疏隔或更加深。即使中國的軍隊十足機械化，政治教育有了充分的改造，也是不能單獨肩荷此種重任的。因為今日的戰爭既不「軍隊戰」而是「國民戰」，在戰爭全體性化之後，必須有政治（思想）上的全體性來配合才行。

不願做奴隸的人們！我們今日應牢記：「不可應小挫而志妥。」多難足以興邦，如果四萬萬人都願以血肉來築成新的長城，在最高統帥「戰至

一寸土，一卒，一滴血」的決誓之下，經過數千年苦鬥的中華民族，我相信是可以萬眾一心而求得自由與解放的。

編者注：本書單行本於1938年2月由上海金湯書店出版發行

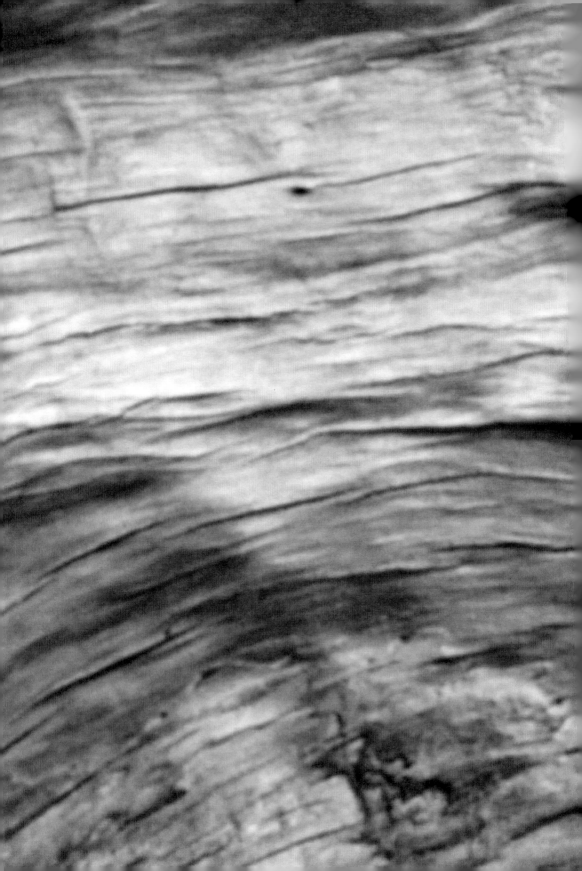

王銘章血戰滕縣城

（國民圖書出版社印行，中華民國三十一年七月）

說明

一、本書文字儘量通俗，在「俗」中亦寓「典雅」之意。雖用民眾慣用之「語彙」「詞彙」，但力避民眾習慣用之別字。並在可能範圍內，注入新思想與新辭。語尾用韻，取其自然，多以西南及西北各省流行者為主，腰韻亦如之。本書可作金錢板、蓮花落、唱書、說書、鼓書、平話、形式之正本，在應用時因有簡單工具，及板眼節拍之配襯，自較文字上更有意味。如各隨方言與物件，而加以地方性之渲染烘托，更為有趣。

二、本書為擬適用於如上述各種形式之宣傳，故詞句亦採錯綜方式，或用對句，或用聯珠句，或作長短句，或用疊字句，旨在舍其短而取其長，不僅在文字上較為活潑，在應用時亦較有力。

三、本書寫法：初用內戰時之川軍作冒起，次導入國防線上之川軍，藉以烘托王銘章藤縣殉難之難能可貴。繼述由藤縣血戰促成之臺兒莊大捷，更足以形容藤縣血戰之重要性。後段提示，紀念王銘章須服從領袖，全民精神總動員，各在其本身職位努力，本有錢出錢，有力出力之訓示，完成最後勝利，俾使王銘章之紀念不致空洞，也此始有積極意義。此係作者之苦心，惟係倉促草成，皆多不滿之處，請為指正，惟在大局及段落上請勿變改，詞句亦可修改。

王銘章血戰滕縣城

各位同胞請雅靜，聽我愚下說新文。

一不說孫二娘開黑店，

二不說武松打虎上梁山，

三不說薛仁貴吃飯一頓要吼幾大碗，

特來說一篇王銘章血戰滕縣城。

此書共分幾大段，

從頭一二說與眾位散心閒。

*　　*　　*

國民政府現刻重慶把陪都建，

一面抗戰、一面建國不怕有甚艱難。

我們抱定了長期抗戰，

準備把日本要拖幹。

四川是一個好地面，

天府之國名不虛傳。

可惜民國以來天天開內戰，

前十幾年真是鬧得黑氣沖天。

一批軍人只曉得爭權、奪利、爭地盤，

老百姓弄得來只有喊皇天。

盧溝橋炮火把他們醒轉，

大家齊把槍口向外邊。

中央政府傳下了一枝令箭，

要調川軍到前線。

一調就是二三十萬，

人人摩拳擦掌、巴不得個個爭先。

東戰場楊森將軍在陳家行、大場、碰到了硬戰，

飛機、大炮、坦克車、簡直不在眼。

一團一團的向前幹，

誰敢臨陣脫逃就是「不要臉」。

衝鋒喊殺驚敵膽，

兩三師人只剩一二千。

漢奸賣了國防封鎖線，

敵寇抄到了江陰太湖邊。

大炮轟到我江陰炮臺重要點，

陸軍又把我們四面圈。

江陰泗安兩地齊失陷，

日軍的機械化部隊又朝廣德串。

川軍桂軍並肩來作戰，

不夠本錢不回還。

新武器打得好兇險，

郭師長的腳杆都打穿，

饒國華師長廣德殉了難，

士兵人人氣沖天。

一齊衝鋒往前幹，

馬上就把廣德泗水奪回還。

誰說川軍只會打內戰？

打國仗沒有哪個不喜歡！

按下東戰場且慢談，

讓我再把北戰場上的王銘章表一番。

*　*　*

王將軍本是川省一員勇將，

畢業是在陸軍軍官學堂。

平生崇拜的是文武雙全的岳武穆，

做軍人要像他不要錢、不要命、只知道精忠把國報，

做軍人也要有佛家的慈悲心腸，

沒有道理的亂殺人、害人總是要遭殃。

在軍中常帶著岳飛佛祖像，

叫兵士要效法他們不要遺忘，

在軍中總愛手持佛珠口念阿彌陀，

身上都常常又掛著手槍指揮刀。

他平素教育兵士很有方，

大家都把他當成一個笑咪咪的佛和尚。

他的身體雖是有點兒胖，

走路卻是比兵士的腳桿長。

打戰夥總是「身先士卒」在前方，

不像那些怕死的官兒，只曉得在後陣唱幫腔。

記得那年成都田劉二軍打巷戰，

王師長在皇城內煤山督戰比人強。

兩軍衝殺如虎狼，

迫擊炮變成了連珠槍。

兩旁隨從人員齊炸光，

王師長神色不變誓死要抵抗。

個個誇說好個王師長，

鐵打的英雄天下無雙！

*　　*　　*

王師長並不是單會打「內戰」，

「國戰」更比「內戰」強。

出川殺敵人人尊仰，

部下兵士個個比人強。

那些兵在四川不知道打了幾多次冤枉仗？

替人家爭權、爭地盤、不過得到幾元錢獎賞！

別人叫他衝鋒砍殺他就遵命不抗，

他們只知道服從命令、好本事就是打仗。

提起出川殺敵打國仗，

好比三年沒有打牙祭吃雞湯；

有人說日本鬼的飛機、大炮、坦克凶得很，

他會向你說，「老子」空手搶回一隻機關槍。

他們在山西省與日軍打了一仗，

取轉了平遙歷史光。

因為他王銘章作戰有膽量，

指揮兵士很有方；

隔遠了空費子彈、一槍不放，

抵攏了只看見手溜彈紛飛，大刀冒紅光。

我們領袖蔣委員長，

特意調他到北戰場。

把他從山西調在津浦鐵路上，

坐鎮山東滕縣控制北方。

那時日寇正在得意正瘋狂，

打算一鼓作氣打勝仗；

南方沒有辦法朝上打，

心想奪取徐州，打通津浦路好通北方，

日本鬼子心眼好似簸箕大，

侵略計畫早已打停當。

一面硬打一面又用他的軟圈套，

暗中收買漢奸作爪牙。

北方有些軍人真可笑，

山東省的韓復榘一面打戰、一面又偷著通商量。

*　　*　　*

韓復榘那個傢伙真混蛋，

枉自當了司令官。

幾年來就與日本人偷偷訂條約，

心想日本人發慈悲把那山東來保障；

日本兵到了山東界，

他還在做夢想偷安。

任憑委員長跟他幾個電，

叫他明白表示好與日本兵戎相見；

誰知他不愛中國，不顧主官的舊情面，

他硬假裝鎮靜悶著不照開。

日本早把南京占，

好像他沒有聽見一般。

日本要打通津浦路線，

好像這件事兒與他沒有關。

日本已經進攻山東省內的膠濟鐵路線，

他還假裝不知、死死守著濟南。

當指揮就該要獨當一面，

幹不來，膽子小，應該早下山；

況且他的部下有幾十萬，

未必個個盡是怕死兒郎？

日本把我們的青島占，

他還在做夢想把山東保平安。

日本兵渡過了黃河南岸，

準備佔據我們的濟南；

沒有一次激烈戰，

韓復榘真是耗子膽，

未奉命令溜之焉。

這時他才曉得受了騙，

保全山東的私人條件上不了算；

明明上當悔也晚，

早知抵抗，總也還要鏖戰幾天。

韓復榘真是好不討體面，

厚起臉皮溜到河南。

到河南去把委員長見，

打敗仗的理由說了一大篇。

委座下令開軍事法庭來審判，

不抵抗的罪狀大如天，

一炮送他到陰司去當司令官。

＊　＊　＊

濟南失陷了沒有阻擋，

日本人真是沾了韓復榘的大光。

打通津浦鐵路的計畫有瞭望，

眼看徐州就要危亡。

徐州失了抗戰要受大影響，

蚌埠正陽關都都要一掃光。

韓復榘的不戰而退真混帳，

怎不給日本鬼一個下馬槍？

調兵遣將都來不上，

正好調來了王銘章。

幾千里行軍真辛苦，

兩隻腳的汽車還要背「包袱」。

兵士一個個都摩拳擦掌，

肩背著四川土造五子夾板槍。

三十下就有一半打不響，

他們只有用這種壞傢伙去答覆敵人的機關槍，

大刀磨得亮晃晃，

紅綾穗子吊起有二尺長；

地瓜樣的手榴彈吊在胸膛上，

四川葉子煙，辣椒腰間裝。

行軍走累了全沒有想想，

只知道抗戰殺敵為國爭榮光。

日本人一來就開仗，

來一個就殺他一雙。

巴蜀健兒沒有怕死偷生漢，

個個都願死沙場。

日兵聞名不敢來上當，

打通津浦路線想盡了方。

暗地裡調兵又遣將，

總想突破滕縣，消滅王銘章。

*　　*　　*

停下王銘章一板容慢表，

表一表他的軍長孫德操。

文武全才孫軍長，

忠勇雙全蓋過當年關雲長。

在山西省平定縣一帶打過仗，

奉命又到山東南部來駐防。

保衛徐州就是鞏固大武漢，

孫軍長全軍開到了最前方。

在山東兩下店打了一仗，

小有損傷當不了喝湯。

兩下店的猛烈反攻只算是第一仗，

他把敵人嚴密包圍真像鐵桶一樣。

敵人被圍困在核心作了慌，

忙把大炮集中火力來猛轟；

天上的飛機一隊一隊來助戰，

一心要把我軍陣地炸個光。

我方兵士雖然死得慘，

大家殺敵心切，前仆後繼個個爭先。

後來又用騎兵繞道迂回進襲鬼子的鄰縣，

交通斷絕，寇兵截成了好幾大段；

寇兵好像熱鍋上的螞蟻，

層層包圍，真弄得狼狽不堪。

新來的川軍在兩下店把大功建，

敵軍死傷重大，才認識了川軍作戰勇敢。

這一下惱了日本司令官，

命令全線總攻決心要把滕縣占。

津浦北段調來了大批兵，

決心先把滕縣週邊的界河、黃山、香城占；

好像用刀把一個人的腳手宰，

滕縣就是個鐵打城池也守不了幾天。

日兵慣用兩翼包抄迂迴戰，

一鼓作氣就想把滕縣來吃乾；

前線的川軍雖然只有三五千，

兵來兵擋迎頭痛擊沒有價錢還。

血戰了兩日山河震撼，

界河前線沒有動搖一點點。

日兵拼他炮彈眾多不值錢，

排炮晝夜快放不停留。

龍山各處陣地都被日軍炮火打破，

英勇兵士不知死了許許多。

敵兵死了有添補，

可憐我們死了一個就少一個。

敵人調來了大批生力軍，

瘋狂的寇軍只是包抄，迂迴向前奔。

敵人用機械來打伏運兵，

我們的隊伍只靠了兩隻腳的汽車一步一步向前行。

日兵的機械化部隊來勢真有勁，

一夜就追到了滕縣城。

*　　*　　*

孫軍長這時馬上傳將令，

吩咐師旅傳團營；

各人的傢伙準備要齊整，

件件帶全不得留停。

我們有槍有刀更有手溜彈，

有了決心哪怕他的機械兵？

倘若這回打勝仗，

包你個個把獎領。

滕縣是津浦縣北段重要據點，

援軍未到後方虛得很；

滕縣掉了不打緊，

眼看徐州就守不成。

大家要抱犧牲為國的大決心，

不怕敵人飛機、大炮、機械軍。

命令銘章王師長，

率領副師長稅梯青，

忠心耿耿保國土，

帶兵死守滕縣等救兵。

滕縣失掉了沒有人情講，

槍斃事小千古罵名洗不清。

王師長接命令不敢遲慢，

急忙命令部下旅團營。

本師奉命守滕縣，

責任重大個個要齊心。

我若偷生怕死你們槍斃我，

那個不奉命令後退，我就不饒情；

前線拼命要苦戰，

不許那個怕死的狗東西往後奔。

三五日湯軍長的救兵就要到，

就是要死也要熬這三五天。

兵不在多只要精，

我這二三千弟兄，真要當別個的隊伍兩三萬。

全體壯丁也可以上城牆。

因為孫軍長王師長隊伍的軍紀好，

老百姓愛戴川軍就像老鄉。

韓復榘早年在山東恐怕老百姓反叛。

專以壓迫人民為能事，深怕他們動了員。

王銘章將軍看到了這一點：

軍民不合作，最後勝利是比上天還要難。

不准士兵估吃霸賒，

一切貨物都要公平買賣。

要打日本就要民眾齊動員。

有刀出刀，有槍出槍，大家站在一條戰線；

有武力的民眾心中快暢，

大家都說王師長就是他們的「靠山」。

王銘章派人到城內鄉下去宣傳，

萎靡不振的老百姓現在都動了員。

更有兩個滕縣城內七十歲的紳士黃馥堂、柳厚山，

他們也奮身出來，跟著軍隊的政工人員到鄉下去宣傳：

藤縣的青年也紛紛起來幹，

加入滕縣救亡委員會去作宣傳員。

黃老進士還作了一首詩：

他說「川軍將帥皆韓岳，豈有神州竟陸沉？」

孫軍長王銘章的隊伍處處受歡迎，

老百姓沿途殺豬宰羊，送棉鞋，還為他們烤大餅。

「軍民合作」就是最後大勝利！

吃老百姓的東西就要為國為民去犧牲！

＊　　＊　　＊

按下王師長守城且慢談，

回書再說進攻的日本兵師團。

北方的城池堅固比四川差得遠，

許多的城牆簡直就是泥土築的土牆；

不幸遇著落大雨，

城牆淋壞了真個不像樣；

有些是泥土夾著大石頭，

矮小破爛還當不了有錢人的火磚圍牆。

這樣的城牆怎樣好作戰？

就是抵抗土匪也還嫌它矮小破爛不完全！

敵人拼他兵眾，炮大、飛機多，

從東北方面不斷把滕縣攻。

幾師團日兵把滕縣包圍上，

飛機大炮又夾機關槍。

敵人在城外占了一個高地心歡暢，

望遠鏡照見了滕縣城內喜洋洋；

大炮架在城外高處對準城內放，

飛機一天到晚轟炸狂。

東門外的血戰真激烈得像個樣，

幸虧有個身經百戰的嚴營長。

一營人血戰、苦戰、彼此衝鋒了幾十趟，

上起刺刀肉搏半天，弟兄們都死光。

日兵幾次想衝進城都上了當，

冒了火才架起排炮轟城牆。

炮彈飛來好像雨點一樣，

城牆上守兵沉著應戰心頭不慌。

大炮彈落在城牆上，

破片紛紛飛四方。

碰著破片沒有情面講，

就是鐵打金剛也要見閻王。

大炮轟了九天九夜好不兇險，

任何人碰到這種火線也要作慌。

那一位守城的周同周縣長，

熬不住悄悄跳城牆。

四圍城牆都被炮打壞，

日兵幾次衝進來都被殺光。

敵人的炮多飛機強，

死一個接著又來好幾雙。

我軍雄赳赳的站在破爛城牆缺口上，

把手溜彈對付敵人的機關槍；

隔近了丟下長槍用大刀，

一刀一個好像切西瓜。

最後敵人冒了火，

一分鐘大炮快放有十幾響；

飛機又丟燃燒彈，

滕縣城內遍處見火光。

炮彈如雨硫磺彈煙雲滿天，

忙煞了守城眾兵官：

顧了救火又顧不了搶堵大炮打壞了的大缺口，

回頭來又要格殺衝進城來的敵寇。

＊　　＊　　＊

敵兵天天都在打主意把城進，

滕縣的戰事真是危急到了萬分。

湯軍長的救兵沒有到，

滕縣周圍友軍沒有了槍聲。

王將軍求援的電報去了十幾通，

孫軍長的兵少調不動；

只有回電叫死守，

上報國家下報委員長的知遇隆。

城外苦戰的川軍師長陳靜珊，

傷亡太多，沒法補充，只有大家拼力守滕縣。

十六日早晨來了日兵一兩萬。

一鼓氣就衝到了滕縣的東關。

陳師長連忙與王將軍商量一番，

請他一人帶兵守城陳師長出西關去開火線。

陳師長的部下打光了只剩特務手槍各一連，

兩連人出其不意衝出了西關；

不料才出西門四里多遠，

就碰著了大隊敵軍來增援；

他們猛衝了幾次雖把敵人追到了鐵路線，

敵多我少，沒有辦法把他們來聚殲；

敵人埋伏的鐵甲車張了眼，

機關槍、鋼炮子彈就像落雨點；

火力旺盛我軍死傷眾，

兩連人死傷只剩二三十個。

城外沒有阻擋正好長驅而入，

小小孤城看看就要陷入敵手。

增援的生力軍沒有到，

向孫軍長請救兵的電報也打不通。

＊　　＊　　＊

殺不盡的寇兵衝進了滕縣城，

佔據了城牆用機關槍掃射我軍。

城內的川軍三千死傷重，

誓死苦戰誓死不屈服。

敵我兩軍在城中起了巷戰，

英勇的受傷弟兄口中還在把「殺敵」喊。

幾千裡外為國犧牲，

一個個都是心甘情願。

王師長指揮巷戰站在街口上，

肚皮上挨了幾炮「不倒樁」。

士兵勸他退下去休養，

他反罵士兵出言狂；

尺寸土地不肯讓，

誓與滕縣共存亡。

指揮殺敵如舊樣，

傷重氣絕大呼「中國不會亡」。

可惜一員忠勇將，

為國犧牲死沙場。

還有重傷官兵三百名，

敵兵來了退不出城；

他們不願做一個半生不死的俘虜，

就在黃泉路上也要與王師長一路行；

大家拿出手溜彈來齊爆炸，

這種驚天動地的壯烈死難，誰也沒有聽過！

還有滕縣城內的零星部隊五六百，

王師長死了，沒人指揮，還是與敵人巷戰不絕；

打倒晚間才且戰且退，

那沖出重圍的二三百人真是了不得！

這就叫「一人、一槍、一彈、都要打到底」，

有了這種精神中國不會亡！

＊　＊　＊

這回王銘章死守在滕縣，

阻擋敵兵足足有三天；

王師長一個人雖說殉了難，

三天內在徐州臺兒莊一帶佈置好了一個大圈圈。

王師長守滕的任務就在「阻敵南下」這一點，

這個任務真是難上難。

王銘章殉難消息傳出後不只是全國痛傷，

個個稱讚好英雄，人人尊仰；

有的說四川軍人慣會打硬仗，

有的說中國軍人個個都應效法王銘章。

國民政府下了一道令，

追封上將好光榮。

屍首搬回四川來安葬，

委員長在漢口祭奠都哭了一場；

親題四字「民族之光」。

棺材過漢口一直西上，

沿途民眾看見也感傷；

歡迎歡送在車站碼頭上，

祭奠酒禮、錢紙、蠟燭、香。

男男女女、大大小小、老老少少，珠淚長淌，

朝朝暮暮、時時刻刻都在追念王銘章。

成都為他治喪開公祭，

祭堂中懸掛武裝遺像好堂皇。

各機關官長來祭吊，

幾千人公祭好榮光。

大家又在成都公園替他造銅像，

千秋萬載姓名香；

不怕韓復榘生前的官兒大，

罵名千載那點及得上王銘章？

大家紀念他又開辦了一所銘章中學堂，

要替中國教育出千萬個王銘章！

好男兒都該像這樣，

長留歷史享榮光。

人生不怕三十、四十把命喪，

只怕與草木同朽枉在世上走一場，

虛生一世才冤枉，

倒不如犧牲為國把名揚！

＊　　＊　　＊

北戰場全靠滕縣這一擋，

不然臺兒莊那會打勝仗？

如果沒有王銘章死守滕縣把他擋，

一鼓氣就會把徐州來掃光。

韓復榘自認聰明會算帳，

誰知天網恢恢，罪不容誅，難逃軍閥的裁判？

到而今只落得罵名千載，

反不如王將軍萬古把名揚。

這不是愚下吹牛皮來唱高調，

恭祝各位同胞做個銘章王上將！

＊　　＊　　＊

王銘章血戰滕縣是前一段，

後書再把臺兒莊大捷，最後勝利表一番。

臺兒莊論他地位本在山東省南邊上，

地勢重要非比尋常。

日軍在津浦線上逞凶狂，

在滕縣僥倖打了個小勝仗；

歡喜得心頭發了狂，

急忙調兵又遣將，

妄想進佔我們臺兒莊。

心想乘機打一網，

誰知這回上了當。

我們參謀白總長，

坐鎮徐州指揮北方；

人人稱他是小諸葛亮，

計畫指揮比人強。

在臺兒莊安下了天羅和地網，

專等日本人來鑽牛角尖。

程潛將軍也帶兵朝北上，

幫忙計畫反攻臺兒莊。

程潛本是中央一員名將，

部下士兵很多是老鄉。

白總長歡迎在車站上，

握手相見話衷腸。

「車到功成」開言講，

相視而笑同主張。

計畫周密調兵又遣將，

幾員著名戰將調到了前方；

大小三軍真像餓了的老虎一樣，

個個都要打牙祭逞豪強。

命令一下齊殺上，

大刀閃出亮紅光。

我們領袖委員長，

這回也親身冒險到前方；

日本人個個都喊腦殼漲，

師團長都喊上了中國人的大當。

臺兒莊這回才把傢伙亮給日本望，

機械化部隊頭次上戰場，

新式坦克車齊衝上，

日本兵見了心頭慌，

忙令大隊坦克車來抵擋，

誰知舊傢伙一炮一架，不夠上場。

英勇的好漢沒有把坦克車看上眼，

手溜彈對它的窗眼砰、砰、砰、響。

一個個手提大刀，腰纏手溜彈，

吼一聲衝鋒，大家不顧性命向前衝、砍、殺；

把磯谷板恒兩師團的日兵，

真殺個流水、落花。

這一回打死他兩萬以上，

撿到他幾百尊大炮幾千支槍；

開不動的烏龜坦克車撿得了好多輛，

破爛不堪走不動，士兵走過只得譏笑一場。

大炮口徑四寸以上，

一尊一尊都有三四丈長，

勝利品搬到後方用船裝，

老百姓看了個個喜洋洋。

日本皇軍這回大現慘像，

跪在地下願繳槍，

滿心想在中國處處打勝仗，

誰料丟臉，上當就在臺兒莊。

可歎日本的幾萬兵和將，

通通打得一抹光。

這回我們中國不叫打勝仗，

多少給他嚐嚐辣子湯。

委員長當日在電臺曾把話講：

「打勝仗莫驕傲，打敗了也莫要把氣喪。」

最後勝利全靠長期來抵抗，

補充、接濟、全靠在後方。

＊　　＊　　＊

唱完一段又一段，

再把最後勝利表詳端。

單論滕縣那一仗，

誰不說王銘章是一條好漢？

提到山東省怎麼掉得那樣快？

誰也會罵韓復榘是個狗王八！

滕縣如果三五天都熬不上，

不只是臺兒莊打不了一個大勝仗，

恐怕徐州真會被日本一掃光。

到後來徐州、武漢、廣州、雖說都失掉，

地方失掉了我們還是越打越堅強！

大家都曉得長期抗戰早已開展，

要怎樣才算是中國好兒男？

要怎樣才算是抗戰勝利點？

許多人還是糊糊塗塗像酒漢！

諸位聽我好有一比，

中國好比船兒在過險灘。

有等人總說國家事有領袖委員長管，

用不著我們老百姓七嘴八舌亂翻翻。

諸位要知領袖好比艄公在把水路看，

諸位同胞好比船夫把槳搬。

大家都要努力用勁幹。

大家都要同心協力，共扶船兒過險灘。

劃的劃橈匾，

撐的撐蒿杆，

塞的塞漏眼，

補的補船舷。

幫幫忙忙把船劃攏岸，

全船人的生命財產才得安全。

過險灘譬如我們抗戰，

不努力船兒就要翻；

船上不准有人光吃飯、吹牛、不把工作幹，

也不准那個扯皮、打架、鬧黨派；

大家若不努力同心幹，

以船人的生命財產難保全。

現在抗戰到了第三期的新階段，

爭勝利要靠我們全國精神總動員。

抗戰到了五六年，

最後勝利的條件還不算完全。

大家屈起指拇仔細算一算，

究竟那些條件不全，那些還要添？

你要知道中日兩國開國戰

這是我們民族存亡的生死關；

不比往年四川軍閥打內戰，

也不像往年中央大兵討叛將。

救國家要靠全國同胞努力幹，

不要做夢裝聾賣啞全不在心眼。

是可歎有些不懂事的同胞還在鬧意見，

有些同胞簡直是在賣祖先，

有些自作聰明又在肚子裡懷私見，

有些不知國家危亡還在酒地花天；

有些只知吃咖啡、坐茶館，

全不想那些事費時、費事，又費錢；

有些「老槍」還在偷著吃大煙，

全不想病國病民、捉著槍斃喪黃泉；

有些只曉得天天打紙牌、麻將搓幾圈，

不賭錢就覺得心中有點不了然；

有些只曉得上館子吃雞、吃魚、吃西餐，

國家事那裡幹了一點點？

這等人的生活真可歡，

一天吃了飯只會造糞、造孽、造謠言。

不說誰家的酒好、菜好、老婆又好看，

就說那些貨要漲、那路打敗仗、法幣不值錢。

這等人真是多得來有點討厭，

他們的精神、物質那兒動了員？

可笑有一等愚蠢癡迷漢，

朝山拜佛去求仙；

丟下活菩薩的好事不努力幹，

哪知泥塑木雕有什麼靈驗？

勸他當兵他不幹，

千方百計往外方逃竄，

你說壯丁抽籤他不願，

提起前方打戰等於挖了他的祖墳山！

甘願出銀子送給別人幹，

自己躲在後方嫖、賭、煙、酒、鴉片煙。

這等人雖說壞，還沒有到極點，

後來緊防賣國求榮當漢奸。

社會上還有多少壞習慣，

提倡新生活來革也革不完，

若不設法來改正，

人格、國格看看就要保不全。

委員長從前在重慶電臺廣播講演，

提倡全體國民精神總動員。

勉勵同胞努力抗戰，

不管前方、後方、一齊都要大動員。

大家起來報仇和雪恨，

不收復失地枉為一世人，

為國盡忠，為民族把孝盡，

像這樣才算是天地間完人。

大家要向著：「國家至上、民族至上、軍事第一、

勝利第一、意志集中、力量集中」三大目標來前進，

團結精神，打退敵人。

前方將士在流血、拼命，

後方民眾，大家要當後援作後盾；

後方精神興奮，前方士氣才旺盛，

不要槍炮、都要把日本日本鬼嚇掉三魂。

這就叫做抗戰中的「精神戰」，

精神的力量更比武器凶千般；

這也就叫國民精神總動員，

精神勝過武器、人力、百倍、千倍、好幾萬。

好與日本把總帳一齊算，

幾十年的國恥要洗得一乾二淨。

最後勝利快實現，

希望同胞齊動員！

目下日本又蠢動在各戰場，

中國不救就要亡。

倘若亡國真慘像，

大家性命活不長。

倘若五千年的中國真成了猶太、印度那一樣，

有錢、有勢也沾不了日本鬼一點光！

我們中國有個領袖委員長，

思想、主義、本事、件件都比人強。

賽過三國諸葛亮，

鞠躬盡瘁、抗戰建國計畫長。

人人都要服從委員長，

有錢出錢、有力出力緊記上，

團結不怕緊，動員不怕嚴，

協力同心打東洋。

士、農、工、商都要站在自己崗位上，

努力生產、節省消費、補助前方。

有錢出錢齊來把公債、儲金券搶，

誰個買得多就是愛國兒郎！

有力出力去把義勇壯丁當，

三五年立功就會賽過王銘章。

同胞們，殺呀，敵人殘暴如瘋狂！

漢奸宣傳的謠言沒要信，

我們只有抗戰到底沒有什麼「和平」講。

我們四萬萬人一條心

兵多，將廣，寶藏多得很。

大家起來殺盡倭奴心中快爽，

吐氣揚眉在東京、富士山崗。

收復失地，報仇雪恨，男兒多勇壯！

中華民國萬歲國運久長！

這書就叫「王銘章血戰滕縣城」，

說與各位同胞當新文。

（完了）

編者注：該書單行本於1942年7月於國民圖書出版社出版屬於國民常識通俗小叢書

戊申生日自壽
戊申冬日重赴龍洞堡血清廠工地，循圖雲關
轉松林坡
己酉春節獨登相寶山（照壁山）
己酉生日赴採石工地，步陸游「書憤」韻
己酉生日坐河濱公園壩上橋
庚戌生日正八八記歲，過此即餘生之年，古
難冀久留勢，早行黔靈預作示別
王剛同志約遊黔靈山未遂感作共勉
辛亥春日送王剛同志歸凱里州治
辛亥春日坐河濱公園長廊
辛亥三月坐螺絲山陽明祠舊址
辛亥四月八坐挹波亭遺址憶舊遊
辛亥「五一」登東山（自壽組詩之一）
辛亥蒲月登東山頂峰遠眺（自壽組詩之二）
辛亥蒲月三遊人仙洞，訪宏達道長，適還俗
不遇。（自壽組詩之三）
辛亥生日自壽
辛亥秋日送龔親翁歸銅仁錦江故居
辛亥冬日早行皂角埡步魯迅韻
辛亥冬至琢磨工具至深夜
辛亥隆冬早經九華工地偶首聯，歸見小孫，
適當除夕，百感交集，匯成一律

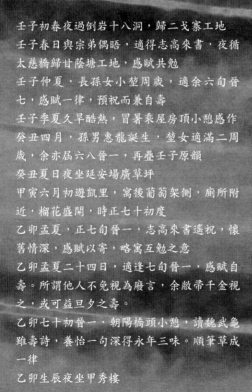

壬子初春夜過倒岩十八洞，歸二戈寨工地

壬子春日與宗弟偶晤，適得志高來書，夜循
太慈橋歸甘蔭塘工地，感賦共勉

壬子仲夏，長孫女小塈周歲，適余六旬晉
七，感賦一律，預祝而兼自壽

壬子季夏久旱酷熱，冒暑乘屋房頂小憩感作

癸丑四月，孫男惠龍誕生，塈女適滿二周
歲，余亦屆六八晉一，再疊壬子原韻

癸丑夏日夜坐延安場廣草坪

甲寅六月初遊凱里，寓後葡萄架側，廁所附
近，榴花盛開，時正七十初度

乙卯孟夏，正七旬晉一，志高來書遙祝，懷
舊情深，感賦以寄，略寓互勉之意

乙卯孟夏二十四日，適逢七旬晉一，感賦自
壽。所謂他人不免視為廢言，余敝帚千金視
之，或可益旦夕之壽。

乙卯七十初晉一，朝陽橋頭小憩，讀魏武龜
雖壽詩，養怡一句深得永年三味。順筆草成
一律

乙卯生辰夜坐甲秀樓

「文革」遺稿
——七律三十首注評

前言

先父楊昌溪，又名楊康。1902年農曆5月20日生於四川省仁壽縣龍駒場一普通農家。自幼聰穎好學，體健善言。發蒙後因家道貧寒，至當地外國教會學校以工養學。1927年畢業於四川聯合師範，1930年畢業於上海聖約翰大學。就讀期間，即開始從事文學創作活動。著作頗豐，成績驕人。現據查證，有譯著《西線歸來》、《無錢的猶太人》，《兩個真誠的求愛者》等，中篇小說《給愛的》、散文集《三條血痕》、文藝評論《卓別林之一生》、《雷馬克評傳》、《雷馬克與戰爭文學》、《黑人文學》、《現代世界文壇逸話》等。同時，還在當時頗具影響的《矛盾月刊》、《現代文學》、《現代文學評論》、《新時代》、《讀書月刊》、《十月談》、《新青年》等刊物上發表《蘇俄戲劇之演化及其歷程》、《迎蕭伯納》、《土耳其新文學概論》、《最近的世界文壇》、《俄國工人與文學》、《英國工人的戲劇運動》、《論文藝中的戰鬥性》等文章，是活躍於當時文壇的翻譯家、作家和文學評論家。

1933年至1935年間，先父受邀離滬，至江西南昌同時擔任江西電訊社編輯主任、南昌新聞報總編等職；1936年至1939年擔任南京新生活運動總會編輯組長。抗戰期間，與王滌之女士結合並育有一女寧華（寧北河），惜於武漢日軍空襲中不幸遇難。爾後，先父入川再與生母何問禮完婚，並任北碚立行中學高中語文教員。隨即再入黔，先後任貴州省政府審訓團編審、貴州青年中學教官、貴州日報總編、貴陽師範學院兼職教授、幸福日報社社長等。此間，著有《熱戀》、《中國軍人偉大》、《大家齊來打日本》，《王銘章血戰騰縣城》等，並主編《在火線上的四川健兒——川軍抗戰實錄》，另有《論文藝中的戰鬥性》、《孔子與新生活運動》、《擁護領袖與尊師重道》等文章散見於各類報刊。

1949年，先父在「西南革大」結業後待分配，於1951年再次赴黔，任貴州省直屬機關幹部業餘文化學校高中部語文教員。1955年，因其生性率直耿介，喜論國事，且授課旁徵博引，招致「審幹」中身陷囹圄。母親何問禮，四川資中人氏，大學文化，亦因隨父親在該校任教而受株連，但卻艱辛支撐，撫育膝下一子四女成人。現以退休教師身分頤養天年，94歲高齡仍耳聰目明。其與先父育有一子四女：長女楊遠蓉，1940年生於四川成都，次子楊遠承，1942年生於四川自流井（自貢），三女楊遠渝，1944年生於重慶，四女楊遠築，1946年生於貴州貴陽，么女楊遠福，1954年亦生於貴陽，現均兒孫滿堂，安享晚年，幸福康樂！

　　唯先父於1962年「困難時期」提前釋放歸家後，奔走呼告，求職無門，賦閑兩年後即陷入「文革」十年浩劫中，淪為「牛鬼蛇神」。雖已過花甲之年，因不堪家人受其株連，勉力加入街道勞動服務站泥木石組，尋覓零活，自食其力。忍辱負重，奮力求生，自強不息！

　　1976年5月4日，先父終因渾濁氛圍及困頓境遇之煎熬，患結腸癌不治而悄然辭世，長眠於貴州省貴陽市南郊圖雲關左側山崖下的茂密松林中，那是其身前曾多次途經且相中的長眠之所。1986年，其辭世10年後，經子女申訴，得以平反昭雪，可歎為時晚矣！先父上世紀三、四十年代創下的輝煌有史可證；唯後20餘年的經歷和留下的文字幾近無證可考。

　　所幸「十年動亂」中，先父儘管晝夜奔波勞頓，潦倒艱困，淒苦晚景非常人可耐，然但有空暇，便手不釋卷，尤喜中醫、易經、詩詞歌賦，書報為友，賦詩言志，雖苦猶樂！事隔三十餘午後，在其當午破舊工具袋內一筆記本中，竟然發現其陸續寫下的七言律詩三十首！這些七律詩，字斟句琢，格律工整，多有用典；或寄情山水表明心跡，或慨歎世態省悟人生，或感懷親朋，砥礪晚輩，鮮明個性及學識、人品與氣質，皆融於字裡行間！

　　歷史應正確對待，不容篡改。為對先父一生作出公正評論，當以其所處歷史背景為前提，方能獲得正確判斷。不然，其定會永遠成為那個年代又一無辜的犧牲者！

　　在先父誕辰110周年之際，研讀其詩稿遺作，勉力注評，以表敬仰和感懷。只惜功力不逮，謬誤難免，恭請方家，不吝指正！

楊遠承
2012年10月至2013年6月於築城之棲霞嶺下

戊申生日自壽

流年似水又經春，

赤浪翻滾起衰鬟。

回首偏驚懸崖馬，

捫心堪笑溷池蠅。

寶書燭透魂靈暗，

雄篇閃照心竅清。

全國今喜紅一片，

枯木也應慶新生。

注評：

（1）溷：音昏。豬圈；廁所。

（2）捫：捫心。摸摸胸口，反省自問。此處係用典故，出自於白居易詩：「捫心
無愧畏，騰口有謗讟。」

（3）此詩題為「戊申生日自壽」，應為1968年5月作，其時正值「文革」前期，
即「十年動亂」中處於「全國山河一片紅」，處處成立「革命委員會」，
並對所謂的「走資本主義道路的當權派」、「反動學術權威」、「地、富、
反、壞、右」（指地主、富農、反革命分子、右派）等「牛鬼蛇神」，進行
殘酷「批判鬥爭」之時。作者做夢也不會想到，自己年過花甲後，竟然也淪
為「牛鬼蛇神」，成為街道上的「批鬥對象」，在「革命群眾」的陣陣「批
鬥」聲中，不僅要與國家主席劉少奇和共產黨的總書記鄧小平一樣，被「批
倒」、「批臭」，還要被「踏上千萬隻腳，永世不得翻身」。於是，便借
「自壽」之時，寫詩以記其事：自嘲為廁所裡的蒼蠅，要用「紅寶書」方能
照透「陰暗」的靈魂，而也只有如此才能慶幸「枯木」亦能獲得「新生」！
詩中所描述的場景和個人心態，既是「文革」中在「紅色恐怖」之下知識分
子的人性被扭曲後的真實寫照，也是對那一段可悲歷史所留下的原始記錄。

戊申冬日重赴龍洞堡血清廠工地，循圖雲關轉松林坡

背負殘囊陟險峰，
揮汗如雨上九重。
圖雲畫出龍洞堡，
古木撐開扳晚鐘。
宿鳥喳喳驚孤客，
松風陣陣拂荒壟。
顛簸迫近牛欄舍，
老夫重來共草叢。

注評：

（1）詩題中的圖雲關龍洞堡，均為地名，在貴陽城南郊外，地勢險要，山高路
　　陡，樹密林深，為關隘之處。1951年中國人民解放軍解放貴陽時即由龍洞堡
　　經雲圖關進城。圖雲關路口左右均有松林坡，是作者到地處龍洞堡血清廠工
　　地做工時往返的必經之處。其左側面對城區一座山崖陡壁下的松林坡，後為
　　作者自選的長眠之所。

（2）陟：音至，登高，上升。

（3）牛欄舍：「十年動亂」中，「走資派」、「地富反壞右」，及「反動學術權
　　威」等，均被稱之為「牛鬼蛇神」，被打入「牛棚」勞動改造，就連鄧小平
　　一樣的偉人也不例外，被押往江西某工廠去勞動。故而作者將其住所戲稱為
　　「牛欄舍」。

（4）老夫重來共草叢：戲指自己既然已成了「牛鬼蛇神」，那麼，每日勞動歸
　　來，自然是再來與「牛」一起睡在「草叢」之中了。

（5）「背負殘囊陟險峰，揮汗如雨上九重」，直言為了生計而背著破舊的工具
　　袋，早出晚歸時的困頓與艱辛；「圖雲畫出龍洞堡，古木撐開扳晚鐘。宿鳥
　　喳喳驚孤客，松風陣陣拂荒壟」，對仗工整，詩中有畫，生動地描繪出在歸
　　途行徑中所見到的一派蒼涼暮色，既為轉入「顛簸迫近牛欄舍，老夫重來共
　　草叢」的結句作了鋪墊，更顯作者「心境」與「情景」之照應與交融。

已酉春節獨登相寶山（照壁山）

山如照壁氣凌雲，

「相寶留雲」亂草橫。

黌舍耀眼今勝昔，

梵幢委地幻似真。

千回悄寂馳迢目，

一樣悲歡痛逝水。

莫道踽蹤行蛇步，

此身猶得攀高嶺。

注評：

（1）黌，音黃，古代稱學校。相寶山下乃原貴陽師範學院（現貴州師範大學），校舍眾多。作者當年曾兼任貴陽師範學院文學教授。

（2）梵：音凡，關於佛教的，幢，音從，刻著佛號或經咒的石柱子。

（3）踽：音雨，形容一個人走路孤零零的樣子。如：踽踽獨行。

（4）「山如照壁氣凌雲」中的「凌雲」，作者自注曰：「晉朝詩人阮籍有詩曰：『高鳥摩天飛，凌雲共遊戲』」。

（5）「相寶留雲」，貴陽城區東北處之照壁山又名相寶山，相寶山，於扶風山和東山遙遙對峙，山上舊時有屏山寺，石刻「相寶留雲」，曾為貴陽八景之一，現廟宇已廢；石刻尤存。

（6）結句中的「高嶺」，作者自注曰：「晉朝詩人陸機有詩曰：『長喬被高嶺』；詩仙李白有詩曰：『幽松出高嶺』」。

（7）本詩係1969年春節作者隻身出遊後的感懷之作。此時，作者已近古稀之年，舊地重溫，往事如煙，追昔撫今，心情自是難以平靜。但是，卻以「此身猶得攀高嶺」作結，巧借兩位古人詩句表抒寫情懷，欣然自慰，在表達對生命敬畏之同時，也流露出自信樂觀的人生態度。

已酉生日赴採石工地，步陸游「書憤」韻

垂老始知生事艱，

晨昏蹭蹬萬重山。

戴月霜冷頭橋路，

劚石雪凌五里關。

文章少作愧眾許，

鬢髮晚催恨千斑。

欣喜神州紅豔豔，

殘生幸得在人間。

注評：

（1）「垂老始知生事艱，晨昏蹭蹬萬重山。戴月霜冷頭橋路，劚石雪凌五里關」。詩句中的頭橋、五里關，均為地名，時為貴陽城西近郊，係作者前往採石場工地做工時往返的必經之路。早出晚歸，戴月披星，翻山越嶺，霜冷雪凝。是以切身經歷體驗出老來方知求取生存，是一件多麼不容易的事情啊！

（2）「文章少作愧眾許，鬢髮晚催恨千斑。欣喜神州紅豔豔，殘生幸得在人間」。據1934年《十月談》第23期桂平畤在《文壇畫虎》中專門以「楊昌西在南昌」為題，將其列入了「文壇」中的「畫虎」對象，稱其是被江西專程「從滬上請來」後，「在新聞界和文藝界身兼三四職務」，可見是有相當分量的。時隔30多年後，以作者當時的身分，已然無權再發表文章了，回想當年也曾因文章而被認許和讚譽，自然感到萬分慚愧，只恨時不再來；年過花甲，鬢髮千斑，尚能在腥風血雨之中，僥倖地生存下來，已是不錯的了！全詩既可聽到作者在萬般無奈之下發出的人生感概，也能感受到在「十年動亂」中，飽受政治迫害的廣大知識分子的艱難境遇，以及被扭曲了的心靈。

己酉生日坐河濱公園壩上橋

　　蒲風拂雨忽老春，

　　二毛生鬢總催人。

　　彈指幾傷駒隙逝，

　　掄拳猶覺掌生風。

　　前年探勝影湖碧，

　　今日臨流歠水瀅。

　　爭得回飆掃秋霜，

　　勝向花朝倒春餅。

注評：

（1）己酉生日，1969年，作者應為67歲。河濱公園在貴陽城南南明河畔。公園內
　　　南明河下游之處，原築有一攔河堤壩提高水位，淺水期可過行人至對岸，現
　　　已不存。

（2）駒隙：借用成語「白駒過隙」之意，感歎時光和歲月流逝得太快。

（3）此詩之後，作者寫有一自注，曰：「杜少陵七律有全對者，雖偶一為之，但
　　　亦沉鬱之至。今偶成此律，亦情性所至，非故為學杜也。」由此可看出：作
　　　者既十分推崇詩聖杜甫，卻也有個人的見解，即認為杜甫的七律詩「雖偶一
　　　為之」，但卻顯得過於沉悶而憂鬱。因「情性所至」，自己雖也處於困苦潦
　　　倒之中而寫詩解悶，卻並非是要故意去學杜甫的那種過於「沉鬱」的風格。
　　　正所謂「江山易改，秉性難移」。讀完全詩，不難看出作者雖身處逆境之
　　　中，所顯現出的那種既逞強好勝又自信樂觀的情性。尤其是詩的首聯「彈指
　　　幾傷駒隙逝，掄拳猶覺掌生風」與結尾之處的「爭得回飆掃秋霜，勝向花朝
　　　倒春餅」，既抒「老當益壯」之豪情，又發「人生苦短」理當珍惜歲月之慨
　　　歎！在如此艱困的境遇之中，全無悲戚之感，仍對未來的生活充滿信心，足
　　　見性格之倔強和生命力之頑強！

庚戌生日正八八記歲，過此即餘生之年，古難築久留勢，早行黔靈預作示別

忙裡探山躋巃岣，

萬華開謝二年春。

遙看松挺穿崖矗，

俯挹竹勁透石清。

弱柳暗牽孤客緒，

紅玫泥殺白頭心。

名山一別煙雲渺，

果證菩提百年身。

注評：

（1）關於詩題：這年作者已近古稀之年，自來「人到七十古來稀」，加之「古難築久留勢」，即自古以來貴陽蒙難時間總呈現拖延很久的趨勢，故作者預感到自身將因此而有所不祥，便偷閒到貴陽黔靈山朝山拜佛，以表「預作示別」之意。六年後（1976年），作者病逝時「文革」尚未結束，可見其對於生死顯得十分淡定。

（2）作者朝山拜佛的途中，一路「遙看」、「俯挹」，近觀，所見景物無數，卻特意從中擇取了蒼勁挺拔的青松、勁韌有節的翠竹、纖細柔弱的楊柳、豔麗嫣紅的玫瑰作為依託之物，盡情地抒發情懷：松樹不僅高大而挺拔，還「穿崖」而矗立，生命力多麼頑強；中空而有節的翠竹，深深地紮根於土石之中，顯得堅實、高潔而清麗；那隨風擺動的柳條兒，卻在暗中牽引著孤獨遊客紛繁複雜的心緒；滿頭白髮的孤客，面對豔麗嫣紅的玫瑰花朵，兩相對照怎不讓人痛徹心肺？生命於人，該是多麼的寶貴啊！

（3）名山一別煙雲渺，果證菩提百年身：雖與名山告別於煙雲飄渺之中，但佛家有佛坐菩提樹下修成正果之說，故以正果喻坐化成佛，這是作者美好願望的表達。

王剛同志約遊黔靈山未遂感作共勉

黔靈蒼鬱氣氤氳，

一回登臨百感興。

翳木穿天天欲墮，

荒芚入地地為傾。

虬松俏勁亂雲渺，

苦竹衰臞暮雨生。

共看巒丘添錦繡，

遊春攜侶倍相親。

注評：

（1）黔靈山在貴陽城區西北，與城東棲霞嶺對峙。蒼松青翠，風光獨秀。有九曲徑、瞰築亭、弘福寺、洗缽池等系列景觀，被稱為「黔中勝地」，「貴州佛教第一叢林」。

（2）王剛：作者之三女兒（老四）楊遠築之前夫，時為黔東南自治州州府凱裡市醫院醫生，後調貴陽花溪區醫院，曾任該區副區長、政協副主席。

（3）氤氳：煙雲彌漫。用典，拾遺記：「有鳥如雀，吐五色之氣，氤氳如雲。」

（4）翳：音意，遮蔽。用典，《楚辭．九歎．遠逝》：「石嵾嵯以翳日」。

（5）臞：音瞿，同臛，瘦弱。

（6）芚：音屯，草木初生之貌。

（7）翁婿相約共往貴陽黔靈山遊春，女婿因故而爽約。作者隻身一人再次登山望景而百感交集。那時，他是多麼希望相約之人能與自己一道「共看巒丘添錦繡」。因為，只有「遊春攜侶」方才「倍相親」啊！可是當時作者的兒女們有的在進「毛澤東思想學習班」而未能脫身，有的在修築湘黔鐵路的工地上，有的遠在異地他鄉，均不能與其相聚，而能有一婿能由凱里上省城貴陽與其相會，已是十分難得的了。故而作者為此感慨萬端，特意寫詩而記，全詩在流露出對親情的眷戀和渴盼的同時，也表達出隻身獨往時的那種無奈和孤寂的心情。

辛亥春日送王剛同志歸凱里州治

薄霧濛濛送晚風，

朝陽橋畔水溶溶。

春雷夜放千花樹，

主席手揮億萬幢。

坦坦闊道牽別緒，

絲絲柔柳係情胸。

望城坡下愁千種，

唯見鐵龍踱嶺峰。

注評：

（1）薄霧濛濛送晚風：在濛濛薄霧中，女婿所乘坐的火車即將在夜霧中出發。

（2）朝陽橋：在貴陽城南橫跨南明河，位於前往貴陽火車站之寬敞而平坦的遵義路上。

（3）春雷：指當時地處貴陽城南的「春雷廣場」。在「文化大革命」十年動亂期間，因貴州省成立革命委員會之際，人民日報曾特地發表社論《西南的春雷》而得名。廣場東面，有一尊毛澤東身穿軍大衣站立著挺胸揮手的巨型塑像，至今猶存。「改革開放」之後，該廣場更名為「人民廣場」，其周邊及場內諸多建築，幾經拆遷增建，現已成為人民群眾遊覽場所，亦被譽為「貴陽的一張名片」。

（4）望城坡：貴陽老地名，位於貴陽城南火車站的對面。因舊時之貴陽城區範圍較小，立於坡上，即可居高臨下觀看到貴陽城的概貌而得名。

（5）作者的前一首詩寫女婿春節期間到築探親，相約遊山未遂，這一首則記錄女婿節後返回時，作者不但相送至火車站，歸來後還作詩以記。「坦坦闊道牽別緒，絲絲柔柳繫情胸。望城坡下愁千種，唯見鐵龍踱嶺峰。」則與前一首詩遙相呼應，再次表達出作者對親情的眷戀和渴盼。其中，對晚輩的寬宥之意，不言而喻；文人和長者風範亦昭然顯現。

辛亥春日坐河濱公園長廊

無緣有偶兢天仇，

有眼無雙捩地舟。

卅年綢繆終舛錯，

一朝恚怒等陵丘。

魚枯恥吾慚丐乞，

鴉昏欺翁愧鷰鳩。

獨行蹎蹎笑弱柳，

西風落葉看經秋。

注評：

（1）捩：音獵，扭轉。

（2）卅年綢繆終舛錯：綢繆，修繕之意，借用成語「未雨綢繆」，比喻事先作好
準備；舛錯，舛，音喘。舛錯，錯誤、錯亂。意只作者在人生道路上苦心經
營了三十年，也作好了種種思想準備，但終因世事難料，花甲之年後，竟然
還是出現了「錯亂」。

（3）恚：音會，轉動。

（4）鷰鳩：鷰音燕，鷰雀，古書中說的小鳥；鳩，音究，斑鳩。如鴿子一般的鳥。

（5）蹎蹎：音舉，形容獨自走路，孤零零的樣子。

（6）「文革」動亂，竟然延續十年之久，誰人能預料得到呢？全詩表現了作者深
陷其中後思想之苦悶和生活之困頓。尤其是「魚枯恥吾慚丐乞，鴉昏欺翁愧
鷰鳩」，將自身喻作被枯水中的魚恥笑，與乞丐相比還覺慚愧，就連覓食後
於黃昏歸巢的烏鴉小鳥也不如的一個老翁！在那令人窒息的年代裡，猶如作
者這樣的一代知識分子之淒涼晚景，令人潸然淚下。

辛亥三月坐螺絲山陽明祠舊址

一年容易又蒲風，
杜宇聲聲啼嶺東。
羅漢松凋天寂靜，
夾竹桃萎草蒙蔥。
斷碑殘碣埋荒徑，
破鼓梵幢伴蝕鐘。
獅子山前煙繚繞，
空聞群鳥聒晚空。

評注：

（1）陽明祠：位於貴陽市城東的一處名勝古跡，係棲霞勝景之一。亦是貴州省內
　　　著名的旅遊景點之一，內建有雙祠一寺，即王陽明祠、尹道真祠和扶風寺。
　　　「十年動亂」中，慘遭人為毀壞。直到「改革開放」之後，方得以重新修
　　　葺，並列為省級文物保護單位和省愛國主義教育基地。
（2）杜宇：即杜鵑鳥，也叫布穀或子規。
（3）獅子山：又稱螺絲山。王陽明祠與尹道真祠分別建於獅子山下之兩側。
（4）聒：音刮，聲音嘈雜，使人厭煩。
（5）「羅漢松凋天寂靜，夾竹桃萎草蒙蔥」和「斷碑殘碣埋荒徑，破鼓梵幢伴蝕
　　　鐘」兩聯，生動形象地描繪出在「十年動亂」之中，陽明祠內諸多文物古
　　　跡被人為破壞，中華文化慘遭蹂躪摧殘之後，所呈現出的一派荒涼和破敗景
　　　象，實為對其時大破「四舊」所造成的惡果之真實寫照。

辛亥四月八坐挹波亭遺址憶舊遊

結侶名山正卅秋，

滄桑冷暖幾沉浮。

故交零落成灰燼，

骨肉翩飛堪燕鳩。

攘禳洋場莞爾過，

茫茫綠野黯然收。

俯挹龍泉望天宇，

樓臺熠熠出沙洲。

評注：

（1）關於詩題；作者自注曰：「客寄築垣龍井路，路以近有龍井水得名，舊為古跡之一。井前橋橫，有石柱刻聯記盛世，今已不存。」作者當時居住的地方叫龍井路，係因附近有龍井水而得名。而龍井舊時曾有小橋橫跨於水流之上，並立有石柱，上面還刻有對聯，記錄一時之盛況，是貴陽市區內的名勝古跡之一。時已不復存在。現今，貴陽城內僅龍井路路名尤存，卻因四周高樓聳立，龍井被封，井水也不知流向何處。「四月八」為貴州苗族同胞傳統節日。這天，貴陽近郊苗族同胞呼朋喚友紛紛趕往貴陽市區內之噴水池一帶遊玩對歌跳舞，歡慶節日，十分熱鬧，市民們多前往觀看。節後，農村隨即進入春耕犁田插秧的大忙時節。作者所居住的龍井路地處噴水池附近，出行觀看十分方便。但作者並未記錄節日情景而是以此而「憶舊」。

（2）挹：音憶，舀；牽引；熠：音乙，光耀；鮮明。

（3）俯挹龍泉望天宇：挹波亭旁的龍井水，又稱望龍泉。

（4）這是一首作者因回憶故交舊友結伴出遊而感慨人生之作。三十多年過去了，幾經滄桑，物是人非，當年的遊覽勝地已不復存在，結伴而行的「故交」也「零落成灰燼」。自己雖然還活著，但兒女們猶如燕雀各奔東西，身處在鬧市之中，感覺得孤獨而寂寥。低頭俯挹龍泉，舉首仰望天宇，當年情景恍若閃現眼前。

辛亥「五一」登東山（自壽組詩之一）

無錢買得一身安，
惜福消融自劫開。
柳綿翩躚翻情愫，
槐絮繽紛迷花眼。
蹭蹬迤上棲霞嶺，
仰俯靜觀白玓泉。
梵宇樓臺今似昨，
春風澹蕩換人間。

評注：

（1）東山：位於貴陽城區東南，一山陡起，四無依傍，形若弓背，又稱棲霞嶺。
在林木蔭翳中，隱現閣樓，與城西面的黔靈山遙遙相對，為貴陽開闢較早的
名勝古跡之一，曾被稱為貴陽十景之首。但因多年來一直被人為破壞和單位
佔據，山上原有的寺廟亭臺均已然不存，唯登山之二百餘石階和兩旁石壁上
的摩崖刻字「天然奇妙」、「一覽眾山小」等尚在。幾經動議之後，現正廣
集善款於修復之中。

（2）繽紛：出自晉朝陶潛，即陶淵明之《桃花源記》中：「落英繽紛」。

（3）蹭蹬：困頓。用典，出自李白詩：「夫子雖蹭蹬，瑤臺雲中動。」

（4）白玓泉：原東山寺廟後面一井泉之名，今已淤湮。

（5）澹蕩：用典，一為晉時鮑照詩：「春風澹蕩俠思多」；二為唐朝陳子昂詩：
「春風正澹蕩。」

（6）無錢買得一身安，惜福消融自劫開。全詩開宗明義，表明心跡：一旦看透人
生之後，便會以「無錢」和「無為」而安之若素，便以登山作詩而自壽，從
中自得其樂。即便是「苦中作樂」，卻也顯出其做人的情操和氣度。

辛亥蒲月登東山頂峰遠眺（自壽組詩之二）

狂飆四面起巔峰，

城市如棋展畫櫳。

翠綠螺山環列岫

晶瑩帶水繞浮蓉。

天高邈漠穿河漢，

地卑熙蠕醒蟻蟲。

俯視仰觀情千種，

群山低首聽松風。

評注：

（1）蒲月，即五月，農曆五月五日為端午節，又稱蒲節。因端午節有在門上掛菖
　　蒲葉避邪之風俗而得名。

（2）端午節還有外出遊走，以驅逐百病之習俗，稱為「遊百病」。故而作者依其
　　習俗，又逢端午節期間正正值其生日前後，於是四處遊走以袪病災，並以詩
　　記之，故而合為一組。

（3）櫳，音農，窗戶。

（4）岫，山洞；山。

（5）「天高邈漠穿河漢，地卑熙蠕醒蟻蟲」，邈，音秒，遠；卑，低下。「地
　　卑」與上句中「天高」相對；熙，音西，此處為和樂之狀；蠕，如蚯蚓慢慢
　　地行動。登上東山頂峰，舉頭望見天高邈遠，直穿雲漢；俯瞰城中，行走的
　　人們猶如螞蟲般和樂地蠕動著。一個「醒」字，耐人尋味！

（6）「俯視仰觀情千種，群山低首聽松風。」在一「俯」一「仰」中，心中激起
　　萬千感慨，卻聽任耳畔松風陣陣。

辛亥蒲月三遊仙人洞，訪宏達道長，適還俗不遇。（自壽組詩之三）

危岩突兀彩雲間，

遠挹觀音一線天。

洞號仙人蒼翠簇，

寺名水口雪濤喧。

羊腸鑿壁編龍虎，

石榻飛升弄愚頑。

解道清涼方寸地，

此身便是陸中仙。

評注：

（1）關於詩題：仙人洞又名來仙洞，在貴陽城東郊牛渡河即南明河水口寺段上。洞在懸崖之半，高數百米，是貴陽著名的名勝景點。作者身處逆境，心生「尋仙問道」之意不以為怪，文人墨客，自古使然。執著地三次前去造訪早年曾相識的宏達道長均「不遇」。原因不言自明：「道長」已「還俗」了！「十年動亂」之時，文物古跡遭破壞，洞中道人被攆走。當年「紅衛兵」和「造反派」們破「四舊」，聲勢何其浩大？對搞「封建迷信」的道人，豈能容得？詩題值得玩味，言辭不多，卻已交代清楚了時間、地點、人物及事件之原委。

（2）彩雲間：借用李白詩句：「朝辭白帝彩雲間」，言仙人洞所處位置之高險。

（3）寺名水口雪濤喧：仙人洞下還有一寺，名為水口寺；寺下的南明河中有一巨大礁石，狀如石船，河水自上而下流來後受阻，翻滾奔騰著從石上喧囂飛躍而過。水口寺內建有小學一所。如今，寺已不在，小學及地名猶存。

（4）石榻飛升弄愚頑：作者自注：「仙人洞中有一石榻，舊以為仙人坐化之地。」

（5）解道清涼方寸地，此身便是陸中仙。作者自注：1940年遊合川雲谷寺，壁上題詩有句云：浮生識得清涼地，寸土能銷萬刃關。此二句蓋從上詩化出。

辛亥生日自壽

八八浮生又一春，

百年過半恨殘萍。

流光似水真悠夢，

華髮如霜纍億莖。

惡夢縈環空怛惻，

好景波逝痛黝深。

古稀七十寧詒我，

搔首驚嗟鏡鑒清。

評注：

（1）纍；同累，連綴。

（2）億莖；言其白髮之多，極度誇張之語。

（3）怛；音達，憂傷，悲苦。

（4）惻；音冊，悲痛。

（5）黝，音酉，黑。

（6）詒：音乙，傳給。

（7）辛亥年即1971年，時值「林彪出逃」、「鄧小平初次復出」之年。這一年正
值作者70虛歲。人生苦短，人到古稀，感慨良多。故而，與其它各年相比
較，似小有閒暇，詩也就寫得多了一些，幾乎占其「文革」期間所寫七律詩
的四成。若本首「辛亥生日自壽」可視為該年自壽詩作的小結，除「自壽組
詩三首」之外，全年先後還另有八首，先後共寫了十二首之多。或送親友、
憶舊遊，或記樂見長孫、夜坐堤壩，或寫登東山、遊黔靈、到陽明祠、訪仙
人洞，還有的寫冬日出工謀生，深夜還琢磨工具，等等。但凡足跡所到之
處，心緒紛繁之際，皆有詩以記，有感而發：或眷故親情，或憶念舊友，或
袒露心跡，或感慨人生。境遇多舛，痼癖尤存。展卷之餘，深感像作者這樣
的一代知識分子的命運令人可歎可悲，但人品卻又可愛可敬！

辛亥秋日送龔親翁，歸銅仁錦江故居

相逢恨晚惜殘年，

一刻千金意萬千。

漫話蒼桑寧多事，

遠跋獻阪豈偷閒?!

靜觀俯察皆自得，

礪志怡情正悠然。

「相寶留雲」雲邈邈，

棲霞花發錦江天。

評注：

（1）龔親翁乃先父三女楊遠渝之岳丈，貴州銅仁人。適逢多事之秋，已是風燭殘
年的兩親家，難得一遇；加之年歲相仿，趣味相投，私論時事，各抒己見，
談今論古，聊以自慰，故而發出「相逢恨晚」，「一刻千金」，以及「漫話
滄桑」，「遠跋獻阪豈偷閒」（晉.嵇康賦：「丹岩嶮山獻」。）等諸多感
概。不是嗎，遠途跋涉到省城，還在晚葷的飯桌上呈獻出山坡裡的土特產：
這能說是「偷閒」嗎？這一問句，既是對遠道而來的親家的寬慰，更是對其
精神的讚譽，情真而意切！

（2）「靜觀俯察皆自得，礪志怡情正悠然。」冷靜觀看，細心體察，磨礪意志，
愉快心情，這不正是悠然自得的事情嗎！似為與親家相互勉勵，實為作者認
為對當時出現的動亂時局應持的態度。

（3）邈邈：高邈，李白詩：「高邈不可攀。」

（4）錦江：在貴州省銅仁市環城而過，流入湖南。

辛亥冬日早行皂角埡步魯迅韻

又當歲暮逢春時，
俯首長喟鬢有絲。
卅載回頭空潸淚，
十年脫胎愧搴旗。
欣看兒輩成飛馬，
喜掬彤心寓砭詩。
百歲光陰如夢蝶，
剗卻瘡痍換紫衣。

評注：

（1）皂角埡；貴陽城郊地名。

（2）喟，慨歎。

（3）搴旗，搴，音千，拔取。其自注曰：「古時作戰，以斬將搴旗為勝利。」

（4）砭，指出錯誤，勸人改正。

（5）卅載回頭空潸淚，十年脫胎愧搴旗。欣看兒輩成飛馬，喜掬彤心寓砭詩。這
　　　兩聯是先父對人生的慨歎：回首往時令人獨自流淚，慚愧的是十年囹圄未能
　　　有所斬獲，欣慰的是歸家時兒女們均已成年，自己尚能寫詩以表愧疚。

（6）百歲光陰如夢蝶：其自注曰：「語出莊子，莊子化為蝴蝶，不知莊子化為蝴
　　　蝶，蝴蝶為莊子。」

（7）剗卻瘡痍換紫衣：瘡痍，創傷。形容遭受戰亂、災禍嚴重破壞後的景象。紫
　　　衣，紅藍合成的顏色為紫色，紫衣即紫色衣服。全句表達出先父經歷了十多
　　　年戰亂之後，剛過上幾年平靜日子，又遭遇十年囹圄，緊接著再陷入「十年
　　　動亂」，想要儘快免卻災難的急切心情，以及對贏得新生活能過上平靜而安
　　　穩日子的渴盼。

辛亥冬至琢磨工具至深夜

老懷無奈悟生難，

百藝從頭放眼看。

銑鉋車鉗迷眼底，

汙塗木石繞指端。

文章錦繡雕蟲蚓，

雜技斑駁咄愚蠻；

聊寄蜉蝣消暮景，

重鼉迭錯逐華年。

評注：

（1）汙：骯髒，借指做泥木石工作。

（2）繞指端：詩後自注：柳宗元詩「君愛繞指柔，橋君緣柳把。」

（3）咄，音奪，表呵斥與驚詫之意。

（4）蜉蝣，昆蟲，幼蟲生於水中，有翅兩對，在水面飛行。作者自注：蘇軾赤壁賦「寄蜉蝣於天地，渺滄海之一粟。」

（5）迭，音跌，同疊。重複地堆積、累積。

（6）讀罷全詩，不難體會出先父在困頓之中，為了生計而勞碌奔波，不得不忍痛「投筆從工」，而去「百藝從頭放眼看」的淒涼晚景和求生欲望，以及倔強的心性。結尾之處，以「聊寄蜉蝣消暮景，重鼉迭錯逐華年」兩句，坦露心跡，收束全詩：我還是趁著這夜深人靜之時，借著反反覆覆地琢磨和推敲這「蜉蝣」般的「雕蟲小技」，以此來消磨我的晚景，度過我的殘年罷！這是「十年浩劫」中，一個知識分子晚年之際，在萬般無奈下從心底所發出的讓人心悸的悲歎！

辛亥隆冬早經九華工地偶得首聯，歸見小孫，適當除夕，百感交集，匯成一律

欲哭無淚徹骨酸，
長歌當哭透膽寒。
牙牙學語眯眼笑，
顫顫攀挣行路難。
一老一小相映襯，
半衰半弱共開顏。
人生原自孩提起，
莫笑童耄一體看。

注評：

（1）關於詩題；先父隆冬之際仍冒著嚴寒外出作工，在前往西郊九華村工地的路途中，還琢磨詩句，而「偶得首聯」。小孫係其子楊遠承之長女楊筱堃，1971年5月19日出生，至當年除夕，尚不足周歲。出工歸來，於除夕夜與兒子遠承一家團聚，見出生不久的小孫女正牙牙學語，蹣跚學步，十分可愛。兩相對照，在老少同樂中卻也「百感交集」。於是，將此情景描繪出來。續上首聯，匯成了這首七律。

（2）童耄，童，兒童。耄，年老。

（3）全詩明白如話，起承轉合，自然曉暢。詩題中的「百感交集」是全詩的「詩眼」所在。既寫心跡，又寫親情，既寫心情，又寫感悟；既流露出酸苦和悲戚的心跡，又描畫出欣喜和歡樂的場景。先是首聯中的「欲哭無淚」，「長歌當哭」，一連用了兩個「哭」；緊接著的「眯眼笑」，和「共開顏」，則一連用了兩個「笑」。有哭有笑，真是苦中有樂，樂中有苦，苦樂參半，兩相對照，怎不讓人「百感交集」呢！正是在這樣複雜的情感交織中，才讓先父能從心底中發出了「人生原自孩提起，莫笑童耄一體看」的深切感悟。讀罷全詩，讓人感動，令人警醒。

壬子初春夜過倒岩十八洞，歸二戈寨工地

沐雨櫛風踱嶺崆，
泥濘道滑看蒼穹。
謀生匪易行顛撲，
圖活苟全心惻忡。
足蠒重重酸竅骨，
眼花步步捫茅叢。
吁吁喜過靈泉洞，
漫野螢火霧迷濛。

注評：

（1）詩題中的「倒岩、十八洞、二戈寨」三處，均為貴陽城南近郊舊地名。先父
赴離城約八、九公里遠的二戈寨工地，往返須途徑倒岩和十八洞。倒岩離城
最近，十八洞則在離二戈寨不遠的半山腰山。

（2）沐雨櫛風踱嶺崆，泥濘道滑看蒼穹；沐雨櫛風，借用成語櫛風沐雨，比喻辛
苦勤勞。踱，音治。踱，音奪，慢慢地行走。蒼穹，穹，音窮，高高隆起
的天空。在春雨綿綿中不辭辛勞地在山嶺的泥濘小道上一步一滑地慢慢地行
走，不時地抬頭看看那高高隆起的天空，生怕天黑趕不到工地。

（3）謀生匪易行顛撲，圖活苟全心惻忡；顛撲，形容因上下震動而幾乎跌倒。惻
忡，惻，悲痛。忡，憂慮不安。作者直抒心跡：為了謀生計，行路是如此的
艱難，為了苟全圖活，內心是多麼悲傷和憂慮。是虛寫。

（4）足蠒重重酸竅骨，眼花步步捫茅叢。竅骨，竅，窟窿，孔洞，指全身骨節的
各個關鍵部位。捫，按、摸。實寫年老眼花。夜赴工地。舉步維艱。

（5）吁吁喜過靈泉洞，漫野螢火霧迷濛。雖然走得氣喘吁吁，但讓人高興的是，
在漫野迷濛，螢火點點時，終於到達離工地不遠的靈泉洞。心情及景物的描
述，均表現出老來謀求生計之艱辛。雖喜猶悲。

壬子春日與宗弟偶晤，適得志高來書，夜循太慈橋歸甘蔭塘工地，感賦共勉

共話天涯忽卅春，
人間突換幾翻新。
鯽江螢火恍如昨，
古築虎語疑是今。
蠹書多種偏茁穗，
綠柳蔓枝總成蔭。
好景不長須兢業，
赤水三川兩相親。

注評：

（1）關於詩題：宗弟，楊澤文，時在貴州工學院任教。志高，楊志高，曾是先父的學生。原在四川省地質隊工作，當時因被劃為「右派」，已在鄉務農。

（2）鯽江螢火恍如昨：作者自注曰：「龍市小河鯽水自仁壽流來，循金甲灘繞龍駒場出金花場與錦江合流，小學舊稱鯽水小學，近人殆已不知。」

（3）蠹書多種偏茁穗，綠柳蔓枝總成蔭。詩後有自注曰：「舊時以讀書費錢，不如務農，然楊氏中培植子弟之妙，於解放後方證知，此二句即指贊此事。」

（4）詩中借「赤水」指代「貴州」，「古築」指代「貴陽」。

（5）在街上與宗族中的弟兄邂逅，老家務農的學生又有來信。這在當時，對作為兄長和老師的先父來說，無疑是一件令人高興的事，自然要作詩以記。於是，記下了三十年後遠在他鄉遇親人，「共話」人間滄桑變換和幾度「翻新」的感慨，以及對故土的懷念。尤其是對長輩們具有有遠見卓識，能從小送子弟入學就讀，獲取知識，尋覓出路的舉動，給予了充分的肯定和贊許。其中，不免也有「好景不長須兢業」這樣應時共勉的言語。

壬子仲夏，長孫女小堃周歲，適余六旬晉七，感賦一律，預祝而兼自壽

七十依稀見長孫，

堃華灼灼應千金。

光英無聲天滋潤，

綠柳有枝地碧蔭。

欻看春花紅豔豔，

樂聞雛鳥鐵錚錚。

祖孫難得同天運，

倒轉年光慰嫡親。

注評：

（1）關於詩題，壬子仲夏，即1972年5月。是年是月，長孫女楊筱堃滿周歲，即1972年5月19日。其時，先父正逢「六旬晉七」。古稀之年，因「祖孫難得同天運」而有感，故而賦詩「預祝而兼自壽」。

（2）堃華灼灼應千金。詩歌有自注：「灼灼，光焰貌。詩經：「灼灼其華」。華，花也。」在對小孫女的贊許中滿懷著希夷。

（3）光英無聲天滋潤，光英為先父兒媳之名，雖話語不多卻天生滋潤，身體康健。

（4）綠柳有枝地碧蔭。詩後有自注：「柳與楊同也。」「地碧蔭」與上句「天滋潤」對，暗指楊氏家族還會有後人。

（5）欻看春花紅豔豔，樂聞雛鳥鐵錚錚。欻，音需，忽然。鐵錚錚，詩後自注：「鐵之錚錚，喻人之出眾。」這一對句字裡行間滿懷著先父對小孫女之未來的殷切期盼。

（6）倒轉年光慰嫡親。詩後再次自注：「晉·任日首詩：『何由乘此竹，直見平生親。』」抒寫「祖孫難得同天運，」家族後繼有人的愉悅心境。

壬子季夏久旱酷熱，冒暑乘屋房頂小憩感作

危簷飛升趁斜空，
明知虎穴信偏鋒。
頭戴暴日心煎灼，
腳踏破椽膽愱忡，
遐望迷離聊閉眼，
梭行顛蹶甚飄蓬。
大風大浪何容懼，
浪蕩生涯履險中。

評注：

（1）關於詩題。據查作者筆記本中相關記錄，此詩確係於1972年7月20日作於工地檢漏之屋頂上。其晚年生活之艱辛和性格之堅韌，皆躍然紙上。

（2）明知虎穴信偏鋒。作者自注曰：「俗語：明知山有虎，莫向虎山行。今反其意而用之。正班超不入虎穴焉得虎子之意。軍有偏師，鋒芒亦然，意謂素非所習，非正業也，虧得不偏。」

（3）頭戴暴日心煎灼，腳踏破椽膽愱忡，遐望迷離聊閉眼，梭行顛蹶甚飄蓬。此兩聯對仗工整，用詞精當，虛實並舉，描繪出暴日下出工，在屋頂小憩時的焦灼心情和險惡境遇。

（4）大風大浪何容懼，浪蕩生涯履險中。作者自注曰：「履險：與履險為夷一語意近。」是說大風大浪用不著害怕，浪蕩的生活總是在艱難險阻中熬過。語意看似簡單而平淡，但是，只有具備堅韌不拔的意志和頑強毅力的人，才會具有如此積極的生活態度。

癸丑四月，孫男惠龍誕生，堃女適滿二周歲，余亦屆六八晉一，再疊壬子原韻

六八殘春又男孫，
堃龍璀璨正雙金。
漣江渾渾天生惠，
蜀嶺蒼蒼地滿蔭。
靜看映山齊鬥豔，
行見入雲奮佼錚。
榮華苦短風颭柳，
聊循天運慰可親。

評注：

（1）關於詩題；癸丑四月，孫男楊惠龍誕生，陽曆為1973年4月22日，又逢孫女楊筱堃滿2歲。於是，步上年七律之原韻欣然賦詩，再次對晚輩寄予滿心期待。

（2）漣江渾渾天生惠，蜀嶺蒼蒼地滿蔭：兒媳光英，祖籍貴州惠水縣。先父於詩後自注曰：「惠水有漣江河流。論語：源泉渾渾，不舍晝夜；李白詩：『揮手凌蒼蒼。』」意在指出孫兒惠龍得名之由來。

（3）靜看映山齊鬥豔，詩後有自注：豔山紅，一名映山紅，亦杜鵑花，三、四月開花。李白詩：杜鵑花開春已闌。」

（4）行見入雲奮佼錚。詩後再次自注：古以入雲龍稱龍，龍亦喻英才；佼錚：喻人之出眾，周易：「雲從龍，風從虎」，今雲與龍均隨龍虎而興。

（5）榮華苦短風颭柳，聊循天運慰可親。不要去尋求和留念如風吹柳般的短暫榮華，而要順應天時才能讓自己的親人得到安慰。這一結句，總結人生教訓，諄諄告誡後輩。猶如警句，語重心長！

癸丑夏日夜坐延安廣場草坪

為尋淨地避暑薰，

延安坪頭意幽深。

機車隆隆聊閉目，

鐵刃嘶嘶且斂心。

紫林庵近煙雲渺，

相思寺遙風物紛。

盛世苟全渾如許，

閒坐花壇濃草青。

注釋：

（1）關於詩題；貴陽市區內之延安路於中華路交叉路口，解放前稱銅像臺，因有
　　貴州軍閥周西成銅塑像而得名，後拆除建一廣場，稱延安路廣場，後為便於
　　市內交通故，改建為噴水池，即以噴水池命名，延安廣場早已不復存在。作
　　者所居太平路地處延安廣場附近。

（2）先父於夏日夜晚到延安廣場草坪乘涼，以避陋室內暑氣之熏烤。感覺到鬧市
　　區內「機車隆隆」聲，與那廣場附近五金店中傳出加工器具發出的「鐵刃
　　嘶嘶」聲，奏出了「盛世」之「祥和」。善於修身養性者，便能處事怡然自
　　得。此時此刻，縱然作者境遇坎坷，尋涼於鬧市之中，尚能在「近煙雲渺」
　　之下，在「遙風物紛」，「盛世苟全」之中，「閒坐花壇」，「聊閉目」，
　　「且斂心」，享受著「濃草青」給自己帶來的清涼氣息。儘管這只是炎熱夏
　　夜裡的暫時享樂而已，但此時其心境該是何等的愜意。全詩自然明快，通達
　　曉暢，充分表現出其積極樂觀而曠達之秉性。

甲寅六月初遊凱里，寓後葡萄架側廁所附近榴花盛開，時正七十初度

蒼翠屏中萬點紅，

一枝獨俏映榴叢。

為剪綠葉清華路，

坐戀紅蕊鬥碧桐。

萬翠成泥此偏發，

千苞繚繞號為雄。

山花灼灼挹飛閣，

獨揭穠豔傍廁壟。

注評：

（1）關於詩題：先父之四女兒楊遠築，其時正在黔東南自治州州府凱里市醫院工作，將年已古稀的父親接至凱里家中小住。居所係醫院宿舍之平房，房後有一後院，建有一茅廁，並植有葡萄、石榴等果樹與花卉，既可供人觀賞又可供人休憩乘涼。

（2）這是先父在晚年中唯一的一次離家遠行，也是他難得的一小段清閒日子，此時所寫之詩，在寫景為主的同時抒發閒適的心境。這在他「文革」期間所寫的三十首七律詩中，就其總體風格而言是很少見的。

（3）蒼翠屏中萬點紅，一枝獨俏映榴叢。開篇大處落筆，總寫後院在陽光下那鋪滿綠葉的葡萄架，那枝頭綻開朵朵紅花的石榴樹，色彩豔麗，相映成趣，令人陶醉，為全詩定下基調。

（4）為剪綠葉清華路，坐戀紅蕊鬥碧桐。一「剪」一「戀」，緊接上句表明對「綠葉」與「紅蕊」的讚賞和喜愛之情，為全詩定下感情的基調。而其後的「此偏發」、「號為雄」、「獨揭穠豔」等對榴花的讚譽和感慨也便順理成章地逐步提升。

乙卯孟夏，正七旬晉一，志高來書遙祝，懷舊情深，感賦以寄，略寓互勉之意

榴火驕春四月天，

殘陽青鳥喜蹁躚。

正興風月來悠夢，

蘇裡談笑幾含煙。

浪吼獅灘驚階赫，

風飆築嶺礪韌綿。

稻香燈裡兒孫笑，

處順安時自怡然。

注評：

（1）此詩作於1975年5月24日。時作者已感有病纏身。

（2）殘陽青鳥喜蹁躚，杜甫有詩曰：「烽火連三月，家書抵萬金。」先父已至殘年又處於動亂中的困頓時節，還能收到來自家鄉的學生楊志高為他祝壽的信函，自是十分感懷。於是，不僅寫詩以寄，還欣然借用李商隱詩：「青鳥殷勤為相看」以抒發其情感。

（3）浪吼獅灘驚階赫，風飆築嶺礪韌綿。暗寫師生二人的政治境遇。

（4）稻香燈裡兒孫笑，處順安時自怡然：詩後有自注；「陸游筆記引韓超國詩：『安順處事理則然。』」意在安慰並勉勵學生要安於農耕現狀，不要牢騷太盛，而應處亂不驚，靜觀其變。只有這樣，方能怡然自得地活著。果然，其後不久，楊志高得以「脫帽」、「平反」、「恢復名譽」、「落實政策」，只惜先父已然聽不到也看不見了！

乙卯孟夏二十四日，適逢七旬晉一，感賦自壽。所謂他人不免視為廢言，余則以敝帚千金視之，或可益旦夕之壽。

杜老遺言未詒欺，

浮沉顛挫歎古稀。

花月耀眼藏妙悟，

風險驚心隱玄諦。

噉飯匪易甘羹薄，

乞討無方曬簷底。

酸辛解道長年樂，

萬事陶然且忘機。

注評：

（1）關於詩題：先父於年過古稀之時，敝帚自珍地總結出幾條人生經驗，不僅不怕別人將其「視為廢言」，還認為能以此來「益旦夕之壽」。

（2）杜老遺言未詒欺，浮沉顛挫歎古稀。詩後自注曰：「杜甫詩，『人生七十古來稀。』」感歎自己在人生道途中雖「浮沉顛挫」，卻終於邁過了古稀之年。

（3）花月耀眼藏妙悟，風險驚心隱玄諦。漫長的人生道路上，無論是在風花月夜中，在繁華鬧市的紅燈綠酒中，在驚心動魄的艱難險阻中，都隱藏著許多讓人去認真體味和領悟的玄機和真諦。這是先父的人生經驗總結之一。

（4）噉飯匪易甘羹薄，乞討無方曬簷底。噉：同啖，吃，或給人吃。簷：同簷，屋簷。人要求得生存不是一件容易的事，但只要是憑自己的勞動所換來的即便是很粗陋的食物也是「甘羹」，因為，哪怕是去乞討，也還得看準地方才行！這是先父的人生經驗總結之二。

（5）酸辛解道長年樂，萬事陶然且忘機。詩歌後自注：「曹操龜雖壽詩：『養怡之福，可得永年。』李白詩：『我醉復樂，陶然共忘機。』」這一結句，是則是先父總結出的人生處世態度。

乙卯七十初晉一，朝陽橋頭小憩，讀魏武龜雖壽詩，養怡一句深得永年三味。順筆草成一律

洋場坦道恁徜徉，

漫生何之意微茫。

飯啖強日嚼三千，

腹果晚趨一萬行。

早行吞吐唯翕氣，

夜闌開合盡遊揚。

搖頭擺尾去心火，

詠到龜詩也昂藏。

注評：

（1）此詩係先父於小憩之時因讀曹孟德《龜雖壽》詩後，有所感悟並寫詩以歸納總結自己之所以尚能在艱難困頓中，頑強地活到七十多歲的一些養身之道。因此，詩後對每一句均作了簡短注解。

（2）飯啖強日嚼三千。詩後注解：「指細嚼」。意為進食之時要認真做到「細細嚼碎慢慢咽。」而不要「狼吞虎嚥」。

（3）腹果晚趨一萬行。詩後注解：「指飯後散步」。常言道：「飯後百步走，活到九十九」。看似簡易，若要長期堅持，卻也不易。

（4）早行吞吐唯翕氣。詩後注解：「指呼朝氣」。早晨的空氣清新宜人。亦告誡人早起莫貪睡。

（5）夜闌開合盡遊揚。詩後注解：「指吸夜氣」。一天結束，在夜闌人靜之時，正好吐故納新，以利於安穩入睡。

（6）搖頭擺尾去心火，詩後注解：「指八段錦中第七式」。養身拳八段錦中的第七式名為「搖頭擺尾」，有序地活動頭頸及全身，能平靜心緒。

乙卯生辰夜坐甲秀樓

殘陽薄暮恁南行，

甲秀樓荒意幽深。

參天秀閣穿雲翳，

分水鼇磯釣南明。

流水遠從碧環出，

倒影近傍青蓮澄。

聲聲杜鵑喚柳梢，

絮聒滄桑亦多情。

注評：

（1）甲秀樓；貴州省貴陽市的標誌性建築，位於市區濱河路與西湖路交叉處。明
萬曆二十六年（1598年）巡護江東之主持貴州政事時始建，在南明河中鼇頭
磯上壘臺，臺上建閣，取名「甲秀樓」，祝願「科甲挺秀」，人才輩出之
意。甲秀樓高約20米，為三層三簷攢尖頂。樓下浮玉拱橋飛架南北，其下沉
泓釀碧，漩渦起伏，名「涵碧潭」，橋上有亭，曰「涵碧亭」，亭柱上刊聯
不少。500多年來飽經滄桑和風雨磨難，「十年動亂」中亦未倖免，曾被更
名為「東風樓」。文物遭破壞，加之年久失修，樓不可復登。1981年政府撥
款大修後，方得以煥然一新。

（2）全詩明白曉暢，情景交融，意味深長，是先父一生中的最後一件作品。起始
便以「殘陽薄暮恁南行，甲秀樓荒意幽深」，先交代夏夜尋涼步出家門之
後，由北往南，隨意漫步而行的時間，以及「生辰夜坐」時的心境；再用一
個「荒」字，點出當時甲秀樓的破敗景況，與隨後的描繪甲秀樓周邊往昔瑰
麗景色的兩聯，形成鮮明對照。從而使「意幽深」更耐人尋味。若將其與結
尾的「聲聲杜鵑喚柳梢，絮聒滄桑亦多情」對應聯想，既首尾呼應，又氣韻
貫通。就連那啼血杜鵑的「絮聒滄桑」也顯得「多情」，牽出作者幾多往昔
美好的記憶和人生的慨歎啊！「鳥之將死，其鳴也哀；人之將亡，其言也
善。」先父此時難道已預感到什麼，便以「啼血杜鵑」自喻，在對自己的一
生作總結嗎？

後　記

　　世事竟然如此蹊蹺和奇妙，在我年逾古稀之時，尚能為先父楊昌溪於其耄耋之年先後寫就的三十首七律遺稿作注評。此前，因諸多緣故，將此事延誤了不少時日。現多年夙願終算完成，如釋重負，愉悅之餘，感慨萬千！

　　人生在世，誰不想有所作為？但世情叵測，縱令才高志大之士，也往往難有如其心願而終為集大成者。與先父同時代的知識分子多矣，但大多迭遭困頓，尤其是在「十年動亂」裡，在謀求生存的空隙中，只好把心血凝聚在詩文的字裡行間，以「抒發人生感慨，傾吐文士悲辛。」由此看來，這便是先父所寫三十首七律遺稿的主旨所在。

　　十分遺憾的是完稿後，深感自身與先父學養上的差距太大，尤其是古文造詣，更是難望其項背，自覺汗顏。故而在注解時，有許多地方都原文照搬了其手稿中所做的自注；而對詩的評說，也大多只能單就其字面去揣摩大意，所以就顯得十分膚淺。這些都一直很想努力去予以補救，但已力不從心了，只得留待高人評說！

楊遠承

於貴陽棲霞嶺下寓所

2013年7月31日

附錄：刀「式」辯

黃棘

本月六日的《動向》[1]上，登有一篇阿芷[2]先生指明楊昌溪[3]先生的大作《鴨綠江畔》，是和法捷耶夫[4]的《毀滅》相像的文章，其中還舉著例證。這恐怕不能說是「英雄所見略同」罷。因為生吞活剝的模樣，實在太明顯了。

但是，生吞活剝也要有本領，楊先生似乎還差一點。例如《毀滅》的譯本，開頭是——「在階石上鏘鏘地響著有了損傷的日本指揮刀，萊奮生走到後院去了，……」

而《鴨綠江畔》的開頭是——「當金蘊聲走進庭園的時候，他那損傷了的日本式的指揮刀在階石上劈啪地響著。……」

人名不同了，那是當然的；響聲不同了，也沒有什麼關係，最特別的是他在「日本」之下，加了一個「式」字。這或者也難怪，不是日本人，怎麼會掛「日本指揮刀」呢？一定是照日本式樣，自己打造的了。

但是，我們再來想一想：萊奮生所帶的是襲擊隊，自然是襲擊敵人，但也奪取武器。自己的軍器是不完備的，一有所得，便用起來。所以他所掛的正是「日本的指揮刀」，並不是「日本式」。

文學家看小說，並且豫備抄襲的，可謂關係密切的了，而尚且如此粗心，豈不可歎也夫！

五月七日。

注

[1] 本篇最初發表於一九三四年五月十日《中華日報・動向》。

[2] 阿芷即葉紫（1910-1939），湖南益陽人，作家。他在一九三四年五月六日《中華日報・動向》上發表的文章是《洋形式的竊取與洋內容的借用》。

[3] 楊昌溪「民族主義文學」的追隨者，他的中篇小說《鴨綠江畔》發表於一九三三年八月《汗血月刊》第一卷第五期。

[4] 法捷耶夫（A・A・_]IXXY，1901-1956）蘇聯作家。作品有長篇小說《毀滅》、《青年近衛軍》等。《毀滅》由魯迅譯成中文，一九三一年先由大江書鋪出版，譯者署名隋洛文，繼以「三閒書屋」名義自費重版，譯者改署魯迅。

文學視界58　PG1145

黑人文學研究先驅楊昌溪文存（上）

作　　者 / 楊昌溪
編　　者 / 韓晗、楊筱堃
主　　編 / 蔡登山
責任編輯 / 蔡曉雯
圖文排版 / 楊家齊
封面設計 / 陳怡捷

發 行 人 / 宋政坤
法律顧問 / 毛國樑　律師
印製出版 / 秀威資訊科技股份有限公司
　　　　　114臺北市內湖區瑞光路76巷65號1樓
　　　　　電話：+886-2-2796-3638　傳真：+886-2-2796-1377
　　　　　http://www.showwe.com.tw
劃撥帳號 / 19563868　戶名：秀威資訊科技股份有限公司
　　　　　讀者服務信箱：service@showwe.com.tw
展售門市 / 國家書店（松江門市）
　　　　　104臺北市中山區松江路209號1樓
　　　　　電話：+886-2-2518-0207　傳真：+886-2-2518-0778
網路訂購 / 秀威網路書店：http://www.bodbooks.com.tw
　　　　　國家網路書店：http://www.govbooks.com.tw
圖書經銷 / 紅螞蟻圖書有限公司
　　　　　臺北市114內湖區舊宗路2段121巷19號（紅螞蟻資訊大樓）
　　　　　電話：+886-2-2795-3656　傳真：+886-2-2795-4100

2014年4月　BOD一版
定價：440元

國家圖書館出版品預行編目

黑人文學研究先驅楊昌溪文存 / 楊昌溪作；韓晗, 楊筱堃
　編. -- 一版. -- 臺北市：秀威資訊科技, 2014.04
　　冊；　公分. -- (文學視界；PG1145-PG1148)
　BOD版
　ISBN 978-986-326-239-8 (上冊：平裝)
ISBN 978-986-326-240-4 (下冊：平裝)

848.7　　　　　　　　　　　　　　　　103005478

讀者回函卡

感謝您購買本書，為提升服務品質，請填妥以下資料，將讀者回函卡直接寄回或傳真本公司，收到您的寶貴意見後，我們會收藏記錄及檢討，謝謝！如您需要了解本公司最新出版書目、購書優惠或企劃活動，歡迎您上網查詢或下載相關資料：http:// www.showwe.com.tw

您購買的書名：_____

出生日期：_____年_____月_____日

學歷：□高中 (含) 以下　　□大專　　□研究所 (含) 以上

職業：□製造業　□金融業　□資訊業　□軍警　□傳播業　□自由業
　　　□服務業　□公務員　□教職　　□學生　□家管　　□其它_____

購書地點：□網路書店　□實體書店　□書展　□郵購　□贈閱　□其他

您從何得知本書的消息？

　□網路書店　□實體書店　□網路搜尋　□電子報　□書訊　□雜誌

　□傳播媒體　□親友推薦　□網站推薦　□部落格　□其他_____

您對本書的評價：(請填代號　1.非常滿意　2.滿意　3.尚可　4.再改進)

　封面設計____　版面編排____　內容____　文／譯筆____　價格____

讀完書後您覺得：

　□很有收穫　□有收穫　□收穫不多　□沒收穫

對我們的建議：_____

_____

_____

_____

11466
台北市內湖區瑞光路 76 巷 65 號 1 樓

秀威資訊科技股份有限公司　　　收

BOD 數位出版事業部

....

（請沿線對折寄回，謝謝！）

姓　　名：＿＿＿＿＿＿＿＿　年齡：＿＿＿＿　性別：□女　□男

郵遞區號：□□□□□

地　　址：＿＿＿＿＿＿＿＿＿＿＿＿＿＿＿＿＿＿＿＿＿

聯絡電話：(日)＿＿＿＿＿＿＿＿＿＿(夜)＿＿＿＿＿＿＿＿

E-mail：＿＿＿＿＿＿＿＿＿＿＿＿＿＿＿＿＿＿＿＿